W0002972

ullstein

Das Buch

In einem idyllischen Alpental im Allgäu ist die Ruhe dahin: Um ein altes Schloss in den angrenzenden Bergen hat sich ein erbitterter Kampf entsponnen. Einige Einheimische setzen sich für die touristische Erschließung des Tals ein, andere stemmen sich dagegen. Die verwitwete Gräfin, der das Schloss gehört, und der Waldschrat versuchen, den Tourismus und die Ausbeutung der Region zu verhindern. Banker, Makler und Bürgermeister wollen Tal und Schloss stattdessen für Luxustouristen zugänglich machen. Beiden Seiten scheint jedes Mittel recht zu sein, um die eigenen Interessen durchzusetzen. Der Streit zwischen den Talbewohnern eskaliert, als es zu mehreren mysteriösen Todesfällen kommt. Die Kommissare Winkler und Renata di Nardo aus München nehmen die Ermittlungen auf. Was die Ermittler jedoch nicht wissen: Zwischen den beiden Gruppen gibt es ungeahnte Querverbindungen, und nicht jeder ist, wofür die anderen ihn halten …

Der Autor

Uwe Gardein lebt in Unterhaching. Er wurde mit dem Förderstipendium für Literatur der Landeshauptstadt München ausgezeichnet und ist Autor mehrerer Bücher, Drehbücher und Theaterstücke.

Uwe Gardein

Tödliche Höhen

Ein Allgäu-Krimi

Ullstein

Besuchen Sie uns im Internet:
www.ullstein-taschenbuch.de

Mix
Produktgruppe aus vorbildlich bewirtschafteten
Wäldern und anderen kontrollierten Herkünften
www.fsc.org Zert.-Nr. GFA-COC-001278
© 1996 Forest Stewardship Council

Dieses Taschenbuch wurde auf FSC-zertifiziertem Papier gedruckt.
FSC (Forest Stewardship Council) ist eine nichtstaatliche, gemeinnützige
Organisation, die sich für eine ökologische und sozialverantwortliche
Nutzung der Wälder unserer Erde einsetzt.

Lizenzausgabe im Ullstein Taschenbuch
1. Auflage August 2010
© 2009 ars vivendi verlag
Umschlaggestaltung: HildenDesign, München
Titelabbildung: Hut: © INTERFOTO/TV-yesterday;
Tapete: © Maximiliano Alfaro/shutterstock
Satz: Pinkuin Satz und Datentechnik, Berlin
Gesetzt aus der Apollo
Papier: Holmen Book Cream von Holmen Paper Central Europe,
Hamburg GmbH
Druck und Bindearbeiten: CPI – Ebner & Spiegel, Ulm
Printed in Germany
ISBN 978-3-548-28203-9

TEIL I

1

Der Schuss hallte wie ein Kanonenschlag.

Winkler war gar nicht erst aus dem Auto ausgestiegen. Er hatte die Tür offen gelassen und hörte, wie der Knall von den Bergen zurückgeworfen wurde. Seiner Ansicht nach hätte man sich das Experiment sowieso sparen können. Er hatte dem Särch geglaubt, dass der ein Gewehr gehört hatte. Der war fix und fertig von dem Anblick seiner toten Kollegin. Winkler blätterte in der Akte und sah das Foto der Kollegin Bechtl. Die Gewehrkugel hatte vom Gesicht nicht viel übrig gelassen. Die Frage blieb. Was hatten der Särch und die Bechtl hier zu suchen gehabt? Wohin wollten sie? Den Särch konnte er noch nicht befragen, der lag inzwischen in der Psychiatrie.

Oberstaatsanwalt Grüner schob einige Reporter zur Seite und setzte sich neben Winkler in das Auto.

»Tür zu«, befahl er, und Winkler gehorchte. »Was für eine ekelhafte Angelegenheit. Haben Sie die Fotos gesehen?« »Natürlich. Hören Sie, das Büro des Innenministers hat angerufen. Die Bechtl soll aus einem Ministerium den Auftrag bekommen haben, eine bestimmte Person ausfindig zu machen. Bestechung, das ganze Programm an Nachforschungen eben. Aber sie wissen nicht, von wem der Auftrag kam. Wer die Zielperson gewesen ist, wissen sie auch nicht.«

Winkler zündete eine Zigarette an und rauchte.

»Ungesunde Sache, Herr Hauptkommissar«, sagte der Oberstaatsanwalt und stieg aus.

»Das ist mein Beruf auch«, dachte Winkler und blätterte wieder in der Akte.

Da soll also ein Killer gewartet haben? Woher sollte der wissen, dass die Bechtl ausgerechnet an diesem Parkplatz in den Alpen zum Pieseln ging? Eine Verfolgung von München aus bis zu diesem Autobahnparkplatz? Nein, das hätten die Kollegen gemerkt. Ein Auftrag an die Bechtl, direkt aus einem Ministerium? Das war gar nicht erlaubt. Die Bechtl hätte das ablehnen und ihren Vorgesetzten über dieses Ansinnen informieren müssen. Hatte sie aber nicht getan. Winkler stieg aus und ging nach hinten zu der Stelle, die von den Sachverständigen als Ort der Schussabgabe berechnet worden war. Die Bechtl war regelrecht liquidiert worden. Weshalb hatte man ihn erst so spät informiert? »Da muss etwas anderes dahinterstecken«, dachte er und rauchte weiter. Niemand ermordet eine Kommissarin mal einfach so.

2

Schlienz wollte sich noch nicht ausmalen, was ihn für ein Geschäft erwartete, noch konnte es schiefgehen. Allein der Gedanke, das Schloss im Fels der Plex AG als Führungsakademie für das Management zu verkaufen, ließ ihn innerlich vibrieren. Beim Golfspiel hatte er Dr. Merck angesprochen, ihm von dem Schloss im Fels erzählt, und der hatte sofort reagiert. Schon lange suche die Plex AG eine Immobilie, hatte Merck gesagt, in der die Führungskräfte Ruhe und Kraft tanken und gleichzeitig ihre geistigen Akkus wieder aufladen könnten. Wenn man es umbauen könne, hatte Dr. Merck ausgeführt, dann sei ein Kauf der Immobilie durchaus möglich, und hatte ihm das Foto des Schlosses zurückgegeben.

Werner Schlienz ließ den Jaguar langsam auf einen Autobahnparkplatz rollen und schaltete das Navigationssystem ab. Neben ihm lagen seine neuen Visitenkarten, die er auf den Namen ›Daniel W. Schlienz – Immobilien‹ hatte drucken lassen. Er hatte seiner Mutter nie verzeihen können, dass sie ihn mit dem Vornamen des Vaters, Werner, für das Leben hatte beleidigen müssen. Daniel klang da ganz anders. Sollte ihn jemand ansprechen, so konnte er das ›W.‹ jederzeit offenbaren und erklären, seine Eltern hätten ihn Werner gerufen, er aber trüge lieber seinen zweiten Vornamen Daniel. Jeder würde das verstehen. Ihm war übel. Schweiß stand ihm auf der Stirn. So konnte er nicht fahren.

Ein Konvoi aus Lastwagen rollte Richtung Italien. Er verließ seinen Wagen und vertrat sich ein wenig die Beine. Es war kühl in der Nähe der Berge. Unten im Tal hatte er sein Sakko in den Wagen gehängt, jetzt konnte er es gebrauchen. Er war allein auf dem Parkplatz und ging um das Auto herum, als wollte er es auf Schäden untersuchen. Mehrere Tage hatte er überlegt, welchen Wagen er für seinen Ausflug in die Berge benutzen sollte. Protzen wollte er nicht, andererseits konnte er auch nicht billig daherkommen. Der Jaguar war genau richtig, ebenso sein englischer Anzug, der ihn konservativ erscheinen ließ, ihn aber auch daran erinnerte, dass er sein Mundwerk zügeln musste, wenn er der Hausherrin im Schloss gegenübertrat.

Ein großer dunkler Vogel flog bemerkenswert still dahin. Die Berge wirkten ein wenig unheimlich. »Fahr zurück«, rief der Vogel. Schlienz sah ihm nach. Frei oder vogelfrei? Auch ein Vogel hat Appetit und muss sich irgendwo niederlassen, um die Augen für die Nacht zu schließen. Früher hatte Schlienz geglaubt, Freiheit sei ein anderes Wort für Geld.

Jetzt glaubte er nicht mehr an Freiheit, egal in welcher Geschmacksrichtung sie angeboten wurde. Längst war er vierzig und hatte Alimente zu zahlen. Vielleicht gibt es Freiheit nur sekundenweise? Oder für Minuten, wie vorhin, auf diesem Parkplatz. Kleine Gedanken über die Freiheit in einer menschenleeren Gegend? Schlienz fröstelte. Kaum wahrnehmbare Schneeflöckchen fielen zu Boden. Konnte das sein? Ende Oktober schon Schnee? »Nein«, dachte er, »das war eine Täuschung.«

Er hatte etwas getan, damit es ihm wieder besser ging. Schlienz öffnete den Kofferraum und nahm ein Jagdgewehr zur Hand. Ein Blick durch das Zielfernrohr zeigte ihm präzise einen Papierkorb. Er zielte und ließ das Gewehr wieder sinken. Eine weitere Betrachtung der Gegend brach er ab.

Er sah wieder den Wagen, der in einiger Entfernung schnell in die Parkbucht einbog, und die Frau, die heraussprang und auf die nächstgelegenen Büsche zurannte. Schlienz hatte zusehen müssen, wie sie sich hingehockt hatte. Das war ekelig. So etwas hasste er. Er schaute durch das Zielfernrohr, konzentrierte sich auf ihren Hinterkopf und drückte ab. Sanft legte er das Gewehr zurück und lauschte dem von den Bergen zurückgeworfenen Hall des Schusses. Danach war er in den Wagen gestiegen und hatte die Heizung eingeschaltet. Später fühlte er sich besser. An die tote Frau wollte er nicht mehr denken. Er verließ die Autobahn. Wie kalt die Berge hier sind.

In der fernen Stadt saßen die Menschen jetzt in der Herbstsonne und genossen die Wärme. »Nur keinen Neid aufkommen lassen«, dachte Schlienz. Bei einer Summe oberhalb von zehn Millionen durfte es auch einmal kühler sein. Er schaute durch die Windschutzscheibe und sah die dunklen Gebirgswände. Klettern war seine Sache nicht. Überhaupt hatte er Respekt vor diesen Felswänden. Ganz anders ging es ihm am Meer. Da konnte er seinen Blick schweifen lassen, tief und befreit atmen. Obwohl er sich im letzten Urlaub ständig dabei erwischt hatte, wie er die Ufergrundstücke auf ihre Verkaufswerte taxierte. Das war ein Flop gewesen, diese Reise mit Esther. Lieber Himmel, was für eine Zicke. Ständig wollte sie etwas sehen oder haben. Den schiefen Turm von Pisa, irgendwelche blöden Kirchen, auf dem Arno rudern oder auf dem Meer segeln. Immerhin, er hatte sie eingeladen, weil er sie heiraten wollte. Sie hatte ihn dafür ausgelacht und kannte keine Rücksicht. Sie lebte den Urlaub, als sei er gar nicht anwesend, und ließ ihn bezahlen. Er hasste diese Leute, die immer alles hatten und immer alles haben werden. Esther stammte aus reichem Haus und verkaufte nur Immobilien in Millionenhöhe. Wenn Schlienz an seine Mutter dachte, die bis zum Tod in dieser armseligen Siedlung gelebt hatte, wo er aufgewachsen war, und wie sie sich armselig durchgeschlagen hatten, dann verfinsterte sich seine Miene. Esther kannte den Wert des Geldes gar nicht. Sie aß und trank und kleidete sich wie selbstverständlich, kaufte teuer ein in Florenz, als sei das natürlich. O ja, sie war davon überzeugt, ihr sei das gemäß, aber nicht ihm, der danebenstand und ständig die Preise körperlich schmerzhaft spürte. Siebenhundert Euro für ein Paar Schuhe. Neunhundert Euro für ein Nachthemd. Jedes Mal war er zusammengezuckt und hatte eselsbrav seine Karte gezückt. Bis sie bei einem Abendessen zu ihm sagte: »Sei so gut und lass mich allein weiteressen.« Dabei hatte er, ohne ein Wort zu sagen, bei ihrer Bestellung einer Flasche Barolo genickt, die Flasche für einhundertsechzig Euro. Sie schob ihm ihre Serviette hin, auf der geschrieben stand: »Mach jetzt kein Theater und geh einfach. Wenn ich in das Hotel zurückkomme, bist du verschwunden.«

Er lachte. Schlienz saß im Auto und lachte laut. Er sah sich vor diesem Hotel, die Koffer im Kofferraum und die Rechnung noch in der Hand. Hass war in ihm gewesen, blanker Hass. Esther wollte ihn nicht. Sie liebte einen verheirateten Mann, den er nicht kannte, und wenn der pfiff, sprang Esther auf und rannte los. Das war von Beginn an so gewesen. Er war ein Dackel. Ach was, eine Schabe war er für sie. Selbstverständlich hatte sie sich nie mehr gemeldet. Er konnte keinen klaren Gedanken mehr fassen, bis er auf die Idee kam, ihr irgendwie zu schaden. Wie, das wusste er noch nicht. Zunächst ordnete er sich neu, meldete seine Firma ab, zog in eine andere Stadt, stieg bei einer Maklerfirma ein und konnte wieder Normalität leben, jedenfalls nach außen. Eines Nachmittags saß er bei einem teuren Friseur in München und ließ sich eine neue Frisur machen, kaufte sich einen künstlichen Bart und einen viel zu großen Mantel und fuhr in ihre Stadt. Da hatte er in seinem Auto gesessen und ständig gesagt: »Was soll das werden, Schlienz?« Eigentlich hatte er draußen vor der Tiefgarage warten wollen, um dann spontan zu entscheiden. Schließlich fühlte er sich ei-

12

ner Konfrontation aber nicht gewachsen. Und wenn er das Gewehr benutzte, würde sie nichts spüren, keinen Schmerz, gar nichts.

Als sie mit ihrem Porsche aus der Tiefgarage kam, setzte er die hässliche Hornbrille auf. Er war dann mit dem Lift hinauf in ihr Büro gefahren und hatte so getan, als hätte er einen Termin mit Esther. Tatsächlich legte er ihr Notizbuch auf den Schreibtisch, das er im Hotel in Florenz an sich genommen hatte. »Auf der Straße gefunden«, sagte er der erstaunten Sekretärin. Sie lief in Esthers Büro, und er folgte ihr einfach. Als sie im Kalender keinen Termin für ihn fand, da bat er sie um einen Kaffee. Bei einem kurzen Blick über die Unterlagen auf Esthers Schreibtisch fiel ihm die Mappe mit dem Foto des Schlosses in den Bergen auf. Er hatte darin geblättert, während ihm die Sekretärin einen Kaffee holte. Da er Kaffee nie ohne ein Glas Wasser trank, musste sie noch einmal hinaus. Die Sekretärin ging in die Küche, die im hinteren Teil des Büros lag. Die Idee kam ihm plötzlich, und er handelte. Er schlich sich an, sah sie in der Küche stehen und verschloss die Tür. Er kannte den Code von Esthers Computer noch, klickte ihr Kennwort »Providence« ein, suchte die Seite über das Schloss und löschte alle Daten, während er die dünne Mappe mit den Unterlagen schnell unter sein Hemd schob. Er grinste, weil die Sekretärin um Hilfe rief. Als er später im Auto die Dokumente genauer anschaute, begriff er schnell, um welche Dimension es ging. So leichtsinnig hätte er quasi bares Geld niemals in seinem Büro herumliegenlassen. Nun würde er sich darum kümmern, das alte Schloss zu verkaufen, so wie Esther es ihren Notizen nach vorgehabt hatte. Schlienz lachte laut. Esther hatte nach seinem Auftritt diverse

Kollegenfirmen angerufen und nach ihm gefragt. Sie verdächtigte ihn. Er hörte davon und rief sie an. Sie plauderte, als wäre nie etwas geschehen, und verabredete sich mit ihm im *Sushi-Garden*. Sie hielt ihn offenbar für so dumm, dass sie glaubte, er wüsste nicht, aus welchem Grund sie ihn einlud. Das heißt, sie lud ihn zwar ein, erwartete aber, dass er die Rechnung übernahm. Das hatte sie immer so gemacht.

Schlienz hielt an und stieg aus. Er hasste sich, wenn er an sie dachte. In einem kleinen Laden kaufte er sich eine Cola und eine Tüte Chips. Damals hatte er den Gedanken gehabt, sie einfach auf der Straße zu erschießen. Er wollte endlich den Schlossberg erreichen. Aber sofort war er mit seinen Gedanken wieder in der Vergangenheit. Von einem Friseur in Rosenheim hatte er sich die Haare bis auf die Kopfhaut abrasieren lassen. Dann traf er sie. Wie erwartet, folgte die Sekretärin Esther auf dem Fuß. Natürlich war sein Schnurrbart echt und der Anzug italienisch, wie die Schuhe. Schlienz wusste, dass er sich als Typ vollständig veränderte, wenn er die Kleidung wechselte. In abgewetzten Klamotten konnte er leicht die Sprache der Gosse finden, und teure Kleidung zwang ihm sozusagen eine gewisse Noblesse auf. Er konnte gar nichts machen, es war einfach so.

»Seit wann die Brille?«, fragte sie.

»Ich bin kurzsichtig, wusstest du das nicht?«

»Du hast dich überhaupt nicht verändert«, sagte Esther.

Schlienz überlegte. War das eine Spitze gegen ihn, oder war das ein Satz, wie man ihn beiläufig zu jemandem sagt, der einem völlig gleichgültig ist? Andererseits passte es ihm in die Strategie, sich ihr äußerlich fast unverändert zu präsentieren. Bis auf die Brille sah er aus wie damals in Florenz, Pisa und Mailand. Esther stellte ihm ihre Sekretärin vor, die ihn zweifelnd und irritiert anstarrte.

»Habe ich einen Fleck auf der Krawatte?«, fragte er scheinheilig, während die Frauen einander ansahen. Esther kam mit der Sprache heraus, und er spielte den völlig Verblüfften.

»Ich habe dein Notizbuch gerade erst gefunden«, lächelte er, »sonst hätte ich es doch sofort zurückgegeben und nicht monatelang gewartet.«

Er log. Das Notizbuch hatte er aus ihrer Handtasche gestohlen, als sie ihn hinauswarf. »Wie dumm sie ist«, dachte er und grinste breit.

Sie sprach auch von den verschwundenen Unterlagen und der gelöschten Datei, ihrem mutmaßlichen Schaden und dem Rätsel, das ihr dieser Besucher, dieser Dieb, aufgegeben hatte.

Schlienz wurde ärgerlich und schaute deshalb gelangweilt auf seine Uhr. Das half ihm, nicht zu explodieren. Es juckte ihn, ihr weh zu tun.

»Warum fährst du nicht einfach zu dieser Kundschaft und klärst die Sache? Die Immobilie wird sich ja nicht wegbewegt haben.«

Esther sah ihn scharf an. Er hielt ihren Blick aus, das hatte er bereits in der Schulzeit trainiert. Er konnte schon damals die scharfen Blicke der Lehrer ungerührt erwidern, wenn er gelogen hatte.

»Wie soll ich dorthin kommen?«, fragte Esther. »Es ist kein Ort, nicht einmal ein Dorf. Von der Autobahn führt eine Straße in die Berge, und ich weiß nicht mehr, wie das Schloss hieß.«

»Vielleicht meldet sich der Besitzer bei dir«, sagte er.

»Warum sollte die Gräfin sich melden? Wir hatten eine telefonische Vereinbarung, dass ich so viel Zeit zum Verkauf bekomme, wie ich brauche, um die gewünschte Summe zu erzielen.«

»Keinen Namen?«, fragte er. Fast wurde er ein wenig misstrauisch. Bei einem solchen Objekt hatte sie sich keine privaten Notizen gemacht? Aber es war Esther, die vor ihm saß. Was für eine Rolle spielten da ein paar Euro?

»Warum grinst du?« Sie sah ihn scharf an.

»Ich kann dir das gar nicht glauben«, sagte er. »Ein Schloss in den Alpen, und du hast keinerlei Notizen, Unterlagen, Telefonaufzeichnungen, gespeicherte Disketten? Was ist mit deinem Notizbuch?«

»Nichts«, sagte sie, »ich habe alle Objekte überprüft. Mit dem Schloss wollte ich mich erst befassen, wenn ich einen Kundenkreis dafür gefunden habe.«

Er sah sie entwaffnend an.

»Warum fährst du nicht in die Berge und fragst dich durch?« Aus ihm unerklärlichen Gründen blieb er unruhig. Er misstraute ihr, und sein Misstrauen hatte ihn schon vor manchem Fehler bewahrt.

»Fast hundert Kilometer Autobahn und dann durch die Alpen irren, um ein Schloss zu finden? Wie stellst du dir das vor? Du hast in Siena nicht einmal das Hotel gefunden, obwohl du eine Karte hattest und Menschen fragen konntest«, antwortete sie.

Er spürte wieder seine Abneigung gegen ihre Überheblichkeit. Immer machte sie ihn klein. Er war für sie ein Handlanger, der ihr die Wagentür aufhalten durfte. Ihre großen Augen hatten ihn fasziniert, weniger die schmalen Lippen und die hohen Wangenknochen. Ihre reine Haut und ihre seidigen Haare, das war sein Augengenuss gewesen. Jetzt schaute er ihr unverschämt in den Ausschnitt ihrer kostbaren Bluse.

»Möchtest du sie anfassen?«, fragte sie ihn kalt. »Du warst also nicht in meinem Büro.«

»Was hätte ich dort verloren?«, fragte er zynisch zurück.

»Du hast Glück«, sagte sie, »Frau Hürth ist sich nicht sicher, ob du es warst.«

»Glück? Jetzt werden Madame unverschämt. Ich pflege Damen, die mir einen Korb gaben, nicht hinterherzulaufen. Da machst du keine Ausnahme, meine liebe Esther, denn im Prinzip sind für diese eine Bettsache alle Frauen gleich gebaut. Wir verstehen uns?«

»Und das Notizbuch?«

»Ich hätte es einfach wegwerfen sollen.«

»Dir habe ich noch nie getraut«, antwortete Esther.

Grußlos war er damals davongegangen, darauf war er besonders stolz. Einfach aufgestanden und gegangen war er. Es hatte ihn Kraft gekostet, ihr zu widerstehen. Ihre Nähe war für ihn kaum zu ertragen gewesen. Hinter der nächsten Hausecke hatte er wieder große Lust verspürt, ihr etwas anzutun.

Natürlich hatte er die gestohlene Mappe zunächst versteckt gehalten und nicht angefasst. Erst Monate später meldete er sich telefonisch bei der Schlossherrin und hatte sich als Bruno Manfredi vorgestellt, der für einen reichen Klienten einen Altersruhesitz suchte.

Sie hatte ihm nicht recht glauben wollen und ihm gesagt, sie verstehe sein Anliegen gar nicht, es sei nichts zu verkaufen. Kein Schloss, kein Haus, nicht einmal eine Wiese. Woher er denn seine Informationen habe?

»Aus München«, hatte er frech geantwortet und gleich gefragt, ob er denn einmal vorbeikommen dürfe? Sie hatte gezögert und ihm schließlich geantwortet, er könne sich später wieder melden, sie wäre jetzt etwas durcheinander.

Natürlich ging er davon aus, dass sie sofort Esther anrufen würde. Die würde schön zusammenzucken, wenn sie einen Signore Manfredi in ihrem Revier wildern wusste. Sollte sie doch denken, die Mafia sei im Spiel, das wäre Schlienz nur recht gewesen. Er lachte in sich hinein, und wenige Tage später hatte er es so eingerichtet, dass Esther ihm direkt in die Arme lief.

»Kleine Leute rennt man über den Haufen.« Er hätte ihr gerne ins Gesicht geschlagen.

»Ich habe versucht, dich zu erreichen«, sagte sie, »aber deine Firma gibt es nicht mehr.«

»Ach ja? Ich lebe jetzt in Garching«, sagte Schlienz. »Drei Großfirmen beauftragen mich regelmäßig mit der Wohnungssuche für ihre Mitarbeiter. Gute Arbeitskräfte wollen gut wohnen. Deshalb habe ich meinen Firmensitz verlegt.« Er hatte ihr seine Karte gezeigt, sie provokant wieder eingesteckt, als wolle er sofort weitergehen, und sich zur Seite bewegt. Esther drängte ihn an ein Schaufenster.

»Es hat sich übrigens alles wieder eingerenkt«, sagte sie, »ich habe das Schloss verkauft.«

Schlienz hatte das unsanfte Gefühl eines Sturzes, fing sich aber brillant und machte ein völlig unverbindliches Gesicht.

»So«, sagte er, mehr nicht. Er war sich sicher, dass sie dachte, er habe das Schloss vergessen.

»Erinnerst du dich nicht? Das Schloss? Die Unterlagen hat mir jemand aus dem Büro geklaut.« Fast schrie sie ihn an, und er wusste sofort, sie log. Gar nichts hatte sie verkauft.

»Ich erinnere mich«, sagte er, »du hattest mich beschuldigt. Ich muss gehen.«

»Es interessiert dich wirklich nicht?«

»Was denn?«, fragte er ärgerlich zurück. »Von Schlössern verstehe ich nichts. Ich bin ein kleiner Makler. Bei mir reicht es nur zu Reihenhäusern.«

Sie war erstaunt, dass er sich daran erinnerte. Einmal, in Wut, hatte sie ihm gesagt: »Dein Niveau reicht nur zur Vermittlung von Reihenhäusern.«

Das war Jahre her.

»Ich stehe im Halteverbot«, sagte er, »ich muss los. Adieu.«

»Merkwürdig, dass du gar nicht fragst, wie ich das Schloss ohne die Unterlagen verkaufen konnte.«

Er drehte sich nicht zu ihr um, antwortete quasi über die Schulter. »Klänge das nicht wie Neid?«

»Es klingt so, wie du bist«, sagte sie und ging davon. »Ich bin nachtragend, Schlienz. Wenn ich dich in der Nähe von Sonthofen sehe, dann bist du fällig.«

Schlienz tat, als hätte er ihren Nachsatz überhört. Er war über die Straße gegangen und lange vor dem Schaufenster eines Herrenausstatters stehen geblieben. Sie sollte sehen, dass er gar keine Eile hatte, sondern sie nur hatte loswerden wollen. Im Schaufenster sah er sie zu ihm herüberschauen und dann weitergehen. Sie trug eine erdfarbene Kombination und sündteure Schuhe. Es hatte ihm in den Fingern gejuckt, ihr die teuren Klamotten zu zerreißen. Nie würde er von ihr loskommen. Ihre Schönheit schmerzte ihn.

»Zehn Millionen«, rief sie ihm von der anderen Straßenseite zu. »Zehn Millionen, du armer Irrer.«

Tage später hatte er in einem Wintersportort angerufen, sich einen Makler vermitteln lassen und am Telefon gesagt, er suche eine Wohnung zum Kauf.

Natürlich hatte er sich beiläufig nach dem Schloss erkundigt und erfahren, dass es keineswegs verkauft war und nach wie vor zum Besitz der Gräfin Wolkenstein gehörte.

Der Makler hieß Ratzenmeier. Zu ihm war er jetzt unterwegs. Von dem Ort Maierberg zum Schloss war es nur noch eine kurze Fahrt. Er schätzte die Distanz auf gute zwanzig Kilometer quer durch diverse Täler. An Esther wollte er nicht mehr denken.

Schlienz fuhr über die Landstraße nach Maierberg, als er das Geräusch eines Hubschraubers hörte. Natürlich war die Begegnung mit Esther faktisch die Bestätigung für ihn gewesen, dass sie die Sache nicht auf sich beruhen ließ. Sie würde ihn weiterhin verdächtigen, also musste er auf der Hut sein. Außerdem hatte er ihr sowieso nicht geglaubt, dass sie einen so markanten Namen wie Wolkenstein vergessen hatte. Sie war eine Lügnerin und gehörte bestraft, dafür würde er sorgen. Er erwischte sich dabei, wie er während der Fahrt seine Provision ausrechnete. »Dummkopf«, schimpfte er, »noch ist der Bär nicht erlegt.« Es gab keine Möglichkeit, zu verhindern, dass Esther seine Spur irgendwann finden konnte, wenn er das Schloss tatsächlich verkaufen würde. Es sei denn, er trete nur als Vermittler zwischen der Plex AG und der Gräfin Wolkenstein auf. Allerdings wäre es dann unumgänglich, dass er seinen wahren Namen gegenüber der Gräfin offenbarte. Die Plex AG würde mit einem dubiosen Herrn mit italienischem Namen, den man nicht einmal kannte, kein solches Geschäft abschließen. Schlienz musste nachdenken. Im Auto konnte er das nicht. Das Gebirge kam immer näher. Vor ihm türmten sich die nassen Felsen auf. In Maierberg ließ er das Auto stehen und ging zu Fuß weiter. Er sah, wie der Hubschrauber, von der Autobahn kommend, langsam herüberschwebte. In der großen Scheibe eines Schuhladens sah er sich wie im Spiegel. Er ging auf sich zu und fand sich völlig fremd. In seinem Kopf, seiner Erinnerung sah er völlig anders aus. Vor ihm stand ein gut gekleideter Engländer in einem karierten Sakko mit dunkelbrauner Weste und passender Hose. Er hätte dem Fremden im Spiegel sofort den Preis für die Kombination sagen können. Das hatte er nicht vergessen, wie ihm der Verkäufer in dem Spezialgeschäft in München die Rechnung gereicht hatte. »Du lieber Himmel«, hatte er gedacht, »das sind fast zwei Maklergebühren für Dreizimmerwohnungen.« Trotzdem hatte er die Sachen gekauft. An den Preis der handgenähten Schuhe wollte er auch lieber nicht denken. Sein Kopf stimmte nicht. Er hatte den Hut vergessen. Überhaupt war sein Gesicht irgendwie demoliert, und er hatte keine Erklärung dafür. So alt war er doch noch nicht. Wie groß bin ich? Einsachtzig? Dazu fast hundert Kilo schwer! Nichts passte bei ihm zusammen. Diesen Kerl mochte er nicht. Innerlich fühlte er sich wie ein gut gebauter Gentleman in einem weißen Segeldress auf seiner Jacht. Er lachte böse. Wahrscheinlich roch er auch noch unangenehm aus dem Mund. Nein, den Schlienz mochte er wirklich nicht. Er ging zum Wagen zurück. Der Hubschrauber stand über einem Waldstück. Kurz entschlossen parkte er neben dem Schrottplatz einer Tankstelle und ging zu Fuß zum Haus des Maklers. Auf der Hauptstraße brauste Esthers Jeep vorbei. Das ging so schnell, dass er sich nicht sicher war. Wie konnte das sein? Konnte das überhaupt sein? Fast stolperte er in das Haus des Maklers. Sie wollte ihm sein Geschäft kaputtmachen. Das durfte ihr nicht gelingen. Er würde es mit allen Mitteln zu verhindern wissen. War die Fahrerin nicht blond gewesen? Tatsächlich, blond, er erinnerte sich genau. Esther trug eine Perücke? Nein, sie trug nie Perücken. Sie liebte ihr kastanienbraunes Haar. Aber sie würde alles tun, um ihm zu schaden, auch wenn sie dazu eine Perücke aufsetzen musste. Schlienz stieg die Treppen hinauf. »Das wirst du nicht überleben, Esther«, sagte er laut. »Diesmal demütigst du mich nicht.« Er sah wieder die vielen Namen in ihrem Notizbuch vor sich, die ihm Schmerzen zugefügt hatten. Fast auf jeder Seite hatte er den Namen Felix lesen müssen. Seinen Namen hatte er nicht gefunden.

»Vielleicht bist du nur eine kleine Ratte«, hatte sie einmal zu ihm gesagt, »ein mieser Dieb.« Er klingelte und war sich sicher, dass er sich getäuscht hatte. Sie konnte nicht in diesem Tal sein. Es war an der Zeit, Esther aus seinem Kopf zu löschen. Vielleicht wird sie dazu einfach nur sterben müssen. Er dachte an die Frau, die er an der Autobahn erschossen hatte, und lachte laut auf. Irgendwie brachte er nun alles in seinem Leben durcheinander, und an allem trug Esther die Schuld. Sie muss sterben und Schwamm drüber.

3

Er hatte sich vom Makler Ratzenmeier einen Kleinwagen geliehen. Den Jaguar hatte er mit einer Plane abgedeckt. Schlienz wendete und fuhr wieder in Richtung Autobahn zurück. Er war plötzlich so voller Hass, dass er sich austoben musste. Koniferen wuchsen am Hang. Der erdige Geruch in der Luft war ihm nah. Die Feuchtigkeit ließ die Erde ausatmen, das brachte ihm innerliche Ruhe und ein angenehmes Gefühl. Auch, dass er alleine war und wusste, niemand war in der Nähe, entsprach seinen Bedürfnissen. Kein Mensch, der ihn stören könnte, das war ihm angenehm. Die Wut verflog, als er an das Geschäft dachte.

Mehrfach war er inzwischen, nachdem er den Kaufvertrag beim Makler unterschrieben hatte, die Strecke zwischen den verschiedenen Dörfern abgefahren, aber er hatte den weißen Jeep nirgends gefunden. Esther könnte eine Garage benutzt haben. Letztlich blieb ihm nichts anderes übrig, als sich zu noch größerer Vorsicht zu mahnen. Dabei war er sich so sicher gewesen, dass sie seine Spur nicht würde aufnehmen können. Seine Firma war gelöscht, und an der neuen Immobilienfirma war er nur beteiligt, hatte auf seinen Namen im Firmenlogo verzichtet. *Balthasar Schmidt & Partner*, das klang seriös und umsatzträchtig. Wahrscheinlich war Esther nebst Jeep eine Halluzination gewesen. Er fand das Dorf unterhalb des Schlossberges und versteckte den Wagen so gut es ging. Schlienz verließ das Auto und ging zum Kofferraum. Er setzte sich einen Hut auf, der zu seinem grünen Lodenmantel passte, und stieg in die grünen Gummistiefel. Dann schloss er Koffer und Kofferraum, holte das Doppelglas mit Nachtsichtfähigkeit und verschloss das Auto. Nun konnte er sich umsehen und die Gegend sichten. Nicht, dass ihn der Hubschrauber nervös machte, aber es war möglich, dass sie von dem Rastplatz aus die Runde machten und ortsfremde Autoschilder fotografierten. Schlienz schaute durch das Doppelglas auf den Hubschrauber und las ›Polizei‹. Mit einem hiesigen Kennzeichen fiel er nicht auf. Er hatte sich gewundert, wie selbstverständlich Ratzenmeier ihm das Auto aushändigte. Das Apartment wurde notariell der Firma zugeschrieben, und er hatte sich so maulfaul vorgestellt, dass Ratzenmeier ihn einmal Schlei und dann wieder Herr Schön genannt hatte. Im Auto setzte er das Apartment sofort ins Internet und war sich sicher, es in zwei Tagen verkauft zu haben. Danach würde ihn der Ratzenmeier vergessen. Er selbst vergaß jeden Kunden sofort, den er über den Tisch gezogen hatte. Schlienz lief los.

Schnell befand er sich auf einer Anhöhe und schaute ins Tal, hinab zu dem winzigen Dorf. Er sah kaum mehr als vier Höfe. Er drehte sich, um die wenig benutzten Straßen zu kontrollieren. Bald schon würde der Nachmittag dem Abend weichen. Eine gewisse Fröhlichkeit nahm von ihm Besitz, und er schritt kräftig aus, wollte noch ein wenig höher steigen, für einen genießenden Blick über das weite Land. Der Weg war übersät mit Tannennadeln, und er ging weich, wie auf mehreren Teppichen, die übereinanderliegen. Er versuchte, die diversen Düfte zuzuordnen, kam aber über diesen satten Erdgeruch nicht hinaus. Nach wenigen hundert Metern brach er ab und kehrte um. Die Gummistiefel waren das falsche Schuhwerk für den Gang zu einer Höhe im Gebirge.

Im Kofferraum lagen Bergstiefel. Es machte ihm nichts aus, den Weg noch einmal neu zu beginnen. Ganz im Gegenteil. In seinen Gedanken war er der Herr des Berges und schritt entsprechend martialisch aus. Ein Schlossherr, der seinen Baumbestand inspizierte, das gefiel ihm. Was mochten die Wälder ringsherum wert sein? Schlienz blieb stehen und versuchte, sich auf die Geräusche einzulassen. Es war kein Vogel zu hören. Die Feuchtigkeit war kein Regen und kein Schnee, auch nicht Nebel, es war, als wäre die Luft von Nässe übersättigt. Die Bäume standen dicht an dicht, und die Feuchtigkeit beschichtete ihre Nadeln. An manchen Nadeln bildeten sich große Tropfen, die hängenblieben, nicht hinabfallen wollten auf den Boden. Überall sah er diese großen Tropfen, und ihm war, als seien es die Augen des Waldes, die ihn argwöhnisch beobachteten. Er dachte an Tiere. Gab es hier oben Tiere?

Der Weg wurde schmaler, machte eine kleine Krümmung und verschwand im Gehölz. Schlienz blieb stehen und drehte sich um. Er nahm einen Kompass aus seiner Manteltasche, schaute, und wusste gar nichts. Wenn er sich hier oben verirren würde, dann hätten seine Teilhaber eine große Freude. Nie mehr würde er seine finanziellen Einlagen zurückfordern können.

»Unsinn«, sagte er laut, schließlich brauchte er den Weg, den er gekommen war, nur wieder hinabzusteigen.

Die Geräusche veränderten sich. Aus den Bäumen sprach der Wind, der sich merkbar erregte und die Äste und die Stämme zu Kommentaren nötigte. Stämme ächzten, Äste knackten, manchmal fiel etwas zu Boden. Sollte er sich fürchten? Man war doch vorbereitet, nicht nur mit der Kleidung. In seinem Mantel steckten ein Lunchpaket und eine Trinkflasche mit Mineralwasser.

Was sollte ihm geschehen – außer er machte einen entscheidenden Fehler? In Panik geraten würde er nicht, selbst wenn es dunkel wurde. Panik setzte eine wogende Masse voraus, undiszipliniertes Pack. Er war allein, und das war gut und richtig. Wenn ihm überhaupt etwas widerfahren könnte, dann etwas Psychisches. An einen Freitod hatte er bereits gedacht. Würde man ihn bedrohen, dann gab es das Gewehr.

Er roch den Schnee von Westen her. Der Wind trug den Geruch heran. Die erdige Nässe hatte er hinter sich gelassen, und nun roch er Schnee. Sollte sich der Wetterdienst einen unverzeihlichen Fehler geleistet haben? Er hatte die Nachrichten gehört und sich darauf verlassen, sich auch in der nun erreichten Höhe auf schneefreiem Gelände bewegen zu können. Soll die Welt, die er hinter sich ließ, doch im Schnee versinken, ihn würde das nicht tangieren. Er ging zu den Höhen der Götter hinauf. Warum glaubten die Menschen eigentlich, dass Götter grundsätzlich ›oben‹ lebten? Schwebten sie wie Ballons über der Erde und diskutierten über die Milliarden von Trotteln da unten?

Schlienz benutzte dieses Wort für seine Mitmenschen am liebsten: »Trottel.« Auch: »Trotteln.« Manchmal sagte er: »Diese Trotteln.« Manche sagen Trampel, aber das war vom Etymologischen dasselbe. Schmidt, Balthasar, sein Partner, der Amerikanismen wie Kaugummi im Mund bewegte, sagte am liebsten: »Matta-Fakka.« Das war Schlienz zu ordinär. So weit ging er nie mit seinen Flüchen. Esther sagte »Arschloch«, schon mal »Scheißkerl«, selten »Wichser«. Schlienz glaubte sich subtiler äußern zu müssen, nannte sie einmal in Florenz »Borgia«. Häufiger, wenn es nötig war, »Xanthippe«. Gekränkt war sie nur einmal gewesen, in Pisa, durch das Wort »Mondkalb«. Schlienz hatte keine Ahnung, wie ihm das entschlüpfen konnte. Sie fragte: »Du findest mich fett?«

»Nein«, hatte er geantwortet.

Sie aß nie richtig. Dafür trank sie viel stilles Wasser,

wegen der Mineralien und der Organreinigung, Leber und Nieren waren ihr besonders wichtig, neben den Schuhläden natürlich, die waren ihr noch wichtiger. Er hatte sogar nach Mailand hineinfahren müssen, weil sie dort einen Schuhladenbesitzer kannte.

Schlienz blieb mitten am Weg stehen und griff nach einem Ast, weil er leicht schwankte, ihn schwindelte, er liebte sie noch immer. Esther! Nein, er hasste sie.

Weiter. Er wollte noch ein gutes Stück Weg machen und dann umkehren. Gleich, nach der nächsten Wegbiegung, sich noch einmal umdrehen und einen genießenden Blick über die Welt im Tal werfen und dann zurückgehen. Einen Blick ins Tal werfen? Was man so daherdenkt. Wie kann man einen Blick werfen? Man wirft mit Blicken um sich! Nein, er will nichts werfen, nur hinabsehen, sich entfernt fühlen von der Welt da unten. Die Welt der Zweibeiner hat Wohnzimmer mit Balkon, Bad, Küche, Schlaf- und Kinderzimmer. Toilette extra gibt es in der Regel erst ab einer Vierzimmerwohnung. Manchmal hatte er Laune zu sagen: »Pinkeln Sie doch, wohin Sie wollen.« Das war sein Geschäft, jahraus, jahrein. Manchmal verkaufte er ein Tortenstück. So ein Quasihaus, die Zimmer übereinander, Reihenhaus gerufen. Die Leute verschulden sich bis zu ihrem Lebensende für diesen Baudreck.

»Mir soll's recht sein«, dachte Schlienz. In Wahrheit hasste er diese Spießbürger, weil er selbst einer war.

Der Blick nach unten ließ ihn vor Rührung erschauern. Über die profane Welt hatten die Götter einen Teppich aus Wolken gelegt. Er hatte Lust, loszulaufen, um die Zartheit des Gewebes der Wolken zu spüren. Über ihm gab ein harmloser Wind die Richtung vor. Er blickte gen Westen. Die Intensität des Lichts und die Sehnsucht nach Ferne brachten ihm Gedanken an die Seefahrer, die an den Küsten gestanden waren und lossegeln mussten. Kolumbus, Vasco da Gama, Amerigo Vespucci, das waren die Helden seiner Kinderträume gewesen, wenn er, die Decke über das Gesicht gelegt, in seinem Bett in der Wohnküche lag und sich aus der Armseligkeit seiner Eltern hinausträumte. Beim Anblick dieses Himmels konnte er die Sehnsucht der Entdecker verstehen.

Schlienz trat auf die Lichtung. Langsam drehte er sich im Kreis und schaute dabei den runden Himmel an. Er dachte an seine Mutter.

Der Mantel hat bald tausend Euro gekostet, Mutter. Hörst du das? Üb immer Treu und Redlichkeit, für wen hast du das über euer Bett gehängt? Ihr seid an diesem Spruch zugrunde gegangen, Mutter, du und Vater. Das macht mich noch immer wütend. Das hat mich wütend gemacht, dieser Satz, es zählt nur der, der mit seiner Hände Arbeit etwas schafft. Für Vater waren Händler und Kaufleute Diebe. Das hat mich schon immer rabiat gemacht. Was hat er davon gehabt? Ehrlich gestorben ist er, mit dreiundfünfzig. Da lache ich, Mutter, da lache ich. Was Vater im Monat verdient hat, das verbraucht mein Auto an Benzingeld. Da lache ich, Mutter. Und Weihnachten eine neue Hose. Da lache ich, Mutter. Weißt du, was meine Schuhe gekostet haben? Und Esther. Hättest du sie nur gesehen, wie sie ein Hotel in Mailand aussuchte und mich die Nacht fast fünfhundert Euro gekostet hat. Hast du uns zusammen gesehen? O ja, ich wusste gleich, dass du sie nicht magst. Aber wo lebt ihr jetzt? Im Himmel oder noch immer im Souterrain? Das war euer liebstes Fremdwort: »Souterrain!«, weil ihr Kellerwohnung nicht sagen wolltet. Was hat dir dein Gott da oben für eine Frage gestellt, als du angekommen bist?

Hat er gesagt, das ist alles, was du aus deinem Leben gemacht hast, eine Kellerwohnung? Hat er das gesagt, Mutter? Herrgott, macht mich das aggressiv. Scheiß drauf, sage ich, scheiß drauf. Warum hast du nie Ansprüche gestellt? Sie geben einem nie etwas freiwillig, man muss sich alles nehmen, Mutter!

Schlienz kam zu sich. Der Himmel hatte die Farbe gewechselt. Bei gleichbleibendem Wind wippten die Äste der Bäume leicht. Er nahm das Doppelglas zur Hand und ließ es gleich wieder los. Der Himmel gab eine Inszenierung. Um das zu sehen, genügte seine natürliche Sehkraft. Die schweren schwarzen Wolken wirkten wie dunkle Wale im Meer, die das Wasser vor sich herschieben.

Der Nebel hatte das Tal verlassen und ließ den freien Blick zu. Zur dunklen Linken öffneten sich die Wolken, und aus ihnen strömte Glut quer über den Himmel. Zuerst nahm sie die Form eines Schwertes an, wurde aber länger und länger, um sich als güldener Sonnenschweif aus grauen Bergen in die Wolken zu verabschieden.

Kaum mehr als drei Minuten hatte er den Anblick genießen dürfen, dann war es vorbei. Nun würde es nicht mehr lange dauern, und die Mächte der Finsternis würden die Berge beherrschen. Er fürchtete sich nicht, war noch ganz befangen von dem ihm gebotenen Schauspiel. Dazu hätte er gerne ein wenig Musik gehört. Vielleicht das Ges-Dur-Impromptu von Franz Schubert.

Nichts war ihm ferner als die Künste, er verstand ihre Philosophie nicht, aber Musik rührte ihn. Sie nahm ihn mit sich fort, wohin wusste er nicht, nur dass sie ihn veränderte, das wusste er. Als die Musik ihn zum ersten Mal berührte, da war er schon erwachsen. Als Kind widerte sie ihn an. Seine Mutter verzückte bei

Volksliedern, löste sich in Tränen auf zu Weihnachten und vergaß sich völlig beim *Ave Maria*. Der Vater hörte keine Musik. Seltsamerweise sang er sehr schön, wenn er betrunken war. Die Texte hatte er nie verstanden, aber die versteckte Wut im väterlichen Gesang gespürt. Manchmal kam der betrunken-zornige Vater über ihn, und die Mutter hängte sich an seinen Arm, wenn er das Kind aus dem Bett zerren wollte.

Er wusste nie, warum der Vater ihn so derb schlug. Später dachte er, vielleicht hatte er bemerkt, wie sein Sohn diese häusliche Armseligkeit verachtete. Seine Mutter hatte die Mundfalten nach unten gezogen und ihre vollen Lippen ganz schmal werden lassen, wenn er den Kirchgang mit ihr verweigerte. Nie hatte er ihr gesagt, dass es ihn störte, wie sich die Reichen auf ihre Stühle setzen durften, während sich die Schlienz & Co. auf den billigen Plätzen aufhalten mussten. Vor Gott sind alle Menschen gleich, außer Biene Gerbus, seine Klassenkameradin, eine Arzttochter, die ein Pony besaß, während er nicht einmal einen Tretroller hatte. Sabine konnte wunderschön lächeln. Er hatte sie oft angesehen und sich gefühlt wie an einen Baum gefesselt. Sein Vater ging nie in die Kirche. Gegen seinen Willen ließ die Mutter einen Priester an seinem Grab sprechen. Sie sagte, das geht doch nicht, nur Tiere legt man in ungeweihte Erde. Sie sagte, man muss dankbar sein für sein Leben. Schlienz hatte sie verachtet für ihr Mäuseleben.

Der Vater starb an Krebs. Viele aus der Fabrik starben daran. Da sie der Fabrik nichts beweisen konnten, bekamen sie auch keine Entschädigung. In der Zeit der Krankheit ging es seinen Eltern finanziell sehr schlecht, aber der Vater wollte kein Geld von seinem

Sohn annehmen. Jemandem Geld abzunehmen für ein Grundbedürfnis war für ihn unanständig. Wohnungsmakler hielt er für keinen ehrlichen Beruf. Manchmal nahm die Mutter Geld, heimlich und mit schlechtem Gewissen.

Biene war auch schon tot. Schlienz hatte neben ihr gestanden, als sie in die Isar fiel. Es hatte eine Untersuchung gegeben, weil manche behauptet hatten, er habe Biene Gerbus gestoßen. Sei's drum. Schmarrn von vorgestern. Schwamm drüber.

Schlienz drehte sich ganz langsam im Kreis. Jede Minute konnten die Wolken den Himmel für die ganze Nacht verschließen. Ein Stück Wegs wollte er dennoch machen. Ein schmaler Pfad, feucht und glitschig, führte ihn um den Berg. Er drückte sich stärker an die Felswand und schaute nur nach vorne, auf keinen Fall nach hinten und schon gar nicht nach unten. Der Weg führte ihn um dieses Stück Felsen herum, und Schlienz konnte den Blick zum Gipfel ahnen. Zwei maurerfaustgroße Steine lagen am Weg wie drapiert, und wenn man darüber stolperte, konnte man kopfüber ins Tal stürzen.

Gleich daneben streckte eine aufragende Wurzel ihre Fangarme zu dem Wanderer aus. Er hörte seine eigenen Schritte. Wenn man seine eigenen Schritte hört, weiß man dann, dass man lebt? Der Weg wurde wieder steiler, und jetzt bemerkte er, dass ihm das Atmen schwerer fiel. Nun wagte er einen Blick zurück und schaute. Nichts als Bäume. Über ihm begann der blanke steile Fels. Ganz hoch oben Wolken, die trotzdem greifbar tief hingen, darüber nur noch die Welt der Phantasie, und er allein konnte mit dem Wind sprechen, fragen, woher er die Wolken so schnell geholt hatte. Vielleicht ist ja nichts auf der Welt, nur der Wind?

Er blieb stehen und dachte: »Wie schrecklich ist die Einsamkeit und wie schön ist es, allein zu sein. Hier bist du allein, mit wem also reden, außer mit dir selbst.«

Er lief in den Wald hinein. Dort fand er einen schmalen Weg. Zwischen den Bäumen schimmerte das Holzdach einer kleinen Hütte durch das Geäst. Nun wagte er sich vor und lief einige Schritte auf sie zu, blieb unter einer Tanne stehen und schaute an ihrem Stamm zwanzig Meter in die Höhe, bis es ihn schwindelte. Er dachte daran, hier zu bleiben, hier im Fels, am Rande des Waldes, in dieser Hütte. Am liebsten wäre es ihm gewesen, wenn noch nie jemand an diesem Platz gewesen wäre. Dann hörte er das Knarren der Bäume unterhalb des Pfades. Würde einer von ihnen auf den Weg fallen, wäre ihm der Rückweg nach unten versperrt, vielleicht für immer. Es war schön gewesen, ganz in sich zu sein, nun war er zurück in dieser gefährlichen Welt. Plötzlich öffnete sich der Weg zu einer baumlosen Fläche. Dahinter teilte sich der Durchgang nach links und rechts. Ost oder West? Zwei umgestürzte Baumstämme lagen quer. Schlienz kletterte über sie hinweg.

Bevor der Tag endgültig ging, rissen die Wolken noch einmal auf und verströmten ein seltsam grelles Licht. »Welch eine surreale Welt ist das hier oben«, dachte Schlienz.

Er könnte einfach auf die Uhr schauen, um zu wissen, wie spät es war, aber es interessierte ihn nicht. Die Natur hatte ihm längst gesagt, dass er sehr schnell den Berg verlassen musste, wenn er nicht in die Dunkelheit geraten wollte. Vorsichtig umging er die vielen Wurzelfallen und nahm einen letzten Blick über den Fels. Sein Herz begann zu klopfen, denn ihm genau gegenüber, nur durch eine beklemmende Tiefe getrennt, auf deren Grund ein Bach schäumte, sah er das Schloss im Fels.

Er rutschte und hielt sich an einem Busch fest, versuchte sich zu drehen und landete schließlich bäuchlings auf einem Felsvorsprung. Er nahm seinen ganzen Mut zusammen, lugte über die Klippe und starrte steil hinab in die Klamm. Hinüber konnte er nicht. Im Grau des Lichts erkannte Schlienz den Turm und die Zugbrücke. Aber er entdeckte noch etwas. Oberhalb des Bachs, auf der gegenüberliegenden Seite der Klamm, befand sich ein Höhleneingang. Jedenfalls vermutete er dort eine Höhle, denn den Eingang sah er deutlich durch sein Nachtsichtgerät. Vielleicht ein Fluchtweg aus dem Schloss, der direkt zum Bach und damit zum Talausgang führte. Vorsichtig zog er sich zurück, richtete sich auf und versuchte, den Schmutz von seinem Mantel zu klopfen. Das Schloss war kleiner, als er es den Plänen nach geglaubt hatte. Allerdings war eine optische Täuschung möglich. Die Sicht war nicht sehr gut. So schnell es ging, wollte er nun zurück zum Auto. Leicht fand er den Weg, kam zu dem ersten freien Platz hinter den Bäumen und schaute hinüber zum Felsmassiv rund um das Schloss.

Von der dunklen Seite des Waldes spürte er den modrigen Geruch der nassen Erde. Der Fels ruhte bleich und graufeucht in der Welt, unumstößlich und von stiller Majestät. Er verstand, weshalb die frühen Völker mit religiöser Inbrunst auf die Berge geschaut hatten. Ihm erging es nicht anders. Nebel hingen in den Bäumen wie Geister in langen Kleidern. Hier gab es nichts, was an die Welt im Tal erinnerte. Ist das Leben dort unten real? Dort unten hieß es Geld oder Leben. Schlienz spuckte aus und lief vorsichtig weiter. Alles nur eine miese Inszenierung bis zum Tod.

Kurz hinter dem Weg zum Wald blickte er noch einmal zurück und sah auf der Seite des Schlosses eine Hindin und gleich darauf, umströmt von gleißendem Licht, eine Frau mit langem grauen Haar, in einen weißen Umhang gehüllt. Die Hirschkuh blieb bei der Frau, und beide schauten in seine Richtung, als wollten sie ihm signalisieren: »Gehe fort und komme nie wieder.«

Schlienz wischte sich über die Augen, geblendet von diesem Licht, und nichts in ihm blieb wie gerade erlebt. Er fühlte sich getäuscht und hatte nur noch einen Gedanken. In seinem Arm lag ein Jagdgewehr. Eine Hindin schießen, das wäre ein Geschäft! »Man wird sehen«, dachte er. Schlienz lachte hysterisch, dachte daran, wie er Merck, diesem besoffenen Schwein, nach der Jagdgesellschaft in Polen die Rückfahrt nach Dresden in seinem Wagen gewährt und der ihm den Wagen vollgekotzt hatte. Eines der vier Jagdgewehre von Merck hatte er als Ausgleich für die Beseitigung der Schweinerei behalten und gleich am Morgen des nächsten Tages das Hotel verlassen. Den Unschuldigen gemimt, als Merck ihn Tage später anrief und sich nach seinem Verlust erkundigte. Tatsächlich hatte er das teuerste Stück für sich requiriert, was ihn ein wenig stolz machte, denn von Jagdgewehren verstand er gar nichts, hatte Merck nur begleitet als dessen Lakai, weil er sich weitere Aufträge versprochen hatte. Diese verfluchten Polen und ihr Wodka, hatte Merck schließlich resignierend festgestellt und keinen Satz darüber verloren, dass er ihm den Wagen verunreinigt hatte und wie er durch das Hotel in sein Zimmer gekommen war. Deshalb gehörte das Gewehr jetzt ihm, und das war gut so.

Die Dunkelheit am Berg war ihm fremd. Andererseits genoss er die Stille der Nacht, diesen Geruch von ewigem Frieden. Jedenfalls empfand er die Schwärze in der Natur so. Hatte er tatsächlich eine Frau am Felsen stehen sehen?

4

Nach dem Erlebnis am Berg war er ein paar Tage in Österreich abgetaucht. Den zuvor geliehenen Wagen hatte er vor dem Haus des Maklers geparkt, die Schlüssel in den Briefkasten geworfen und sich mit dem Taxi über die Grenze fahren lassen. In aller Ruhe hatte er durchgerechnet, was das Schloss und die Wälder für einen Wert hatten. Nun musste ihn die Gräfin nur noch mit dem Verkauf beauftragen. Er würde ihr drohen, das wusste er, wenn sie zögern sollte. Danach kehrte er mit dem Taxi zurück, machte den Jaguar wieder startklar und zerlegte das Gewehr, um die einzelnen Teile besser im Auto verstecken zu können. Der Wagen fand die Autobahnausfahrt wie von selbst. Schlienz brachte sein Gehirn kaum noch in diese Welt der Straßen und Automobile zurück. Es hatte zu regnen begonnen. Der Asphalt reflektierte das Licht. Wenn er sich nicht konzentrierte, würde er in den Leitplanken landen. Was taten all diese Trottel um diese Zeit auf der Autobahn? Warum ließen sie ihn nicht in Ruhe? »Es liegt daran«, dachte er, »dass diese Unruhe in der Welt ist. Die Leute spüren sie und sind unterwegs mit Begründungen, die so paranoid sind wie ihr Leben.« Wenn er in der Dunkelheit Auto fuhr, dann ließ seine Wut langsam nach. Schlienz gab Gas. Er wollte sich in einem der besseren Hotels ein Bett nehmen und nachdenken. Unbedingt musste er nachdenken. Sein Kopf schien zu platzen, außerdem musste er sich dringend neu gewanden, und Müdigkeit spürte er auch. Die Anonymität war in einem teuren Hotel eher gewährt als in den kleinen Pensionen, die sich strikt an die Meldeauflagen hielten. Er wollte sich nicht anmelden, nichts ausfüllen, nicht aufspürbar sein. Er hasste es, von irgendeinem Staat überall beobachtet und ausspioniert zu werden.

Die Stadt Salzburg lag, sozusagen, in musikalischen Wehen. Überall klebten Plakate mit der Ankündigung großer Ereignisse. Opern, Sinfonieorchester, Kammermusiken lockten, und es waren jene angereist, die sich sehen lassen wollten und vor allem die Preise dieser Festivität bezahlen konnten. Bankdirektor Vinsleitner zum Beispiel reiste zu all diesen Festivals. Edinburgh, Paris, Mailand, New York, Sydney und so weiter. Im Fernsehen hatte er über Freiheit und Demokratie schwadroniert. Über die Errungenschaften und das Wesen der sozialen Marktwirtschaft doziert. Schlienz wusste, was unter dem Neandertalerschädel vor sich ging. Monate danach sprach Vinsleitner im kleinen Kreis von denen da draußen, diesen kleinen Furzern, die permanent über ihre Verhältnisse lebten, unersättliche Leviathane. Das war bei Merck in der Villa, eine kleine Weinprobe gab den Anlass, und er, Schlienz, hatte an seine Eltern denken müssen, die niemals Steuern hinterzogen oder Geld auf ausländischen Konten deponiert hatten. »Krepier, du Stinker«, hatte er gedacht und kräftig mitgelacht. Dazu lief ein Beitrag im Fernsehen, in dem Menschen riefen: »Wir sind das Volk.« Darüber hatte man sich köstlich amüsiert.

Er hielt vor dem teuersten Hotel der Stadt, ließ seine Koffer hinter sich hertragen. Während das Auto in der

Tiefgarage verschwand, betrat er das Vestibül, dann die Lobby, schulterte das zerlegte Jagdgewehr waidmannsgerecht, trat an die Rezeption und verlangte nach dem Schlüssel für Direktor Vinsleitner. Er bat nicht und fragte nicht, er verlangte ihn einfach.

Man flüsterte und beratschlagte. Schlienz schnippte mit den Fingern und fragte nach einer kleinen Nachtmahlzeit, kalt, nichts Aufwendiges. Dazu einen 76er Medoc.

»Vinsleitners kommen erst morgen«, sagte der Dicke.

Schlienz hob seine teure Ledertasche hoch.

»Der Direktor will nicht Ihre Kabel für seine Geschäfte benutzen. Also?«

Es funktionierte, und so fuhr man, still und ohne einander ins Gesicht zu sehen, hinauf zur Suite, wo er, kaum war der Etagenkellner hinausgegangen, die Dusche benutzte, auf den Service wartete, aß und trank, sich langstreckte, um sich nach zwei Stunden von seiner Armbanduhr wecken zu lassen. Eine Schweizer Spezialanfertigung, und so schlicht gehalten, dass nur ein Fachmann ihren Wert taxieren konnte. Oder Sammler, die hinter diesen nummerierten Stücken her waren.

Merck hatte sie ihm in einem Anfall von Dankbarkeit geschenkt, nachdem es ihm gelungen war, innerhalb von vierundzwanzig Stunden in einer Universitätsstadt eine Wohnung für dessen Tochter und Stallungen für ihre zwei Reitpferde zu organisieren, ohne die die junge Dame jede Wohnsitzänderung verweigert hätte.

Schlienz kleidete sich erneut durchgängig in grünen Loden und holte zudem seine schweren Bergschuhe aus dem Koffer. Als er sich im Bad frisch machte, fand er neben der Toilette die Tageszeitung. Offensichtlich wusste das Hotel, wie sich der Herr Direktor während seiner Verrichtung die Zeit vertrieb. Schlienz tat es ihm nach, las und zuckte ein wenig zusammen, weil er offensichtlich einer Hauptkommissarin Bechtl in den Kopf geschossen hatte. Deshalb rief er den Service, ließ sein Gepäck wieder hinuntertragen und befahl seinen Wagen herbei mit der Bemerkung, dringende Geschäfte hätten sich per Funktelefon angekündigt und er müsse sofort abreisen.

»Niemand darf die Suite betreten, bevor Familie Vinsleitner angekommen ist«, sagte Schlienz und ging.

Er fuhr davon, und niemand wusste, wer da das Hotel für eine kurze Stippvisite benutzt hatte. Schlienz fühlte sich ausgeruht, fast ein wenig fröhlich. Ach wie gut, dass niemand weiß, dass ich Rumpelstilzchen heiß. Sollten sie das Kennzeichen des Autos überprüfen, dann werden sie feststellen, dass der Wagen auf Esther Vinsleitner zugelassen ist. Schlienz fuhr durch die Dunkelheit und wollte nichts anderes, als am frühen Morgen unterhalb des Schlosses am Fels sein. Kurz bevor er in das Tal fuhr, winkte ihm ein alter Mann. Er trug einen weiten Umhang, der bis zum Boden reichte, hatte lange, eisgraue Haare und einen bis zur Brust reichenden Vollbart. Schlienz wollte nicht anhalten, tat es doch wie unter einem Zwang, ließ das Fenster hinabsurren und griff nach dem Papier, das ihm der alte Mann wortlos hineinreichte. Sofort gab er wieder Gas, und als er in den Rückspiegel sah, war der alte Mann verschwunden. Vor Schreck stieg er abrupt auf die Bremse. Die Straße war glücklicherweise leer. Er fuhr langsam weiter, nahm das Blatt Papier vom Beifahrersitz und begann zu lesen. Einmal, dann noch mal.

Dann sah ich den Himmel offen, und siehe, da war ein weißes Pferd, und der, der auf ihm saß »Der Treue und

Wahrhaftige«. Gerecht richtet er und führt er Krieg. Offen-
barung 19, 11.

»In dieser Welt leben wir nicht«, rief Schlienz. »Das glaubt doch keiner.«

Nach wenigen Kilometern im Regen konnte er nicht mehr weiterfahren. Was, wenn die Hunde im Hotel sein Gesicht gefilmt hatten?

Überwachungskameras gab es an allen Orten. Vielleicht sogar in den Zimmern? Nein, sagte er sich, das wäre zu viel Aufwand. Vielleicht lagerten sie die Videos vierundzwanzig Stunden, dann wurden sie überspielt. Außerdem hatte er in der Hotelhalle Hut und Mantel getragen. Man würde ihm seine Anwesenheit niemals wirklich nachweisen können. Was hatte ihn eigentlich zu diesem blödsinnigen Ausflug veranlasst?

Er schielte zu dem Blatt hinüber und sah den Alten vor sich. Was hatte das zu bedeuten? Jetzt würde er gerne einen Mokka nehmen, oder eine Schale Melange.

Wie viele Stunden hatte er nicht an sie gedacht? Wie gerne würde er ihren Namen vergessen, ihre Fältchen an den Mundwinkeln, ihr ebenmäßiges Gesicht, ihre mediterrane Ausstrahlung, ihr Selbstbewusstsein. Längst wusste er, dass der Satz »Sie hat ihn um den Verstand gebracht« keine Floskel war. Aber nicht mit ihm, natürlich nicht. Sie war schließlich keine Göttin. Esther. Jetzt war sie seine Feindin. Er würde sie töten.

Der Regen wurde stärker. Jetzt begann sich in ihm Zweifel zu regen. War das die richtige Richtung? Wo blieb seine Orientierung? Stimmte der Satz »Keinen Weg im Leben geht man wirklich zweimal«? Hatte er den alten Mann wirklich gesehen und die Frau in Weiß mit der Hindin, das Schloss im Fels? Gab es das alles wirklich, oder war es seine Phantasie, unterstützt von hunderten

Romanen, die er gelesen hatte, Kinofilme aller Genres dazu, die ihm hier einen Streich spielte?

Als sie seinen Vater in das Krankenhaus brachten und er ein Privatzimmer verlangte, da hatte der Vater auf den Schreibtisch des Arztes gedroschen und gesagt, meiner Krankheit ist es egal, in welchem Zimmer ich liege.

Später hatte Schlienz die Rechnung bezahlt. Danach seine Mutter untergehakt und sie in seine damalige Wohnung geführt. Sie hatte gesagt, der Platz reicht für eine große Familie, die du nicht hast. Nie in ihrem Leben waren die Eltern stolz auf ihn gewesen. Sie lebten auf der anderen Seite dieser Gesellschaft. Manchmal dachte er: Eigentlich hat die feudale Gesellschaft nie aufgehört zu existieren. Man versucht ständig die alte Adelsgesellschaft zu kopieren. Allerdings hat dieser Geldpöbel übersehen, dass die Adelsschicht profane Arbeit für ordinär hielt, ihrem gottgegebenen Leben für nicht angemessen. Man muss, das hatte er längst begriffen, Zeit haben für das Leben. Er erinnerte sich an eine Zeile eines japanischen Gedichtes aus einer Anthologie, die er in einem Antiquariat entdeckt hatte.

O süßes Mondlicht! – Wenn ich wiedergeboren werde, will ich ein Föhrenwipfel sein.

Das war ein Sinnspruch, der ihm gefiel. Eine Nacht im fahlen Licht des Mondes zu verbringen, um am frühen Morgen die Sonne als Föhrenwipfel zu begrüßen, was für ein Leben wäre das!

Jetzt wurde es Zeit, sich wieder zu zügeln. Er durfte nicht davontreiben wie in einer Gondel, die langsam vom Canal Grande ins offene Meer trieb. Er hatte etwas vor, und dazu brauchte er Pflichtbewusstsein und Selbstkontrolle. Seine Hände zitterten, Schweiß lief ihm über den Rücken. Es ging ihm schlecht. Sie war schuld daran, dass er immer wieder in diesen Zustand geriet.

»Geh weg, Esther«, rief er.

»Du bist doch nur ein armer Teufel«, hatte sie zu ihm gesagt. Wie kann der Teufel im christlichen Abendland ein armer Teufel sein? Armer Teufel, das klingt mitleidend. Schwamm drüber.

Stille. Im Auto liegend, ließ er die kurze Nacht vergehen. Leise kam das Licht über die Berge. Der frühe Wind spielte kindlich mit einem Herbstblatt. Esther. Sie hatte ihn krank gemacht. War er verrückt und hatte es bisher nicht bemerkt?

Ein Auto fuhr schnell an ihm vorbei und hielt an. Eine dickliche Frau sprang heraus und eilte in seine Richtung, weil es dort ein kleines Wäldchen gab. Sofort stieg Schlienz aus, holte das Jagdgewehr aus dem Kofferraum und ging ihr nach. Er sah sie, neben einem Strauch hockend, wie sie ihren Rock hob, sich auf ordinärste Weise entblößte und sich zu entleeren begann. »So eine Schweinerei darf man nicht durchgehen lassen«, sagte er zu sich. Das Gewehr mit Nachtsichtgerät wurde entsichert, er lud durch und schoss der Dicken in den Kopf. Sie fiel um, wobei ihr breiter Arsch weiß leuchtete.

»Genug jetzt«, dachte Schlienz. Das war nur ein Traum. Schwamm drüber.

Breite Nebel hüllten die Berge ein. Dahinter schwebten Feen, und fleißige Zwerge schlugen Golderz aus dem Fels. Ein Sperling hüpfte über den Asphalt und schaute. Der Tag hatte noch nicht wirklich begonnen. Schlienz legte eine CD ein und fuhr los. Er hörte Mozart, ein Flötenkonzert. Es ging ihm gut. Er hatte Esther erschossen. Jetzt war er wieder der Alte.

Als er richtig erwachte, waren die Scheiben nass. Schlienz griff nach seinem Lunchpaket und goss sich vorsichtig schwarzen Tee in den Becher der Thermoskanne, den er ohne Zugaben trank. Die neuerliche Unruhe in ihm zwang ihn, auszusteigen und sich am Kofferraum zu schaffen zu machen. Er öffnete den geheimen Verschluss, entnahm das Jagdgewehr, und roch am Lauf. Nach Öl roch es. Wonach noch? Wie musste ein benutztes Gewehr riechen? Er hatte keine Ahnung. Die Patronen jedenfalls waren groß, sehr groß. Ein Kopfschuss musste arge Verheerungen anrichten, vermutete er. Weit gefehlt und doch getroffen. Er lachte. Das war bei einem seiner ersten Versuche während der Jagd in Polen gewesen. Wer hatte das zu ihm gesagt? Weit gefehlt und doch getroffen. Er sperrte das Gewehr wieder ein und stieg in den Wagen zurück. Alles geträumt. Das war keine Erkenntnis, das war sein Beschluss, ein Befehl. Alles nur geträumt und Esther lebte.

Und eine halbe Stunde später? Dann war da auch wieder jene Realität unter dem Beifahrersitz, die er hasste. Leere Packungen Chili-Chips und zwei Dosen Cola. Zwanghafte Rückfälle ins Proletentum. Immer wieder geschah es. Er musste es sich eingestehen, weil er dieses Zeug in vollen Zügen genoss. Nicht bei helllichtem Tage, o nein, des Nachts, nur des Nachts, wenn er durch die Straßen schlich und sich an Automaten bediente, das Geld in die Schächte fallen ließ und die Sucht befriedigte. Es war durchaus auch schon in schlaflosen Nächten passiert. Kurz entschlossen hatte er sich dann angekleidet und war zum Hauptbahnhof gefahren, hatte sich dort unter das ramponierte Publikum gemischt und voller Gier die Chips gekaut und die Cola in sich hineingeschüttet. Es war eine Sucht, dessen war er sich längst sicher. Niemand, der ihn kannte, würde ihm diese Sucht unterstellen. Bei ihm in der Wohnung gab es nichts dergleichen. Englisches Gebäck, belgische Pralinen, das ja, aber keine Chips oder Cola. Auch keinen Alkohol. Er fürchtete den Alkohol. Zu oft schon hatte er Entgleisungen erleben müssen, wenn ernsthafte Menschen zusammenbrachen, lallend dalagen und die Welt beschimpften. Er wollte nicht ohne Erinnerungen an die Zeit erwachen. Was könnte er alles daherquatschen im Vollrausch. Er verachtete diese Leute, die sich wankend an Häuserwände entleerten, sich am nächsten Morgen mit einem Filmriss entschuldigten. Nicht er. Er nicht, niemals.

Schlienz blieb perplex. Wo kamen die leeren Tüten und die Coladosen her?

Hatte er irgendwo angehalten?

Dann kamen Bilder in seinen Kopf. Es lag Monate zurück. Sie war klein, zierlich, kaum, dass sie ihm bis an die Brust reichte. Ihr Kopf war geschoren, kahl, voller Pickel. Ihr Gesicht verkrustet, verklebt, schmutzig. Die Kleidung verdiente die Bezeichnung nicht. Er stand in dieser Passage unter der Straße am Automaten und blickte konzentriert auf die prall gefüllten bunten Tüten. Er hatte sie für einen kleinen Jungen gehalten, zunächst.

»Ich mach's dir«, hatte sie gesagt, »ich mach's für kleines Geld.«

Er war erschrocken und hatte auf die Zunge mit dem Piercing gestarrt. Sie machte damit ordinäre Bewegungen. »Lass mich in Ruhe«, hatte er gesagt. Da war sie noch einen Schritt näher gekommen und hatte ihn hasserfüllt, anders konnte er ihren Blick nicht deuten, angestarrt.

»Ich mach's für kleines Geld«, hatte sie beharrt, »oder ich brülle die Schmiere her, die Bullen. Du fasst kleine Mädchen an, du Sau.«

Dann kamen die Chips und die Colas aus dem Automaten, und er wollte sie nur vertreiben, wegschieben, stoßen, unentdeckt davoneilen, da hatte sie schon ein Messer in der linken Hand.

»Gib mir Geld«, hatte sie gesagt.

Er steckte die Coladosen in die Manteltasche und hielt wie zum Schutz die Chipstüten vor seinen Unterleib. Waren sie denn allein in dieser Passage?

»Bist du schwul? Suchst du kleine Jungs? Gib das Geld her, du Sau.«

Sie machte eine kurze Bewegung mit der Hand, an der er erkennen sollte, dass sie geübt war mit dem Messer.

»Schön«, hatte er gesagt, »umsonst ist der Tod.«

Er war mit dem kleinen Stinktier in einen Rohbau gegangen und hatte sie dort angesehen, wie er Esther ansehen wollte in der Minute ihres Todes. Sie war nicht Esther, aber er machte sie in seinem Kopf zu Esther, dann nahm er seine kleine Pistole aus dem Wadenhalter und schoss ihr in den Kopf. Einen zweiten Schuss gab er ihr in ein Auge, weil die Kugel von dort direkt in das Gehirn rast und es zerstört. Das war alles. Er war enttäuscht, denn es gab in ihm keinerlei Befriedigung. Sie war nicht Esther. Ein Straßenkind von vielleicht fünfzehn Jahren, das ihn ausrauben wollte. Also nahm er die Waffe und erschoss sie. Selber schuld. Schwamm drüber.

War das so passiert? Stunden später saß er mit Cola und Chips in seinem Auto und hörte Bachs *Brandenburgische Konzerte* eins bis drei. Und während er sich ziellos durch die Straßen treiben ließ, kam aus seiner Erinnerung die 9-mm-Luger in sein Gedächtnis zurück. Er fuhr zu einem seiner Verstecke. Dort zog er einen Blaumann über und raste in den Villenvorort. Inzwischen war es hell, und er konnte wieder klar denken. Er war in die Tiefgarage von Esthers Wohnhaus eingedrungen. Dort hatte er schnell die Eisenkiste geöffnet, die an der Wand von Esthers Stellplatz mit Ketten befestigt war. Verpackt in drei ölverschmierten Lappen ruhte dort nun die Luger in der Kiste, und er wusste, Esther würde solche Drecklappen niemals anfassen.

Die Pistole war ein gutes Argument gegen Esther. Sie würde sich fragen lassen müssen, warum sie ein fünfzehnjähriges Kind erschossen hat, wenn er es so wollte und sie anzeigte. Bei diesem Gedanken musste er herzlich lachen.

Als er gegen Mittag in seiner Wohnung ankam, da hatte er die ganze Affäre schon vergessen. War etwas passiert? Er hatte ein Bad genommen. Nichts war geschehen. Schwamm drüber.

5

Die Gräfin erschrak, als sie den fremden Mann auf dem kahlen Fels liegen sah. Es konnte keinen Irrtum geben. Bevor sie sich drehte und dem Mann ins Gesicht starrte, den sie zunächst für einen Jäger hielt, einen Städter selbstverständlich, der sich in ihre Wälder verirrt hatte, glaubte sie ein auf sie gerichtetes Gewehr zu sehen.

Sie rückte die verrutschte Stola auf ihren Schultern zurecht, legte das Plaid korrekt um ihre Hüften und konzentrierte sich erneut auf das Blatt vor sich auf dem Tisch. Wie lange war es her, wie viel Zeit war vergangen, seit sie diese Traumbilder gesehen hatte, diesen Mann, der sein Gewehr auf sie anlegte und sie erschoss? Hatte der Graf noch gelebt? Oder doch nicht? Gleichviel, sie wusste, es würde nun bald geschehen, denn sie hatte ihn gesehen, leibhaftig, jenen Mann, der es damals in ihrem Traum getan hatte. Sie erinnerte sich gut an die Situation. Just an diesem Platz in der Nähe der Klamm war sie, als sie hinüberging zu dem alten Felsen, sich drehte und die Berge ansah, ein letztes Mal, dann fiel ein Schuss. Sie war tot gewesen in ihrem Traum. Aber seitdem hatte sie auf ihren Mörder gewartet. Sie saß da und machte sich Notizen. Eine gewöhnliche Erscheinung war dieser Mann, nichts Besonderes. Genau wie in ihrem Traum. Eine dieser menschlichen Vervielfältigungen, wie der Graf sich auszudrücken pflegte, die man nicht weiter berücksichtigen musste. Diese Spezies der Mittelmäßigen, die dem Mammon nachjagten und dabei jede Form der edlen Gesinnung vermieden. Wenn man jene beobachtete, hatte der Graf gemeint, könnte man in Zweifel geraten, dass Gott der Schöpfer der Menschen sei. Damals hatte der Graf die Menschen unter diesem Blickwinkel beurteilt, weil es Leute gegeben hatte, die ihm Kaufangebote für das Schloss und den Wald gemacht hatten, um ihn später zu quälen, als er seine unmissverständlich ablehnende Antwort gegeben hatte. O ja, geschmeichelt hatten sie zunächst und antichambriert, bis es klar war, der Graf würde seine Meinung nicht ändern. Die unteren Wiesen sollten als Golfplatz dienen, zum Ort hin würden diverse Wochenendvillen auf Parzellen gebaut und das Schloss als Lusthaus für Fressorgien und sonstige Unsittlichkeiten missbraucht. Nein, hatte der Graf gesagt, nicht einmal über meine Leiche lasse ich die Natur am Berg verderben, das bin ich dem Schöpfer schuldig. Sie hatten ihn mit einem umstürzenden Baum getötet, was von den Behörden als Unfall abgetan worden war. Du darfst dich nicht quälen. Die Gräfin erhob sich. Sie hatte ihre Möbel umstellen lassen, nachdem der Graf seine lange Reise angetreten hatte.

Jetzt befand sich ihre Schlafstelle direkt beim offenen Kamin. Der Raum war hoch, auch ein wenig durchfeuchtet, was den schweren Möbeln schadete. Sie hatte den großen Schrank für ihre Kleidung, zwei Truhen für die Wäsche und einen Bücherschrank in diesen Raum bringen lassen, dazu die Standuhr und das Bild des Grafen. Am Boden lagen schwere Teppiche, die ihren Füßen wohltaten. Genau in der Mitte des Raumes, dort, wo sich am Mittag das Licht vom Fenster her einfand, stand ihr kleiner Louis-Seize-Tisch, an dem sie ihrer Beschäftigung nachging. Kleine Zeichnungen, die niemand anderes als sie selbst übersetzen konnte. Sie glaubte zu wissen, wer ihr die Hand führte, aber darüber sprechen würde sie niemals. Nun also sollte es sein, und sie musste sich wappnen, wollte den Kampf aufnehmen, sich auf keinen Fall wehrlos geschlagen geben, das war sie dem Grafen schuldig. Wenn ihr Mörder die Oberhand behalten würde, wovon sie ausging, dann sollte er es nicht so einfach haben, wie es die Mörder des Grafen gehabt hatten. Sie betrachtete ihre Zeichnung des Gesichts jenes Mannes, den sie im Traum gesehen hatte. Hatte der dort am Fels tatsächlich ein Gewehr gehabt? Die Gräfin ging zum Fenster und schaute in die Dunkelheit hinaus. Sie benutzte als Lichtquellen ausschließlich schwere Kerzen. Nur an ihrem Tisch stand eine Lampe, die von einer großen Batterie ihre Leuchtkraft bekam. Von draußen war die Klamm zu hören, sonst war sie von Stille umhüllt.

Sie schlug die schweren Vorhänge an ihrem Bett zurück. Staub löste sich dabei vom Baldachin, aber das störte sie nicht weiter. Auf einem Eisengestell im Kaminfeuer wartete ihre metallene Wärmflasche, die sie nahm und unter das Plumeau schob, damit mollige Wärme sie umfing, wenn sie zu Bett ging. Wie jeden Abend nahm sie die Bibel zur Hand und schlug willkürlich eine Seite auf.

Wer einen Menschen erschlägt, der soll des Todes sterben. 3. Mose 24, 17.

Mit diesem Satz konnte sie nicht zur nächtlichen Ruhe kommen, das war unmöglich. Sie griff nach der Taschenlampe und schritt hinüber zur großen Flügeltür, zögerte einen Moment, nahm ihre Kraft zusammen und stieß sie auf. Nun stand sie in der Bibliothek des Grafen, die sie seit seiner Reise in die Ewigkeit nicht mehr betreten hatte.

Sein lederner Ohrensessel am Fenster und ein kleines Tischchen waren das einzige Mobiliar, sonst gab es nur die Bücherwände mit fünfzigtausend Bänden. Der Graf hatte feste Lesezeiten. Früh zwischen fünf und sieben Uhr, am Nachmittag eine Stunde vor dem Tee, dann noch am Abend von zwanzig bis dreiundzwanzig Uhr. Sie sah ihn. Da saß er, nahm seinen Kneifer von der Nase, senkte das Buch und schaute sie erstaunt, aber nicht unwirsch an.

»Mir gehen die Worte des Cicero durch den Kopf, der da sagte: Die ganze Clique der Epikureer, immer aus dem gleichen Irrtum heraus fern von der Wahrheit; und zwar verspottete sie, immer im Glauben, verlachen zu müssen, was sie nicht weiß, das heilige Schriftwerk und die erhabensten Geheimnisse der Natur.«

Er legte das Buch auf das Tischchen und schaute vor sich hin.

»Man amüsiert sich, weil man nichts versteht und nichts verstehen will«, sagte der Graf. »Dafür hat Gott uns nicht die Erde gegeben und den Menschen das Leben.«

Er legte den Kopf zur Seite und sah sie nun direkt an. »Was ist der Grund Ihres Besuches, Gräfin? Ich denke, die gelesenen Worte aus der Bibel sind Ihrerseits nicht zu thematisieren. Das Wort steht geschrieben. Nun, da Sie Ihre Voraussagung erfüllt sehen, ist es an der Zeit, die notwendigen Vorbereitungen zu treffen. Entblößen Sie die Spiegel und seien Sie klug. Genug nun, wir wollen doch unsere Zeit nicht verplaudern.«

Die Gräfin erschrak, weil der Graf so lebendig schien. Schnell zog sie sich wieder in ihre Räumlichkeiten zurück und beschloss, sofort sämtliche schwarzen Tücher von den Spiegeln zu entfernen, die seit dem Abschied des Grafen dort hingen. Einmal, so hatte der Graf erzählt, wenn die Zeit gekommen ist, wird ein göttlicher Vogel vom Himmel herabschweben, um meine Seele abzuholen. War mein Leben Gott genehm, so wird es vielleicht ein Engel sein. Man muss alle Spiegel im Schloss verhängen, damit meine Seele durch ein offenes Fenster davonkann und nicht durch das Bild im Spiegel irritiert wird. So hatte sie es getan und nichts mehr verändert.

Die Gräfin schritt durch die fünf Räume neben der Bibliothek. Sie stieg die Treppe zum Erdgeschoss hinab, durchlief auch dort alle Räume, vermied kleinliche Gedanken und stand wieder in ihrem Raum, den Arm voller schwarzer Tücher. Sie öffnete den Schrank und warf die Tücher hinein. Seit der Graf das Schloss verlassen hatte, war sie ihrem eigenen Anblick ausgewichen. Nun sah sie sich im Spiegel an. Auf jeden Fall würde sie morgen ihre weiße Trauerkleidung ablegen und sich für die kommenden Ereignisse kleiden. Das Licht der Batterielampe war nicht stark genug, ihr Gesicht richtig auszuleuchten. Wozu auch? Eitelkeit ist die Verzweiflung der sinnentleerten Überflussgesellschaft. Sie war schmal geworden und leichtgewichtig. Ihre einstmals braunen Haare waren nun grau. Ihr Gesicht hatte sich zu einem Adlerantlitz verändert. Sie kannte ihren stechenden Blick, die schmalen Wangen betonten die steile Nase, und der Mund war fast lippenlos. Dabei war sie doch erst vierzig Jahre alt. Wäre sie nicht langhaarig und stark ergraut, man hätte sie für einen heranwachsenden Jüngling halten können, dünn wie sie war. Dann stand ihr Entschluss fest. Wenn ihre Vorbereitungen abgeschlossen waren, würde sie sich in das Turmzimmer zurückziehen. Dort konnte ein Ortsunkundiger sie kaum vermuten. Sie hatte die Pflicht, das Erbe des Grafen zu bewahren, und diese Pflicht würde sie erfüllen. Als diese fremde Frau ihr ein Kaufangebot gemacht hatte, da war sie noch überrascht gewesen von der Verlogenheit dieser Person, die sie sogar durch das Telefon gespürt hatte. Sie hatte so getan, als sei sie interessiert, um Zeit zu gewinnen. Der Graf hatte es ihr immer wieder gesagt: Gräfin, rechnen Sie nicht mit der Barmherzigkeit einer Gesellschaft, die sich allein über das Geld definiert. Das würde sie sicher nicht tun. Die Gräfin nahm einen stabilen Cordanzug aus dem Schrank und dazu einen dicken Pullover; die schweren Schnürschuhe fand sie in der Truhe. Sie griff nach dem Nachtsichtgerät, stellte es auf ihren Tisch und griff nach den Rollen mit den

Plänen des Schlosses, um ihre Strategie zu überprüfen. Lange Zeit hatte sie sich diese Pläne nicht vergegenwärtigt. Wozu auch? Sie bewegte sich fast ausschließlich im ersten Stock, und den würde sie mit verbundenen Augen durchlaufen können. Die Treppe vom ersten Stock klebte an der Mauer und war, dem gesamten Gebäude entsprechend, schmal gehalten. Der Platz zwischen dem Berg und dem Graben hatte dem frühen Bauherrn nicht mehr Fläche geboten. Allerdings waren die Räume großzügig gehalten. Eine schwere Doppeltür versperrte den Zugang zum Vestibül, dort standen nun keinerlei Möbel mehr. Die nachfolgende Tür führte in den Empfangsraum, in dem noch immer mehrere Wartebänke standen, dazu ein winziger Schreibtisch, an dem der Graf Gäste empfangen hatte, die nicht in sein Büro vordringen durften. Dieses Bürozimmer war nun der Raum der Gräfin. Erst am Ende der Räume befand sich die Bibliothek des Grafen, dann, nur durch eine schmale Tür von Büchern getarnt, der Schlafraum. Fenster gab es nur zur Waldseite, also dem Tal zugewandt.

Der erste Stock bot den Rittersaal mit einem riesigen Tisch im Zentrum. Ein herrlicher Raum, den die Gräfin sehr mochte, der wegen seiner Zugigkeit und Kälte aber gemieden wurde. Dahinter lag nur noch ein kleiner Raum mit einer Falltreppe, die direkt in das Schlafgemach der Gräfin führte. Von dort hatten die Vorfahren des Grafen die Gespräche ihrer Gäste belauscht. Man wusste ja nie, was jene im Schilde führten. Im Erdgeschoss des Gebäudes befand sich die Remise, Stallungen für Pferde und sonstige Nutztiere, sowie am Eingang, direkt vom Schlosstor nach wenigen Metern zu erreichen, die große Küche. Von dort wurden die Gäste im Rittersaal mittels eines Aufzuges bewirtet. Über den

Wohnräumen des zweiten Stocks befanden sich Lager-
räume für Waren aller Art, denn die Winter waren lang
und die Wege ins Tal häufig verschneit und vereist.

Die Gräfin rollte die Pläne wieder ein und stellte sie
an ihren Platz zurück. Sie nahm die Lampe, hängte sich
das Nachtsichtgerät um den Hals, legte einen Schal um
und setzte sich eine Mütze auf; dann verließ sie den
zweiten Stock und stieg hinab. Sie ging durch die Küche
zu einer Tür, die zu den Vorratsräumen führte, nahm
tief Luft und stieß eine weitere Tür auf, getarnt durch
ein großes Regal, stieg die Stufen hinab in den Berg,
öffnete mit einem alten Schlüssel eine weitere Tür und
befand sich in der schlosseigenen Kapelle, die der Graf
nach dem Tod seiner Mutter eingerichtet hatte. Noch
immer roch es dort säuerlich, denn ursprünglich lagerte
in dieser Grotte der Wein der Grafen. Der Graf hatte
nach seiner Studentenzeit dem Alkohol abgeschworen
und zum Gedenken an seine Mutter diese kleine Kapelle
eingerichtet. Es gab auch nur einen kleinen Altar mit
einer Muttergottes im Zentrum und einem Stuhl für
stille Gebete. Die Gräfin schaute auf das Lichtspiel im
Fels und die deutlich sichtbare Feuchtigkeit dort. Sie
zündete die zwei schweren Kerzen an, die einen Meter
hoch neben dem Altar standen. Dann bekreuzigte sie
sich, trat hinter den Altar, kroch in eine Höhlung darunter, öffnete die Klappe und schlüpfte hindurch. Auf
den Stufen stehend blickte sie nach oben und schaute
auf die untere Seite des Altarsteins. Nur wenige Meter
weiter, die Luft wurde unangenehm und schwer, öffnete sie eine schmale hohe Klappe, die geräuschvoll
nach oben schwang, und betrat die steilen Treppen
des Schlossturms. Die Gräfin verschnaufte einen Moment, bevor sie sich auf den Weg machte. Sie wuss-

te, sie würde nur seitlich gehend nach oben kommen, weil ihr sonst schwindelig wurde. Das war mühselig und strapaziös. Der Turm hatte nämlich ein Geheimnis. Der übliche Weg führte vom Hof, der Eingang befand sich gleich neben der Küche, durch eine gut sichtbare Pforte nach oben. Was der normale Besucher aber nicht wusste, war, dass sich zwischen der inneren Wand und der Außenmauer des Turms noch eine schmale Geheimtreppe befand, die nur die Grafen gekannt hatten. Diese geheime Treppe führte in einen Raum über dem Raum, den die innere Treppe für den Besucher des Turms bereit hielt. Auf dieser schmalen äußeren Treppe stieg die Gräfin hinauf, und es kostete sie viel Kraft. Manchmal blieb sie stehen und lauschte an der Mauer, als wollte sie hören, ob jemand die innere Treppe hinaufstieg. Oben angekommen, musste sie einen lanzenähnlichen Stab aus einer Wandklammer ziehen, mit dem sie die über ihr befindliche Klappe aufstieß und die dort befindliche Treppe nach unten zog. Sie war erstaunt, wie neu und modern diese Einrichtung war. Der Graf musste sie noch kurz vor seinem Heimgang neu angelegt haben. War sie denn so lange schon nicht mehr im Turmzimmer gewesen? Sie hörte den Wind und das Geräusch, von dem der Graf gesagt hatte, der Berg spricht mit uns. Das runde Zimmer war winzig und nur mit einem Feldbett bestückt. Sie nahm die muffig und ekelhaft riechenden Decken ab und warf sie kurzentschlossen in den Burggraben.

Das Fenster ließ sich erstaunlich leicht öffnen und schließen. Sie würde sich ihren Daunenschlafsack nehmen, wenn es an der Zeit wäre, in den Turm zu gehen. Durch das Nachtglas blickte sie über die Bäume ins Tal, aber es war friedlich und dunkel, so wie sie es mochte.

Dann stieg sie wieder hinab, verrichtete in der Kapelle ein stilles Gebet, löschte die Kerzen, leuchtete im Hof noch das Eingangstor ab und ging in ihren Raum zurück. Sie fühlte sich erschöpft. Mit ihrer Lampe, die nun wieder auf ihrem Tisch stand, gab sie dem Grafen Licht. Sein Bild hing ihrem Bett gegenüber. Ein spätes Gemälde, wenige Jahre vor seinem Tod von einem befreundeten Maler eingerichtet. Wie alt er aussieht, dachte die Gräfin. Er war siebzehn Jahre älter als sie gewesen, aber eigentlich hatte sie das nie so empfunden. Als ihr Vater ihr den Wunsch des Grafen offenbart hatte, da war sie lachend in ihr Zimmer gestürmt. Erst nach dem Besuch im Schloss war sie beeindruckt im Fond der Limousine ihres Vaters gesessen und hatte geschwiegen. Das war es nicht, was sie sich mit ihren Freundinnen aus dem Lyzeum für ihr Leben ausgemalt hatte. Natürlich würden sie alle innerhalb der Gesellschaft heiraten, das war selbstverständlich, aber der Graf war damals in einem Alter, das sie jetzt als seine Witwe erreicht hatte. Sie wurde zu Bällen der höheren Töchter geführt, nahm an Freizeiten der Clubs ihres Vaters teil und empfand die jungen Männer als oberflächlich und albern. Nach einem Besuch des Bischofs, ihr Vater beriet die Kirche in Gelddingen, kam im Büro des Vaters ein Gespräch zustande, das sie als bedenkenswert und nützlich empfand. Der Bischof hatte keine Empfehlung ausgesprochen, er hatte abschließend nur gesagt, es gibt nur wenige, die sich nicht von der Welt blenden lassen und wissen, was sie der Schöpfung schuldig sind. Sie war dann durch die Wälder des Grafen gewandert und hatte dort seine Handschrift lesen können. Dort fand sie das, was der Bischof gemeint hatte, und sie nahm es klopfenden Herzens an. Die Dummheit braucht ständig

Amüsement und Gesellschaft, hatte ihr Vater gesagt, du bist zu klug, um das zu wollen. Schließlich hatte sie ihr Einverständnis erklärt, und es war zur Eheschließung gekommen. Inzwischen waren alle tot. Ihr Vater, die Mutter, der Bischof, der Graf.

Nur einmal noch war sie zu einem Treffen ihrer alten Schule gefahren, hatte sich Familienbilder angesehen und Ehegeschichten angehört. Sie wusste längst, dass das nicht die Wahrheit des Lebens war. Sie war ins Schloss zurückgekehrt und kümmerte sich um das Wild, das Holz und den ins Tal stürzenden Bach. Das Wild wollte man ihr gegen Bezahlung abschießen, ihre Wälder störten die Erschließung der Berge und mögliche Skipisten weiter oben im Eis. Den Bach wollte man zähmen und wirtschaftlich nutzen. Sie verweigerte sich, und es dauerte nicht lange, da verweigerten die Banken Geld für ihre Art der Wirtschaft. Die Gemeindeverwaltung verklagte sie wegen Behinderung der öffentlichen Aufgaben, und die Dörfler hassten sie, weil sie den Tourismus unterband. Es ging um Geld. Es ging um viel Geld. Das war eigentlich alles. Die Gräfin strich sich das Haar aus der Stirn. Um wieder zu Atem zu kommen, hatte sie das Gerücht gestützt, sie würde allen Besitz veräußern. Die Nacht kroch langsam über den Berg, und von Osten her kam das Licht neu in die Welt. Nun schickten sie ihr einen Mann, der sie töten sollte. Aber dann soll es eben so sein. Sie wollte nur aufpassen und ihm kein einfaches Ziel bieten. Es war noch nicht angerichtet, das Werk war nicht vollendet. Sie würde keine Verträge unterschreiben, das stand fest. Ihr Testament lag bereits bei einem Notar.

Die Gräfin stand von ihrem Stuhl auf und streckte sich. Nun hatte sie wieder eine ganze Nacht lang nicht geschlafen. Wohin sollte das noch führen? Sie griff zur Bibel und schlug willkürlich eine Seite auf.

Und lagerte vor dem Garten Eden die Cherubim mit einem großen Schwert, zu bewahren den Weg zu dem Baum des Lebens. 1. Mose 3, 24.

Sie würde, bei ihrem Leben, niemandem gestatten, das Werk Gottes zu gefährden. Langsam stand sie auf, verzichtete auf ihr Frühstück, nahm ihren weiten Mantel mit der Kapuze aus dem Schrank, stieg die Treppen hinab, ging über den Hof zum Tor, schloss die Pforte auf und trat über die Brücke auf den Weg, der in das Tal hinabführte. Sie wollte an der Wegbiegung, in der Nähe der Stelle, an der sie den Fremden auf der anderen Seite der Klamm gesehen hatte, hinüberschauen zu dem kleinen Fenster im Turm, um zu prüfen, ob sie diesen Bereich einsehen konnte, ohne dass der Mann die Chance hatte, sich zu verbergen. Sie würde eine knappe halbe Stunde hinabsteigen müssen, das wusste sie. Weißer Nebel stand noch über dem Tal, und der Weg war nass. Die Luft war rein und still. Der Weg war ungefähr zwei Meter breit. Rechts ging es steil nach unten. Sie hörte das Rauschen des Bachs in der Klamm. Er war auf ihrer Seite, das wusste sie. Links vom Weg ging es die Bergwand hinauf. Ein, zwei einsame Bäume hielten ihre Stämme dem Himmelslicht entgegen. Sonst wuchsen nur hartnäckige Flechten und Moose am Stein. Der Weg selbst war übersät von Steinen. Manche Felsbrocken, nur spärlich getarnt durch altes Laub und Baumnadeln, lagen vor ihr wie alte ausgebleichte Knochen aus archaischer Zeit. Ihr Blick ging hinüber zu einem Berg und einer Felswand, die schon Schnee trugen. Wenn es nur endlich schneien würde, dann hätte sie einen Winter lang ihre Ruhe. Aber daran glaubte sie nicht mehr, seit sie den Fremden gesehen hatte. Er war nach englischer Art gekleidet, und doch hatte sie nie daran geglaubt, dass es sich um einen Gentleman handeln könnte.

Die Gräfin kehrte um. In den Stallungen warteten ihr Pferd, eine Kuh, Ziegen und Hühner. Sie hatte sie zu füttern und ihre sonstigen Morgengeschäfte zu erledigen. Nachdem alles in Ordnung gebracht war, sie das Pferd im inneren Hof des Schlosses bewegt hatte, wusch sie sich in der Küche und trat an ihr Bett. Sie musste Kraft schöpfen, denn wer würde den Übeltätern sonst entgegentreten?

6

Dein Sterben ist der Anfang und das Ende, Alpha und Omega. Aus dir wird der Boden zwischen Himmel und Erde, so war es und so wird es sein, auf ewig, solange die Erde besteht. So stirb also und werde.

Severin hob die schwere Axt über den Kopf und schlug gezielt und kraftvoll zu. Er musste diesen Schlag mehrmals wiederholen, fast bis zur eigenen Erschöpfung, bis ein langgezogenes Stöhnen endlich das Ende ankündigte. Der Baum lag quer über dem schmalen Teerband, das sich bis unterhalb des Schlosses hinzog und fast ausschließlich von den Fahrzeugen der Gemeinde genutzt wurde, die zu den Bergen neben dem Schlossberg fuhren. Das war nun erst einmal vorbei. Wenn es nach seinem Willen ging, dann für den gesamten kommenden Winter.

Severin wischte sich den Schweiß von der Stirn und strich sich über den Bart. Danach schulterte er die Axt und ging tief in den Wald hinein. Lange hatte er nach einem kranken Baum Ausschau halten müssen, bis er jenen gefunden hatte, der nun das Schloss schützen sollte. Natürlich wusste er, dass eine Kettensäge genügen würde, die Barriere zu räumen, aber vielleicht kamen sie in den nächsten Wochen nicht herauf, und danach würde es wegen des Schneefalls zu spät sein. Der Gräfin hatte er sein Anliegen nicht vorgetragen. Er hatte den Baum gefällt, obwohl es ihr Wald war und er sie hätte fragen müssen. Nun war es geschehen und es war recht geschehen. Wenn nur bald der Schnee käme, dachte er.

Die Gräfin hatte sich den ganzen Sommer über zurückgezogen, und er wusste nicht, ob sie die Entscheidung der Gemeinde und des Landes, der Banken auch, zur Kenntnis genommen hatte, das gesamte Tal für den Tourismus zu erschließen. »Dass die tumbe Masse Mensch eine Mehrheit bildet, bedeutet noch lange nicht, dass sie auch recht hat«, sagte er laut.

Severin wurde von den Menschen gefürchtet. Er war ein Riese von einem Kerl, besaß mächtige Kraft, und die Kinder nannten ihn Moses wegen des langen Bartes und der schulterlangen Haare. Er aber hatte sich den Namen Severin gegeben, seit er mit persönlicher Genehmigung des Grafen die Hütte im Wald bezogen hatte. Inzwischen waren fast zwei Jahre seit dem Tod des Grafen vergangen.

Zunächst war es nicht mehr als eine Nächtigungsmöglichkeit im Sommer gewesen. Doch inzwischen waren die vierzig Quadratmeter mit einer Dusche, einem chemischen Klo, einer kleinen Solarstation und Dichtungsmaterial für die Außenwände versehen, so dass er das ganze Jahr dort leben konnte. Da er keine Rauchzeichen abgab, auch sonst still inmitten des Waldes lebte, war er der Überzeugung, für die Welt fast unsichtbar zu sein.

Der Baumbestand wurde, je näher er an seine Hütte kam, immer dichter. Dunkel war es unter den hohen Baumkronen. Er hatte sich angewöhnt, immer einen anderen Weg zu finden, damit ihn nicht eines Tages ein ausgetretener Pfad verraten würde. Aber trotzdem wussten die Leute im Dorf, dass er irgendwo in den Wäldern lebte. Die unheimlichsten Geschichten wurden über ihn erzählt: dass er ein unehelicher Sohn des Grafen sei und was den kleinen Leuten alles so an Gespenstergeschichten einfiel. Viele dachten, er hause in einer Höhle oben am Berg, aber dort wäre er längst erfroren.

Severin ging vorsichtig und behutsam, Schritt für Schritt, damit er keinen Zweig abbrach oder sonst ein deutbares Zeichen hinterließ. Er hoffte, die Gräfin hätte seine Baumaktion nicht gehört. Kein Baum starb still und schweigend. Er musste eine kleine Anhöhe erklimmen, bevor er die Mulde mit seiner Hütte fand. Oben angekommen, schaute er zwischen den Bäumen zum Weg hin, der in der Helligkeit des keimenden Tages lag und sah sie, die Gräfin, langsam den Weg hinabgehen. Was tat sie? Sie trug ihren weiten dunklen Mantel mit der Kapuze, der fast auf den Boden reichte und sie aussehen ließ wie eine Druidin. Leute aus den umliegenden Dörfern würden sich bekreuzigen, würden sie die Gräfin so sehen. Sie ging nicht, sie schien zu schweben. Severin blieb stehen und sah ihr neugierig zu. Bei der Biegung des Wegs, bevor dieser breiter werdend direkt hinab in das Tal führte, blieb sie stehen, machte eine abrupte Kehrtwendung und ging zurück. Für einen kurzen Moment konnte er ihr weißes Gesicht sehen, die schmalen Wangen und die spitze Nase. Sie trug ihre weiße Trauerkleidung nicht mehr, stellte Severin fest.

Halten Sie ein Auge auf die Gräfin, hatte der Graf zu

ihm gesagt, man wird ihr von bestimmter Seite arg zusetzen. Er hatte es versprochen.

Für einen Moment ärgerte er sich, dass sie wieder die Tür der Pforte offen gelassen hatte, ohne sie zu sichern, aber dann sah er den weißen Hirsch durch die Pforte schreiten und im Wald verschwinden. Er wartete, bis sie die Pforte ins Schloss fallen ließ, erst dann setzte er seinen Weg fort. Ihm war bekannt, welche Abschussprämien unter der Hand für diesen Hirsch geboten wurden. Zwar lebte er nicht mehr unter den Städtern und Dörflern, aber er hatte nach wie vor seine Verbindungen.

An seiner Hütte angekommen, hängte er die Axt an die Innenseite seiner Tür und wusch sich am offenen Wasser. Er hatte beim Umbau der Hütte über die handwerklichen Fähigkeiten gestaunt, die in ihm schlummerten. Auch den Steintrog – einen Meter lang, fünfzig breit, fünfzig tief – hatte er aus einem Felsen geschlagen und dann das Wasser der nahen Quelle dorthin umgeleitet. So plätscherte das Bächlein fröhlich durch seinen Trog und nahm danach seinen normalen Lauf in das Tal wieder auf. Das Wasser war sehr kalt, er hatte sich daran gewöhnt. Nachdem er sich den Schweiß vom Körper gewaschen hatte, füllte er noch einen Eimer und ging in seine Hütte. Ein Tee würde ihm guttun. Die Blätter und Blüten hatte er selbst gesammelt und getrocknet. Mit dem heißen Tee wollte er sich seinen Studien über Franz von Assisi widmen, aber ihm ging die Gräfin nicht aus dem Kopf, ebenso wenig die allgemeine Situation. Er setzte sich und schloss die Augen. Gestern war ein Fremder durch den Wald gestreift. Er hatte ihn gesehen, wie er vom Fels aus hinüber zum Schloss schaute. Severin atmete schwer. Die Lage schien sich zuzuspitzen. Sollten die Dörfler wegen des Mammons gegen die Gräfin Krieg führen, dann sollten sie ihn kennenlernen. Er dachte so intensiv an sie, dass es ihn in der Brust schmerzte.

7

Bechtl kooperierte nicht. Der Witwer hatte ein Bild seiner getöteten Frau vor sich auf den Couchtisch gelegt und saß nur da, ballte die Fäuste und schwieg. Schuld daran trugen die Herren vom Landeskriminalamt, die ihm bereits einen uncharmanten Besuch abgestattet hatten.

Winkler wunderte sich darüber, dass man das LKA hergeschickt hatte. Man wusste doch, dass er auf dem Weg zu Bechtl war. Winkler saß auf einem unbequemen Stuhl.

»Darf ich mir ein Glas Wasser holen?«

Als Bechtl sich erheben wollte, winkte er ab.

»Lassen Sie nur. Ein Glas Gänsewein tut es allemal, und den kann ich mir selbst holen.« In der Küche genügte ein kurzer Blick zur Orientierung. Bechtl schien kein Mann zu sein, der sich in einer Küche auskannte.

Es gab in dieser Küche fünf Schubladen, und als er die Hängeschränke auf der Suche nach einem Glas öffnete, sah er zwei hübsche Blechdosen, ließ das Wasser laufen und hatte in einer Minute die Schubladen und die zwei Büchsen gemustert. Ein alter Kalender und ein Päckchen beschriebener Zettel, von einem Gummiband gehalten, fanden den Weg in sein Sakko.

Bechtl saß da und stierte auf die Pflanzen. Winkler war sich sicher, dass die grüne Welt der Kollegin Bechtl bei ihrem Mann keine Chance hatte.

»Haben Sie denn jemanden, der Ihnen etwas zu essen macht?«, fragte Winkler fürsorglich.

Bechtl schnaufte und wischte sich über die Augen.

»In drei Wochen wäre sie achtundvierzig geworden«, sagte er.

Winkler wünschte noch einmal Beileid und ging. Vom Auto aus rief er den Oberstaatsanwalt an und berichtete, dass er bei Bechtl gewesen war.

Grüner war sehr kurz angebunden, und so war das Gespräch gleich zu Ende. In einer Seitenstraße hielt er an und überflog die gefundenen Notizen. Eine der Telefonnummern schien ihm interessant zu sein, und er versuchte es.

»Bär.«

»Mit wem spreche ich? Hier ist die Kriminalpolizei.«

»Was soll der Quatsch!«

Damit war das Gespräch auch schon zu Ende. Winkler rief seinen alten Spezi Fürst im Präsidium an und gab ihm den Namen und die Telefonnummer.

»Hast du etwas Größeres vor?«, lachte Fürst.

»Wie immer, weißt du doch«, antwortete er.

»Erst kommt der Minister, dann der Staatssekretär und dann der Herr Bär, Abteilung Wirtschaftsförderung im gleichnamigen Ministerium.«

Winkler staunte.

»Wollen wir uns am Viktualienmarkt auf eine Bratwurst treffen? Ich brauche jemanden, der mir dabei hilft, meine Gedanken zu ordnen.«

Fürst lachte wieder.

»Wenn du dich mit denen anlegst, dann wirst du dir bald keine Bratwürste mehr leisten können«, sagte er.

8

Severin saß auf einem Stein über der Klamm und blinzelte in die späte Sonne, da erinnerte er sich an die erste Begegnung mit dem Grafen. Auch damals hatte ihn die Sonne geblendet, und er hatte überlegt, ob er die Putzfirma wechseln sollte, denn die völlig verschmutzten Fenster seines Büros klagten an. Lustlos hatte er die Unterlagen durchgeblättert und feststellen müssen, dass ihn die ganze Sache im Grunde langweilte. Weder wollte er sich mit Golfplätzen, Wäldern, Wiesen, Bächen oder Touristen beschäftigen noch dafür Geld bewilligen. Aber er hatte diesem Termin zugestimmt und wartete nun auf seinen Gast. Eigentlich mochte er sein Büro nicht. Weder diesen kackefarbenen Boden noch die Sitzgarnitur, diesen Quatschtisch mit acht Stühlen für seine wichtigsten Untergebenen, die furchtbaren Drucke an den Wänden, dieses ganze Getue, schaut her, ich bin's, der Direktor. Dieses ganze Taktieren, interne Psychologie genannt, damit die kleinen Scheißer unter ihm Ehrgeiz entwickelten. Er hatte eine Frau, eine Geliebte, drei Kinder, zwei Autos, ein Haus, ein Ferienhaus, und die Schnauze voll. Die Frau war gegangen, und auch seine Geliebte hatte er ausgezahlt. Nun war er endlich allein, zog man seine treue Sekretärin einmal ab. Zielgerichtet und strategisch genial war er nach dem Studium auf den Karrierehighway eingebogen und hatte seitdem die linke Spur nie mehr verlassen. Plötzlich hatte er eines Tages angefangen, den Menschen zuzuhören, hatte sich die Belanglosigkeiten und Speichelleckereien angehört, die Konsumwelt seiner Frau verachten gelernt mit ihrem

Hang, alles Unangenehme zu verdrängen, samt ihren Kindern, die auch seine waren, die ständig telefonierten und in ihrem Schwachsinn kaum noch zu überbieten waren. Da waren ihm Zweifel gekommen, und er hatte gelesen und nachgedacht. Ihm war bewusst geworden, dass diese Gesellschaft nicht überleben konnte. Aber ihm war auch bewusst geworden, dass sie sich gegen ihren Untergang wehren würde, und zwar mit immer gewalttätigeren Methoden, bis alles vernichtet war. Der Planet erstickte, aber diese Vollidioten forderten billige Benzinpreise. Natürlich auch sein Unternehmen, wegen der Arbeitsplätze. Man schwatzte dem Volke nach dem Maul, weil man sein Wahlverhalten fürchtete. Natürlich sollten sie wählen, aber doch bitte so, dass es die Konjunktur und die Umsätze nicht gefährdete. Auch seine Aktien blieben verschont, darüber konnte er nicht klagen.

Beim Eintreten des Grafen hatte er gewusst, sein Leben würde sich ab sofort radikal ändern.

»Hier geht das nicht«, hatte der Graf gesagt und war wieder zur Tür zurück.

»Wie meinen?«, kam Severins verdutzte Reaktion.

»Ich kann in diesem Stall nicht über meine Anliegen debattieren«, sagte der Graf. »Kommen Sie, wir fahren zu mir ins Schloss.«

Er hatte tatsächlich seinen Mantel gegriffen und war mit dem Grafen ins Gebirge gefahren. Einfach so, alles andere hinter sich lassend. Die Strecke über die Autobahn überbrückte er mit dem Studium der gräflichen Unterlagen, die ihm längst bekannt und die bereits abgelehnt waren. Hatte sich der Vorstand zwar zunächst für eine langfristige Finanzierung entschieden, so war die Lage plötzlich eine andere geworden. Die ungeduldigen Anrufe des Grafen waren von ihm mit taktischen Lügen abgefangen worden. Man erwartete fast eine Milliarde pro anno mehr von den Touristen, wenn der Berg und das Tal ausgebaut würden, hatte der Vorstandsvorsitzende gesagt. Die Bank würde nicht zögern, das Gebiet erschließen zu helfen. Sie brauchten für das Bauvorhaben im kommenden Frühjahr eine Straße hinauf in die Berge. Er hatte den Vorstand angesehen und gelacht. »Das wird Ihnen der Graf nicht erlauben«, hatte er gesagt, »dass Sie ihm eine Straße durch seinen Wald bauen, damit Sie von der anderen Seite an die Skipisten herankommen. Er mag weder Straßen noch Touristen.« Natürlich, ein Bauvorhaben an den Steilhängen der geplanten Skipisten käme viel zu teuer, würde man das Gebiet nicht direkt anfahren können. Man musste über den Schlossberg können, um die Wirtschaftlichkeit zu garantieren. Plötzlich, noch während der Fahrt, hatte er die Akte geschlossen und dem Grafen die Wahrheit gesagt. Keine Fördermittel vom Staat und keinen Kredit mehr, von keinem ihm bekannten Geldinstitut, wenn er sich dem weiter verweigern würde. Der Graf sprach kein Wort mehr. Sie hatten die Autobahn längst schon verlassen und waren in das Tal eingefahren. Er sah die Dörfer und er sah vor allem die Wälder und die Berge. Ihn faszinierte der Blick über diese Landschaft. Der Graf war mit ihm den Weg zum Schloss hinauf zu Fuß gegangen. Vom Schloss aus hatte er seinem inneren Glücksgefühl einen langen Spaziergang gegönnt und war erfrischt zurückgekehrt. Er hatte die Gräfin am Fenster stehen sehen. Sie war die ganze Zeit nicht aufgetaucht, und er empfand das als merkwürdig, fast ein wenig kränkend. Der Graf hatte ihn mit einem Einspänner den Bergweg hinab ins Dorf gefahren, und dort unten, in der Gastwirtschaft auf seinen Wagen wartend, hatte er die Feindschaft der Dörfler gegen den Grafen erstmals deutlich spüren können. Sie wollten die Arbeit am Berg und sie wollten das Geld der Touristen, der Graf stand ihnen im Weg. Später ließ er sich von seinem Fahrer aus dem Dorf abholen. Zurück in München, konnte er die bezaubernde Landschaft nicht vergessen.

»Machen Sie dem Grafen Auflagen, lassen Sie seine Bücher penibel prüfen, er muss und wird Geld brauchen«, hatte der Vorsitzende ausgeführt, und der Staatssekretär neben ihm hatte genickt. Die Bank hatte die besten Anwälte, und es ging um Wirtschaftsförderung und nationale Ökonomie. Man hatte sich verstanden. Die ganze Angelegenheit sollte als Wille der Gemeinden im Tal und ihrer lokalen Bürgermeister öffentlich gemacht werden. Es war immer förderlich, wenn die Bank überhaupt nicht in eine Debatte geriet. Mit den bereits vorhandenen Hypotheken war der Graf erledigt, weil ihm keine Bank mehr etwas lieh.

Severin trat auf die Lichtung und betrachtete den riesigen Eber, der sich unterhalb des Wassertrogs im Schlamm wälzte. Er lächelte. Würde das mächtige Tier auf die Idee kommen, ihn in der Hütte zu besuchen, die Holztür am Eingang würde den Eber kaum daran hindern können. Er trat zurück und sah sein Gesicht im Wasserspiegel. Das war er jetzt also. Ein alter Mann mit wehenden grauen Haaren und einem brustbreiten Bart, in einem dunkelbraunen Kaftan und schweren Stiefeln. Man konnte ihn für einen Benediktiner halten, und das wäre ihm gar nicht unrecht. Severin griff nach einem Apfel und begann zu essen. Er konnte nicht verhehlen, dass ihn eine innere Unruhe ergriffen hatte. Die Gräfin war der Auslöser für seine Baumaktion gewesen, aber nun spürte er, dass ihn das nicht ruhiger gemacht hatte. Er nahm sein Doppelglas und ging in den Wald. Bei den Tannen, dem Übergang vom Wald zu den Wiesenhängen, bei einem kleinen Almbetrieb, wollte er die zwei in seinem Blickfeld befindlichen Dörfer beobachten. Vielleicht konnte er etwas Aufschlussreiches entdecken, anstatt sich mit seinen Gedanken zu martern. Fast eine Stunde benötigte er für den Abstieg. Gleich neben der großen Tanne stand ein Ansitz, den er bestieg. Oben angekommen, setzte er sich auf die schmale Bank und roch die stinkige Zigarre des Försters, der also am frühen Morgen bereits hier oben gewesen war. Er nahm das Glas vor die Augen und ließ die Welt langsam auf sich zukommen. Es schien ein ganz gewöhnlicher Tag zu werden.

Seine Gedanken führten ihn wieder in sein altes Direktorenleben zurück. Dieses vergangene Leben war der Grund, weshalb die Gräfin ihn so sehr hasste. Trug er denn tatsächlich eine Schuld am Tod des Grafen?

Hieß der Mann Weber? Er hatte das *Ingenieurbüro Ruslage* aufgesucht und die Kreditverträge persönlich mit Ruslage durchgesprochen, um die Firma fest an seine Bank zu binden. Im Fahrstuhl war dann dieser Weber an ihn herangetreten und hatte ihn mit der Frage nach den wasserrechtlichen Bedingungen am Berg konfrontiert. Was hatte er damit zu schaffen? »Sie müssen das prüfen«, hatte der gesagt. »Selbstverständlich«, hatte er zur Antwort gegeben und das Dokument eingesteckt. »Der Berg steckt voller Wasser«, hatte Weber sich erregt, »die Klamm, mindestens fünf Bäche. Wenn wir die Baumaßnahmen auf der einen Seite so wie geplant setzen, kann der Berg ins Rutschen kommen. Da unten befinden sich vier Dörfer.« Weber hatte ihm eine Karte vor die Nase gehalten und mit dem Finger gedroht.

Bei einem Gutachter hatte er das prüfen lassen, heimlich, ohne die Bank zu belästigen, und festgestellt, dass das Wasserrecht die Baumaßnahmen verzögern, vielleicht sogar unmöglich machen würde, und er hatte geschwiegen. Die Mappe von Weber brachte er in seinen Safe in die Schweiz. Weber wurde zu einem Projekt nach Saudi-Arabien versetzt. Ruslage war dazu gleich bereit gewesen. Natürlich hatte er sich nicht dumm verhalten und ein Memo an den Staatssekretär gegeben, wegen der möglichen Haftung. Die übernahm die Regierung, und damit war der Fall erledigt. »Ich bin da kein Fachmann«, hatte er dem Staatssekretär am Telefon gesagt. »Aber wir haben das Geld, und Ihre Verzögerung würde den Haushalt natürlich zinsmäßig belasten.« Er hatte den Staatssekretär quasi auf seinem Sessel hin und her rutschen sehen. Im Übrigen hatte die Bank mit der Planung nichts zu tun. Das war Sache der Politik und der Ingenieure.

Severin schnaufte böse. Was war er doch für ein Stück Dreck gewesen. Was konnte Muren aufhalten, wenn die Bäume mit ihren Wurzeln fehlten, die den Boden hielten? Er nahm sein Glas von den Augen. Wie war die Veränderung in seinem Denken passiert? War es die Trennung von den Frauen gewesen? Er hatte doch nie wirklich Zeit für sie gefunden. Bei so mancher Transaktion hatte er das ganze Wochenende vor dem Computer gesessen und geschwitzt. Er hatte zwei Finanzchefs gehen sehen, die als Bauernopfer für hohe Spekulationsverluste abserviert worden waren. Nur er hatte alle Anfeindungen überlebt. Das lag an seinem kleinen Geheimdienst. Einige Leute hatte er Karriere machen lassen, das verpflichtete. Freunde hatte er keine. Dafür jede Menge Dossiers über die Herren auf seinem Niveau. Vor allem über ihre kleinen Schwächen. Die lagen in seinem Safe in der Schweiz. Als er freiwillig ging, zahlten sie ihm eine reichliche Abfindung. Er hatte sich einen Fehler erlaubt und war nicht mehr tragbar gewesen. Ein von langer Hand vorbereiteter Fehler war das. Niemand sollte erfahren, weshalb er das Bankhaus wirklich verließ, und niemand hatte es erfahren. Die Direktion vermutete ihn im Tessin, manche in Australien. Auch diese Fährten hatte er noch sorgfältig vorbereiten können. Natürlich nahm er die Abfindung erst, als er schon geschieden war und ihm seine Ex-Freundin auch keinen Schaden mehr zufügen konnte. Er hatte dann die zwei Millionen Dollar in eine Firma investiert, die ihre Firmensitze in Hamburg und Genf hatte. Später gab es nur noch Genf, und schließlich hatte er an ein italienisch-französisches Konsortium verkauft, das von Madrid und Budapest aus operierte. Sie jonglierten geschickt mit EU-Geldern, aber das interessierte ihn schon lange nicht mehr. Seine Schäfchen standen im Stall der Zürcher und Genfer Banken und vermehrten sich fleißig. Er wusste genau, dass er den Kampf um den Berg nicht mit der Bibel in der Hand gewinnen konnte, auch wenn die Gräfin an die göttliche Gerechtigkeit glaubte. Er war sicher, dass sein Geld noch wertvolle Dienste leisten musste. Die Gräfin! War sie der Grund für seine Entscheidung gewesen? Welche Erinnerung hatte er an ihre erste Begegnung? Er wollte sie, so primitiv war das.

So wie er den Hasen drüben über das Feld rennen sah, nahm er die kleinste Regung in seinem Gesichtsfeld wahr, ohne genau hinsehen zu müssen. Die Tür der alten Schule hatte sich geöffnet. Das Gebäude lag in Richtung des alten Dorfes, etwas außerhalb der Bauernhöfe. Die Auer zog ihr Kopftuch in die Stirn und schritt zügig

Richtung Waldweg aus. Der Himmel machte von Westen her zu. Wind war aufgekommen, und bald würde es zu regnen beginnen. Ruhig betrachtete er die Alte. Sie war Lehrerin; nach einem Nervenzusammenbruch hatte man sie in Pension geschickt. Sie hatte sich das alte Schulhaus gekauft, einen großen Kräutergarten angelegt und lehrte die Bauern ökologischen Landbau. Sie war seine Verbindungsfrau. Bei einem Spaziergang hatten sie sich am großen Teich getroffen und waren in ein tiefsinniges Gespräch geraten. Es musste Anfang des Sommers gewesen sein, denn er hatte seinen Weg von der Hütte aus durch den Wald genommen, um feuergefährdete Stellen auszumachen. Das waren Flecken im Wald mit viel trockenem Unterholz, dort konnte es schnell einmal zu brennen anfangen. Wenn er durch seinen Wald zu dem kleinen Stausee wollte, musste er den oberen Teil der Teerstraße überqueren, bevor die in den einfachen Waldweg überging. Einige hundert Meter dahinter floss der Bergbach ins Tal, der an zwei Stellen mittels einfacher Holzdämme gestaut worden war, um Wasservorrat für eventuelle Brandnester im Wald zu haben. Die Idee war so einfach wie genial, denn sowohl der obere Stausee wie auch der untere lagen in kleinen Talkesseln, so dass sich das Wasser fast von selbst aufstaute.

Am unteren See hatte er Margarete Auer erstmals gesehen, wie sie den Boden untersuchte, sogar Proben zog, die sie auf eigene Rechnung an ein Labor schickte. Sie fragte damals nach seinem Namen.

»Nennen Sie mich einfach Severin«, hatte er lächelnd geantwortet.

Sie war entzückt, auch als sie von seinem Engagement für die Natur und speziell diese Gegend erfuhr und er sich als Gleichgesinnter zu erkennen gab. Von da an hatten sie sich immer wieder zusammengesetzt. Von diesem Tag an war ihre Beziehung freundlich, aber nur der Sache verpflichtet. Durch sie kannte er die Geschäftemacher unter den Bauern und die wenigen Landwirte, die sich die gleichen Sorgen um das Land machten wie sie. Man vereinbarte einen Informationsaustausch, vor allem über die Fremden, die das Tal und den Berg besuchten. Er stimmte keineswegs in allem mit ihr überein, aber sie war aufrichtig und kämpfte für den Erhalt der Natur und gegen den industriellen Tourismus. Er wollte es den Bauern, die Geld verdienen wollten, nicht so gnadenlos übelnehmen, denn er wusste um die Verträge, die ihnen von den Banken aufgezwungen wurden. Sie glaubte an Übersinnliches, aber das war ein anderes Thema.

Severin brauchte nicht durch das Glas zu schauen, um zu wissen, dass sie zu dem Kreuz bei den Feldern lief, sich bekreuzigte, dann auf der schmalen Bank Platz nahm, um ihm schließlich eine Nachricht unter einem Stein zu hinterlassen. So hatten sie es besprochen. Sie wusste nicht, wer er wirklich war. In ihrem blauen Overall sah sie ziemlich albern aus, wie er feststellte, denn sie war nicht sehr groß und neigte zur Fülle. Kopftuch, Overall, Gummistiefel, so stapfte sie durch die Landschaft. Er hatte sich gewundert, dass diese vitale Person hatte in Frührente gehen dürfen. Aber das ging ihn nichts an. Mit Geduld nahm er noch einmal das Sichtgerät vor die Augen. Das Land schien sich nicht zu bewegen. Der Himmel hing grau und still über dem Tal. Kein Vogel, der seinen Warnruf über die Felder schickte. Irgendwann würde es Mittag sein, und er würde um Stunden gealtert sein, ohne es zu merken. Manchmal glaubte er zu spüren, wie er täglich älter und unbeweglicher wurde. Dann wieder war er der festen Überzeugung, dass ihn sicher längst ein Herzinfarkt ereilt hätte, wäre er damals nicht konsequent gegangen. Es kam vor, dass er an seine Kinder denken musste. Bei ihrem letzten gemeinsamen Ausflug hatten sie ihn voller Misstrauen beäugt und alles, was er für den Tag vorschlug, als zu stressig abgelehnt. Sie wollten gar nichts tun. Er war verzweifelt über diese Respektlosigkeit gegenüber dem Geschenk, leben zu dürfen. Ja, das empfand er inzwischen so, dass das Leben ein wunderschönes Geschenk war. Zum Abschied hatten sie ihn sorgenvoll gefragt, ob er ihrer Mutter so wenig Geld zur Verfügung stellen würde, dass sie auf ihre Reitstunden und ähnliche Notwendigkeiten zukünftig verzichten müssten. Er hatte geantwortet: »Eure Mutter ist eine reiche Frau«, und hatte sich grußlos abgewandt. Die Reaktion bereute er, nicht aber seine Worte. Wenn er an die Kinder dachte, fühlte er sich innerlich leer und zutiefst traurig.

»Mein Gott«, sagte er zu sich, »du bist fünfzig Jahre alt, was erwartest du?«

Das Mittagsläuten der Dorfkirchen setzte ein. Die Leute saßen nun bei Tisch und aßen. Zeit, sich den Mitteilungen Margarete Auers zu widmen. Er stieg die Leiter hinab und lief quer über die Felder. Niemand würde ihn dabei sehen. Die Mittagsstunde war den Menschen vom Land heilig. Jedenfalls in dieser Region. Gleich unter dem Kreuz fand er die gut verpackte Nachricht. Er öffnete die Hülle und sah die Autonummer auf dem kleinen Zettel. Ein kurzer Griff unter seine Kutte und er hielt sein Vademecum in der Hand. Tatsächlich stimmte die Autonummer mit seiner Notiz überein. Es war der Jaguar dieses Städters, dem er ein Flugblatt gereicht hatte, um ihn sich näher anschauen zu können. Das war ihm also nicht neu. Anders verhielt es sich mit den Kopien von Plänen für eine Gondelbahn über den Schlossberg, hinauf zu dem Gipfel des Nachbarberges. Konnte es denn wirklich sein, dass man so etwas plante? Ihm war durchaus bekannt, dass der Berg von der anderen Seite für Skilifte so weit erschlossen war, dass dort keine baulichen Maßnahmen mehr möglich waren. Aber dass man nun auf dieser Seite einen Lift plante, um noch mehr Touristen auf den Berg zu bekommen, das schockierte ihn. Dazu würden sie den halben Wald am breiten Bach abholzen müssen. Severin hob den Kopf und sah Margarete Auer am Fenster ihrer Küche stehen, wie sie die Faust hob und zum Himmel drohte. Dann ging er in den Wald zurück. Bei einem verlassenen Fuchsbau blieb er stehen und schrieb ihr eine Nachricht, die er dort deponierte. »Wann treffen sich die drei Bürgermeister?« Das war seine Frage. Woher die Auer die Unterlagen hatte, das interessierte ihn nicht. An ihrer Authentizität zweifelte er keine Sekunde. Er konnte nicht ahnen, dass er die Auer lebend nicht mehr sehen würde.

9

Winkler saß auf einem Klappstuhl an seinem Fischwasser und betrachtete das langsam dahinfließende Nass. Die Angel steckte in einer Vorrichtung, und er öffnete seine Notizen. Man hatte die Tatwaffe als Jagdgewehr identifiziert; das Geschoss war recht schnell zuzuordnen gewesen. Es war Jagdzeit, dennoch zweifelte Winkler die Möglichkeit an, dass es ein hiesiger Jäger gewesen sein könnte, dem zufällig das Gewehr losgegangen war und der sich vor lauter Schreck und Panik schnell davongemacht hatte. Warum war es so, dass überall, wo er anklopfte, das LKA schon gewesen war? O ja, er wusste, dass sie ihn intern den kleinen Briefmarkensammler nannten. Er hatte die Figur eines Jockeys, dafür konnte er nichts. Dass er penibel war wie ein Briefmarkensammler, darauf war er fast ein wenig stolz. Winkler wusste, er würde den ganzen Tag am Wasser verbringen und der Karpfen würde sich wieder nicht bewegen lassen, seinen Köder zu nehmen. Das machte ihm nichts aus. Er hatte seinen freien Tag, und wenn er morgen in sein Büro zurückkam, gab es wahrscheinlich wieder einen ungeklärten Todesfall, der auf seinem Schreibtisch landete. Nur eines wusste er ganz genau. Die Kollegin Bechtl war auf keiner Privatfahrt gewesen, und dienstlich gab es auch keinen Auftrag. In ihren Dienstplänen hatte er nichts gefunden, was diese Fahrt über die Autobahn erklärt hätte.

Wie schön, dachte er, jetzt gönnt mir die Abendsonne noch ein wenig Wärme.

Die Staatsanwaltschaft schwieg. An die Ministerien kam er nicht heran. Es gab noch die Möglichkeit, dass die Bechtl für eine interne Untersuchung eingesetzt worden war. Bestechung im Amt. Möglich war alles, glauben wollte er das aber nicht. Fünf Minuten später dachte er an seinen Sohn und schlief ein. Wenn er träumte, lebte er mit seinem Sohn zusammen.

10

»Homo homini lupus«, sagte die Gräfin und sah ihn fast
feindselig an. »Der Mensch ist des Menschen Wolf.«

Er versuchte ein Lächeln.

»Da tun Sie den Wölfen aber Unrecht, Gräfin.«

Im Gegensatz zur vertraulichen Art der Margarete
Auer ihm gegenüber misstraute ihm die Gräfin zutiefst.
Der Graf hatte ihn einmal in den Rittersaal geführt und
ihn dort einfach zurückgelassen. Damals stand sie plötzlich hinter ihm, während er die dunklen Gemälde an
den Wänden betrachtete, und hatte ihn beobachtet. Sie
sagte nicht: »Setzen Sie sich doch«, sie sagte: »Homo
homini lupus«, und verschwand, wie der Graf vorher.
Er war durch den Rittersaal geschritten, die schweren
Deckenbalken und die Holzarbeiten an den Wänden
betrachtend, bis er endlich begriff, dass er ihr un-
erwünscht war. Da war er verärgert hinausgelaufen und
hatte außerhalb des Grabens den Grafen gesehen, der
geduldig auf ihn gewartet zu haben schien und gleich
weiterlief, als er ihn erreichte.

»Die Wälder stehen nicht dem Menschen zur Verfügung«, begann er das Gespräch, »der Mensch hat
dem Baum zu dienen. Sie als Banker mögen mich für
einen Altruisten halten, aber die Welt besteht nicht aus
Geld.«

Was hätte er darauf antworten sollen? Ihm hatte der
Gang durch den Wald gefallen. Er erinnerte sich an die
feuchte süßliche Luft. Statt dem Grafen zu antworten,
hatte er gesagt: »Frau Gräfin mag mich nicht.«

Der Graf war aufrechten Ganges weitergegangen, mit

wachen Augen, auch mal den einen oder anderen Baum kurz berührend.

»Die aus dem Tal wollen nun drüben den Berg bebauen, dazu brauchen sie eine Teerstraße, die bis kurz unter den Gipfel des kleinen Berges bis neben den Schlossberg führen würde.« Er konnte den Gipfel vom Wald aus nicht sehen. »Gibt es erst einmal die Straße, dann werden sie den Nordhang für die Skifahrer abholzen. Danach gibt es überhaupt kein Halten mehr. Die Dörfler glauben ernsthaft, man ließe sie dann am Tourismus verdienen. Sie hassen mich, weil ich nein sage. Solange das mein Wald ist, bleibt es dabei.«

Dort drüben war er gestanden, der Graf, wie ein Feldherr, herrisch, mit vorgerecktem Kinn, die Hand nach vorne gestreckt, wie man es bei Denkmälern Cäsars sehen konnte.

»Nur über meine Leiche«, hatte der Graf gesagt.

»Zuerst waren die Bäume da, und danach kam der Mensch«, sagte der Graf immer.

Severin kam nach seinem ersten Besuch regelmäßig in das Tal. Häufig ohne den Grafen zu sehen oder ihm Mitteilung zu machen, dass er in einer kleinen Pension logierte. Er war im gräflichen Wald unterwegs, als er die Gräfin unterhalb des Schlosses, kurz vor dem Eingang zur Klamm, entdeckte, wie sie mit einem weißen Reh spazieren ging. Er war fest davon überzeugt, dass er halluzinierte. Wo gab es denn so etwas? Vielleicht in Märchenfilmen. Aber dann fiel ihm etwas auf, was er die ganzen Wochenenden im Tal übersehen hatte. »Erst waren die Bäume, und dann war der Mensch«, hatte der Graf gesagt, und da begriff er diesen Satz. Das Tal zu vernichten würde den Menschen gelingen, aber sie würden sich damit auch selbst vernichten. Als er seine endgültige Entscheidung für sein Leben als Severin traf, da hatte der Graf nur noch eine Woche zu leben, und er hatte diesen Tag erlebt.

»Sind Sie religiös?«

Tatsächlich wusste er darauf keine Antwort, und er wollte der Gräfin auch nicht antworten. Was sollte er sagen? »Das ist so einfach nicht zu beantworten«?

»Ich denke«, antwortete er, »man kann hehre Ziele nicht erreichen, dazu sind wir Menschen nicht gemacht.«

»Ach ja?« Es klang spöttisch.

Severin nahm einen Apfel und drehte ihn in der Hand. Sie sah ihn nicht an.

»Wenn dein Bruder verarmt und neben dir abnimmt, so sollst du ihn aufnehmen wie einen Fremden oder Gast, dass er lebe neben dir, und du sollst nicht Wucher von ihm nehmen. Drittes Buch Mose«, sagte sie.

Er fühlte sich klein gemacht von dieser Moral, die in seinen Augen nichts wert war, weil das die Menschen nicht leben wollten.

Einmal, er betrachtete gerade den von einem Sturm arg gebeutelten Nordhang, sagte er dem Grafen: »Nur ein Idiot verzichtet auf Profit.«

Der Nordhang wurde mit seinem Geld wieder aufgeforstet. Severin hatte darüber nie wieder ein Wort verloren. Der Graf auch nicht.

»Ich möchte, dass Sie die Blockhütte verlassen«, sagte die Gräfin und ging.

Neben dem Schlossberg lag ein steiler Hang. Am Fuße des Berges, kurz vor der schmalen Dorfstraße, gab es eine saure Wiese. Es dauerte nicht einmal drei Tage, da hatte er die Wiese über einen Strohmann gekauft, der ihm ein paar Ziegen und Schafe auf die Wiese stellte.

Mit Staunen nahm er zur Kenntnis, dass kurz darauf Margarete Auer die Nachbarwiese gekauft hatte. Nur wenige Tage darauf, sie saßen nebeneinander auf dem Trog neben dem kleinen Bach im Wald, da hatte sie ihm ein Tonband vorgespielt. Er erkannte die Stimme des Bürgermeisters, der sich mit einem anderen Mann unterhielt. Dann hatte ihm die Auer ihr kleines Gerät gezeigt, mit dem sie das Bürgermeisterbüro aus sicherer Distanz belauschte.

Der unbekannte Mann war von der *Sun-Consult*. Die war ihm als Banker bekannt, und er schwieg darüber, wer dahintersteckte. Erstaunen löste die Tatsache, dass die drei Bürgermeister der Dörfer am Nordhang Eigentümer der anderen Wiesen am großen Bach waren, nicht bei ihm aus. Hinzu kam noch das nahe Kloster mit einem kleinen Besitz und zwei Bauern. Und dann war da noch der gräfliche Besitz, zu dem der untere Teil des Waldbestandes gehörte.

»Wenn die sich da unten alles unter den Nagel gerissen haben, dann geht es womöglich um etwas ganz anderes, als wir bisher vermuten«, hatte die Auer gesagt.

Wochen später, man traf sich auf der österreichischen Seite, dort hatte Severin sich etwas Wohnliches angemietet, spielte ihm die Auer einen Telefonmitschnitt vor.

»Gott sei Dank ist der Wald am Nordhang in Staatsbesitz. Aber die Wiesen brauchen wir alle. Mein Sohn baut die Golfplätze«, sagte die fremde Stimme.

»Es gibt noch keinerlei Planung«, hörte er den Bürgermeister antworten.

Danach waren sie dagesessen, und er hatte erstmals gedacht, dass die das ganze Tal verbauen wollten, koste es, was es wolle. Nein, Unsinn, denn ihr Geld sollte es ja nicht kosten, ganz im Gegenteil. Ihm war das Ganze zuwider geworden.

Ein letztes Mal sah er den Grafen und wünschte ihn sich zum Freund. Das gelang ihm nicht. Durch die vielen gemeinsamen Spaziergänge hatte es so etwas wie eine Annäherung gegeben, mehr aber nicht.

»Gehe nicht zu den Menschen und bleibe im Wald! Gehe lieber noch zu den Tieren! Warum willst du nicht sein wie ich – Bär unter Bären, ein Vogel unter Vögeln?«

Er hatte den Grafen erstaunt angestarrt. Der hatte nur gesagt: »Nietzsche.« Und danach: »Kommen Sie. Es lohnt, zu schauen.«

Dann waren sie losgelaufen, scheinbar ziellos, quer durch dichtesten Baumbestand.

»Die Gräfin ist Ihnen nicht gewogen«, sagte der Graf. »Sie sagt, Sie seien geschieden.«

Er verstand den Zusammenhang nicht, während er kurzatmig hinter dem Grafen herlief.

»Sind Sie geschieden?«

»Wir sind dabei«, sagte er und ärgerte sich. Was sollte das werden? Die heilige Inquisition?

»Kinder?«

»Ja.«

»Die Gräfin sagt, wer einmal ewige Treue geschworen hat und seinen Schwur bricht, dem darf man nicht trauen. Haben Sie in der Kirche geheiratet?«

»Nein.«

»Ach so.«

Was hatte das nun wieder zu bedeuten?

»Ich werde der Gräfin von unserem Gespräch berichten. Sie wird Ihre Ehe als nicht vor Gott geschlossen betrachten, aber Ihr Geld wird sie dennoch ablehnen.«

Dazu hätte er gerne die Meinung des Grafen gewusst, die ihm dieser allerdings vorenthielt. Außerdem empfand er diese Denkweise als ziemlich dürftig. Wer ertrinkt, dem müsste es doch gleichgültig sein, wer ihm den Rettungsring zuwirft. Nicht so die Gräfin. Später verstand er ihre Haltung und achtete sie, auch, weil der Wald durch sein Geld wieder wuchs.

Der Graf führte ihn zu der alten Hütte und überließ sie ihm schließlich mit den Worten: »Der Himmel ist in dieser Region nicht das ganze Jahr lang eine angenehme Zudecke. Richten Sie sich ein, wie es Ihnen behagt, aber vermeiden Sie Feuer und Funkenflug.«

Dann lag er da, der Graf, wenige Tage später, totgeschlagen von einem umstürzenden Baum. Severin glaubte nicht an Zufälle. Die Waldarbeiter hatten ihn angestarrt und geflucht. Der Tod war am Berg angekommen.

Das war lange her und doch wie gestern. Er hatte immer den Eindruck gehabt, dass der Graf mit ihm ein Spiel spielte. Wörter und Sätze als Fallgruben, in die er ständig hineingefallen war.

Severin dachte an den Fremden, der sich im Wald herumgetrieben hatte. Das war einer aus der Stadt, da war er sich sicher.

11

Der Himmel war so herrlich blau, mit weißen Einsprengseln und hellen Federstrichen. Ein so wunderschöner Morgenhimmel, und Winkler fuhr missmutig über den Ring zum Präsidium. Der untersuchte Ölfleck am Tatort gehörte zu einem alten Lastwagen. Sicher kein Täterauto. Er kam in der Sache Bechtl einfach nicht weiter. An der nächsten Ampel wurde er in die Ickstattstraße gerufen. »Erster Stock, rechts. Leiche männlich. Sechzig Jahre.«

Das Opfer, mit einem Schlafanzug bekleidet, lag in der Küche. Winkler ging in das Wohnzimmer. Sperrmüllmöbel und ein Tisch mit leeren Bierdosen.

»Was haben wir?«, fragte er die Kollegin Aschauer.

»Meßbach. Frührentner. Ehemaliger Kellner. Mehrere Anklagen. Kleine Jungs und so.«

Sie stiegen die Treppe hinab und setzten sich in sein Auto. Die kleine Küche schwamm im Blut, und ansonsten gab es nichts zu sehen.

»Über vierzig Messerstiche«, sagte die Aschauer.

»Fingerabdrücke?«

»So viele, wie wir es selten erleben.«

»Täterprofil?«

»Ein Stricher«, sagte die Aschauer. »Vielleicht gab es zu wenig Geld.«

Winkler schloss die Augen und dachte an seine schöne Wiese und an sein Fischwasser. Der Karpfen blieb nach wie vor ungeschoren. Eigentlich wollte er ihn gar nicht wirklich fangen.

»Oder ein Wohnungsloser, der einen Schlafplatz wollte und die Annäherung des Mannes vergeblich abgewiesen hatte? Zu viele Stiche für einen Stricher, meinen Sie nicht?«

»Auf jeden Fall sollten wir uns im Bahnhofsviertel umschauen. Der Mann muss blutverschmiert sein«, antwortete die Aschauer.

Winkler nickte.

»Wieso hat man den so schnell gefunden?«

»Jemand hat es telefonisch gemeldet«, sagte die Aschauer. »Also zum Bahnhof?«

Winkler legte den Gang ein und fuhr los. Wenige Minuten später parkte er an der Reichenbach-Brücke. Die Aschauer folgte ihm wortlos auf dem Weg an das Ufer der Isar. Zielgerichtet lief Winkler auf drei Wohnungslose zu, die auf ihren Schlafsäcken saßen und rauchten.

»Morgen, Herr Polizeipräsident«, sagte der, den sie den Perlacher nannten, weil der meistens im Perlacher Forst nächtigte.

»Servus«, antwortete Winkler.

Er gab ihnen einen Zehner. Nicht als Bestechung, so etwas lehnten sie ab. Er gab ihnen immer etwas Geld oder er kaufte ihre Obdachlosenzeitung.

»Ein ganz junger Bursche war da, sehr früh war es noch. Er hat in das Wasser gekotzt und sein Hemd hineingeworfen. Hab mich schon gewundert, was der da machte.«

Winkler nickte. So ähnlich hatte er sich das gedacht.

»Wie alt?«

»Vielleicht vierzehn«, sagte der Perlacher.

Winkler hob die Hand zum Abschied und ging am Ufer entlang. Dann winkte er die Aschauer zu sich.

»Rufen Sie im Büro an. Die sollen den Wasserleuten sagen, dass sie bei den Rechen auf ein Hemd achten sollen.«

Danach lief er die Wittelsbacher Straße entlang. Die Aschauer telefonierte und folgte ihm brav nach. Er querte einige Straßen in Richtung des Tatortes und fand, was er suchte. Das Telefon mit dem blutverschmierten Hörer.

»Der Bursche hat selbst angerufen«, sagte er. »Wahrscheinlich dachte er, der Mann könnte überleben.«

Dann fuhr er zum Präsidium. Er machte sich Notizen und erstattete kurz Bericht. »Ein Vierzehnjähriger, wahrscheinlich von zu Hause abgehauen, kommt in die Finger eines Sexualtäters, weil er müde war und sich irgendwo hinhauen will, und dann, peng.«

Der Oberstaatsanwalt sah ihn an.

»Peng?«

»Symbolisch gesprochen. Ich würde sagen, wir lassen uns mal alle Meldungen von Eltern, die ihren Sohn als abgängig gemeldet haben, ausdrucken. Das könnte zielführend sein.«

»Wo wollen Sie denn hin?« Der Staatsanwalt sah ihn an, weil er aufstand und hinausgehen wollte.

Winkler reagierte unwirsch.

»Da ist noch eine andere Kleinigkeit auf meinem Tisch, die will nicht länger warten.«

Kurze Zeit später saß er im Auto und fuhr zum Bahnhof. Da war es wieder, das Gefühl, als wollte man ihn von der Bechtl wegführen. Aber wieso? Der Himmel war noch immer blau, mit dicken fliegenden Schäfchen garniert. Warum bog er nicht ab und setzte sich an sein Fischwasser?

12

Früh am Morgen kleidete er sich in festes Tuch, nahm seinen Lodenmantel vom Haken und warf den leeren Rucksack über. Dann griff er nach seinem schweren Stock und der großen Taschenlampe und verließ die Hütte. Der Weg führte ihn zwischen Bäumen hindurch zu der kleinen Lichtung, von wo er das Schloss im Fels sehen konnte, wie das frühe Licht es der Dunkelheit entriss. Das Lichtspiel faszinierte ihn so, dass er einen Moment stehen blieb. Vom Wald unten hörte er den Schrei.

»Das lasse ich nicht geschehen!«

Sofort erkannte Severin die Stimme. Es war die Stimme Margarete Auers. Kurz danach, er versuchte ihren Standort zu lokalisieren, hastete der Hutterer quer über die Lichtung davon. Der Hutterer war der Dorfdepp. Er kannte ihn. Ein überaus hässlicher Mensch. Sein Gesicht war wie von Pocken entstellt, die Augen vom Alkohol gerötet. Er trug zerschlissene Arbeitskleidung und immer einen durchgeschwitzten Filzhut. Man sagte, er sei so eine Art Findelkind gewesen.

Was hatte der Schrei zu bedeuten? Er blieb einige Minuten stehen, aber es geschah nichts weiter. Es blieb still, und er nahm den Weg wieder auf. Der Hutterer und die Auer kannten sich, denn er mähte ihre Wiesen, machte auch sonst kleinere Arbeiten für sie. Aber was hatten sie gemeinsam im gräflichen Wald zu schaffen, vor allem zu dieser frühen Stunde? Er fand keine Antwort. Da es ruhig blieb, ging er weiter. Vielleicht hatte die Auer wieder einmal im Wald meditiert, und der Hutterer hatte sie erschreckt?

Schnell beschäftigte er sich mit den kommenden zwei Tagen, die ihn vom Berg in die Stadt führen sollten. Sein Anwalt hatte ihn in Österreich erreicht und ihm den Termin der Scheidung durchgegeben.

Am nächsten Tag ging er wieder zum Dorf hinab, weil ihm die Sache im Wald doch keine Ruhe gelassen hatte, da hieß es, die Auer sei verschwunden. Ihm kam der Schrei wieder in den Kopf. Er geriet ins Grübeln, denn den Hutterer hatte er auch beim Tod des Grafen neben dem umgestürzten Baum stehen sehen. Was sollte er tun? Den Hutterer zur Rede stellen? Das würde nichts bringen. Er hatte anderes zu tun. Sein Weg führte ihn zunächst noch bergauf, danach ging es einen ganz schmalen Steig hinab bis zu drei mächtigen Buchen, die fast direkt an einem Abhang standen. Zwischen dem zweiten und dritten Stamm musste er hindurch, bis zu einem Gebüsch, daran links vorbei, und endlich stand er an einem Weg, der als solcher nur für Eingeweihte zu erkennen war. Der Graf hatte ihn ihm offenbart, damit er von der anderen Seite des Berges in das Tal nach Österreich konnte. Er stieg hinab, sich immer gegen das Abrutschen stemmend, um nicht auszugleiten und abzustürzen. Der Weg war feucht und so schmal, dass er ständig mit seiner rechten Schulter den Berg berührte, während es links von ihm direkt steil und gnadenlos hinabging. Es brauchte seine Zeit, bis er zum Eingang der Höhle kam, durch die er dann unter dem Hall seiner eigenen Schritte energischer voranschritt, bis er am Ende die Klamm erreichte. Der Mantel war nass von den unentwegt fallenden Tropfen, aber das scherte ihn nicht weiter. Er zog seine Taschenuhr aus der Hose. Tatsächlich hatte er mehr als zehn Minuten länger benötigt als sonst. Dennoch gab es keinen Grund zur Hetze, er hatte die Zeit großzügig bemessen und würde den Bus ohne Probleme erreichen können. Es blieb also noch etwas Zeit, den Wildbach zu genießen, einen Blick hinauf zu wagen, zwischen die steilen Felsen hindurch, zum Himmel. Das Gebirge ist ein Land voller wundersamer und wunderbarer Geschichten, man muss nur genau zuhören. Ein Teil der Erzählungen gehört zur unheimlichen Welt, die sich nur dem Geduldigen erschließt, der andere Teil gehört dem Gevatter Tod, der ja gleichzeitig auch etwas mit dem Leben zu tun hat. Die Natur bleibt die Natur. Stürzt jemand in den Wildbach oder vom Felsen, hat er einen Fehler gemacht. Manche stiegen hinauf ins Eis und kamen nie mehr zurück. Das war das Leben. Davon erzählten die Berge, wenn man zuhören konnte.

Er ging weiter, noch ein Stück neben dem aufbrausenden Wasser her, bis zu einer Felsnase, die er umlief. Dort lag, zwischen zwei mächtige Steine geklemmt, ein sechzig Zentimeter breites und zwei Meter langes Brett, das er an einer ruhigeren Bachstelle über das Wasser legte; darauf ging er hinüber und parkte es in einem Felsspalt, bis er es wieder benutzen würde. Bald erreichte er den Taleingang, tarnte sich noch eine Weile zwischen den Bäumen am Waldrand und trat dann auf einen Spazierweg, der ihn zwischen Wiesen hindurch hinab bis zum Dorf auf der anderen Seite des Gebirges führte. Es war mehr ein Luftkurort als ein Wintersportort, allerdings gab es auch junge Kletterer neben den überwiegend älteren Pensionsgästen. Jetzt war die Saison vorbei, und er lief fast allein durch das Dorf zum Zeitungsladen, wo man ihn freundlich begrüßte. Bevor er die Hütte vom Grafen bekam, hatte er hier gelebt. Nun ging er einmal im Monat hinüber. Natürlich war er vor zwei Jahren zunächst aufgefallen, aber inzwischen fragte ihn niemand mehr nach dem Woher und Wohin, wenn er mit seinem schwerbeladenen Rucksack vom kleinen Supermarkt wieder zurück zum Berg ging. Er hatte sich, allein schon wegen des Gewichts, zu einer Ernährung durchgerungen, die aus allem bestand, was leicht zu transportieren war. Auch hatte er sich neben dem Tunnel beim Wildbach ein Depot angelegt, das es ihm ersparte, die schwereren Teile alle auf einmal den Berg hinaufzuschleppen. Es war äußerst unwahrscheinlich, dass sich dort jemand aufhielt. Bisher hatte sich auch noch niemand an den Dosen zu schaffen gemacht, die dort lagerten.

Ohne weitere Worte legte die Strasserin ihm die drei Zeitungen hin, die er immer kaufte, wenn er im Ort war. Er bat darum, den Rucksack und den schweren Stock zurücklassen zu dürfen, weil er in die Stadt musste. Frau Strasser nahm die Sachen entgegen und nickte ihm freundlich zu.

»Ich muss zum Anwalt«, sagte er.

Das zu sagen war nicht nötig, schaffte aber Vertrauen. Man gab etwas Privates von sich und schon war man kein Fremder mehr.

»Wo ist denn Ihr Mann?«

»Ach der«, antwortete Frau Strasser und kreuzte ihre Arme unter ihrem mächtigen Busen, »der muss schlafen.« Sie kniff ihm ein Auge und er verstand. Zu viel Alkohol.

Sie zeigte auf seinen Mantel und holte eine Bürste aus dem Hinterzimmer. Mit kräftigem Schwung bürstete sie den Schmutz vom Mantel, den er sich am Berg geholt hatte.

»Bis morgen«, sagte er und ging.

Zum Dorfplatz musste Severin noch einige Schritte die Gasse hinabgehen. Links und rechts unterhalb des großen Bergmassivs standen die Sünden dieses Ortes. Drei mächtige Hotelburgen, daneben ein Schwimmbad mit allen Extras und die obligate Seilbahn zur Bergstation. Er war froh, dass er das von der Schlossbergseite nicht jeden Tag sehen musste. Allerdings war auch zu erkennen, dass es dem Dorf gutging. Die Fassaden waren frisch getüncht, häufig geschmückt durch Lüftlmalereien und breite Blumenkästen an den Balkonen. Die

Straßen waren geteert, und nirgends lag ein einziger Kuhfladen.

Er lief zur Bank, holte sich einige Scheine aus dem Automaten und trank noch eine Tasse Kaffee auf die Schnelle, bevor der Bus die kurze Straße zwischen der Berggasse und dem Rathausplatz hinabkam. Zunächst war er der einzige Fahrgast, doch am Dorfende stieg noch ein altes Ehepaar dazu, das lautstark erzählen musste, dass sie sich eine Eigentumswohnung angesehen hatten, in der sie nun beabsichtigten, ihren Lebensabend zu verbringen. Der Busfahrer gratulierte, und Severin versteckte sich hinter den Zeitungen. Da war das *Wall Street Journal*, er konnte es doch nicht ganz lassen, die größte Wochenzeitung des Landes und die Zeitung aus München. Mit dieser begann er seine Lektüre. Es schien ihm arrogant, in dörflicher Umgebung die anderen Zeitungen aufzuschlagen. Plötzlich sah er ein Foto seiner Frau, die er nun bald nicht mehr als seine bezeichnen konnte. Sie betrat das Theater der Stadt zu irgendeiner Premiere. Unter dem Foto las er den Text. »Dr. Hubauf, Mäzen unseres Stadttheaters, betritt in Begleitung das Foyer.« Er musste in sich hineinkichern, weil es so treffend war. Seine Frau wollte nie etwas anderes sein in ihrem Leben als Begleitung, das genügte ihr. Sie verzichtete auf jede Form von Ehrgeiz, wusste zu konversieren, ohne etwas zu sagen, und lachte bei jeder Pointe ihres Partners, der jetzt augenscheinlich Dr. Hubauf hieß. Sie war perfekt als Escort-Service. Er war ihr nicht böse, niemand kann aus seiner Haut. Solange er vom Ehrgeiz getrieben Karriere gemacht hatte, war sie die perfekte Partnerin gewesen. Bis zu dem Tag, an dem er festgestellt hatte, dass sie ihn langweilte, aber da hatte er sich selbst kaum mehr wiedererkannt. Das alles war nun gut ein Jahr vorbei, und er hatte sie nicht vermisst, kaum noch an sie gedacht. Nun sah er sie wieder. Erst auf diesem Foto und morgen früh bei Gericht. Dr. Hubauf war einer, wie er früher selbst gewesen war. Versicherungsdirektor, Klubmitglied, alles, wie es sein musste, jedenfalls für sie. Beim besten Willen konnte er sich diese Frau nicht am Schlossberg im Wald vorstellen. Er war sich auch längst sicher, dass sie genau ihn für ihr Leben ausgesucht hatte, damals, vor archaischen Ewigkeiten. Sie hatte für Karrieren einen Blick. Nun war das alles Geschichte. Er erinnerte sich an einen Satz von ihr, den sie immer abschoss, wenn irgendetwas aus dem Ruder zu laufen schien. Sie sagte dann: »Was ist denn bloß in dich gefahren?« Das würde sie ihm sicher auch jetzt wieder sagen, auf ihre unterwürfige ängstliche Art. »Was ist denn bloß in dich gefahren?« Ja, was denn nur? Er hatte keine Ahnung, wüsste darauf keine Antwort. Jetzt lebte er im Wald, das war die Antwort.

Er faltete die Zeitung zusammen und genoss den Blick durch das enge Tal, das sich gleich weiten würde zum nächsten größeren Ort hin, wo der Zug auf ihn wartete. Auf dem Bahnsteig beschlich ihn eine merkwürdige Unruhe. Er lief bis zum Ende und schaute hinüber zu den Bergen, die er jetzt verlassen würde, und ihm war, als würde er nie mehr zurückkehren. Am liebsten wäre er auf der Stelle umgekehrt. Das ging nicht, er wollte endlich reinen Tisch machen.

»Wenn du alle Zehnten deines Einkommens zusammengebracht hast im dritten Jahr, so sollst du den Leuten, den Fremden, den Waisen geben, dass sie essen in deinem Tor und satt werden.«

»Wie?«

»Das Buch Mose«, hatte ihm die Gräfin einmal gesagt.

Hinten am Bahnhofsgebäude standen ein paar Menschen und warteten geduldig. Neben ihm war niemand, und doch sah er die Gräfin in ihrem weißen Gewand, zerbrechlich wie eine weiße Porzellanpuppe, dicht neben sich stehen. Er zuckte zusammen und blickte sich um.

»Ich bin noch nicht so alt geworden, dass ich Gespenster sehe. Mir passiert so etwas nicht. Verehrung, die Dame, adieu.«

Das war nicht ehrlich gemeint. Er ging zum Gebäude zurück und wusste nun, weshalb er so ungern den Berg verließ. Es ging ihm um die Gräfin. Was sollte nun werden? Niemals würde die Gräfin ihn in ihre Nähe lassen. Sie duldete ihn, manchmal brauchte sie ihn, aber mehr war da nicht. Das fehlte ihm noch, dass er sich auf seine alten Tage wegen einer Frau zum Trottel machte. Sie würde ihn niemals wollen. Aber er wollte, und wahrscheinlich war er längst zum Trottel geworden.

Endlich kam der Zug, und mürrisch stieg er ein. Er ging in die Zugtoilette und zog einen Anzug aus seiner Reisetasche. Das war das Letzte, an das er sich zunächst würde erinnern können.

13

»Severin!« Er hörte den Ruf und wusste nicht, was er damit anfangen sollte. »Severin!« Diesmal war er lauter. »Severin!« Da schrie jemand hysterisch. Sie! Das war ihre Stimme. Was war geschehen, dass die Gräfin so ihre Contenance verlor?

Er blickte sich verstört um. Mitten auf dem Steg über dem Wildbach am Beginn der Klamm, mit dem schweren Rucksack auf dem Rücken, kam er zu sich. Fast wäre er in das Wasser gefallen. Mit letztem Schwung sprang er auf das richtige Ufer und versteckte das Brett. Was war los mit ihm? Er lauschte. Das Wasser dröhnte wie sein Kopf. Nichts war zu hören, kein Rufen der Gräfin, nur das Wasser. Er atmete schwer und versuchte sich zu sammeln. Was war los mit ihm? Woran erinnerte er sich? Zunächst nur an den Bahnsteig, wie er in den Zug einstieg. Sein letzter Gedanke galt der Gräfin, das wusste er noch. Angestrengt dachte er nach. Dann kam ihm die Taxifahrt in den Kopf. In München war er vom Bahnhof zum Hotel in einem Taxi gefahren. Mehr wusste er nicht, aber es wäre logisch, er machte es immer so. Immer vom Bahnhof direkt zum *Hotel Ludwig*. Dort das gleiche Zimmer, auch wie immer. Erinnern konnte er sich nur an diese eine Situation. Das Taxi fuhr über die Stadtautobahn, und er geriet in Panik. Ihn überkam die Furcht vor diesen Autos hinter, neben, vor dem Taxi und den Scheinwerfern von der Gegenfahrbahn. Das Taxi fuhr auf der mittleren Spur, und er bekam einen Schweißausbruch. Er hatte etwas gesagt, und mehr war nicht in seiner Erinnerung. Was hatte er zu dem Taxifahrer gesagt?

Er durchstieg den Höhlengang und kam schwer atmend am Ende des feuchten Weges an, als er sie zwischen den Buchen stehen sah. Sie sah einsam und allein aus, lauschte dem Abendwind oder den Blättern, trug die Kapuze ihres langen Mantels auf dem Kopf und rührte sich nicht. Im Hintergrund wartete die Hindin. Ihr Atem schwang sichtbar durch die kalte Luft. Die Gräfin machte eine kühle Bewegung mit dem Arm, als wollte sie den Himmel grüßen.

»Den Unschuldigen und Gerechten sollst du nicht erwürgen, denn ich lasse den Gottlosen nicht recht haben.« Die Gräfin sprach es und ging wieder davon.

Kaum war sie ihm aus den Augen, traute er sich zwischen die Buchen zu treten und war der Überzeugung, das alles war nicht geschehen. Der Wald drehte sich vor seinen Augen, und er musste sich übergeben. Vielleicht wurde er wahnsinnig? Nur eines wollte er noch, in seine Hütte und schlafen, schlafen. Dann leerte er doch noch den Vorrat aus dem Rucksack aus und räumte alle Lebensmittel ordentlich auf. Er setzte sich auf seine Liege. Ein voller Rucksack bedeutete, dass er im Dorfsupermarkt gewesen war. Plötzlich erinnerte er sich an Frau Strasser, wie sie ihm den Stock und den leeren Rucksack gereicht hatte, freundlich wie immer. Er hatte ihr seinen Lodenmantel geschenkt. Nun trug er eine leichte Steppjacke, dunkelblau. Die gab es auf dem Land nicht. Also musste er sie in der Stadt gekauft haben. Er erinnerte sich nicht daran. Die Straße war wie eine dieser wilden Achterbahnen gewesen. Unkontrolliert schossen Lichtblitze an ihm vorbei. Durch ihn hindurch? Es war dunkel, und er wusste, diese zwei Jahre hatten gereicht, um ihm die Stadt völlig zu entfremden. Sie machte ihm Angst.

Severin trank ein Glas kaltes Wasser und versuchte zu denken. Erneut musste er sich übergeben.

Langsam wurde er wieder klarer im Kopf. Er versuchte einzuschlafen und schaffte es nicht.

»Ich möchte nicht weiterfahren«, hatte er zum Taxifahrer gesagt, »mir ist etwas schwindelig.« Nachdem er eine kurze Gasse durchlaufen hatte, war er vor einem Café stehen geblieben. Aber es war kein Café. Jedenfalls keines nach seinen Vorstellungen. Er hatte das Gefühl, mitten in einer Juke-Box zu sitzen. Der Lärm verletzte ihn. Das Lokal war völlig überfüllt. Er ging wieder hinaus. Wenn er weiterlief, würde sich nichts ändern. Das war nicht mehr seine Stadt. Jetzt war er ein Fremder, der seinen Namen vergessen hatte. Ich bin Severin und laufe. Er hatte nichts mehr gesehen. Schließlich blieb er einfach stehen und rief seinen Rechtsanwalt an.

»Weißt du, wie spät es ist?«

Da aber der Herr sah, dass der Menschen Bosheit groß war auf Erden und alles Trachten ihrer Herzen nur böse war immerdar, da reute es ihn, dass er die Menschen gemacht hatte auf Erden. Worte aus dem Mund der Gräfin. 1. Buch Mose.

»Ich will zurück ins Gebirge.«

»Bis morgen Mittag musst du durchhalten. Wo bist du?«

»Bei der Bankfiliale im alten Stadler-Haus. Ich weiß es, weil an dem Haus eine Plakette angebracht ist. Stadler war einer der großen Kaufleute der Stadt.«

»Das weiß ich. Du bist keine zehn Minuten von meiner Kanzlei entfernt.«

Halt! Severin stand auf und trank ein großes Glas Wasser. Er hielt das Glas in der Hand und erinnerte sich. Sein Rechtsanwalt hatte ihm in der Kanzlei ein Getränk angeboten. Nein, es war anders. Sein Anwalt hatte ihn am Bahnhof erwartet, und er war zu ihm ins Auto gestiegen. Die Taxifahrt hatte nie stattgefunden. Severin war sich nicht sicher. Aber ein Gespräch kam ihm wieder in den Sinn.

»Deine Frau verdächtigt dich, deine Vermögenssituation zu verschleiern. Mir musst du dich anvertrauen, falls da noch irgendwo etwas ist. Wir spielen doch mit offenen Karten.«

Der Rechtsanwalt hatte ihm ein Foto gezeigt. Es war

ein großformatiges Schwarz-Weiß-Foto, das ihn am Dorfrand zusammen mit Margarete Auer im Gespräch zeigte. Er hatte sich nie so gesehen. Tatsächlich wirkte er wie ein Benediktinermönch, und der schwere Stock in seiner Faust machte einen bedrohlichen Eindruck.

»Deine Kinder haben dir einen Detektiv auf den Hals geschickt. Der hat behauptet, du würdest in einer Höhle im Wald leben«, sagte der Anwalt.

Er merkte, wie sich sein Magen zusammenzog und ihm das Blut in den Kopf schoss. Das war es. Langsam kam die Erinnerung zurück. Severin trank noch ein Glas Wasser. Schreien wollte er. Alles um sich herum kurz und klein schlagen. Warum? Seine Kinder wollten prüfen lassen, ob man ihn entmündigen kann. Dann verließ ihn die Erinnerung wieder. Was war weiter geschehen? Die Erinnerung zeigte nichts mehr. Es war ihm, als hätte man die Tore zur Stadt verschlossen, und er konnte sich ihr gar nicht mehr nähern. Er war wie ein unsichtbarer Geist, der das Treiben der Menschen beobachtete, aber nichts weiter konnte, als sie zu erschrecken.

In seiner Tasche entdeckte Severin Leibwäsche, ein Hemd, einen Pullover, einen Schlafanzug, Socken. Später ein Paar Bergschuhe und zwei Reisetaschen. Dazu noch Toilettenartikel und Handtücher. Gekauft im *Hotel Ludwig*, wie er den Quittungen entnahm.

Warum konnte er sich an die Szene im Gericht nicht erinnern? Aber dass er dort war, glaubte er zu wissen. War er geschieden worden? Er spuckte aus.

Hatte er überhaupt etwas zu sich genommen? Es war ganz einfach so, dass er sich in die Enge getrieben fühlte. Nein, schlimmer noch, man zeigte mit dem Finger auf ihn und trieb ihn schließlich wie einen Aussätzigen durch die Gassen.

Sie bekam das Haus, eine Eigentumswohnung in der City, reichlich Geld und schien dennoch unzufrieden zu sein. Er fand einen Brief des Anwalts mit dieser Aufstellung in seiner Jacke. Severin sah sich im Taxi sitzend ihr Gesicht betrachten, wie sie auf den Stufen des Gerichts stand und ihren Anwalt anhörte. Ihr Gesicht war ihm schon so fremd, als hätte er sie nie gekannt. Sicher würden sie ihm weiter nachstellen, um ihn zu erlegen wie einen Zwölfender. Unsinn, das wäre ja noch jagdgerecht. Hetzen wollten sie ihn, wie es in England mit den Füchsen geschah, und ihn von einer Hundemeute zerreißen lassen.

Seine nächsten Bilder zeigten ihn im Zug. Er trug diese leichte Daunenjacke, die ihn wie einen Wintersportler aussehen ließ. Betrieb er bereits Camouflage, um sich vor Nachstellungen zu schützen? Wollte er wieder aussehen wie diese Menschen in der Stadt, die alle für ihn aussahen, als würden sie in einer Fabrik hergestellt? Dazu die Uniformen mit Anzug und Krawatte. Die Köpfe kurzhaarig und die Nacken blank geschoren, wie für den Henker gemacht. So war er auch einmal. Was daran war so erstrebenswert, dass sie es alle taten?

In der Hütte war es dunkel. Er begann zu lachen, weil er sich an das Gesicht des Scheidungsrichters erinnerte. Nichts hatte er preisgegeben. Das Geld lag in der Schweiz, und von seinen dortigen Firmenbeteiligungen hatte er nicht gesprochen. Sie hatten gedacht, er ließe sich so einfach von ihnen ausplündern. Da hatten sie sich gründlich getäuscht. O ja, er hatte sicherlich vor Gericht gelogen, aber er musste sich vor diesen Banditen schützen, die einmal seine Familie waren.

Nach Stunden in der Hütte hatte er die Überzeugung gewonnen, dass ihm sein Rechtsanwalt etwas eingeflößt hatte. Hatte er sich auch bei Gericht seltsam benommen? Er stellte das Glas auf das Fensterbrett und trat vor die Tür. Nebelschwaden durchzogen den Wald. Die Feuchtigkeit roch dumpf. Das Land wartete auf den ersten Schnee. Er brauchte seine schwere Stabtaschenlampe nicht zu holen, um zu sehen, dass sie da war. Irgendwo bei den Tannen stand sie, die Gräfin, und misstraute ihm.

Dabei würde er doch …

Lieber ließ er den Gedanken fallen und atmete. Er kannte ihr Misstrauen.

Ich habe den Grafen auf dem Gewissen, sagte er zu seinem inneren Spiegelbild. Ich habe ihn getötet.

Es war an der Zeit, sich ernstlich Gedanken zu machen. Da unten im Dorf war etwas im Gange, und er ahnte, was geschehen sollte. So gut es ging in der kurzen Zeit, hatte er sich den Mann im Jaguar angesehen, der wie ziellos durch das Gebiet gefahren war und der wohl geglaubt hatte, er sei im Wald und unter dem Schloss unsichtbar.

»Ich weiß, ich bin Ihnen noch etwas schuldig, Graf«, sagte Severin.

Drüben, gleich beim kleinen Bach, da hatte er den Hutterer gesehen, aber da fiel ihm ein, dass es noch andere Geräusche aus dem Wald gegeben hatte. Jetzt musste er die Auer finden. Es begann zu nieseln, als ihm bewusst wurde, dass ihm sein eigener Anwalt etwas in das Getränk gemischt haben musste. Die Verschwörung gegen ihn war im Gange, und es war seine Familie, die sich das ausgedacht hatte, dessen war er sich sicher.

14

Der Hutterer schnaufte. Er wollte fort und wusste nicht, wohin. Das, was geschehen war, verstand er nicht. Nur sicher war er sich, dass sich alles gegen ihn richtete. Lieber wäre es ihm gewesen, sie lachten über ihn, so wie früher. Er war, so schnell es eben ging, auf eine Eiche geklettert, und dort oben saß er nun und fürchtete sich. Er hatte sie gesehen, diese böse Frau, die durch die Luft fliegen konnte. Mit den Füßen voran hatte sie Frau Auer in den großen Teich gestoßen. Sofort war er gerannt und hatte sich versteckt. Am Tag zuvor hatte er gesehen, wie die Frau Auer die Tür des Autos der bösen Frau geöffnet und etwas herausgenommen hatte. Er hatte auch gesehen, wie die böse Frau einen Wutanfall bekommen und sich auf die Suche nach der Frau Auer gemacht hatte. Er wollte das der Frau Auer sagen und hatte sie deshalb gesucht, sie zunächst aber nicht gefunden.

Margarete Auer saß auf einem Stein beim Bach, als der Hutterer schnaufend auf sie zukam. Sie hielt ihn nicht für blöd, so wie die vom Dorf es taten. Es war ihr peinlich, weil er sie dort fand, auf ihrem Spionageposten. Sie beobachtete Severin schon seit Wochen, weil sie nicht wusste, warum er sie mied. Doch diese Nacht, hatte sie gesagt, wollte sie im Wald bleiben, denn in ihr war ein bestimmter Verdacht. Schon manches Mal war sie in der Nacht mit dem Gefühl erwacht, jemand schlich um die alte Schule, um ihr etwas anzutun. Der Hutterer hatte nichts gesagt, denn sauber war es nicht, wenn eine Frau Lehrerin Sachen aus einem fremden Auto nahm.

Offenbar konnte sie seine Gedanken lesen.

»Es geht hier ums Prinzip«, hatte sie gesagt. Die Welt im Tal sei nicht mehr in Ordnung, das könne niemand ehrlichen Herzens behaupten. Sie war näher an den Baum am Wasser herangerückt, hatte ihre Überlebensdecke hoch bis an das Kinn gezogen. »Der Arzt hat mir gesagt, passen Sie auf Ihr Herz auf, Frau Auer.«

»Was schleichst du hier oben herum, Xare?«

Der Hutterer hieß Xaver, wurde aber Xare gerufen. Die Hutterin, seine Mutter, war in die Anstalt gekommen. Wer sein Vater war? Niemand wusste es, und der Vater selbst schwieg.

Der Hutterer war vorgetreten und hatte sich entschuldigt. Die Auer hatte am Vortag mit ihm geschimpft, und deshalb hatte er ihr den Kopf einer Legehenne vor die Füße geworfen. Er hatte sich das Huhn gegriffen und ihm einfach den Kopf abgerissen.

Der Mond klebte an einer leuchtenden Wolke wie ein goldener Teller. Die Dunkelheit war überall, nur dieses kleine Himmelszimmer bekam Licht, und so strahlten die Wolken, während der Mond seine Blicke auf die Erde richtete.

Der Hutterer hockte im Baum und nahm sich vor, die Reise des Mondes durch die Nacht zu begleiten. Er sah die Frau Auer im See liegen. Gleich goss sie sich wieder einen heißen Tee aus der Thermosflasche ein und zupfte ihre Wollmütze zurecht. Ihr Lächeln blieb im Dunkeln. Jetzt lag sie im Wasser. Sie war tot.

Sie hatte noch gelächelt, als sie die Sachen aus dem fremden Auto genommen hatte. Die böse Frau aus der Stadt war in das Bürgermeisterbüro gegangen und hatte ihr Auto nicht abgeschlossen. Wie leichtsinnig und dumm von ihr. Ein Blick auf den Beifahrersitz und schwupps waren die Hände der Frau Auer in der Ledertasche und fertig. Da wird der Bruder Severin aber staunen, zu was sie in der Lage war. Der Hutterer wusste sehr wohl, dass Severin kein Mönch war, aber er wirkte so auf ihn. Er wusste auch, dass die Frau Auer und Bruder Severin sich heimlich trafen und dass sie ihm häufig etwas an diesen Ort brachte und es dort versteckte.

Der Hutterer sah das Licht am alten Almweg und hielt sich am Ast fest.

Die Lichtbewegung kam näher. Es gab zwei Lichtquellen, das erkannte er sofort. Ein Licht, etwas schwächer, kam von einer Stirnlampe, das zweite Licht von einer starken Stablampe. Das musste Bruder Severin sein, glaubte der Hutterer, kein anderer würde in der Dunkelheit diesen gefährlichen Weg benutzen. Einen Atemzug lang dachte er daran, sich bemerkbar zu machen und Bruder Severin von der toten Frau Auer zu erzählen. Dann aber überkam ihn die Furcht vor dieser bösen Frau, die durch die Luft fliegen konnte, und er blieb angespannt auf dem Ast sitzen.

Severin hatte keine Ruhe gefunden und sich auf den Weg gemacht. Er musste grinsen, als er sich an das Geständnis der Auer erinnerte, sie hege ein kleines Flämmchen Leidenschaft für ihn, mal brenne es niedrig, mal höher, quasi als kleine Hoffnung. Sie hatte ihn sehr genau beobachtet und sich ein Urteil gebildet. Severin gehörte zu den Männern, die sich absolut vom Kopf her bestimmten, daher verwirrten ihn gezeigte Gefühle. Manchmal, wenn sie ihm so nahe gekommen war, dass er ihren Atem auf seinem Gesicht gespürt hatte, war er fast so weit gewesen, sie zur Seite wegzustoßen. Er hatte es nicht getan, weil sie das nicht verstanden hätte. Er konnte Signale von Frauen nicht deuten, weil sie ihm eigentlich immer gleichgültig waren. So anders war es bei der Gräfin, die noch kälter war, als er selbst glaubte zu sein. Man war vernünftig und rational. Auf jeden Fall nach außen.

Er nahm die Hand aus dem dicken Handschuh und zog den Schal bis über die Nase. Nun wurde es doch kälter, als er nach den letzten Wetterberichten geglaubt hatte. Woher nur kamen die undefinierbaren Geräusche der Nacht? Wäre er nicht geübt in nächtlichen Ausflügen, ihm wäre es fast zum Fürchten.

An irgendeinem Tag, nach seinen ersten Gehversuchen im Dorf, hatte er die Auer und den Hutterer gefunden. Das alte Schulgebäude war heruntergekommen, und die Auer hatte es mit viel Geld wieder instand gesetzt. Den Lohn für den Hutterer, den sie Xare gerufen hatte, musste sie, so erzählte sie es, direkt beim Bürgermeister selbst abliefern. Nähergekommen waren sie sich nicht. Der Hutterer war stumm geblieben, so dass er schon geglaubt hatte, es sei ein Gehörloser. Bis er ihn hörte, wie er bei der Arbeit fluchte. Er rief bei jeder Gelegenheit irgendeinen Fluch. War er mit der Arbeit fertig, dann fluchte er nicht mehr. Besonders häufig fluchte er bei den Arbeiten im großen Garten.

Meist rief er »Kruzinesenkruzifix«, schlimmstenfalls »Scheißglump«, aber die Arbeit wurde getan. An den Tag, an dem er einen streunenden Hund im Wald mit der Axt erschlug, wollte sich Severin lieber nicht mehr erinnern.

Da hätte er sich fast vergessen.

Er hob den Kopf und spürte den aufkommenden Wind. Es roch nach Wasser. Würde es zu regnen beginnen, dann müsste er seine kleine Mission abbrechen. Das wäre einfach zu gefährlich. Severin stieg hinauf

auf den Ansitz. Die Bäume sprachen miteinander. Er lauschte den Stimmen. Große, alte Bäume redeten mit tiefen, dunklen Stimmen, während die jüngeren Bäume schwatzen konnten. Manchmal schon hatte er geglaubt, ein Übersetzer der Baumsprache zu sein, aber das wäre wohl doch mehr als anmaßend gegenüber der Natur gewesen.

Severin fand zwei laienhafte Zeichnungen der Auer, in ein Stück Stoff gewickelt. Was er da sah, verschlug ihm den Atem. Ein riesiger Hotelkomplex und daneben ein Dutzend Villen. Dazu ein Golfplatz, eine Station einer Seilbahn und mehrere Reitplätze. Das sah aus, als hätte die Auer das von einem Profi abgezeichnet. So lief also der Hase. Luxus pur für die entsprechende Kundschaft, und über die zu verdienenden Summen musste er nicht lange nachdenken. Wenn die Auer das, was er da im Licht seiner Stablampe sah, tatsächlich von einem Original abgekupfert hatte, dann trug sie die Beschuldigung der Spionage durchaus zu Recht. Das hatte er ihr früher schon einmal gesagt, bei einer gemeinsamen Tasse Tee. Um in ihre Küche zu gelangen, musste man das ehemalige Klassenzimmer verlassen und über einen Flur gehen. Dort, in der Fensterlosigkeit, hatte sie einen Monitor angeschaltet, und Severin konnte sich selbst betrachten. Sie hatte eine bleistiftgroße Kamera hinter ihrem Kruzifix im Herrgottswinkel angebracht und dem Monteur aus der Stadt gesagt, sie brauche das wegen ihrer Nachhilfestunden, damit sie die Schüler von der Küche aus kontrollieren konnte. Dem schien das plausibel gewesen zu sein. Sonst wusste niemand von ihren kleinen Spionagekameras, die sie, im Haus verteilt, angebracht hatte. Severin war sehr lange sehr ruhig sitzen geblieben und hatte seinen Tee getrunken, schwarz und ohne Zutaten, hatte manchmal einen Blick auf das Bild im Monitor geworfen und auch auf den Schreibtisch des Bürgermeisters gesehen. Da lagen Kopien von Bürgermeistersitzungen. Und Aufzeichnungen, sogenannte Hörprotokolle, die sie selbst erlauscht und niedergeschrieben hatte, waren durch seine Hände gegangen. Sie wusste, wie entsetzt Severin war, und hatte darauf spekuliert, dass er auf die Planungen noch heftiger reagierte.

»Sie spielen mit dem Feuer.«

Severin erinnerte sich, dass er das damals zu ihr gesagt hatte.

Da sie sich sehr viel Zeit mit einer Antwort ließ, war er aufgestanden und zunächst an ihr Bücherregal getreten, ohne etwas anzufassen. Das Regal diente als Raumteiler. Dahinter verbarg sie ihren Schreibtisch und ihren ererbten Flügel, auf dem sie täglich ein wenig dilettierte. Auch sang sie sehr gerne, wenn auch nur mäßig begabt.

Das störte sie überhaupt nicht, zumal sie am Dorfrand niemand hören konnte, und ihrer Seele tat es gut.

Der Wald hüllte sich in Schweigen. Severin machte sich zunehmend Sorgen. Das alles passte längst als Grund für ein Attentat auf die Auer. Er hatte sie doch schreien hören. Wo war sie?

Damals war er zur anderen Wandseite gegangen, hatte ihre Musiksammlung betrachtet und nach einem alten Folianten gegriffen. Es handelte sich um ein Buch über die alten Adelsfamilien im Alpenland.

Severin atmete kräftig aus.

Die Gräfin und der Graf gingen ihm durch den Kopf und eine ehemalige Lehrerin, die wie eine Kuhbäuerin in Gummistiefeln über die Wiesen stampfte.

Hier gab es Wild im Wald, auch und vor allem nacht-aktive Tiere. Aber größere und schwerere Tiere liefen nur ungern den Berg hinauf, es sei denn, sie waren auf der Flucht. Eine Tränke befand sich an den Teichen auf der anderen Seite der Straße, an der die Verbrecher bis auf den Berg hinauf Bäume fällen wollten.

Severin schaltete die Stirnlampe und die Stablampe aus. Jemand war auf einen Ast getreten und hatte ein Geräusch verursacht.

Er hob den Kopf leicht und schaute in die Nacht. Konn-te es sein, dass sie es war, die einen nächtlichen Spazier-gang unternahm? Wenn ja, dann aber eher in Richtung Fels und nicht in dem Wald, der zum Dorf hinabführte. Der Mond stand hinter zerrissenen weißen Wolken am Himmel. Dazwischen leuchteten ein paar Sterne. Ein-mal war sie nach Griechenland geflogen, hatte die Auer erzählt, dem Ruf »Wanderer, kommst du nach Sparta« folgend, war in den Wolken gewesen und war sich vor-gekommen wie in einem Traum ihrer Kindheit. Lauter Kuschelwolken, daraus bestand die ganze Welt. Das war schön.

Der Mensch ist schlecht. Ausnahmen bestätigten die Regel, dachte Severin und rührte sich nicht. Die Auer hatte dem Grafen erzählt, dass sie die saure Wiese ge-kauft hatte, und ihm zugerufen, ich bin auf Ihrer Seite. Da hatte der Graf eine Augenbraue hochgezogen, als hätte er das nicht verstanden. Der Graf war auf seine Art ein einfältiger Mensch gewesen. Statt sich seiner Haut zu wehren, hatte er alles geschehen lassen. Die Gräfin war im Alten Testament zu Hause. Das verstand Severin. Schluss mit den vielen Gedanken. Es war nicht die Zeit, um zu meditieren. Noch immer war ihm übel. Vom Dorf her hörte er den Schlag der Kirchenuhr. Einmal, zweimal, also war es halb. Halb was? Er wollte sich nicht den Handschuh ausziehen, um auf der Uhr nachzusehen. Eigentlich war es auch gleichgültig, wie spät es war. Erneut hatte er sich leichtfertig ablenken lassen. Das musste doch Gründe haben? Ein Mensch könnte sich in seiner Nähe aufhalten. Wer? Einer, der den Mut hat, die ganze Nacht im finsteren Wald zu verbringen? Severin war fest entschlossen, im Notfall die Stablampe als Schlagwerkzeug zu benutzen.

Die Gräfin verehrte die schwarzen Madonnen, die Jungfrau Maria, die gewachsen war aus vorchristlicher Zeit aus der Mutter Erde zur Mutter Gottes. Die schwarzen Madonnen trugen die Farbe der Erde auf der Haut. Die große Göttin war das Leben und die Fruchtbarkeit. Du wirst geboren und kehrst am Ende deines Lebens in den Schoß der Mutter Erde zurück. So hatte die Gräfin gesprochen.

Er zog die Handschuhe aus und legte sich flach auf den Boden.

»Herrin der Welt, schütze das Leben dieses Waldes und aller Lebewesen, die guten Willens sind.«

Die Gräfin hatte diese Bitte laut im Wald ausgesprochen, als er sie einmal in der Nacht dort überraschte. Sie hatte ihn nicht bemerkt.

Der Wald blieb still. Plötzlich fehlte der Mond, der hinter dichten Wolken versteckt blieb. In ihm blieb die Anspannung. Dann war es wieder da, das Geräusch eines sich bewegenden Körpers. Diesmal viel näher bei ihm als noch zuvor. Etwas war geschehen.

15

Die Gräfin lief über den Schlossgraben hinüber in Richtung der Klamm, wo sie in einer kleinen Felsenhöhle eine Marienstatue hatte aufstellen lassen. Der Morgen war noch jung, und die feuchtkalte Luft ließ sie ein wenig erzittern. Sie schlief schlecht, weil sie die nahende Bedrohung spürte und sich nicht sicher war, ob sie dieser Prüfung standhalten würde.

Es ging um Millionen, das wusste sie, und alle wollten verdienen, alle. Auch diese junge Frau, die vor zwei Tagen bei ihr aufgetaucht war und gefragt hatte, ob sie ihre Wiesen am Hang nicht verkaufen wolle. Zweifellos eine Spekulantin. Die Gräfin drehte ihren Kopf nach Osten, um auf den Beginn der Helligkeit zu warten. Die Nacht war vorbei. Käme das erste Licht über die Berge, würde sie zur Quelle des weißen Baches gehen und sich das Gesicht mit diesem eiskalten Wasser verjüngen. Danach wollte sie in den Wald zurückkehren und beobachten, ob sich dieser Severin endlich aus der Hütte verabschiedet hatte.

Der Morgen kam grau und schwer von Osten heran. Trübes Herbstlicht mit Nebel und feuchter Luft. Das Land schien gar nicht erwachen zu wollen. Die Stämme der Bäume leuchteten feucht, und von den Blättern tropfte der Tau. Sie lief den schmalen Pfad am Sauweg entlang und roch die Ausdünstungen des Schwarzwildes. Beim Übergang zum Tannenwäldchen musste sie aufpassen, dort war der Weg abschüssig und glitschig. Am unteren Teich sah sie etwas im Wasser liegen. Der Tod lebte im Wald, das wusste sie, seit der Graf gegangen war.

Schlienz nahm das Doppelglas von den Augen und duckte sich hinter eine Gruppe Sträucher ab. Der Rucksack drückte ihn, so dass er fast ins Straucheln kam. Es gelang ihm, einen Sturz zu verhindern. Auf keinen Fall wollte er von der Gräfin gesehen werden. Schlienz trat vom Wald auf die Straße und sah zu seinem Erstaunen einen gefällten Baumstamm quer über der Fahrbahn liegen. »Du lieber Himmel«, dachte er, gut, dass er die Idee, hier hinauf mit dem Wagen zu fahren, schnell wieder verworfen hatte. Er trat näher an den Stamm und sah die Fäulnis. Da hatte sich jemand einen kranken Baum als Symbol gewählt. Er schaute auf die Reifenspuren im Schlamm und dachte, da hatte jemand wenden müssen, dem der Baumstamm die Weiterfahrt blockiert hatte. Das waren Reifenspuren eines Geländewagens. Er blieb stehen und schaute sich um. Nichts war zu sehen oder zu hören, was ihm Sorgen machen musste. Mit ihm war jemand in der Nacht im Wald gewesen. Nun war kein Laut zu hören. In der Nacht hatte er sich vorsichtig zurückgezogen, weil sein Instinkt ihn gewarnt hatte. Langsam tastete er sich zurück in den Wald. Es begann, fast ein wenig schüchtern, zu regnen. Er nahm eine Hand aus dem Handschuh, hielt sie an die Luft, weil er sich zunächst gar nicht sicher war, ob da wirklich Regen war. Als er näher an den Teich herantrat, sah er, wie die Tropfen auf das Wasser fielen. Er sah die Auer im Wasser liegen. Fast ein beschauliches Bild. Er wunderte sich, dass niemand nach ihr suchte. Er musste, um wieder auf den Weg zum Dorf zu gelangen, fast um den halben See laufen. Die Dörfler hatten sich eine tiefe Mulde zunutze gemacht und den Bach am Ende der Senke mit schweren Baumstämmen aufgestaut. Es war an der Zeit zu verschwinden. Schlienz war müde.

Das Wasser zwängte sich plätschernd zwischen den Holzstämmen hindurch und bot ein romantisches Bild. Weiter oben, am Beginn des Sees, standen mehrere ausgehöhlte Baumstämme, in die das Wasser zunächst hineinlief, bevor es in den See mündete. Dort, an den Tränken für die Wildtiere, wollte er sich mit frischem Bergwasser reinigen. Noch weiter oben, fast schon an der Waldgrenze, befand sich noch ein zweiter Teich, der aber kleiner war als dieser. Letzten Sommer hatte es bei den Tannen gebrannt, und der See hatte das Löschwasser geliefert.

Der Regen wurde stärker. Er wollte sein Gesicht tief in das kalte Wasser drücken. Oberhalb des ersten Wassertroges war der Boden übersät von Wildspuren. Als er sich bücken wollte, sah er am letzten Wassertrog Spuren, die nicht von einem Tier stammen konnten. Es waren Abdrücke von Stiefeln. Sohlen mit tiefen Rillen hatten sich in die schlammige Erde gedrückt. Und diese Spuren waren neu, konnten erst unlängst entstanden sein. Also hatte er recht gehabt mit seinem Gefühl, dass jemand seine Kreise stören wollte.

Ganz früh in der Dunkelheit hatte er sich auf den Weg gemacht und noch den Jaguar abstellen müssen, weil er sich im alten Dorf bei einem Bauern einen rostigen Japaner gekauft hatte. Der gestohlene Jaguar stand getarnt ohne Reifen direkt neben einem rostigen Abschleppwagen. Der alte Bauer und sein Sohn glaubten, sie hätten ihn kräftig über den Tisch gezogen, dabei spielte der Preis für ihn keine Rolle. Er hatte zwar gesagt, dass er den Wagen ummelden würde, das aber wollte er genau nicht tun. Dann war er extra an den Forggensee gefahren und hatte die Nummernschilder des Jaguar im Wasser verschwinden lassen. Schlienz hatte sie nämlich gesehen, wie sie aus ihrem weißen Jeep ausgestiegen und zum Bürgermeister hinübergegangen war. Er hatte auch gesehen, wie die fette Alte, die jetzt im Wasser schwamm, etwas aus ihrem Auto gestohlen hatte. Er war hinter der Diebin hergelaufen, aber sie war in den Wald gerannt, und er hatte ihre Spur verloren. Wie auch immer, er musste sich überlegen, wie er sein Ziel erreichte. Sein Ziel war das Schloss im Fels, und er war fest entschlossen, es auch zu betreten. Er benutzte einen kleinen Waldweg und ging erneut den Berg hinauf. Wenn er die Unterschrift der Gräfin haben wollte, dann musste die Sache mit Esther angegangen werden. Sie konnte nicht einfach mit ihrem Jeep im Tal herumfahren, und er sah ihr dabei tatenlos zu.

Schlienz kicherte in sich hinein. Die Bauern hatten es ihm brühwarm erzählt, was die aus der Stadt alles bauen wollten.

Niemand war zu sehen. Wieder einmal bekam er das Gefühl, dass er zwar niemanden sah, aber aller Augen auf ihn gerichtet waren. Diesmal sollten sie sich alle täuschen, diesmal wollte er der Clevere sein.

Dann zog er sich seine Bergschuhe an. Der Lodenmantel würde zu sehr auffallen, also begnügte er sich mit dem Janker und zog die Pelerine über. Den Hut trug er tief in die Stirn gezogen. Das Gewehr lag zerlegt in seinem Rucksack. So war er in den Wald marschiert und zornig darüber, dass er zu Fuß fast den ganzen Tag unterwegs sein würde. Bei der Biegung der Dorfstraße zu den Wiesen, von wo die schmale Asphaltstraße den Berg zum Schloss hinaufführte, hatte er vom Wald aus wieder den weißen Jeep gesehen. »Esther, du wirst dich noch wundern«, lachte er.

Im alten Dorf hatten sie ihm erzählt, die Gräfin wäre

seit dem Tod des Grafen den Berg nicht mehr hinunter-
gekommen. Das könnte bedeuten, er hatte damals doch
mit ihr telefoniert.

Das Wasser lief in breiten Strömen den Berg hinab. Er
fragte sich, ob es nicht einen anderen Weg nach oben
gab? Bewegte er sich auf diesem Weg weiter, so musste sie ihn zwangsläufig vom Schloss aus sehen können.
Der Rest des Weges, so schmal er auch sein würde, war
bereits ohne Waldbestand, das hatte er seiner Karte
entnommen. Andererseits galten die Waldwege als besonders gefährlich. Er blieb stehen und nahm sein Doppelglas zur Hand.

Hinter der Biegung sah er das gelbe Postauto von Dorf
zu Dorf fahren. Im Tal war nichts und niemand zu sehen,
ließ man die Kühe auf den Wiesen außer Acht. Da hieß
es immer, die Bauern hätten einen Knochenjob, aber bisher hatte er nur einen Traktorfahrer gesichtet. Hinter
einer wackligen Hütte sprang jemand herum. Der musste direkt aus dem Wald gekommen sein, denn hinter der
Hütte begann die abschüssige Kuhwiese. Schlienz beobachtete, wie der Mann über den Zaun stieg und mit
schweren Beinen über die Wiese lief, zu einem offenen
Verschlag, vor dem sich ein paar Kühe drängten und
sich eine Wanne mit einer Wasserpumpe befand. Der
Mann setzte sich auf eine räderlose Karre und wischte
sich das Wasser aus dem Gesicht. Den hatte er schon
gesehen, war sich Schlienz sicher. Dazu brauchte er
seine Erinnerung gar nicht heftig anzuheizen. Das war
der Dorfdepp, der sich an der alten Schule herumgetrieben hatte. Dann war er wieder verschwunden. »Das
ist der Hutterer, der ist harmlos«, hatte die Frau an der
Kasse der Tankstelle gesagt und gelacht. Woher wollte
sie das wissen? War sie befähigt oder ausgebildet, um

eine solche Beurteilung abzugeben? Natürlich nicht. Für Schlienz war jeder zu allem fähig. Irgendwie hatte er das Gefühl, der Kerl schlich ihm nach. Fast vierzig Jahre ist der alt, hatte es geheißen, und der hat noch nie was angestellt. Er würde schon eine Antwort parat haben, käme ihm der Kerl zu nahe. Er beschloss, keine Zeit mehr zu vergeuden. Außerdem behinderte ihn der Regen doch erheblich. Woher kam das ganze Wasser? Was er alles auf sich nahm, um die Geldmaschine in Bewegung zu setzen. Hatte er das nötig? Er hätte es gar nicht mehr nötig. Was trieb ihn dann den regennassen Berg hinauf? Er musste es tun, es war wie ein Zwang. Esther durfte das Geschäft auf keinen Fall machen, das stand für ihn fest. Wenn das Schloss verkauft war, würde er das Land verlassen, auch daran zweifelte er nicht mehr. Grund und Boden konnte er auch woanders verkaufen. In Spanien, Florida, sonst wo. »Wie viel machen Sie im Jahr?«, hatte ihn ein Amerikaner bei einem Bankett gefragt. Ja, wie viel machte er im Jahr?

Der Regen fiel so dicht, dass man kaum noch die Hand vor Augen sah. Neben dem Weg schossen bereits zwei veritable Bäche mit allerlei Gehölz und Blättern zu Tal. Weitergehen, dachte er, nicht umkehren. Die Gräfin wird ihr Herz schlagen lassen, wenn er so durchnässt nach dem langen Weg um Einlass bittet. Sicher war er sich da allerdings nicht. Die Menschen im Tal hielten nicht viel von der Dame. Angeblich war sie ihnen unheimlich, was auch immer das heißen mochte. Allerlei hatte er über sie erfahren. Sie war keine Wolkenstein, natürlich nicht, stammte von der Donau. Der Graf wollte eine junge Frau, sagte die Kellnerin und grinste. Denen geht auch nichts anderes durch den Kopf, dachte Schlienz. Da heißt es, nur die Männer denken immer an die eine Sache. Da war sie wieder in seinem Kopf: Esther. »Lass mich in Ruhe, du Biest«, fluchte er. Kostspielig war sie und gar nichts sonst. Sie hatte ihn gefoppt. Außer Spesen nichts gewesen. Adieu, Herr Trottel, habe die Ehre. Schönen Dank auch für den Urlaub.

Nein, Esther bedankte sich nicht, niemals. Das hatte sie nicht nötig. Der Herr Papa hatte schon dafür gesorgt, dass man sich nie bedanken musste.

Er musste seine Nerven schonen. Wer weiß, ob ihn nicht auch die Gräfin bis aufs Blut reizen würde? Er hasste es, wenn ihn eine Frau bis aufs Blut reizte, weil er dann zu leicht die Beherrschung verlor. Seine Ex-Frau, die hätte er auch einmal, … beinahe … es hatte nicht viel gefehlt. Die Pistole war schon in seiner Hand gelegen.

Was für ein Sauwetter! Er holte ein Taschentuch aus seiner Hose und wischte sich das Gesicht trocken. Ein völlig sinnloses Unterfangen. Niemand trocknet sich das Gesicht ab, wenn er unter der Dusche steht. Was sich ereignete, war wie das permanente Rauschen eines Wasserfalls. Darin befand sich die ganze Welt. Unaufhörlich rauschte es in den Bäumen, durch das Geäst, an den Stämmen herab, über den Boden, ein Orchester des Regens, und sämtliche Tropfen spielten nur ein Instrument und darauf immer den gleichen Ton.

Irgendwann hatte ihm jemand erzählt, in China hätte es unter den Kaisern eine Foltermethode gegeben, die darin bestand, in berechneten Abständen einen Tropfen Wasser in ein Gefäß fallen zu lassen, während der Delinquent gefesselt auf einem Stuhl saß. Die Folge war, er wurde wahnsinnig. Schnaufend blieb er stehen. Drei Silben: Wahn-sin-nig!

Jemand hat den Wahn im Sinn? Das Wort ›Wahn‹

hatte er einmal im Lexikon nachgeschlagen. Es bedeutete Hoffnung. Die Hoffnung, aus dem alten Leben in ein schöneres zu gelangen, das war der Wahn-Sinn! Schade nur, dass diese Mehrheitsidioten das völlig anders sahen. Seine Ex-Frau, die war nicht wahnsinnig, die war nur verrückt. Die glaubte allen Ernstes, die Männer in ihrem Bett liebten sie. Verrückt bedeutete, sich aus der Geraden, der anerkannten Lebenslinie, dem Weg der Normalität, zu verrücken. Das tat seine Ex-Frau, mit seinem Geld, versteht sich. Er spuckte aus und sah seinen Auswurf den Weg hinabschwimmen. Das war nun doch noch ein hartes Stück Arbeit, bis er vor dem Schloss ankam. Über seine Aussichten bei der Gräfin wollte er sich keine vorzeitigen Gedanken machen. Wo waren die Tiere eigentlich, wenn es wie aus Kübeln goss? Er hatte darüber gelesen, dass Nager im Boden ertrinken konnten. Rehe, Hirsche und Wildschweine, wo blieben die? Vielleicht gab es im dichteren Teil des Waldes natürliche und trockene Unterstände?

Er war sicher, auch der Regen konnte einen Menschen in den Wahnsinn treiben. Da war es doch besser, man hing einfach irgendwelchen Gedanken nach. Bevor er zu sehr ins Träumen geriet, holte ihn die Realität wie mit einem kräftigen Windstoß ins reale Leben zurück. Er erinnerte sich an die tappenden Schritte eines schweren Menschen in der Nacht. Der war ihm so nah gewesen, dass er dessen hochrotes Gesicht fast direkt vor sich gesehen zu haben glaubte. Natürlich war das Unsinn. Dass er im Wald jemandem begegnet war, das machte ihn nervös. War das der Idiot aus dem Dorf gewesen, der vorhin aus dem Wald gesprungen war? Er trat unter einen Baum und begann das Gewehr zusammenzubauen. Kaum war er fertig, blieben seine Schuhe fast in dem

Gemisch aus Schlamm und Wasser stecken. Dadurch geriet er ins Straucheln und griff nach einem Ast, der scheinbar abgebrochen von einem Baum herabhing. Der Ast, von seinem Gewicht bewegt, löste sich vom Baum und schlug direkt neben ihm in den Boden ein. Aber das war kein Ast. Als er das Ungetüm betrachtete, bekam er einen heftigen Schrecken, denn er hielt eine meterlange Stielaxt in der Hand. Was hatte die Axt in dem Baum zu suchen? Sie hätte ihm, wäre sie anders gefallen, den Schädel spalten können. Endlich fand er sich auf dem Weg wieder und sagte laut: »Es gibt keine Zufälle im Leben, Schlienz.« Natürlich glaubte er nicht, dass die Axt ihm gegolten hatte. Irgendwer hatte sie mit Absicht in den Baum gehängt, und er war nun grade darunter gestanden. Hinter der nächsten Wegbiegung hörte der Wald auf, aber nicht der Regen. Schlienz schaute auf seine völlig verdreckten Stiefel, seine bis an die Kniebeuge vollgespritzte Hose und ahnte, wie sein nasses verfrorenes Gesicht aussah. Die Gräfin würde ihn für einen Streuner halten, bestenfalls für einen Berggeist, einen alpenländischen Rübezahl, und ihn stante pede hinauswerfen. Er sah sie vor sich und er sah, wie er ihr ins Gesicht schlug. Aber das war nicht die Gräfin, das war das Gesicht von Esther, in das er hineinschlug.

Er kannte die Gräfin nicht. Für eine alte Frau hatte er sie gehalten nach dem Telefonat, nun wusste er es besser. Warum schlug er Esther in seinen Gedanken? Was würde er tun, wenn Esther bei der Gräfin am Tisch säße? Was fiele ihm dann ein? Sie würde ihn sofort des Diebstahls bezichtigen. Würde er sie in einer solchen Situation schlagen? Er hatte sie nie geschlagen, natürlich nicht. Er war ein kleines Nichts, das ihr die Füße geküsst und den Weg sauber geleckt hatte, bevor sie einen Fuß darauf setzte. Das war verachtungswürdig, wie er sich verhalten hatte. Vor allem war es völlig sinnlos gewesen. Nie im Traum hatte sie daran gedacht, etwas mit ihm anzufangen. Sie war die Fifth Avenue und er war Harlem. Dazwischen lagen diverse Milchstraßen.

»Ich liebe dich«, sagte er leise, »und ich hasse dich. Wenn du in dem Schloss bist, dann werde ich dich mit diesem Gewehr erschießen, Esther.«

Er hatte nicht mehr an die Tote im See gedacht. Wie konnte jemand tot im See liegen und nichts rührte sich? Der Regen machte ihn verrückt. Er nahm das Jagdgewehr. Was würde die Gräfin glauben? Dass er in ihren Wäldern wildern ging?

Sie war es, Esther. Das vermutete er. Esther konnte sehr jähzornig sein. Nun schwamm die Alte tot im See.

Schlienz wartete bei den Bäumen und dachte nach. Dann lief er in den Wald und kehrte zurück, legte grüne Tannenäste auf den Boden und näherte sich so vorsichtig dem See. Er sah, dass die Alte noch im Wasser lag und sich nicht bewegte. Ein Blick zurück zeigte ihm, dass er keine Trittspuren mit seinen schweren Stiefeln hinterließ. War sie richtig tot? Er zog das Gewehr unter seinem Umhang hervor, fasste es am Lauf und drückte die dicke Frau mit dem Schaft unter Wasser. Weil er sich nicht sicher war, ob die Sache erledigt war, schob er den Körper unter einen Baumstamm, der im Wasser lag. Dann griff er nach seinem Portemonnaie und holte seinen kleinen Glücksbringer hervor. Es war ein Kleeblatt aus purem Gold. Schweren Herzens ließ er es auf den matschigen Boden fallen. In Florenz hatte er es in einem Etui von Esther gefunden und an sich genommen. Nun tat es seinen hoffentlich alles entscheidenden Dienst.

Schlienz kicherte und schlich in den Wald zurück.

Jetzt war Esther eine Doppelmörderin. Erst die Alte, dann die Gräfin. So kann es gehen im Leben, meine Liebe. Man sollte sich den Schlienz besser nicht zum Feind machen.

»Verdammt«, sagte er laut. Jetzt war er richtig schmutzig geworden. Mantel und Hose waren mit Lehmspritzern gesprenkelt. Eine lohnende Säuberung war unter den gegebenen Umständen nicht möglich.

Dann war er mit seinen Gedanken wieder am Wasser. Jetzt war er sich schon nicht mehr sicher. Er musste zurückgehen und nachsehen. Vielleicht spielte ihm sein Kopf nur einen Streich. Esther hatte die Frau getötet, basta.

Spuren der Reifen ihres Wagens waren im Schlamm deutlich zu sehen.

Die Zeit der Bewährung kam, denn er lief nun direkt auf das Tor des Schlosses im Fels zu. Wie machte man sich bemerkbar? Durch Rufe? Oder gab es eine Klingel? Er trat auf die Holzbrücke und sah, wie sich das Wasser langsam durch den Graben bewegte. Wo floss es ab? Unter dem Bogen an der Pforte blieb er stehen und versteckte das Gewehr unter seinem Janker. Das war nicht bequem, aber er glaubte auch nicht, dass·er sich würde setzen dürfen.

Von der Holztür hing eine Leine herab, und er zog daran in der Meinung, es wäre die Klingel. Sehr zu seinem Erstaunen öffnete sich eine kleine Pforte im großen Tor, und schon stand er im schmalen Innenhof des Schlosses. Was sollte er tun? Frau Gräfin Wolkenstein rufen? Das wäre ordinär. Also ging er schnurstracks auf das Gebäude zu und klopfte. Auch hier öffnete sich die Tür, als würde er erwartet. Eilig trat er ein und befand sich in der Lobby. Ein kahler Raum, befand er, damit den Wartenden schnell die Geduld abhanden kam. Kleine psychologische Spielchen beeindruckten ihn nicht. Er schälte sich ganz einfach aus seiner Regenpelerine und legte den Hut auf eine Holzbank. Dann nahm er Papiertaschentücher und rieb Hose und Schuhe sauber, soweit das eben unter diesen Bedingungen möglich war. Niemand wollte sich ihm nähern, sich um ihn kümmern, das war dumm. Schlienz zählte bis hundert, dann öffnete er die Tür. Er stieg in den ersten Stock und betrat den Rittersaal. Er ging einfach hinein, dann in das nächste Zimmer, bis er hinter der letzten Tür in der Bibliothek des Grafen stand und nicht mehr weiterwusste. Festentschlossen schlenderte er herum und sah eigentlich gar nichts, denn nur in seinem Kopf lebte es. Das konnte doch nicht sein? Mit allem hatte er gerechnet, aber nicht damit, dass er hier herumlief und niemand ihn daran hinderte. Quasi wie der Graf persönlich. Schärfe deine Sinne und achte auf jede Bewegung, irgendetwas soll hier passieren, und du sollst wieder einmal der Trottel sein. Doch als er hinausrennen wollte, fand er die Tür verschlossen. Bücher gehörten nicht unbedingt zu seinem Leben, und in diesem Zimmer lag ein Buch, sehr gewollt platziert, und er hatte eine Ahnung, dass das Spiel begonnen hatte. Zunächst maß er den Raum mit den Augen und war sich sicher, hier wäre ein Seminar für die Manager der Plex AG so gut aufgehoben wie an keinem anderen Platz der Welt. Was für eine Täfelung!

Das ganze Ambiente war nicht nur gelungen, es war geradezu genial.

»Was waren Ihre Vorfahren, Herr Graf? Raubritter?« Er schrie es heraus und lachte.

Auf der Anrichte hinter der Tür stand ein Tablett mit Wurst und Käse, dazu eine Flasche Wein aus dem Burgenland. War hier jemand gewesen, oder war das alles schon auf dem Schränkchen gestanden, als er eingetreten war? Ein Gastgeschenk. Verhöhnen ließ er sich nicht. Also drehte er sich um und setzte sich in den Halbsessel, der unter dem Fenster stand, und nahm das Buch von dem großen schweren Tisch und schlug es an der Seite auf, in der ein Lesezeichen lag. Mit leichtem Bleistiftstrich war das unterstrichen, was er offenbar lesen sollte.

Keinem Unterliegenden gefallen die Kampfspiele, zu deren Zierde doch auch seine Schmach gehört, und eben das ist eine Widerspiegelung der Wahrheit.

Er schlug das Buch zu und las den Titel: Augustinus, *Über die wahre Religion.*

Was sollte das werden? Eine Jagd nach Bücherwissen? Dazu war er zu alt, und es imponierte ihm nicht. Das war Papier, und Papier brannte, wenn man es in das Feuer warf. Er verspürte keine Lust an dem Spiel und ging zielstrebig durch die Bibliothek. Frech nahm er sich eine Flasche Wein aus einem Weinschrank und zog den Korken. Das war ein dreißig Jahre alter Châteauneuf-du-Pape.

»Wohl bekomm's, Familie Blaublut!«, rief er und trank. Das hatte er dann doch gelernt, diesen Wein mit wacher Zunge zu genießen und den Abgang mit einem »mon Dieu« zu schmücken. Das war ein Wein, der den Namen verdiente.

Ein altes Grammophon zierte einen Mahagonitisch. Eine Schallplatte lag obenauf, und er bediente einfach den Hebel und setzte sich dann in den Lesesessel des Grafen. Er ließ die Musik anspielen und riss sie nach den ersten Gesängen vom Plattenteller.

»Antonín Dvořák«, las er und weiter: »Stabat mater dolorosa.«

Er lief an den Bücherschränken entlang und suchte ein Lexikon. Das Richtige zu finden wurde ihm leichtgemacht, denn ein entsprechendes Buch war ein Stück nach vorne gerückt worden, so dass es herausragte.

Die Mutter Jesu stand schmerzerfüllt am Kreuze.

Nichts konnte er weniger leiden als dieses blöde Spiel. Damit kommt die Dame bei mir nicht durch, dachte er sich. Jetzt wird gesucht, und ich werde sie finden. Bei dem Wetter wird niemand mehr zu Besuch kommen, Lady. Na schön, dann reiten wir den Stier, aber von jetzt an gelten meine Spielregeln. Sie muss die vorbereitete Urkunde unterschreiben und danach für alle Zeiten verschwinden. Konnte es sein, dass sie ihm heimlich zusah, wie er sich zum Affen machte? »Nur die Ruhe bewahren«, sagte er zu sich und ging zur Tür. Er sprach mit sich, und das beruhigte ihn. Seine Hand fand den Türgriff. Die Tür ließ sich nicht öffnen. Er drückte mit der Schulter und seinem ganzen Gewicht dagegen, aber sie rührte sich nicht. Mit Wucht warf er sich gegen das Holz, aber nichts geschah. Die Tür bewegte sich nicht. Eingesperrt! Das Biest hatte ihn eingesperrt.

Schlimmstenfalls musste er die Tür eben mit seinem Gewehr zerschießen. Erst jetzt fiel ihm ein, dass eigentlich nur er selbst von der Absicht gewusst hatte, das Schloss aufzusuchen. Wie kam es also, dass die Gräfin so reagierte? Hatte sie ihn erwartet? Nein, sie muss etwas gewusst haben, und es gab nur eine Erklärung, und die hieß Esther. Hatte er es doch geahnt, sie war hier irgendwo. Das blöde Spiel passte zu ihr. Schlienz streckte die Beine aus und hielt seinen Kopf mit beiden Händen. Er ließ seinen Blick durch die Bibliothek schweifen. Wie still es hier war. Die dicken Gemäuer ließen keine Geräusche von außen ins Innere. Wenn es draußen noch regnete, sollte es ihm recht sein.

»Ich habe Zeit«, sagte er laut. »Wenn ich etwas habe, dann ist es Zeit, denn ich habe einen Interessenten, der viel Geld bietet.« Die letzten Silben brüllte er. Danach war wieder Stille. Da saß er nun und war gefangen. Was hatten sie vor, die Weiber? Schlienz griff nach seinem Gewehr, zielte auf das Türschloss und drückte ab.

Der Schrei durchschlug ihn wie der Blitz einen Baumstamm. Er erschrak dermaßen, dass er sich fast auf dem Boden wiederfand. Was um alles in der Welt war das? Woher kam der Schrei?

16

Und jetzt sitz ich hier und bin einsam …

Winkler schloss das Buch. Er las den *William Lovell* von Ludwig Tieck, als ein Kollege vom Dauerdienst sein Büro betrat. Eigentlich hatte er an diesem Nachmittag im Haus nichts verloren, aber er hatte den Tieck liegenlassen, den er sich am Wochenende zu lesen vorgenommen hatte, und war deshalb zurückgekommen.

»Komische Geschichte«, sagte Süver. »Das musst du dir einmal ansehen.«

Winkler schaute auf die Zeitungen, die Süver vor ihn auf den Schreibtisch gelegt hatte. Er schaute auf den Artikel über den Mord an einem dreizehnjährigen Mädchen in einem Rohbau, mit dem er, Gott sei Dank, nichts zu tun gehabt hatte. Süver legte, jetzt sah Winkler die Handschuhe an Süvers Händen, eine Zeitung mit einem Foto einer dieser reichen Erbinnen der Stadt auf den Tisch.

»Na und?«

»Das Beste kommt noch«, sagte Süver. »Am Donnerstag hatte es in einer Tiefgarage ein kleines Feuer gegeben. Nichts Besonderes. Benzin, eine Verpuffung, rußige Wände. Die Kollegen der Feuerwehr haben eine angebrannte Holzkiste hinter einem Stellplatz geborgen, und in dieser Kiste lag eine Pistole. Am Freitag wurde die Waffe untersucht, und man hat festgestellt, dass mit ihr die Kleine aus dem Bahnhofsmilieu erschossen worden war. Und diese Schönheit hier, die du auf diesem Foto siehst, wohnt in diesem Haus, in dem es gebrannt hat, und die Kiste gehört zu ihrem Stellplatz. Zufall?«

Winkler steckte den Tieck in seine Ledertasche.

»Habt ihr die Dame befragt?«

»Sie ist auf Reisen«, antwortete Süver.

»Na ja, dann.«

»Halt, ich habe noch etwas vergessen«, rief Süver. »Nachbarn sahen sie, kurz bevor es aus der Tiefgarage qualmte, mit ihrem Jaguar davonrasen.«

Winkler trat an das Fenster und blickte in den Hof, wo drei Beamtinnen standen und plauderten.

»Was heißt, sie ist auf Reisen?«

»Ihre Sekretärin sagte, sie sei irgendwo zwischen Füssen und Sonthofen.«

Winkler schüttelte den Kopf.

»Ihr habt ihre Sekretärin angerufen? Warum nicht gleich eine Schlagzeile in der Zeitung? Was heißt, irgendwo zwischen Füssen und Sonthofen?«

»Es soll da ein Tal geben mit Bauland. Die Dame ist offiziell Maklerin. Irgendwo in der Nähe von Kornau ist sie, nach Aussage der Sekretärin.«

»Das kenne ich«, sagte Winkler, »liegt in der Nähe von Oberstdorf.«

Winkler dachte einen Moment nach und sah dann Süver an. Der war fast zwanzig Jahre jünger als er und sah aus wie ein Surfer.

»Was willst du von mir?«

Süver druckste einen Moment herum und platzte dann heraus:

»Na ja, Mege meinte, du würdest am Wochenende nach Sonthofen fahren und da könntest du doch die Dame einmal aufsuchen.«

»Und warum fangt ihr sie nicht mit den SEK-Leuten?«

Winkler grinste und Süver rieb sich die Nasenspitze.

»Also, irgendwie sieht die Sache doch schon ziemlich inszeniert aus, findest du nicht? Jemand deponiert die Waffe, zündelt, und die blöde Polizei fällt darauf herein. Der Chef meinte, in der Liga, in der die Dame finanziell spielt, da könnten wir uns überheben, wenn nicht alles hieb- und stichfest ist.«

»Meinte der Chef das«, gab Winkler spöttisch zurück.

»Mege sagte, die Wohnung der Dame wäre unter einer Million nicht zu kriegen. Da weiß man doch, wo die Glocken hängen.«

»Vor dem Gesetz sind alle gleich«, sagte Winkler, und sie lachten beide laut.

»Na schön. Ich fahre am Sonntag zu meinem Sohn, also mache ich einen Samstag daraus und fahre gleich los. Aber dann seid ihr mir etwas schuldig. Und du präzisierst bitte die Anschrift der Dame.«

Winkler geschah es immer wieder. Plötzlich sah er sich mit diesem Ereignis von früher konfrontiert. Es hallte in ihm nach wie ein Echo. Es war einer dieser gutmütigen Vormittage, an denen nichts geschehen kann. Das Wetter war mäßig, also ein Tag zum Herumtrödeln und Nichtstun.

In jenem Moment, als er sich damals setzte, um seinen Tee auszutrinken, musste es geschehen sein. Eine kleine Irritation, der ein falscher Schritt und der so fatale Sturz folgte. Das Wasser riss den Jungen sofort mit, und wenn am unteren Ende der Klamm der Felsbrocken den Körper nicht aufgehalten hätte, wäre er ertrunken. Es waren zwei Dutzend Erwachsene in der Klamm, und keiner von ihnen hatte auch nur einen Finger gerührt. Das führte dazu, dass er seinen Beruf aufgeben wollte. Weshalb sollte er die Gesellschaft vor Verbrechern schützen, wenn sie zusah, wie sein Junge ertrank? Als er die Nachricht erhalten hatte, war er sofort nach Sonthofen in das Krankenhaus gefahren, und seitdem tat er das an jedem freien Wochenende. Dann saß er am Bett des Jungen, der inzwischen zwanzig Jahre alt war, und las ihm stundenlang vor. Diesmal hatte er den Tieck dabei. Winkler rollten die Tränen über das Gesicht. Immer wieder nahm er sich vor, die Klamm zu durchlaufen, aber dann schaffte er es wieder einmal nicht. Inzwischen hatte er einen Berg Bücher über Komapatienten gelesen, aber seinem Buben konnte er nicht helfen.

Winkler riss sich aus seinen Gedanken. Die Autobahn war voller Ausflügler, er musste sich konzentrieren. Hinter Kaufbeuren geriet er in einen Stau, und dann sah er die Schilder, die auf Kempten hinwiesen. Er fuhr wie ein Automat. Kaum ein Blick fiel in die Landschaft, das Gesicht seines Sohnes kam immer wieder dazwischen. Und dann riss er das Lenkrad herum, so dass der Wagen fast ins Schleudern geriet. Er hatte den Tatort wiedererkannt, an dem die Kollegin Bechtl ermordet worden war. Er parkte ein und lief das gesamte Areal noch einmal ab. Das ergab alles keinen Zusammenhang und keinen Sinn. Aber seit wann gab es bei Mord einen Sinn zu finden? Der Regen erwischte ihn zehn Meter vor seinem Wagen. Sofort war er durchnässt und blieb im Auto, weil die Scheibenwischer alle Mühe mit den Wassermassen hatten.

Wo waren die Worte des Trostes? Wie tief er doch in Wahrheit ins Nichts gefallen war. Danach hatte er mit einem Mal nichts mehr vom Leben verstanden. Ich lebe im Nichts.

Winkler blieb vor dem Krankenhaus stehen und stieg nicht aus. Das Büro hatte sich gemeldet und ihm die Hoteladresse der gesuchten Person in Oberstdorf mitgeteilt. Er hatte sie aufgeschrieben und konnte, wie es immer mit ihm geschah, nicht einfach aussteigen und seinen Sohn besuchen. Es fiel ihm schwer, weil er ihm nicht helfen konnte. Eine Ausrede hatte er auch. Er hatte seinen Schirm vergessen. Wo waren die Worte des Trostes?

TEIL II

1

Als der große Regen kam, nahm ihn im Tal niemand wirklich ernst. In der vergangenen Nacht hatte er kaum spürbar begonnen. Der Regen verfärbte den Wald. Die Bäume wurden schwarz.

Der Hutterer hatte eine merkwürdige Erscheinung. Er floh über die Wiese, weil er einen Geist gesehen hatte, oder einen Teufel, oder sonst etwas Unheimliches. Er rannte, bis er ein Versteck bei den Kühen gefunden hatte. Dort hockte er und sah die Teufelin und die Augen der Frau Auer, die ihn aus dem Wasser angestarrt hatten. Er musste das Severin erzählen, wagte sich aber nicht aus dem Versteck aus Angst vor der Teufelin.

Severin setzte gerade Teewasser auf, als die Gräfin eintrat und sich an seinen Arbeitstisch setzte. Ihre Haltung und die Selbstverständlichkeit ihres Tuns brachten zum Ausdruck, dass sie sich in ihrem Besitz bewegte. Sie reichte ihm wortlos einen Brief, ohne ihm ins Gesicht zu sehen. Severin las.

»Sie müssen sofort gehen«, sagte sie. »Der Graf war in vielen Dingen ein zu gutmütiger Mann.«

Severin legte den Brief zurück. Das Landratsamt hatte ihr, bei Androhung einer Geldstrafe, die Benutzung der Hütte als Wohnstatt untersagt. Das war natürlich gegen ihn gerichtet. Zweifelsfrei steckten die Bürgermeister aus dem Tal dahinter.

»Zurzeit wird sich niemand von den Behörden hier hinauftrauen.«

Severin zeigte auf den Regen, der unaufhörlich gegen die Scheiben schlug.

»Der Regen wird aufhören«, antwortete sie.

»Sie sind nicht der Meinung, dass man nur einen Widersacher gegen die Bebauung der Berge aus dem Weg räumen will, Gräfin?«

Sie rührte sich nicht, saß nur da und sah zum Fenster hin. Ihr Gesicht war durchsichtig. Weiß, von Adern durchzogen, blau, grün. Was sah er nur für einen Unsinn? Sie hatte ein sehr schmales, kalkweißes Gesicht, das war alles.

»Verzeihen Sie mir meine Flegelhaftigkeit, Gräfin. Ich vergaß, Ihnen einen Tee anzubieten.«

Severin goss das heiße Wasser über die Teeblätter und blieb mitten im Raum stehen.

»Sie könnten den Behörden sagen, hier wohnt niemand, dann würde ich Zeit gewinnen.«

»Ich soll für Sie lügen? Wie empörend!«

Severin hatte sich vergaloppiert. Ihre heftige Reaktion hätte er ahnen müssen. Sie wollte wortlos aufstehen und gehen.

»Wissen Sie, was das hier ist?« Er hielt ihr die Axt entgegen. »Sie steckte in einem Baum, nicht weit von der Stelle, wo den Herrn Grafen der Stamm getroffen hat. Ich bin der Überzeugung, das ist die Axt, die bisher unauffindbar war. Jetzt können wir nach ihrem Besitzer Ausschau halten.« Severin hatte hastig gesprochen, aber erreicht, dass die Gräfin sich wieder hingesetzt hatte.

»Er ruht in Frieden«, sagte die Gräfin.

Severin blieb erstaunt stehen und stellte vorsichtshalber zwei Teegläser auf den Tisch, obwohl sie sich nicht geäußert hatte.

»Sie steigen den Menschen nach, mein Herr, ich vermute, Sie haben eine Ahnung?«

Das war nicht freundlich gemeint. Sie sagte damit, er wäre ein übler Schnüffler, der anderen hinterherspionierte.

»In diesen Zeiten traut der eine dem anderen nicht«, sagte er nur. »Man muss gewappnet sein, Gräfin.«

Sie legte die Hände übereinander auf den Tisch und schaute sich in der Hütte um.

»Wie viel Zeit werden Sie benötigen?«

»Nun ja, wie wäre es mit einer Woche? Ich habe die Möglichkeit, in dem Dorf auf der anderen Seite des Schlossberges eine Bleibe zu finden.«

Sie schaute ihn erstmals direkt an.

»Sie emigrieren? Das muss ich nicht wissen«, sagte sie kalt.

»Natürlich nicht«, antwortete er wie ein braver Schüler. Sie behandelte ihn wie einen Knecht. Wieso hatte er ihr nichts entgegenzusetzen?

»Mene, mene tekel upharsin«, sagte sie, und Severin schaute sie erstaunt an, weil sich mit diesem Satz ihre Körpersprache veränderte. Jetzt erst fiel ihm auf, dass sie nicht mehr ihre weißen Umhänge trug, sondern derbe Männerkleidung mit kniehohen Stiefeln. Das Bild erinnerte ihn an die Jungfrau von Orleans.

»Ein Menetekel?«, fragte er etwas hilflos.

Zu seinem Erstaunen hatte sie ein Glas Tee genommen und es vorsichtig an die Lippen geführt. Wie kann man dermaßen heißen Tee geräuschlos trinken, fragte er sich. Sie konnte es. Die Gräfin verzog spöttisch ihr Gesicht.

»Ich gehe davon aus, dass man die Lage sondiert und sich dann an den Bau des Skilifts machen wird.«

Sie hielt das Glas in den Händen, als müsse sie sich die Finger aufwärmen. Ihr Blick war wieder nach draußen gerichtet.

»Aber Gräfin«, antwortete er zu hastig, »Sie wissen doch, dass dazu die Bergstraße ausgebaut werden muss. Man wird die Bäume bis hin zum weißen Bach abschlagen. Das Wild wird flüchten, aber wohin? Man hat im Staatsforst bereits gerodet, um die Bodenstruktur für die Standfestigkeit der Säulen des Lifts zu untersuchen. Wenn Sie das gesehen hätten, würden Ihnen die Haare zu Berge stehen.«

»Sie sind sentimental«, sagte sie.

»Sentimental? Lassen Sie mich sagen, dass ich Ihre Gelassenheit nicht ganz verstehe. Wenn man erst einmal begonnen hat, wird es kein Halten mehr geben. Der Tourismus ist wie eine Heuschreckenplage. Er frisst alles auf und hinterlässt eine Wüste.«

Sie nahm Daumen und Zeigefinger und legte damit einen Haarstrang hinter ihr Ohr. Es schien eine Geste großer innerer Ausgeglichenheit und Gelassenheit zu sein, aber Severin glaubte ihr das nicht. Ihren Blick richtete sie nämlich auf die Axt, die er an den Türstock gelehnt hatte. Sie streifte ihre gestrickten Handschuhe über.

»Das Schloss bietet viel Zeit zur Andacht, zum Nachdenken. Mir ist eine großartige Bibliothek geschenkt worden, in der ich alles finde, was große Menschen gedacht und aufgeschrieben haben. Haben Sie schon einmal darüber nachgedacht, was Sie tun würden, wenn ein Feind in Ihr Haus stürmen würde? Denken Sie an das Verhalten des Archimedes, der dem Soldaten den

Satz ›Störet meine Kreise nicht‹ entgegengehalten haben soll, woraufhin der Soldat ihn tötete. Wie wäre Ihre Reaktion?«

Severin war etwas irritiert. Er fühlte sich wie in einem Verhör, bei dem er nur verlieren konnte. Außerdem lenkte ihn ihr Blick auf die Axt davon ab, sich klare Gedanken zu machen.

»Mors certa, hora incerta. Der Tod ist gewiss, die Stunde ungewiss.«

Mit diesen Worten erhob sich die Gräfin und ging auf die Axt zu, beschaute sie von allen Seiten, als handelte es sich um ein Ausstellungsstück bei einer Vernissage, und ging zur Tür.

»Sagen Sie mir, was Sie sich vorgestellt haben?«

Severin blieb an seinem Platz stehen. Er brauchte einen Moment, um das von ihr Gesagte zu übersetzen.

»Ich fürchte«, sagte er, »juristische Schritte kommen zu spät. Außerdem habe ich den Eindruck gewonnen, man ist auf der anderen Seite bereit, mit harten Bandagen zu kämpfen.«

Die Gräfin beugte sich etwas nach vorne und schaute ihn böse an.

»Ist das Ihre Antwort auf diese Axt dort, mit der man den Grafen tötete?«

Die Reaktion der Gräfin verwirrte ihn. Erst reagierte sie gar nicht, und nun war es die Axt des Todes. Wollte sie ihn in ihrem Spiel ständig überrumpeln, indem sie sich pausenlos wandelte wie ein Chamäleon, ihre Meinungen und Ansichten variierte, bis er aufgab? Je mehr sie ihn mit ihrer ablehnenden Kälte auf Distanz hielt, desto intensiver wurde sein Wunsch, sie zu berühren, sich ihr zu nähern. Mit anderen Worten, er glaubte ihr die eiskalte Ablehnung seiner Person nicht. Frauen hatten ihre eigenen Methoden, Sympathie auszudrücken, das glaubte er.

Die Gräfin atmete tief durch und fand ihre Contenance wieder. Sie wollte sich nicht so gehenlassen. Vor ihr lag noch viel Arbeit, die sie bewältigen wollte und musste, im Sinne und Andenken des Grafen. Dass der Graf diesem Mann aus der Stadt erlaubt hatte, hier sein Domizil zu nehmen, ging sie nichts an. Es ging ihr einfach nur darum, diesen Menschen loszuwerden, ohne das gegebene Wort des Grafen zu verletzen. Der Brief war ihr sehr recht, und er war zum richtigen Zeitpunkt gekommen.

Severin nahm den Gesprächsfaden wieder auf.

»Zunächst ist die Axt sozusagen lediglich ein verdächtiger Gegenstand. Zwar bin ich auch der Meinung, dass der bewusste Baum damit gefällt wurde, aber einen Beweis dafür gibt es noch nicht.«

Severin sah der Gräfin zu, wie sie langsam von einem der beiden Bilder an der Wand zum anderen wandelte.

»Malen Sie?«, fragte sie unvermittelt.

»Die stammen aus meiner Familie«, antwortete er ausweichend.

Die Gräfin drehte sich zu ihm um und gab ihm mit ihrem Blick zu verstehen, was er nicht sah oder sehen wollte. Er sah nur die Frau. Sie war die Gräfin Wolkenstein, der man zu gehorchen hatte.

»Was veranlasst Sie anzunehmen, ich hätte Sie als Berater meiner Angelegenheiten in meine Dienste genommen?«, sagte sie völlig ruhig. »Der Graf hatte die Neigung, sich manchmal auf Gespräche mit anderen Menschen einzulassen. Mir fehlt diese Gewogenheit völlig. Verba docent, exempla trahunt.«

Severin kramte in seinen verschütteten Lateinkenntnissen: Worte belehren, Beispiele reißen mit.

»Sie meinen, Taten setzen auf diesem Berg die Zeichen? Im Krieg siegen immer die besseren Waffen, nicht die Moral.« Das war ein neuer Ton von ihm, belehrend und scharf gesprochen.

»Sie sind kein Hahn, sie sind ein Huhn, das an den falschen Stellen seine Eier legt, weil es die Orientierung verloren hat und sein Nest nicht finden kann.« Sie sagte das und lächelte fast. »Hier sind Sie nicht zu Hause, mein Herr.«

Das war eine Beleidigung. Sie ging zum Fenster, nahm den Brief vom Tischchen und blieb mit dem Rücken zu ihm stehen. Man hörte den Regen, sonst nichts. Severin ahnte, dass er zu weit gegangen war. In seinem Kopf ging alles durcheinander. Was war denn nur los mit ihm? Es war ihm doch sonst möglich, die Dinge auf rationale Weise zu betrachten und zu analysieren? Bei der Gräfin war er zu stark emotional involviert, das war der Grund. Er fühlte sich als ihr Beschützer, was alle diesbezüglichen Instinkte wachrief. Sie konnte das nicht verstehen, war sie doch allein und misstraute daher zunächst einmal jedem, der ihr seine Hilfe anbot.

Sie begann zu sprechen, ohne sich umzudrehen. Ihre Stimme war wieder fest, als hätte es die Aufregung gar nicht gegeben.

»Wie schätzen Sie den Wert der gräflichen Besitzungen ein? Immerhin haben Sie sich mit der Kreditfrage des Grafen beschäftigt«, sagte die Gräfin.

Diese Wendung des Gesprächs brachte ihn weiter in Bedrängnis. Durch die frühe Entscheidung, dem Grafen keinen Kredit mehr einzuräumen, hatte er sich gar nicht weiter mit den Umständen beschäftigt.

»Das Gebiet liegt außerhalb der spekulativen Interessen, Gräfin. Menschen, die ihr Geld anlegen, um eine

Rendite zu erwirtschaften, würden das Gebiet hier nicht kaufen. Die Wälder an sich, also der Holzbestand, haben zwar einen Wert, aber der reichte nicht einmal aus, um die alten Schulden ihres Besitzes zu tilgen. Das Schloss in seiner jetzigen Form ist, mit Verlaub, doch sehr stark renovierungsbedürftig.«

»Das ist Ihre Beurteilung?«

»Tut mir leid, wenn mein Urteil nicht Ihren Vorstellungen entspricht. Ich kann nichts anderes sagen.« Er räusperte sich.

Die Gräfin ging auf die Tür zu.

»Für diese Beurteilung haben Sie dem Grafen wochenlang Gespräche und Konferenzen aufgezwungen? Erstaunlich.«

Hilflos versuchte er, eine andere Erklärung zu finden.

»Man will den Wald abholzen und Lifte auf den Berg bauen, das Schloss zu einem Hotel umbauen und das Wild abschießen. Das alles kann man tun, aber nicht ohne Investoren.«

Sie trat vor das Haus und ging grußlos davon.

Warum hatte er mit ihr nicht über die Axt und den Tod des Grafen gesprochen? Weil er sich im Inneren mitschuldig empfand, denn Bäume fallen nicht einfach auf einen Menschen. Der Graf war für die Leute im Tal ein Verhinderer und Störenfried geworden. Nein, dass es einen Auftrag gab, ihn zu töten, das glaubte er nicht, aber jemand hatte nachgeholfen, und es gab dafür durchaus Applaus, freilich still oder hinter vorgehaltener Hand, in den Dörfern am weißen Bach. Und er, der Banker, hatte die Illusion des großen Geldes in das Tal gebracht, um die Dörfler gegen den Grafen aufzuwiegeln. Das war seine Schuld.

Severin nahm seine Regenjacke vom Haken, schlüpfte in die Gummistiefel mit der dicken Profilsohle, setzte den breitkrempigen Hut auf und nahm seinen schweren Stock, dann ging er in den Regen hinaus und folgte ihr. Der Weg zum Klammabstieg war bereits vollgesogen mit Wasser, und jeder Schritt wurde schwer und mühsam. Es waren seine Gefühle für die Gräfin, die ihn beschäftigten, und er schalt sich einen alten Trottel, der in die Frühzeit der Pubertät zurückgefallen war. Niemals im Leben hatte er sich von Gefühlen leiten lassen, schon gar nicht bei Frauen. Für ihn galt immer die Devise, die Frau muss zu der gegebenen Lebenssituation passen, sonst funktioniert das Spiel nicht. Eine krude Studentin zur Zeit an der Universität, eine gepflegte Chefsekretärin nach seinem Einstieg bei der Bank, dann eine taffe Vize-Direktorin eines Investmentfonds, dazwischen die deliziöse Baronin mit dem Benimmtick, schließlich eine kultivierte Frau mit dem Wunsch nach einem sicheren Haus und Kindern, genau in dieser Reihenfolge war er erfolgreich und reich geworden. Die Gräfin hatte es geschafft, ihn aus der Bahn zu werfen. Als er sie entdeckte, trat er sofort hinter die Bäume zurück, um sich zu verstecken. Er ging den Weg zur Klamm hinunter bis zum Tunnel. Dort stieg sie soeben vorsichtig den vom Wasser überspülten Weg hinab, sich an der Felswand festhaltend. Was hatte sie in dieser Gasse zu suchen? Er hatte nicht die Zeit nachzudenken, seine Entscheidung war schnell gefallen. Aus der Distanz, aber doch nicht zu weit entfernt, wollte er sie beobachten, um im Notfall einzugreifen. Sie ging bedächtig weiter und war plötzlich verschwunden. Severin schaute hinab zum Wasser der Klamm, aber sie war nicht mehr zu sehen. Mit einem Blick hatte er festgestellt, dass im Moment kein Weg auf die andere Seite der Klamm führte. Das Wasser stand zu hoch, war wild und gefährlich. Würde er in das Dorf der Familie Strasser auf der anderen Bergseite wollen, müsste er jetzt den Berg umgehen. Er stieg weiter hinab und hörte eine Tür zuschlagen.

Das konnte keine Täuschung sein, zu deutlich hatte er das Geräusch wahrgenommen. Es kam aus der Höhle, in der er seine Konserven versteckte. Dort angekommen, rutschte er hinein. Er griff nach seiner kleinen Taschenlampe und leuchtete den Raum aus. Nichts war zu entdecken. Brav aufgeschichtet standen die Dosen an der Felswand. Hinten wurde die Höhle schmaler, so dass er fast auf allen vieren weiterrobben musste. Es wurde immer beengter, bis er sah, wie sich seitlich eine weitere Höhle zeigte, die ihm bisher entgangen war. Das war ganz einfach zu erklären. Als er die Höhle gefunden hatte, hatte er hineingeleuchtet und wenige Meter später die Felswand am Ende gesehen. Dass seitlich davon ein weiterer Höhlengang war, hatte er nicht sehen können. Nun stieg er dort hinein und staunte nicht schlecht, als er plötzlich über einige nasse Stufen nach unten rutschte und vor einer schweren Eichentür landete. Er rieb sich das angeschlagene Knie und leuchtete dann die Tür aus. Sie war so perfekt in die Felswand eingelassen, dass sie niemand einfach ausheben konnte. Natürlich war er sofort davon überzeugt, dass es ein geheimer Fluchtweg aus dem Schloss sein musste, den die Gräfin gewählt hatte, um ungesehen in das Anwesen zu gelangen. Aber warum? Hatte sie ihm einen Hinweis geben wollen? Er hätte sie unbedingt auf den Fremden im Schloss ansprechen müssen, den er dort am frühen Morgen gesehen hatte. Vielleicht hatte sie aus Furcht vor diesem Kerl den ungewöhnlichen Weg gewählt?

Die Gräfin stieg in den Turm und war der Überzeugung, dass Severin absolut nichts von ihrem unheimlichen Gast wusste.

2

Der Gesang des Adlers durchzog das Tal. Wolken schlugen die Harfe, und die Täler hallten von himmlischen Chören wider. Der Rote Ritter kam in voller Rüstung über die Wiesen ins Tal und blickte über das weite, unbewohnte Land. Am Ende des Tals ragten die Felsen immer steiler in den Himmel. Der Schnee leuchtete strahlend von den Gipfeln herab, und eiskalter Wind traf den fremden Reiter. Endlich kam die Sonne über die Berge, brachte etwas Wärme ins Tal, und der Ritter versuchte sich zu orientieren. Ein Stück Wegs ritt er an dem breiten Bach entlang, dessen Wasser rein und weiß aus dem Gebirge kam. Nun, nachdem er so lange schon unterwegs war, sollte sich ihm nichts mehr in den Weg stellen können, was ihn von seiner angebeteten Königin fernhalten würde. Auch nicht der nahende Winter, der sich deutlich ankündigte und den Wind als Boten vorausgeschickt hatte. Das Pferd ging brav am Zügel und führte ihn an den beginnenden Wald heran, dessen Bäume eng und scheinbar undurchdringlich beieinanderstanden. »Und wenn auch ein Drache aus seiner Höhle Feuer speien würde, mich kann nichts mehr aufhalten!«, rief der Rote Ritter. Er zog sein langes Schwert und schlug auf die Bäume ein, dass Äste und Zweige stöhnend zu Boden sanken. Bald hatte er sich eine Schneise durch den Wald gebahnt und ritt höher und höher den Berg hinauf. Einmal scheute das Pferd, und er gönnte sich und dem Tier eine Pause, ließ es am Bach trinken und hob die Nase in den Wind. O ja, er roch die Wölfe in der Ferne und den Braunbären in der Nähe, er sah die Fasanen in den Himmel steigen und hörte den Luchs fauchen. Das alles machte ihm keinen Eindruck. Nur die Burg musste er finden, in der seine Königin gefangen saß, das war seine Aufgabe und sein Leben. Er war der Ritter, der sterben würde, damit Esther leben konnte. Er beugte sich über das Wasser des Bachs, um sich zu erfrischen, und sah sein Bild. Da sah er sich, Werner Schlienz, nicht den Roten Ritter. Er stand unter der Burg und wollte Einlass. Durchgeschwitzt und wie gerädert, versuchte er sich zunächst zu orientieren. Was war geschehen? War es noch dunkel draußen? Er sah die gewölbte Holzdecke, und die Erinnerung kam zurück. Die Nacht zuvor hatte er in Wolframs *Parzival* über den Roten Ritter gelesen, den er aus der Bibliothek genommen hatte, zusammen mit einer Flasche Rotwein.

Schlienz hatte sich ein Lager auf dem Fußboden bereitet aus Decken und Mänteln, die er den Truhen und Schränken entnommen hatte. Er war von einem Alptraum in den anderen geraten. Das Buch lag neben ihm auf dem Boden. Er schlug die Seite mit dem Lesezeichen auf und las auf der Seite 148 den angestrichenen Satz:

Dass er, der so elend daliegt, erlöst wird von seinem Sterben.

Was sollte er mit diesen Worten anfangen? Waren sie nicht sogar doppeldeutig? Eins konnte bedeuten, er würde vom Sterben in den Tod übergehen. Ein anderes, er würde vom Sterben in das Leben zurückkehren können. Schlienz schloss die Augen und versuchte, sich an Esther zu erinnern. Langsam verblasste die Erinnerung an ihr Gesicht. Schon hatte er von ihr geträumt, und sie war auf ihn ohne Gesicht zugekommen. Wann hatte er sie zuletzt gesehen? Manchmal glaubte er schon, sie sei eine bloße Einbildung seiner Phantasie. In einem Namensbuch hatte er die Bedeutung ihres Namens gefunden. ›Esther‹ bedeutete altpersisch ›Stern‹. Das hatte ihm gefallen. Esthers Stern leuchtete über ihm, falls es sie überhaupt gab. Er griff nach einem anderen Buch, dessen Buchstaben er nicht entziffern konnte, und riss eine ganze Seite heraus. Das wollte er nach jedem Erwachen so halten. Schlienz öffnete die Augen und richtete sich von seinem Lager auf. Licht fiel durch die bunten Glasscheiben der Fenster. Ein kleiner Schreck durchfuhr ihn, aber das war für ihn nicht der Rede wert. Er hatte einen Zettel gefunden.

Haltet das Recht und tut Gerechtigkeit. Jesaja 56, 1.

Das erinnerte ihn an seine Mutter. Schlienz stand auf und beschaute sein Gesicht im Taschenspiegel. Er sah übermüdet, unrasiert und ungepflegt aus, aber sie würde ihn nicht schaffen, die Gräfin würde ihn nicht fertigmachen können. Er schaute auf die Tür, die er mit seinem Gewehr beschossen hatte. Das war die Vergangenheit, da hatte er sich noch gehenlassen. Nun wollte er Munition sparen. Kam die Sonne durch die Wolken oder regnete es noch?

»Mach mich nur zum wilden Tier, du vornehme Frau!«, rief er, dass es durch den Raum schallte. »Du kannst die Sonne nicht festbinden, nur weil dir der Tag gefällt, Gräfin!«, brüllte er.

Dass sie ihn beobachten konnte, stand für ihn fest, nur nicht wie und von wo. Würde er sie entdecken, würde er sofort schießen, selbstverständlich, aber das war doch klar. Er hatte sich vorgestellt, wie er sie direkt in den Kopf treffen würde. ›Peng‹ würde es machen, und die rote Suppe würde die ganze Wandtäfelung versauen. Er begann leise vor sich hin zu summen. Da es kein TV, kein Radio oder Ähnliches gab, hörte er die einzige Schallplatte immer wieder. Er saß im Sessel des Grafen und hörte Dvořáks *Stabat Mater dolorosa*. Am liebsten war ihm *Inflammatus et accensus*. Das konnte er sich dauernd anhören. Die Stimme dieser Frau, der Gesang beeindruckte ihn. Schlienz dachte häufig darüber nach, ob sich diese Religiosität auch bei ihm einstellen könnte? Die Gräfin überzeugte ihn allerdings nicht. Vielleicht war das alles nur eine Form der erzwungenen Klösterlichkeit nach dem Tod des Grafen? Wenn er die Musik hörte, blätterte er dazu in einem Fotoband mit Bildern, die Immaculata, die unbefleckte Maria, darstellten. Er tat das nicht aus Pietät, er tat es, weil er dann Esther wieder deutlicher sehen konnte. Esther, die er liebte und töten würde.

Er würde gerne etwas singen. Ein kleines Lied aus voller Brust, aber er hatte keine Melodie und keinen Text. Schlienz ging in die Mitte des Raumes und legte sich auf die schwere Tischplatte. Das tat seinem Rücken gut, dem der unebene Fußboden nicht bekam. Da lag er dann, das Gewehr in der Rechten, und schaute auf die gewölbte Holzdecke. In ihm war nichts mehr vorhanden. Nicht einmal die Gräfin interessierte ihn wirklich. Hatte er sie gesehen? Seine Erinnerung spielte ihm ständig Streiche. So wusste er nicht, ob er die Gräfin schon gesehen hatte oder nicht? Weder, nachdem er im Schloss war, noch vorher. Er wusste es einfach nicht mehr. Die meiste Zeit des Tages beschäftigte ihn sein Hunger. Dadurch war er völlig gleichgültig geworden.

Er hatte Mäuse huschen hören, so still war es. Am Tag hatte er sein Funktelefon benutzen wollen. Es gab keine Verbindung, schließlich hatte es den Geist aufgegeben, und er hatte es aus dem Fenster geworfen und sich gewundert, dass es so lange dauerte, bis es im Schlossgraben aufklatschte. Aus dem Fenster konnte er nicht fliehen. Die Wahrheit war, ihn vermisste niemand, also würde ihn auch keiner suchen. Die Gräfin hielt ihn für einen Niemand und Versager. Sie hatte ihm Schopenhauer hingelegt: Das Leben schwebte nur noch wie eine flüchtige Erscheinung. Er hatte ihr brüllend geantwortet: Brunos und Vaninis Scheiterhaufen waren noch in frischem Andenken; auch diese nämlich waren jenem Gott geopfert worden, für dessen Ehre ohne allen Vergleich mehr Menschenopfer geblutet haben als auf den Altären aller heidnischen Götter beider Hemisphären zusammengenommen.

So hatte sie ihren Schopenhauer zurückbekommen, und sie schwieg. Stolz und ketzerisch war er durch den Raum geschritten und hatte laut und ausdauernd gelacht, weil keine Antwort kam. Seit gestern schon pinkelte er in den Kamin. Er schlief ein.

Da lag sie plötzlich, ihre Nachricht. Er sah den Aristoteles neben der Bibel liegen.

Die Meinung des großen Haufens nun, welcher ein bloß thierisches Wohlleben schätzt, ist ohne Zweifel nur der Antheil niedriger und sklavischer Seelen.

Mit Wucht warf er den Aristoteles an die Wand.

»Sie werden dir dein Schloss unter dem Arsch wegziehen, Gräfin, der große Haufen aus sklavischen Seelen!«, schrie er.

Sie hatte ihn, diesen verfressenen Sklaven, hereingelegt. Sie hatte seine brutalen Instinkte freigelegt, ihn entblößt und gedemütigt. So lange ihm das Licht die Zeilen gönnte, las er in der Bibliothek, las und hörte Dvořák. Er hatte vergessen, darüber nachzudenken, ob es außerhalb der Mauern des Schlosses noch eine Welt gab. Wenn ja, interessierte sie ihn nicht mehr. Manchmal dachte er daran, zu schießen, wenn sich jemand zeigen würde und er nicht mehr mit sich selbst über die Bücher reden könnte.

Verkehrte er mit einer Frau, so zog er sich nie völlig aus und berührte sie auch nicht. Ein Kuss bestand für ihn aus Milliarden von Keimen und Mikroorganismen. Es ekelte ihn dabei. Selbstverständlich benutzte er Präservative. Seit er gelesen hatte, wie viele Milliarden Keime, Bakterien und so weiter bei einem Kuss ausgetauscht wurden, vermied er diese Form des Austauschs von Körperflüssigkeiten völlig. Berührung brachte ihm Abscheu. Was würde sie tun, wenn er erkrankte, sich an seinem Dreck infizierte? Würde sie ihn verrecken lassen? Er griff sich den Tisch, schob ihn unter das Fenster und stieg hinauf. Er stieß es auf und hielt sein Gesicht dem Regen entgegen, bis es vollständig nass war, dann begann er zu gackern, miaute und bellte.

»Die Gott verderben will, schlägt er zuvor mit Wahnsinn!«

Er brüllte diesen Satz in den Regen, den er lesend irgendwo gefunden hatte und der ihm gefiel. »Ich werde nicht wahnsinnig«, sagte er beim Hinabsteigen. Er wischte den großen Sessel des Grafen trocken, der vom Regen nass geworden war. Ich werde vielleicht ein wenig verrückt, aber bestimmt nicht wahnsinnig. Das Schloss anzuzünden kam ihm auch in den Sinn. Bevor er verhungerte, würde er es anzünden.

Erneut kam dieser nervenzerreißende Schrei aus dem

Irgendwo, dass es ihn erschreckte und er seinen Kopf in den Händen verbarg. Wenn nur nicht zu unbestimmten Zeiten diese Schreie wären, er könnte es aushalten im Schloss. Wer schrie denn da nur so entsetzlich? Sein Herz schlug heftig, und er legte sich wieder auf die Tischplatte. Er dachte nach und erinnerte sich plötzlich nicht mehr an seine Telefonnummer. Auch die Nummer seiner Kreditkarte hatte er vergessen. Das war die Plastikwelt, die soll der Teufel holen. Er dachte an sie, die Gräfin, wie sie aus ihrem Versteck trat und wie er ihr die Kleider vom Leib reißen würde. Da stand sie vor ihm, und ihn verlangte nach einem Apfel vom Baume der Erkenntnis. Wuchsen dort Äpfel? Fragen würde er sie, ob der Schmerz der Welt diese Schreie verursachte. »Da gehöre ich nicht mehr hin, Gräfin«, würde er sagen, »damit habe ich abgeschlossen.« Und sie würde ihn fragen: »Wer sind Sie?« Er würde antworten: »Ich bin Parzival, der Rote Ritter.«

Er zählte die Fenster und blickte hinaus, und immer schaute er in den zehn Meter unter ihm liegenden Burggraben. Ich bin der Rote Ritter und werde dem Drachen entkommen. Wenn er nur nicht solchen Hunger hätte. Ihm wurde heiß und kalt, denn nun wusste er, dass sie ihn verhungern lassen wollte. Er griff nach dem Gewehr und hielt es fest.

3

»Geh! Geh! Geh!«

Severin schaute zum Baum hinauf, in dem die Krähe saß. Ein großer schwarzer Vogel, der die bösen dunklen

Seelen in die Hölle trug. Das hatte ihm einmal eine Alte erzählt. Häufig schon hatte er gedacht, wie wenig tief das Christentum in den Köpfen der Menschen war. Die meisten Leute in dem Tal pflegten immer noch Rituale, die sich aus vorchristlicher Zeit erhalten hatten. ›Volksglauben‹ nannte das die Kirche. Hauptsache, die christlichen Symbole wurden gezeigt, dann war fast alles erlaubt.

»Geh! Geh! Geh!«, krächzte die Krähe und sah ihn dabei aufmerksam an. Severin winkte ihr zu und setzte seinen Weg fort.

»Ich gehe ja schon«, sagte er.

Noch immer bewegte Severin sich wie der Förster des Grafen in den Wäldern. Es war ihm zu einer genussvollen Gewohnheit geworden, sich den Tag über zwischen dem Schlossberg und der Staatsstraße zwischen den drei Dörfern zu bewegen. Natürlich war der Ruf der Krähe nichts anderes als die Wahrheit. Zwar hatte er die Absicht gehabt, die Gräfin noch einmal anzusprechen und sie umzustimmen, aber auf seinem Weg hinüber zur Schlosseinfahrt hatte er durch sein Doppelglas diesen Mann aus dem Schlossfenster schauen sehen und war tief erschrocken. Dieses verwirrte Gesicht war einmal der Mann im dunkelgrünen Jaguar gewesen. Zunächst hatte er geglaubt, der Mann riefe um Hilfe, bis er diese gackernden Töne vernahm und sich sicher war, dass der Kerl ihn gar nicht sehen konnte. Da wusste er in seinem tiefsten Inneren, er würde den Schlossberg auf immer verlassen müssen, wollte er nicht selbst Schaden nehmen.

Severin trat in den Mischwald ein, der nach einem heftigen Orkan angelegt worden war. Weit kam er nicht, denn der zum Dorf hin sich öffnende Wald war weit und breit vom kleinen Bach überflutet. Das Wasser stand und floss nicht mehr ab. Der Boden hatte sich vollgesogen und konnte keinen Regen mehr aufnehmen. Für Severin der Beweis dafür, dass es nicht viel Boden über dem Felsen gab. Die letzten Tage hatten ihm gezeigt, wie schnell die Natur reagierte. Einige Bäume waren umgestürzt, weil das Wasser ihnen den Grund unter den Wurzeln weggespült hatte. Die sterbenden Bäume hatten in ihm den Zorn auf die Planungen der Gemeinden noch verstärkt. Jeder gefällte Baum würde die Bodenkorrosion forcieren. Aber was ging ihn das eigentlich noch an? Er sollte vertrieben werden, hatte sich aus dem Tal zu entfernen. Die Füße steckten immer wieder in dem schlammigen Boden fest. Es war anstrengend zu gehen, bis er endlich an dem kleinen Versteck angekommen war.

Schwertfeger lud einen Betonmischer von seinem kleinen LKW, tippte nur kurz mit dem Finger an die Hutkrempe, als er Severin sah.

»Pünktlich wie der Maurer«, lachte der Maurermeister. »Bin gleich fertig.«

»Servus«, sagte Severin und schaute in den Himmel. Es hatte nicht aufgehört zu regnen. Er legte seinen Rucksack in den LKW und ging wieder zur Straße. An der alten Tankstelle war der Jaguar verschwunden, der dort tagelang gestanden war. Dass er den Aufenthalt des Fahrers kannte, verschwieg er natürlich. Es wunderte ihn nur, weiter machte er sich aber keine Gedanken. Vor Enttäuschung über die Gräfin, die ihn völlig ignorierte, hatte er seinen Rucksack mit ihm wichtigen Dingen gepackt und war den Berg hinuntergestürmt. Plötzlich öffneten sich die Wolken noch heftiger. Im strömenden Regen stand er an der Straße und schaute auf den Bus, der einmal am Tag auf die andere Seite des Berges fuhr. Er hatte die gräfliche Hütte nun endgültig verlassen.

Severin wollte die Strasser fragen, ob sie ihm nicht eine feste Bleibe geben könnte. In ein Hotel zu gehen, oder überhaupt in eine Situation zu kommen, in der er Papiere vorlegen musste, das wollte er vermeiden.

Schwertfeger kannte er durch die Strasser, und deshalb nahm der ihn in seinem LKW mit. Schwertfeger besaß eine kleine Baufirma gleich hinter ihrem Haus. Man plauderte Belangloses. Meist redete der Schwertfeger, während Severin noch mitten in seiner Betroffenheit über die Gräfin blieb. Das heißt, eigentlich ärgerte ihn sein eigener Glaube, sich für so wichtig zu halten, dass die Gräfin sich mit seiner Person beschäftigte. Es kränkte ihn, dass sie ihn einfach nur loswerden wollte. Hellhörig wurde er erst, als Schwertfeger ihm erzählte, er müsse jetzt häufiger ins Dorf kommen, weil der Bürgermeister seinen Kuhstall zu einer Pension mit sechzehn Zimmern ausbauen wollte. Kühe zu halten rechnete sich schon lange nicht mehr.

»Wer soll denn da als Gast logieren?«, fragte Severin harmlos. »Die Ochsen aus der Stadt?«

Schwertfeger hatte die Achseln gezuckt und gemeint, das sei ihm wurscht, weil das ein schöner Auftrag für seine Firma sei. Severin schwieg dann. Der Bürgermeister nutzte also bereits sein Insiderwissen, um sich einen Vorsprung zu verschaffen. War der Skilift am Berg, konnte er rechtzeitig seine Zimmer anbieten. Fein hatte der sich das ausgedacht. Severin wunderte sich darüber, wie sicher der Bürgermeister bereits von dem Bau des Lifts ausging, obwohl weder die wasserrechtlichen noch sonstigen Prüfungen abgeschlossen waren, wie er den letzten Unterlagen entnommen hatte, die ihm die

Auer überbracht hatte. Die lag tot im Wasser, und er tat nichts.

»Wir können«, rief Schwertfeger.

Severin bestieg den LKW, und sie fuhren los. Man schwieg eine Weile. Schwertfeger war ein jovialer Mensch, der glaubte, es zu etwas gebracht zu haben, was zu einer gewissen Selbstgefälligkeit führte. Dennoch war er kein unangenehmer Mensch.

»Schwarze Katze von links«, rief er. »Herrje, das fehlte mir noch.«

Severin sah die Katze der Auer um das alte Schulgebäude streichen. Das Tier war kaum noch wiederzuerkennen, so verwahrlost sah es aus. Er musste etwas unternehmen, wenn er zurück war, das war er der Auer schuldig.

»Glauben Sie an so etwas?«, fragte er Schwertfeger, um seinen Blick auf das Schulgebäude zu kaschieren.

»Glauben? Keine Ahnung. Man weiß ja nie.« Er lachte.

»Wie alt sind Sie?«

»Siebenunddreißig«, sagte Schwertfeger.

»Dann dürfen Sie an schwarze Katzen glauben«, sagte Severin.

Man lachte gemeinsam, und Schwertfeger begeisterte sich den Rest des Weges darüber, dass es furchtbar stürmte.

»Ein Segen für die Firma«, sagte er.

Severin schwieg. Er schwieg, weil Schwertfeger ihm beiläufig erzählte, die lange Kurve zwischen den Dörfern werde es bald nicht mehr geben, denn die Vermessungen für die breitere Staatsstraße seien bereits abgeschlossen. »Dann kommt man von der Autobahn leichter ins Tal«, hatte er noch angeführt. So weit waren sie also schon.

Das gesamte Verfahren war noch nicht abgeschlossen, Einsprüche der Bürger nicht geprüft, da schaffte man bereits Fakten. Einsprüche? Er dachte nach, und ihm fiel zu diesem Thema nur die Auer ein. Sie hätte selbstverständlich eine Bürgerinitiative gegründet. Nun würde es niemanden mehr geben, den man mutig nennen könnte.

»Gehn S', Herr Severin, Sie brauchen doch nicht gleich zu zahlen«, sagte die Strasser und steckte das Päckchen Scheine schnell in ihre Schürze. Das Zimmer war kein Zimmer, sondern ein kleines Apartment mit einer Küchenzeile im schmalen Flur. Zwanzig Quadratmeter Raum und ein Bad mit Toilette.

»Vielleicht bleibe ich den ganzen Winter«, sagte er, und sie gab lüsterne Töne von sich, dachte wohl an das leicht verdiente Geld. Das Manko des Zimmers bestand darin, dass es über der Garage lag und der Blick aus dem Fenster sich direkt auf die einzige Ampelkreuzung im Ort richtete.

»Sprechen Sie mit niemandem darüber, dass ich hier wohne«, sagte Severin. »Warum ist das Zimmer unbewohnt?«, fragte er.

Die Strasser schaute zu Boden.

»Mein Sohn ist im Himalaya geblieben«, sagte sie. »Er war ein so leidenschaftlicher Bergsteiger. ›Mama‹, hat er immer gesagt, ›mir passiert schon nichts, ich habe doch dein Kruzifix dabei.‹«

Nachdem sie gegangen war, sortierte er seine Papiere und überlegte, wo er sie am sichersten verstecken könnte. Ein Schließfach wollte er nicht mieten.

Unruhe stieg in seinen Kopf, und so lief er einfach los, verließ den Ort und ging in den Bergwald. Wenn er durch die Natur lief, atmete er die Ruhe dieser abgeschiedenen Welt ein. Bevor er richtig zu sich kam, stand er schon an der Klamm auf der anderen Seite des Berges und schaute auf das wilde Wasser. Viel zu hoch und viel zu gefährlich tobten die Fluten, um einen Gedanken an eine Überquerung zu verschwenden. Er sah hinauf und wusste, das Schloss lag drüben, ganz oben auf dem Fels. Sie war dort und dieser Mann, den sie offensichtlich gefangen hielt. In seiner Brust steckte der Schmerz wie eine Messerklinge. Nein, nein, er war nicht so albern, mit diesem Mann tauschen zu wollen, ihn betrübte der Verlust der Hütte, des Schlossberges und auch die Art, wie die Gräfin mit ihm umging. Warum wollte sie nicht begreifen, dass nur er sie beschützen konnte? Er lief den Weg zurück. Der Sturm wurde noch heftiger. Der Wald rauschte wie die Dünung am Meer. Severin nahm den kleinen Weg zum Ort, um das Gebirge sehen zu können. Die rasenden Wolken ließen keinen freien Blick zu. Am Wiesenrand blieb er stehen. Konnte er denn an nichts anderes mehr denken als an sie? Severin wählte sich eine Buche, lehnte seinen Kopf daran und sprach mit ihr. »Ich bin unglücklich und hilflos, das ist die reine Wahrheit. Es wird drüben in den Dörfern zu Katastrophen kommen, vielleicht haben sie bereits begonnen, und ich stehe da und hebe die tatenlosen Hände.« Der Sturm blies immer stärker, die Bäume keuchten, und das Land wurde dunkel.

Soll doch alles der Teufel holen, dachte er. Vielleicht kommt der Schnee in diesem Jahr sehr früh. Als er die Treppe zu seinem Apartment betrat, war aus dem Sturm ein bemerkenswerter Orkan geworden. Er blickte aus dem Fenster und schaute auf die im Orkan schwankenden Ampeln. Es klopfte an der Tür.

»Die Tür ist offen«, rief er.

»Da sind Sie ja endlich wieder«, stöhnte die Strasser, und Severin spürte ihre ehrliche Sorge. »Sie sind ja völlig durchnässt. Das Radio hat immer wieder Orkanwarnungen durchgesagt.«

»Da haben die Wettervorhersager tatsächlich einmal recht«, antwortete er.

Sie lachte nicht, während er seinen Mantel und den Janker ablegte, ohne sie dabei anzusehen.

»Der Schwertfeger hat auf Sie gewartet, dann ist er losgefahren. Soll ich Ihnen noch eine Wolldecke bringen für die Nacht?«

Severin schaute auf die herumliegenden Papiere, die sie gar nicht beachtete.

»Nein«, sagte er, »ich muss wieder hinüber.«

»Das wird nicht gehen«, sagte sie, »die Straßen sind gesperrt. Außerdem wird Sie niemand fahren. Die Männer sind bei der freiwilligen Feuerwehr. Sie müssen die ganze Nacht in Bereitschaft sein.«

»Das ist ärgerlich.«

»Was haben Sie denn so Wichtiges im Tal zu tun, dass Sie sich in eine solche Gefahr bringen wollen? Der Wind wird bis zu hundertzwanzig Stundenkilometer erreichen.«

»Der Schwertfeger ist doch auch unterwegs.«

Da schaute sie ihn mit großen Augen an, als habe er nicht mehr alle richtig im Kopf.

»Der wartet auf das Bruchholz. Bei diesem Wetter wird die Feuerwehr abgebrochene Äste und umgestürzte Bäume von der Staatsstraße entfernen müssen. Da kann er sich was verdienen. Der Schwertfeger ist hinter dem Geld her wie der Luzifer hinter der armen Seele.«

Was sollte er machen? Sie lud ihn zum Abendessen ein, also musste er zusagen und bleiben. Er nahm etwas Käse, trank frischen Kräutertee und beobachtete den Strasser, der sich währenddessen still und zügig betrank. Dann brachte die Strasser eine Gemüsesuppe, die ihm ausgezeichnet mundete, während sie ihm ein Dutzend Mal versicherte, sie hätte dafür selbstverständlich keine Knochen ausgekocht, sondern eine richtige Gemüsebrühe zubereitet. Severin bedankte sich und zog sich in sein Apartment zurück.

Die Nacht bestand nur aus Sturm und Feuerwehrsirenen. Schlafen konnte er nicht, zu viel ging ihm durch den Kopf. Gegen Morgen war er dann doch eingenickt und schreckte hoch, als die Ampelanlage krachend auf die Kreuzung stürzte. Es gab keinen hellen Morgen. Ihm war, als würde die Erde nun für immer dunkel bleiben. Er machte sich etwas frisch und verließ das Apartment. Feige schlich er an der erleuchteten Küche vorbei. Es brannte Licht, also war die Strasser bereits wach. Ihn hörte er laut und krankhaft schnarchen. Wozu war sie bereits aufgestanden? Vor ihrem Laden lag kein einziger Zeitungsstapel. Offensichtlich waren die Lieferanten nicht zum Ort durchgekommen.

Bei Familie Bacher blieb er am Hoftor stehen und hörte den alten Bacher fluchen. Direkt vor seiner Garage lagen Äste und Teile eines Blechdaches.

»Wenn ich Ihnen beim Aufräumen helfe, fahren Sie mich dann ins Tal hinüber?«

Der alte Bacher besaß zwei Taxis. Erstaunt sah er zu Severin hin und winkte ab. »Das können Sie vergessen.«

Trotzdem ging Severin zu ihm und half. Nach wenigen Minuten war das Gröbste zur Seite geräumt. Mit zwei breitbärtigen Besen kehrten sie gemeinsam den Rest zur Seite.

»Wo ist denn das Blechteil hergekommen?«

»Von unserem Dach ist es nicht«, sagte Bacher.

Er steckte sich eine Pfeife zwischen die Zähne und versuchte sein Feuerzeug in Betrieb zu setzen. Sein Sohn kam auf dem Motorrad durch die Einfahrt. Er trug die Uniform der freiwilligen Feuerwehr. Grußlos stellte er die schwere Maschine neben die Garage und sah seinen Vater an.

»Wir sind noch nicht fertig mit dem ganzen Mist. Für die Staatsstraße brauchen wir einen Kranwagen. Da liegen zwei große Eichen quer über der Fahrbahn. Die haben uns schon zwei Kettensägen ruiniert. Hier alles okay?«

»Wie sieht es denn in den Dörfern drüben aus?«, fragte Severin.

»Weiß nicht. Die haben auch mächtig zu tun. Am Schlossberg soll der Hang abgerutscht sein.«

»Er will hinüber«, sagte der alte Bacher zu seinem Sohn.

»Mir egal.«

»Aber wenn Sie rüber zur Staatsstraße müssen, kann ich doch mit.«

Der junge Bacher wischte sich mit der Hand über die Bartstoppeln.

»Von da sind es aber noch vier Kilometer bis zum Dorf.«

»Macht mir nichts aus«, sagte Severin.

Kurze Zeit später saß er in Bachers Abschleppwagen, und sie fuhren zum Ort hinaus. Gleich hinter dem Ortsschild begann es wieder zu regnen.

»Nicht schon wieder«, rief der junge Bacher. »Die ganze Woche Regen. Kaum geschlafen. Erst die Fahrt mit diesem Scheißjaguar im Gepäck in die Stadt, die Nacht über der Orkan und jetzt schon wieder Regen.«

Severin zuckte bei der Erwähnung der Abschlepp-fahrt zusammen.

Jetzt hoffte er nur, der junge Bacher hatte das nicht bemerkt.

»Der stand auch lange genug bei der alten Tankstelle«, sagte er.

»Wer?«

»Na, der Jaguar.«

Der junge Bacher steckte sich eine Zigarette an und knurrte, bevor ihn ein Hustenanfall fast von der Fahr-bahn brachte. Er ließ das Fenster runter und spuckte in den Regen.

»Normal sind diese Städter nicht.« Er schaute Se-verin an. »Ich habe die Karre auf den Hof von der Tussi gefahren, und die hat stundenlang herumgesucht, ob ich einen Kratzer drangemacht habe. Als wäre das die erste Protzkarosse gewesen, die ich überführt habe. Die hat aber nichts gefunden.«

Der junge Bacher machte eine kleine Pause.

»Das machen doch alle Autoverleiher. Wenn ich mir ein Auto geliehen habe, sind die auch drumherum mar-schiert, als hätte ich den Wagen auf einer Rallye gefah-ren«, sagte Severin.

»Was für ein Autoverleih?«

»Habe ich gestern gehört«, antwortete Severin.

»Was die Leute so reden«, bellte der junge Bacher. »Der Jaguar gehört zu einer Firma für Immobilien, glau-be ich. Angeblich hatte ihn irgendwer geklaut. Dann soll er mindestens eine Woche bei den alten Reifen ge-standen sein. Mir egal.«

Es goss nun in Strömen. Die Blätter der Scheibenwi-scher schafften die Mengen Wasser nicht. Immer wieder musste der junge Bacher die Scheibe von innen abwischen, weil sie sofort wieder beschlug. Severin unterließ weitere Fragen. Ihn wunderte nur, dass niemand nach dem Fahrer des Jaguar suchen ließ. Gerne hätte er den Namen der Immobilienfirma gewusst. Er war sich sicher, dass sie ihm bekannt sein würde.

Dann kamen die Feuerwehrautos ins Blickfeld. Männer schoben schwere Baumteile über die Fahrbahn. Andere bedienten Sägen und Äxte. Der junge Bacher sprang aus dem Wagen und legte eine schwere Kette um einen Stamm. Severin lief wie aufgescheucht hin und her, warf auch einiges Holz auf einen LKW und ging dann einfach davon. Niemand beachtete ihn. Die Männer arbeiteten schwer, es regnete furchtbar, wen interessierte da ein kurioser Mann, der die Straße entlangging? Vom Himmel kam eine Sintflut. Als er den Dorfeingang erreichte, war er vollständig durchnässt. Dabei war er gerade einmal vier Kilometer gelaufen, und nun musste er noch in den Berg steigen. Auch das würde ihm nicht leicht werden, denn der Weg war vom kleinen Bach einfach weggeschwemmt worden. Zweige, Äste und Baumteile lagen herum. Völlig erschöpft kam er bei der Hütte an. Seinen Wassertrog gab es nicht mehr. Der Bach hatte ihn fortgespült. Das Wasser stand bis an die Eingangstür. Der Boden unter der Hütte war satt vor Nässe, so dass die Holzbohlen sich bereits dunkel färbten. Die Fenster waren beschädigt worden. Die restlichen Sachen in der Hütte würde er in seinem Rucksack transportieren können. Severin kleidete sich um, kochte heißes Wasser für seine klammen Füße und schlief in seinem Sessel ein. Als er in der Nacht eine Kettensäge hörte, da dachte er sich nichts dabei. Die ganze letzte Nacht hatte er die Kettensägen gehört. Erst nachdem er wieder zu sich gekommen war, wurde er stutzig. Vom Dorf her hatte dieses Geräusch den Weg zu ihm nicht finden können. Das Sägen musste im Wald passiert sein. Aber mitten in der Nacht und bei diesem Wetter? Er zog sein Gummizeug an und hängte seine schwere Batterielampe an die äußere Tür. Dann griff er den Spaten und grub einen zwanzig Zentimeter tiefen Wassergraben rings um die Hütte. Der war schnell wieder mit Wasser vollgelaufen. Ein völlig unsinniger Versuch. Es würde nicht mehr lange dauern, und das Wasser stand in der Hütte. Severin hockte sich in den Sessel und schlief ein.

Gegen Morgen ließ der Regen etwas nach, ohne aber ganz aufzuhören. Severin zog es zum Schloss.

Dann kam ihm der Gedanke, sich einmal im Wald umzuschauen. Er hätte sich sowieso nicht weiter ausruhen können, dazu fehlte ihm die innere Ruhe. Zunächst aber kontrollierte er seinen Bestand und konnte doch nicht feststellen, ob während seiner Abwesenheit jemand die Hütte betreten hatte. Längst hatte er beschlossen, nur den Rest seiner persönlichen Habe mitzunehmen. Weder seinen wunderbaren Sessel noch andere Gegenstände, die ihm ans Herz gewachsen waren, wollte er den Berg hinuntertragen. Sie würden ihn in seinem gemieteten Exil nur schmerzhaft an dieses wunderschöne Jahr im Schlosswald erinnern.

»Jawohl«, rief er in den Regenwald, »Sie schicken mich ins Exil, Gräfin!«

Sein Weg führte ihn am Schloss vorbei, das trüb im Regenwasser erstarrt schien. Nichts war zu entdecken. Kein Fenster öffnete sich.

»Mein Gott, Gräfin«, sagte Severin, »mein Gott!«

Severin dachte an den Fremden und daran, dass er das Schloss wohl nie wieder betreten würde.

Er brauchte zwei gute Stunden, um festzustellen, dass

der Schlosswald nicht betroffen war. Der Baum lag noch immer quer über dem Asphalt der Bergstraße. Severin grinste schadenfroh, besann sich aber sofort, weil ihm die vielen umgestürzten Bäume vor die Augen kamen. Der breite Bach war fast zu einem Fluss angestiegen. Am unteren See sprang das Wasser kaskadengleich über das Stauwehr. Er musste einen großen Bogen schlagen, fast bis hinunter zur Staatsstraße laufen, um von dort in den Wald zurückzukehren. Dann endlich sah er die Bescherung. An den Stellen, an denen man die Probebohrungen gesetzt hatte, war eine ganze Reihe Bäume gefällt worden. Die Schnittstellen waren noch frisch. Das war es, was er in der Nacht gehört hatte. In ihm stieg die Wut hoch über diesen Frevel. Wer wollte da Tatsachen schaffen? Andererseits gab es an diesem Ort noch keine Baustelle. Der Lift sollte erst oberhalb der Teiche gebaut werden, das betraf die untere Straße nicht. Wozu also diese Tat? Er lief quer durch den Wald und hatte sich nicht geirrt. Seine Nase war sensibel, und schon griff er nach dem Plastikkanister mit Benzin, der unter einem Strauch versteckt lag. Da schien es jemand eilig gehabt zu haben. Severin querte die gerodete Stelle und suchte nach weiteren Spuren. Er ging die Bergstraße hinab zur Staatsstraße und sah, wie der Hutterer über die alte Wiese davonhumpelte. Schnell griff er nach seinem Doppelglas und hatte ihn im Visier. Irrtum ausgeschlossen, der Hutterer war der Frevler. Mit geschulterter Kettensäge floh der in Richtung des Dorfes.

»Du verfluchter Hurensohn«, rief er ihm nach, ganz gegen seinen Stil.

Wer hatte den Hutterer beauftragt? Für ihn gab es keinen Zweifel, dass das nicht die Idee dieses armen Kerls gewesen war.

Severin trat zurück in den Wald. Er wollte vom Dorf aus nicht gesehen werden. Langsam lief er zurück und besah sich noch einmal den angerichteten Schaden. Warum wählte der Hutterer ausgerechnet diese Stelle im Staatsforst? Er drehte sich zum Berg und schaute hinauf. Rechts von dem letzten gefällten Baum stürzte das Wasser über das Wehr des großen Teichs. Mühsam kämpfte er sich über den feuchten Boden hinauf. Schnaufend fand er einen Baum, an den er sich anlehnen konnte, um einen Moment auszuruhen. Der Regen fiel leicht und regelmäßig auf die Oberfläche des Teichs. Eine gefällte Tanne dümpelte darin. Der Teich war zu einem See angeschwollen, über den man mit einem Boot hätte rudern können. Severin trat ans Ufer. Sie war noch immer da, die Auer. Jetzt verstand er den Frevel des Hutterer. Das war sein Hinweis auf die Leiche. Er spürte die Kälte. Als er auf das hölzerne Stauwehr schaute, sah er in das Gesicht der Margarete Auer. Sie musste sich gedreht haben. Ihr Gesicht leuchtete weiß, und ihr Haar folgte den Bewegungen des Wassers. Sie schwamm im See und war tot.

4

Winkler musste vom Parkplatz des Krankenhauses bis zur Eingangstür rennen und war doch völlig durchnässt, als er in der trockenen Halle stand. Sturm und Regen interessierten ihn nicht. Er dachte an seinen Sohn und daran, dass er gleich neben ihm sitzen und seiner Tränen nicht Herr sein würde. Er konnte es nicht, weil er es nicht wollte. Warum sollte er sich beherrschen? Das Unglück seines Sohnes hatte sein altes Leben beendet, und eigentlich gab es danach gar kein Leben mehr. Er funktionierte noch, das war alles. Auf dem langen Flur kam ihm die Oberschwester entgegen. Sie winkte ihm zu.

»Ihre Frau ist drinnen beim Professor.«

Er nickte und floh, fuhr mit dem Fahrstuhl hinunter, um sich einen Kaffee zu besorgen. Jetzt war er wieder so weit, dass er sie mit bloßen Händen erwürgen könnte. Es war besser, wenn sie ihm nicht über den Weg lief. Er hatte sie verlassen, als sie dieses Thema erwähnt hatte. Wann war das gewesen? Genau erinnerte er sich daran, wie er von der Couch aufgestanden war, zwei Reisetaschen gepackt hatte und davongelaufen war. Offiziell war sie immer noch seine Frau, aber er konnte nicht einmal mehr ihren Namen denken.

Sie hatte gesagt: »Lass unseren Bub endlich gehen.« Damals hätte er sie am liebsten ins Gesicht geschlagen. Wie konnte sie von ihm verlangen, dass er die Maschinen abschalten ließ? Sie wollte abschließen, ihre Ruhe finden, egoistisch wie sie war. Wäre Winkler nicht im Krankenhausflur gestanden, er hätte ausgespuckt.

Winkler trank seinen Kaffee und sah Renata di Nardo aus dem Fahrstuhl kommen. Sie war die hiesige Kollegin, der er nach dem Unfall seines Sohnes mächtig zugesetzt hatte, weil er steif und fest behauptet hatte, es läge ein Fremdverschulden vor und sie wäre nur zu faul, den auffälligen Spuren zu folgen. Inzwischen hatte er sich bei ihr entschuldigt. Sie winkte ihm zu.

»Kommst du oder gehst du?«

»Seine Mutter ist oben«, antwortete er.

Sie nickte verstehend, schüttelte seine Hand und versuchte ein Lächeln.

»Du schuldest mir noch immer ein Essen«, sagte sie.

Winkler hob entschuldigend die Arme und schwieg.

»Wir haben hier den Fall einer abgestürzten Touristin. Sie behauptet, ihr Mann habe sie gestoßen. Er sagte aus, er habe sie mit beiden Händen halten wollen und sie sei einfach abgerutscht.«

»Warum lassen sie sich nicht einfach scheiden«, sagte Winkler.

»Ich muss gehen.« Sie machte sich auf den Weg zu den Krankenzimmern.

»Halt«, rief er. »Ich bin hier auch beruflich beschäftigt. Warum essen wir nicht heute Abend zusammen?«

»Gut«, rief sie, »heute Abend. Wir telefonieren.«

Winkler stieg wieder in den Fahrstuhl und versuchte es erneut. Die Tür zum Büro des Professors stand offen, und er ging einfach hinein.

»Sie?«, reagierte der Professor überrascht.

»Seien Sie gegrüßt«, antwortete Winkler. »Was wollte sie?«

Der Professor stand auf, klemmte sich einige schriftliche Befunde unter den Arm und kam auf Winkler zu.

»Mir pressiert's, Pardon. Ihre Frau will die Angelegenheit vor Gericht klären lassen. Ich konnte es ihr nicht ausreden, Herr Winkler.«

Winkler war konsterniert. Manchmal verstand er sehr gut, dass die meisten Morde in privatem Umfeld geschahen. Jetzt wollte sie also Fremde darüber entscheiden lassen, ob der Bub leben darf oder nicht?

Am Ende des Flurs stand Renata neben der Oberschwester und machte sich Notizen. Sie war hochgewachsen, blond und schlank. Ihr Vater, dem das Restaurant *Capri* am Ort gehörte, sah schon eher italienisch aus.

Winkler öffnete die Tür, griff sich einen Stuhl und

setzte sich neben das Bett, in dem sein Sohn lag. Er nahm das Buch, fasste eine Hand seines Sohnes und begann die Geschichte *Der Alte vom Berge* von Tieck zu lesen. Er spürte die Wärme seines Sohnes, glaubte dessen Willen zum Leben zu erkennen und las und schaute dabei in das Gesicht, das nach dem Willen dieser Person, seiner Mutter, tief unter die Erde gescharrt werden sollte.

In diesem Augenblick wusste Winkler, dass es diesen Prozess um das Leben seines Kindes niemals geben würde. Er würde vorher diese Frau erschießen und anschließend sich selbst richten.

5

Staatssekretär Holzendorf stand kurz vor einem heftigen Wutausbruch. Der Mann ihm gegenüber hob die Arme und sagte: »Ich gehe ja schon.« Als sich die Tür geschlossen hatte, trat Holzendorf ans Fenster und sah den Reporter wegfahren. Erst dann nahm er sein Mobiltelefon und wählte.

»Wir können froh sein, dass wir vorhin über unsere Obstbäume gesprochen haben. Der Kerl hat sicher an der Tür gelauscht.«

Der Bürgermeister saß hinter seinem Schreibtisch und rieb sich die Hände. Bei Aufregungen wurde er häufig kurzatmig. Er sollte dreißig Kilogramm abnehmen, hatte der Arzt gesagt, aber wie, das hatte er nicht gesagt. Er schnaufte und wischte sich das rote Gesicht mit seinem Taschentuch ab. Manchmal dachte er: »Ich bin zu alt für diesen Job.«

Holzendorf telefonierte mit dem Eigentümer der Zeitung. Er rief nicht den Chefredakteur oder den Herausgeber an, er funkte gleich bis nach ganz oben. Es ging schließlich um die einzige Zeitung der Region.

»Die Regierung will einen stattlichen Betrag in die Gegend investieren«, sagte Holzendorf ins Telefon. »Wir müssen nur aufpassen, dass nicht vorher alles durch irgendwelche Fanatiker verdorben wird. Die Dörfler im Tal wollen nicht die Almosen der EU, sie wollen und sollen ihr Geld selbst verdienen, dazu muss investiert werden.«

Er machte eine Pause und nickte dem Bürgermeister zu.

»Natürlich, da haben Sie völlig recht … Wenn wir die Prüfungen abgeschlossen haben und es nicht geht, die wasserrechtlichen Dinge sind schwierig, haben wir ein Debakel am Hals. Wem soll das nutzen? … Natürlich kann er berichten … aber bitte ohne die spekulativen Absichten, die er hier andeutete … Es geht um ein paar abgesägte Bäume. Selbstverständlich halte ich Sie auf dem neuesten Stand … Gott zum Gruße, Verehrtester.«

»Was wird er machen?«, fragte der Bürgermeister, als Holzendorf fertig war.

»Nicht viel. Er mischt sich nicht gerne ein. Ein Anruf zur Information, das ja, dabei wird er seinen Standpunkt mitteilen, das genügt. Der Chefredakteur weiß dann schon, wie er sich verhalten muss. Im Prinzip sind die Leute auf unserer Seite.«

Holzendorf trat vom Fenster zurück und fixierte den schwergewichtigen Bürgermeister, der ihm zur Begrüßung direkt ins Gesicht gelogen hatte. Wegen der schweren Schäden durch den Orkan hatte die Regierung Holzendorf einen Hubschrauber genehmigt, damit er sich die Schäden vor Ort ansehen konnte. Gleich auf der Wiese hatte er den Bürgermeister zur Rede gestellt.

»Was baust du denn da?«, hatte er den Parteifreund gefragt.

»Nichts weiter«, hatte der geantwortet. »Ich kann nicht warten, bis der Kuhstall endlich zusammenbricht. Ein paar Stützen werden gesetzt. Renovierungen, das ist alles.«

»Renovierungen, aha«, hatte er fast süffisant angefügt. Dabei hatte er sich längst Einblick verschafft in die Bauanträge beim Amt. Das war zwar nicht ganz legal, aber in diesem Tal machte niemand mehr etwas, ohne dass der Staatssekretär Holzendorf vom Wirtschaftsministerium darüber Bescheid wusste. Und nun hatte ihn der alte Fettsack angelogen, und er fragte sich, warum. Freilich, sie hatten alle vereinbart, nichts Öffentliches zu tun, solange die Angelegenheit sozusagen noch über dem Tal schwebte, aber was war öffentlicher als eine Baustelle?

»Na schön«, sagte er brav, »kehren wir zum Forst zurück. Wer hat da gesägt? Es ist doch offensichtlich, derjenige will ein Zeichen setzen. Wer hat diesen Pressetypen angerufen? Viele können dafür nicht in Frage kommen.«

Der Bürgermeister stand auf und ging in seinem Dienstzimmer auf und ab.

Holzendorf nahm die Akte aus seiner kostbaren Ledertasche und legte sie auf den Tisch.

»Wirf einen Blick drauf und vergiss es gleich wieder. Das sind die fertigen Pläne. Bevor der Winter kommt, müssen wir anfangen, im Frühling schaffen wir das nicht mehr«, sagte der Staatssekretär.

Holzendorf trat wieder ans Fenster und schaute in den Regen. Die Investoren hatten ihm den Aufsichtsratsposten in der noch zu gründenden AG angeboten. Dafür musste er mindestens ein halbes Jahr zuvor von seinem politischen Amt zurücktreten. Diese Kretins hier werden es noch erreichen, dass ich tatsächlich im Regen stehen werde, dachte er.

»Niemand aus dem Dorf wird sich an Maßnahmen gegen uns und das Projekt beteiligen«, sagte der Bürgermeister.

»Wir brauchen Ruhe«, antwortete Holzendorf.

Der Bürgermeister beugte sich über die Pläne.

»Die Bergstraße wird gebaut, das kann ich dir schon versprechen.«

Holzendorf zeigte mit dem Finger auf den Plan.

»Und die Gräfin?«, fragte der Bürgermeister.

Holzendorf winkte ab.

»Die soll Ruhe geben. Wir legen die Straße durch den Staatsforst, da kann sie nichts machen. So einfach ist das. Wir müssen mit der Straße hoch an den Berg heran, sonst können wir den Lift gleich streichen. Wenn die Dame Zicken macht, dann sehen wir uns ihre Bruchbude mal etwas näher an.«

Der Bürgermeister nickte und setzte sich wieder hinter seinen Schreibtisch.

»Ich will hier keinen Ärger. Nächstes Jahr sind Wahlen«, sagte er.

Holzendorf packte seine Tasche und griff nach seinem Mantel. »Das weiß ich. Wenn es geht, komme ich bald mit einer Jagdgesellschaft. Du verstehst? Das ist der gesamte Klub, alle Investoren, sie wollen sich das Gebiet ansehen. Auf die hintere Wiese kommt das große Sporthotel, dahinter der Golfplatz, dann am Berg der Skilift, über den Berg hinauf bis zum Gletscher. Das wollen die sich ansehen.«

»Verstehe«, sagte der Bürgermeister.

»Lass uns gehen«, rief Holzendorf, »ich muss den Hubschrauber zurückbringen. Was glaubst du, wie hoch ist der Schaden durch den Sturm?«

Der Bürgermeister erhob sich wieder und kam zur Tür.

»Kann ich noch nicht sagen. Sieht im Ganzen nicht so ganz schlimm aus. Mal schauen. Was ich dich noch fragen wollte. Diese junge Frau, die hier herumfährt, was ist mit ihr?«

Holzendorf hob drohend den Finger.

»Ich habe dir das vorher schon angesehen. Es stand dir auf der Stirn geschrieben, aber du täuschst dich. Sie ist eine Geschäftsfrau, und sie hat das Vertrauen der Finanziers. Keine Gerüchte. Ich habe eine Frau und Kinder, wir verstehen uns?«

»Schon gut«, sagte der Bürgermeister.

»Also«, sagte Holzendorf drohend, »lass sie machen. Sie hält die Fäden, solange ich noch in der Politik bin.«

»Was will sie am Schloss? Es heißt, sie will das Schloss kaufen?«

»Wer sagt das? Blödsinn. Das ist Taktik, sonst nichts. Geschwätz für die Öffentlichkeit. Wir brauchen das Schloss nicht.«

Der Bürgermeister nickte und schwieg. Was sollte er noch sagen? Er war längst misstrauisch, aber das sagte er nicht laut. Vielleicht war es unfair, dass er Holzendorf nicht mehr glaubte. Weshalb ließ sich vom Landwirtschaftsministerium niemand mehr blicken? Sie hatten schon mit den Wassermassen zu kämpfen, und dann kam auch noch der Orkan, und dieser Mensch trug seinen teuren Anzug spazieren. Nein, dass es sich so entwickelt, hatte er nicht beabsichtigt. Wie sollte er dieses Riesenhotel akzeptieren? Der Lift schien ihm plötzlich auch viel ausladender zu sein als bei früheren Gesprächen. Geradezu eine Bergbahn war das.

Holzendorf trat auf den Flur hinaus, und der Bürgermeister folgte ihm. Direkt neben der Tür zum Büro des Bürgermeisters stand eine Bank für Wartende, auf der sich, halb liegend hingestreckt, der Hutterer befand. Der Staatssekretär rümpfte die Nase, denn der Hutterer dünstete eine Mischung aus Kuh und Benzin aus.

»Was hast du hier verloren?«, knurrte der Bürgermeister. »Schleich dich und geh dich waschen.«

Sie gingen weiter, während der Hutterer zurückblieb. An der Tür drehte sich der Bürgermeister um und drohte ihm mit erhobener Faust. Doch der Hutterer blieb einfach liegen. Die beiden Männer überquerten die Dorfstraße und betraten den Hof des Bürgermeisters. Auf einem kleinen Wiesenhügel parkte der Hubschrauber.

»Es regnet immer noch.«

»Was du nicht sagst«, antwortete Holzendorf. Dann schaute er missbilligend auf die Baustelle. »Wen hast du denn damit beauftragt?«

»Das ist eine kleine Firma aus dem Ort auf der anderen Seite vom Schlossberg. Ich kenne die Leute. Wir sind um ein paar Ecken miteinander verwandt.«

»Hm.« Holzendorf machte ein Gesicht und wollte die Baustelle betreten, doch der Bürgermeister zog ihn am Ärmel weiter. Hinter seinem Wohnhaus, dazwischen lag noch das Gebäude für die Maschinen und Traktoren, befand sich der Schweinestall. Der Bürgermeister umlief das Gebäude und trat hinter das Gebäude auf eine Wiese. Als Holzendorf neben ihm stand, versanken seine Schuhe sofort einige Zentimeter im Schlamm.

»O nein! Was soll das? Ich habe mir die Schuhe erst letzte Woche in Florenz gekauft. Jetzt sieh dir das an.«

Der Bürgermeister wurde kalt bis ins Herz. Das war es, was er an der neuen Generation nicht leiden konnte. Sie gaben viel Geld aus und befürchteten, sich die Schuhe schmutzig zu machen.

»Schau hinüber ins Tal«, sagte er kurz.

»Und?«

»Was siehst du?«

»Eine nasse Landschaft im Herbst«, antwortete Holzendorf ärgerlich.

»Dahinten soll das Hotel stehen?«

»Ja. Soweit ich mich hier orientieren kann.« Holzendorf reckte sich in die Höhe. »Dort hinten, wo die Straße eine Kurve macht.«

»Genau«, bestätigte der Bürgermeister. »Da mündet die Bergstraße in die alte Dorfstraße, und genau dahinter ist die Brücke über den weißen Bach.«

»Das mag ja alles so sein. Kann ich mir das nicht auf den Plänen ansehen?« Holzendorf wurde ärgerlich.

»Die drei Bäume auf der sauren Wiese, siehst du die?« Er wartete nicht auf eine Antwort und sprach weiter. »Drüben in der Wiese führen zwei Wege aufeinander zu, du siehst dort das große Holzkreuz stehen.«

»Herrgott noch einmal, ja«, fluchte Holzendorf, »komm auf den Punkt, ich bekomme nasse Füße.«

»Was siehst du?«, beharrte der Bürgermeister.

»Was soll ich denn sehen?«

»Wasser! Die Wiesen und Äcker sind voller Wasser«, antwortete der Bürgermeister.

»Und?« Holzendorf spitzte die Ohren.

»Ein großes Hotel braucht Tiefgaragen. Wenn der Bauherr nicht aufpasst, säuft das Gebäude ab.«

Holzendorf fasste sich an ein Ohrläppchen. Das machte er immer, wenn ihm etwas Unangenehmes mitgeteilt wurde und ihm nicht sofort eine passende Antwort einfiel.

»Dann muss der Grundwasserspiegel eben abgesenkt werden.«

Der Bürgermeister sah ihn erstaunt an und lächelte nachsichtig.

»Das sag mal deinem Kabinettskollegen, dem Landwirtschaftsminister.«

Holzendorf winkte ab.

»Der hat doch statt eines Gehirns einen Kuhfladen da oben drin.« Er tippte sich an die Stirn. »Die Märkte reagieren sofort negativ, wenn der nur den Mund aufmacht.«

Jetzt hatte er sich verquatscht. Neben ihm stand auch einer von diesen sturen Bauern, die keine Ahnung von der globalen Entwicklung und freien Märkten hatten. Die fraßen seit fünfzig Jahren Subventionen und waren trotzdem gegen alles, was die Geschäfte wirklich aus den roten Zahlen brachte, wie der Tourismus zum Beispiel.

»Die werden schon die richtige Baufirma beauftragen, die das in den Griff kriegt«, sagte er. »Das wird ja kein Hotel für Billigurlauber.«

»Leider gehören uns die sauren Wiesen nicht«, sagte der Bürgermeister und ging in seinen Hof zurück. So sah das also aus, und er hatte es sich schon gedacht, dass es so kommen würde. Die Herrschaft baut ein Golfhotel für sich, und sie haben gleich ihren Privatlift auf den Gletscher dazu. Die Übernachtungen werden dermaßen teuer sein, dass man immer schön unter sich bleiben kann. Und das alles nur ein paar Kilometer von der Autobahn entfernt. Die neue Staatsstraße wurde bereits gebaut. Und dazu gab es noch recht günstige Baukonditionen, die vom Staat mit Fördermitteln für die Region bezuschusst wurden. Jetzt bekam er endgültig ein flaues Gefühl im Magen, vor allem, wenn er an seine eigene Bautätigkeit dachte.

»Worüber denkst du nach?«, rief Holzendorf ihm zu.

»Ich dachte grade, was wir sagen, wenn das Landwirtschaftsministerium sich wegen der Schadensregulierung blicken lässt.«

Holzendorf sagte nichts und lief Richtung Hubschrauber.

»Die Obstbäume zur Senke hin gehören dir. Bis zur Wiese am Bach.«

»Fein«, freute sich Holzendorf, »aber du solltest korrekt bleiben. Sie gehören nicht mir, sie gehören meiner Frau. Das wollen wir immer schön auseinanderhalten, sonst führt so etwas zu öffentlichen Missverständnissen. Ich werde eine große Schleife fliegen und mir das ganze Ausmaß der Schäden von oben ansehen. Sage deinen Leuten, sie werden entschädigt. Entweder mit billigen Krediten oder durch Steuernachlässe. Genau kann ich das noch nicht sagen.«

Der Bürgermeister schlug ein Kreuz, als der Hubschrauber lärmend über seinen Hof davonflog. Seine Investitionen wären für die Katz, wenn das Tal nur noch für die Oberschicht reserviert sein würde.

Holzendorf sah den winkenden Bürgermeister, aber das half auch nichts mehr. Er machte sich eine kurze Notiz. Der Mann war alt, krank und wehleidig geworden. Der nächste Bürgermeister im Tal musste ein anderer sein.

Er ließ den Hubschrauber eine Schleife fliegen und über den arbeitenden Feuerwehrleuten an der Straße in der Luft stehenbleiben, bis sie alle nach oben geschaut hatten. Dann zeigte er die andere Richtung an. Er hatte sich die Schäden durch den Baumfrevler schlimmer vorgestellt. Das war doch Kleinkram. Sorgen machten ihm in der Tat die Wiesen beim Bach, auch wenn er dem Bürgermeister etwas anderes gesagt hatte. Kein Wunder, dass die Bauern die Wiesen an Zugereiste aus der Stadt verkauft hatten. Das sah schlimmer aus, als er angenommen hatte. Keine Frage, man würde darüber zu reden haben. Er hatte sich Opernkarten über das Ministerium besorgen lassen. Man gab am Freitag *Don Giovanni*. Staatssekretär Holzendorf würde einigen Freunden die Ehre geben. In den Pausen könnte er das Thema kurz zur Sprache bringen. Die Angelegenheit durfte sich auf keinen Fall weiter verzögern, auch wenn man unter das Hotel eine Betonwanne bauen musste. Vielleicht könnte man die Eigentümer der Wiesen enteignen? Öffentliches Interesse, warum nicht? »Ars vivendi«, dachte er und grinste in sich hinein. Der Hubschrauber überflog den Staatsforst, und Holzendorf sah den Skilift zum Gletscher bereits fertig vor sich. Wenn erst alles gebaut war, würde es allgemein begrüßt werden, da war er sich sicher. Sie überflogen das Schloss im Fels. Jemand winkte aus einem schmalen Fenster. Was für ein schäbiger Kasten, dachte Holzendorf, als der Pilot ihm etwas zurief.

»Was ist los?«

»Jemand hat von unten auf uns geschossen«, antwortete der Pilot.

»Unsinn«, sagte Holzendorf, »wer sollte so etwas tun? Im Schloss lebt eine einsame Witwe.«

Der Pilot war sich seiner Sache sicher, schwieg aber, denn getroffen worden war das Fluggerät nicht. Er hatte aber den Mann und das Gewehr am Schlossfenster genau sehen können.

Der Bürgermeister wartete an der Straße und sah den Helikopter hin- und herfliegen, bis er hinter den sauren Wiesen verschwand. Viel kann der den Ministern nicht erzählen, dachte er, so wie der die Gegend abfliegen lässt. Aber deshalb war der Holzendorf ja auch nicht gekommen. Er griff nach der Klinke der Rathaustür. Es ging um Geld, sonst nichts.

6

Der Hutterer wollte etwas aufschreiben, doch er traute sich nicht, so einfach in das Büro des Bürgermeisters zu gehen, um sich dort Papier und Stift zu nehmen. O ja, es würde ihm schwerfallen zu schreiben, weil an seiner rechten Hand Daumen und Zeigefinger fehlten. Das war ein schlimmes Andenken aus seiner Kindheit, doch er wollte, nein, er musste es probieren, sonst würde sein Kopf endgültig platzen. Er hatte sich lange schon damit abgefunden, dass ihn alle für beschränkt hielten. Als Kind hatte er herausgefunden, dass ihm das auch Vorteile brachte. Außer dem Bürgermeister und der Auer hielt niemand ein Auge auf ihn, so konnte er fast alles tun, wonach ihm der Sinn stand. Wenn er an die Auer dachte, begann er am ganzen Körper zu zittern. Dann hatte er dieses Zittern, das er bisher nur bekam, wenn jemand ein Messer anhob oder es fest in der Hand hielt. Das konnte er nicht vertragen, dann bekam er es mit der Angst. Eigentlich bekam er es schon mit der Angst, wenn er nur an ein Messer dachte. Wenn er auf die fehlenden Finger seiner rechten Hand sah, hatte er Angst. Diese Angst war sein Alltag. Der Hutterer hatte immer Angst, Tag und Nacht, denn einmal würde wieder jemand an ihn herantreten und ihm Schmerz zufügen. Die Zeit schien ihm nicht mehr fern zu sein, dass es wieder geschah. Deshalb wollte der Hutterer seinem Redearzt in der Stadt einen Brief schreiben. Er unterschied zwischen einem Körperarzt, einem Mundarzt und einem Redearzt.

Dr. Schüll war ein Körperarzt, der klopfte auf die Brust und drückte gegen den Bauch. Dr. Miller war ein Mundarzt, der fasste ins Gesicht. Bruno war ein Redearzt. Bruno sagte nie Hutterer zu ihm, er sagte Xaver, deshalb durfte er Bruno sagen. Mit Bruno redete er über seine Mutter, die ihm, als er ein Kind war, die Finger abgeschnitten hatte und die deshalb in einem Krankenhaus leben musste. Das hatte er verstanden, und er wollte sie auch nie mehr sehen. Bruno fragte ihn Sachen wie: »Was ist Angst?« Xaver hatte geantwortet: »Wenn Eis und Schnee auf den Wiesen liegen, die Bäume so frieren, dass sie nichts mehr sagen können, der Himmel voller schwarzer Schneewolken ist und es keinen Frühling mehr gibt, dann ist Angst.« »Bravo«, hatte Bruno gesagt. Wenn Xaver in Brunos Büro eintrat, zog Bruno seinen weißen Kittel aus. Bruno fragte Xaver: »Was ist Hunger?« Xaver hatte geantwortet: »Wenn der Bauer die Kuh in den Transporter schiebt, die anderen Kühe und die Schweine zu weinen anfangen und das Kaninchen Joseph Herzklopfen hat.« »Bravo«, hatte Bruno gesagt.

Der Hutterer hob den Kopf. An der Flurwand des Rathauses hingen Bilder. Diese Bilder mochte er nicht.

Eines zeigte die alte Schule, in der die Auer wohnte. Ein anderes die Kirche, dann gab es das Rathaus als Bild, die breiten Wiesen, den weißen Bach, den kleinen Bach mit den großen Weiden an der Straße. Die Bilder konnte er nicht verstehen. Jeder konnte doch hinausgehen und sich die Bilder in der Wirklichkeit ansehen, weshalb malte man sie auf Papier? Mit Bruno war er in der Stadt in einem großen Museum gewesen und hatte sich andere Bilder angesehen. Die hatten ihm gut gefallen. Den Bürgermeister hatte er gefragt, ob er Kandinsky kenne, Picasso, Erich Heckel oder de Chirico. Der hatte nur gesagt, er soll aufhören herumzuspinnen. Bei der Auer hatte er sich das wieder zu fragen getraut, und die hatte ihm Bücher mit Bildern der Maler hingelegt. Jetzt zitterte er wieder.

»Großer Gott, wir loben dich«, das hatte die Mutter immer gesungen. Oder hatte sie es gesagt? Sie lebten zu zweit in der Küche. Gemeinsam schliefen sie unter dem Dach. In der Küche hatte die Mutter gesagt: »Der Gressbauer ist ein Arschloch.« Der kleine Xaver hatte es später im Stall wiederholt: »Der Gressbauer ist ein Arschloch.« Da war der Gressbauer aufgestanden, in die Küche gegangen und hatte der Mutter ins Gesicht geschlagen. Die Mutter hatte deshalb ihn geschlagen und ins Bett gesteckt. Nachdem der Gressbauer gestorben war, hatte er seine kleinen Beine bewegt und war bis ins hintere Dorf auf den Friedhof gelaufen, um auf das Grab zu pinkeln. »Wo warst du denn so lange?«, hatte die Mutter gefragt, und er hatte geantwortet: »Ich war pieseln.« Der Bruno wollte immer, dass er sich an die Küche erinnerte, an das Hackbrett und das Messer mit der langen Klinge. »Du bist wie er, du bist sein Sohn, du siehst aus wie er, ich stech euch alle ab«, hatte die

Mutter gerufen. An mehr wollte er sich nicht erinnern, auch wenn er den Bruno gerne hatte.

»Darf man alles abstechen, was man nicht mag?«, hatte er den Bruno gefragt.

Der hatte lange geredet und am Schluss gesagt: »Das verstehst du doch, Xaver?« Er hatte brav genickt, dabei hatte er gar nichts verstanden von den vielen Wörtern. Er stand auf und ging im Flur auf und ab. Ein Kind war er nicht gerne gewesen, jetzt war es besser. Jedenfalls bis vor ein paar Tagen.

Der Hutterer nahm das Bild mit der Schule der Auer vom Haken und öffnete es geschickt, nahm das Blatt heraus und steckte es unter sein Hemd. Auf der Rückseite war es schön leer und weiß. Genau das Richtige für den Bruno. Den leeren Rahmen hängte er an die Wand zurück. Wenn er es nun so ansah, hatte er nicht den Eindruck, dass ihm das gemalte Bild fehlen würde. Am Flurende, von dort führte die kleine Treppe mit den glatten Stufen in den Heizungskeller, standen zwei Stühle vor einem Tisch. Auf dem Tisch lagen Zettel, die Besucher ausfüllen mussten, wenn sie einen Ausweis wollten oder einen Antrag an den Bürgermeister stellen mussten. Daneben hing ein Kugelschreiber an einem Faden. Der Hutterer riss den Faden durch und steckte den Kugelschreiber in die Tasche. Es musste schnell gehen, denn er hörte schon die harten Schritte des Bürgermeisters, der über die Straße kam. Als die schwere Eisentür des Heizungskellers hinter ihm zuschlug, donnerte gerade der Hubschrauber über das Gebäude, sonst hätte es der Bürgermeister hören müssen. Gleich neben dem Kessel befand sich ein Fenster, durch das war er schon häufiger ausgestiegen. Auf und davon, dachte er. Würde er schräg über die ehemalige Kuhweide laufen, hätte er zwar einen Umweg zu machen, dafür könnte ihn der Bürgermeister aber nicht sehen. Es sei denn, der würde wieder zu seinem Hof zurückkehren. Wenn ihn die alte Bäuerin sah, das war nicht weiter schlimm, die interessierte sich nicht für ihn. Die sagte nur immer: »Geh fort, du Depp!«

Natürlich wusste er auch, dass er eine Briefmarke bräuchte, aber notfalls würde es auch ohne gehen. Der Bruno hatte es ihm gesagt. Wenn er »Xaver Angst Hutterer« als Absender schrieb, würde der Bruno das Porto bezahlen. Sie hatten einmal darüber gesprochen, dass er nie ein Geld bekam. Bruno hatte sehr böse geschaut, deshalb hatte er später nichts mehr zu dem Thema gesagt.

Bruno: »Träumst du noch manchmal davon?«

Xaver: »Ja.«

Bruno: »Was genau?«

Xaver: »Wie es hackt.«

Bruno: »Die Mutter?«

Xaver: »Nein.«

Bruno: »Was denn?«

Xaver: »Das Messer.«

Bruno: »Siehst du es?«

Xaver: »Nein.«

Bruno: »Sondern?«

Xaver: »Nur wie es hackt.«

Bruno: »Mit geschlossenen Augen?«

Xaver: »Ja.«

Bruno: »Machst du während des Traums ins Bett?«

Xaver: »Ja.«

Der Hutterer hörte Brunos Stimme bei den Zäunen. Sie waren teilweise umgestürzt, und der Stacheldraht drohte rostig. Er musste aufpassen.

Hinter der alten Kuhweide hatte der Bürgermeister nichts mehr zu sagen, das Land gehörte ihm nicht. Wo sollte er den Brief schreiben? Es regnete, und das Blatt würde schnell nass werden und die Schrift verwischen. Genau wusste er das aber nicht. Vielleicht musste er erst üben? Dazu nahm er den Kugelschreiber aus der Hosentasche und klemmte ihn zwischen den rechten Mittel- und den Ringfinger, dann schrieb er seinen Namen in die Luft. Er wusste nicht einmal, wie sein Vater hieß. »Sauhund«, das hatte die Mutter gesagt. Natürlich war das kein wirklicher Name. Niemand hieß Sauhund. Die Mutter hieß Hutterer, so hieß der Vater nicht. Das hatte er sich längst zusammengereimt. »Wir brauchen den Sauhund nicht«, hatte die Mutter gesagt, und er hatte sich im Bett eng an sie gekuschelt. Das war schon so lange her, aber er erinnerte sich noch an die liebevolle Wärme. Dann hatte die Mutter ihm über das Haar gestrichen und gesagt: »Du bist mein Bub, gell.« Seitdem sie ihm die Finger abgeschnitten hatte, hat ihn keiner mehr gestreichelt. Der Hutterer blieb stehen und schaute. Der Regen nahm kein Ende. Gegen den Himmel kam niemand an. Im Osten war es heller als im Westen. Dass die Sintflut eine Strafe Gottes ist, hatte der Pfarrer gesagt.

Der Hutterer verließ die nassen Wiesen und betrat den Weg zwischen den Feldern zu den beiden hinteren Dörfern im Tal. Plötzlich wusste er, wohin ihn der Weg führen würde. Zur Senke hin, wo man das Flusstal sehen konnte, an dessen Ende die große Stadt lag, stand mitten im Feld eine kleine Kapelle. Den Fluss konnte er nicht sehen und auch nicht die ferne Stadt, aber er wusste, dass es so war. Wenn er in den weißen Bach spuckte, dann schwamm die Spucke ins Tal, in den Fluss, durch die große Stadt, der Fluss mündete in einen noch größeren Fluss, »und wenn du den Flieger nimmst, dann kannst du ganz weit im Osten sehen, wie deine Spucke in das Schwarze Meer schwimmt«. Das hatte ihm der Günzer Toni erzählt. Der Günzer Toni hatte immer mit ihm gelacht. Sie hatten sich nicht so oft gesehen, weil der Günzer Toni am Ende des Tals wohnte. Eines Tages, in einem der vergangenen Sommer, hatte der Toni auf seinem Schlepper gesessen, und ein Blitz aus heiterem Himmel traf ihn. An der Stelle seines Todes ließen seine Eltern eine Kapelle bauen. Das war der rechte Ort, um den Brief an Bruno zu schreiben, einen besseren gab es nicht. Er hatte am Feld gestanden, als die Kapelle geweiht wurde, weil sie ihn nicht hineingelassen hatten, und er hatte gedacht: »Wie gerne müssen die Eltern den Günzer Toni haben, dass sie ihm eine Kapelle bauen ließen.« Ganz früh am Morgen war er zur Kapelle gelaufen, hatte sogar einen Anzug angezogen, bis der Pfarrer und die Leute aus dem Dorf kamen. Die Mutter vom Günzer Toni hatte ihm vor die Füße gespuckt und geschrien, er sei schuld an dem Blitz, habe den bösen Blick und brächte nur Unglück. Da war er davongelaufen, über die Wiesen und Äcker gerannt bis zum weißen Bach, hatte sich auf den Boden geworfen und geschrien: »Toni, ich kann doch nichts dafür, das musst du mir glauben. Ich möchte so gerne, dass du wieder da bist.« Der Hutterer stand vor der kleinen Kapelle, und sein Herz wurde hart. Von den Außenwänden begann der Putz abzubröckeln, das geweihte Kreuz neben dem Eingang stand schief, und um das Kirchlein herum häufte sich der Dreck. O ja, er wusste sehr wohl, weshalb die jungen Leute aus den Dörfern im Sommer hier in die Einsamkeit kamen. Sie glaubten alle, er wäre blöd und hätte von nichts eine Ahnung, aber das stimmte nicht, und blöd waren sie selber. Manchmal verjagte er die Pärchen. Dann sprangen sie auf und rannten davon, die Mädchen bekreuzigten sich sogar. Die Tür zur Kapelle war mit einem einfachen Schloss versperrt, was dem Hutterer keine Probleme machte. Mit seinen schweren Stiefeln und einem Fußtritt verschaffte er sich Einlass. In der Kapelle befanden sich zwölf Stühle und der gekreuzigte Jesus. Die dummen Menschen glaubten alle, das sei Zufall mit den Stühlen, aber er wusste es besser. Die zwölf Stühle warteten auf die zwölf Jünger. Jesus, der Dreizehnte, hatte seinen Platz am Kreuz. In einer großen Kirche in der Stadt hatte der Hutterer ein Bild des Abendmahls gesehen und nachgezählt. Das Bild hatte den Titel *Die zwölf Jünger lauschen der Bergpredigt Christi*.

Er trat an den kleinen Altar und bekreuzigte sich. Zwei halb abgebrannte Kerzen standen unter dem Holzkreuz, am Boden lag eine Schachtel Zündhölzer. Die waren zwar feucht, aber wenn er sie vorsichtig zwischen den Fingern rieb, könnte er sie später zünden. Wenn die Kerzen brannten, würde er ein Gebet sprechen für den Toni, aber ihm fiel keines ein. Nach einer Weile sagte er leise: »Bist du da, Toni? Es ist schade, dass wir uns schon so lange nicht mehr gesehen haben. So viel gibt es zu erzählen, und du weißt ja, dass mir keiner hilft. Diesmal werden sie auch wieder sagen, der Hutterer ist schuld.«

Da saß er auf dem Stuhl vor dem Kreuz, rutschte langsam hinab auf die Knie, und die Tränen liefen ihm über das Gesicht.

»Ich habe die Bäume umgesägt, damit sie zum Teich hinaufgehen, aber es interessiert sie gar nicht. Wenn sie mich erwischen, schlagen sie mich tot.«

Dann schwieg er. Stille kehrte ein in die kleine Kapelle. Die Dunkelheit beruhigte ihn. Der Hutterer hielt die Hand vor den Mund und sprach nur in sich hinein. Keine lauten Wörter. Das Bild unter seinem Hemd fühlte sich warm und freundlich an. Er versuchte zunächst, seinen Namen auf das Bild zu schreiben. Der Kugelschreiber fand keinen richtigen Halt zwischen Mittelfinger und Ringfinger. Mit aller Konzentration schrieb er und schrieb, schaffte ein Dutzend Namenszüge und schaute sie sich an. Es war nur ein wildes Gekrakel und Gekritzel. Erst als er jeden Buchstaben einzeln probierte, wurde es, wenn auch schwer, aber doch lesbar. »Hutterer Xare«, las er. Er schrieb sehr langsam und sehr vorsichtig.

»Lieber Bruno, wenn du deinen weißen Kittel ausgezogen hast, dann redet der Xaver zu dir. Wer mit den Bäumen spricht, der bekommt eine ruhige Seele. Nur die Fische im Wasser haben es lieber, wenn es regnet. Amen.«

Er lief den Weg zwischen den Feldern zurück und orientierte sich an dem Tannenwäldchen. Dahinter wusste er die Straßenkreuzung, an der es einen Briefkasten gab. Der Briefkasten stand einsam und allein. Erst einen Kilometer dahinter begann das Dorf mit dem Brunner-Hof. So weit war er schon lange nicht mehr gelaufen. Eine Briefmarke hatte er nicht, aber an die Adresse vom Bruno hatte er sich erinnern können. München, Nußbaumstraße 7. Er hatte das Bild geschickt gefaltet, so dass es wie ein richtiger Briefumschlag aussah, wenn auch sehr bunt, aber das machte nichts. Erst als er auf die Idee kam, mit seinem Taschenmesser einen Schnitt zu setzen und den oberen Papierteil wie eine Lasche durch die entstandene Öffnung zu schieben, funktionierte es. Er zitterte, weil er ein Messer in der Hand hielt. Da er den Namen der Klinik nicht wusste, schrieb er: Brunos Krankenhaus.

»Eile, Brieflein, eile«, sagte der Hutterer und warf ihn in den gelben Kasten.

Wie spät war es wohl? Der Bürgermeister durfte nicht böse werden auf ihn. Maurermeister Schwertfeger hatte sich wegen des Sturms und des starken Regens verabschiedet. Er war froh darüber, denn er war doch kein richtiger Bauarbeiter. Lieber arbeitete er auf den Feldern, aber da gab es im Moment nichts zu tun. Er erinnerte sich an die Uhr, die plötzlich aus der Klinik von der Mutter an ihn geschickt worden war. Es war eine dicke Zwiebel mit einer Kette. Sie gefiel ihm sehr, doch der Bürgermeister sagte: »Das brauchst du nicht«, und hatte sie ihm abgenommen.

Der Boden war nass und rutschig, selbst unter den Bäumen. Teilweise floss brauner Schlamm zur Straße hinab. Es war mühsam zu gehen, aber was sollte er tun? Immer, wenn er hier unterwegs gewesen war und jemand sich näherte, war er schnell in den Wald gesprungen. Der Unterschied zu früheren Tagen bestand darin, dass es jetzt nass und schlammig war. Oberhalb der Straße zwischen den Dörfern des Tales standen die Bäume dicht an dicht, während sie nur wenige Meter den Berg hinauf mehr Zwischenraum boten. Weshalb das so war, konnte er nicht erklären. »Staatsforst«, sagte der Bürgermeister, und es klang wie ein böses Schimpfwort.

Bei den bemoosten Steinen neben den Tannen musste er einen kleinen Sprung über eine Unebene machen, die nicht mehr als zwei Meter breit war. Das war sie an normalen Tagen. Der Hutterer sprang und landete in einem Teich. Bis zu den Knien stand er im schlammigen Wasser. Bis zum Knie reichten seine Stiefel, und da er nicht vornüberfiel, hatte er noch einmal Glück gehabt. Das Wasser konnte nicht abfließen, denn es staute sich hinter Geröll, Ästen, Sträuchern und Schlamm. Es war nur ein kleiner Teich, aber der hatte ausgereicht, um einen Hasen ertrinken zu lassen. Der Hutterer sah ihn zwischen dem Geäst im Wasser hängen. Er tappte hinüber und befreite das tote Tier aus den Zweigen. Der tote Hase löste Gefühle in ihm aus, die er sich nicht erlauben wollte. Aber in diesen durch die Nässe vollgesogenen und von vielen Baumwurzeln durchzogenen Boden würde er kein Grab graben können, zumal ihm auch keinerlei Werkzeug zur Verfügung stand. Also musste er ein Stück den Berg hinaufkraxeln, um eine geeignete Stelle zu finden. Leicht war es nicht, doch es gelang ihm, bei einer Schonung ein vorhandenes Erdloch auszugraben und den Hasen hineinzulegen. Die Erde trat er fest und legte Steine auf das Grab. Dann nahm er den Hut ab und sang ein Lied. Das Lied hieß: »Wenn der Sommer Sommer heißt, heißt der Winter winterweiß.« Er hatte das Lied selbst erfunden, und es gefiel ihm gut. Er dachte daran, auch der Frau Auer ein Grab zu geben, aber er wusste, er würde sie nicht anfassen können.

Der Hutterer drehte sich um, weil er zurück in den unteren Wald wollte, und er begann am ganzen Körper zu zittern. Sein Gesicht zuckte, die Lippen vibrierten, und die Zähne schlugen wie bei einem schweren Schüttelfrost hart aufeinander. Das hatte er befürchtet, dass ihn der Teufel nicht entkommen lassen würde. Behutsam stieg der Hutterer den Hang hinab. Er hatte sich die Strecke eingeprägt, die der Teufel seit einigen Tagen nahm. Der Teufel saß in dem großen schweren weißen

Geländewagen. Von der Autobahn aus musste der Teufel die Bundesstraße nehmen, durch das erste Dorf fahren, um dann in das Tal einzubiegen. Er grub ein Felsenstück aus dem Schlamm bei den Bäumen am Rand der Straße. Oberhalb des Asphalts fand er einen dicken Baum, hinter dem er sich versteckte. Es dauerte nicht lange, und die Reifen quietschten an der Biegung der Kreuzung zur Landstraße. Der Hutterer nahm seinen ganzen Mut zusammen. Das Auto kam aus der Kurve auf ihn zu, machte einige schlenkernde Bewegungen, und er warf den Stein mit aller Kraft in die Frontscheibe. Vom Birkenhain aus, hoch über der Straße, sah er das Auto wie tot auf der Seite liegen. Er hatte den Teufel besiegt. An der Kreuzung tauchte eine schwere Zugmaschine auf. Er erkannte den Schwager vom Toni, der laut schrie und Gas gab. »Nichts wie fort von hier«, dachte der Hutterer und verschwand im Wald. Der Teufel hatte ihn kurz durch das Seitenfenster angeschaut, direkt in seine Augen. Diese Augen würde er nie mehr vergessen. Aber er hatte es für die Frau Auer getan, die der Teufel in den See geschleudert hatte.

7

»Sind Sie okay?« Woher kam die Stimme? »Sind Sie okay?«

Die Stimme klang fremd, wie durch ein Megaphon gesprochen. »Sind Sie okay?« Er wollte das Gesicht zu der Stimme sehen und öffnete die Augen. »Sind Sie okay?« Die Stimme war da, aber kein Gesicht. Wie konnte das sein? Er hatte die Augen geöffnet und sah nichts. »Sind

Sie okay?« Über ihm schwebte ein Licht. Du musst dich auf das Licht konzentrieren. Das Licht begann sich leicht schwingend zu bewegen. Es war wie in Wellen vorhanden. Nein, kein Licht, Wellen, es waren Wellen. Wellen an der Wasseroberfläche. »Sind Sie okay?« Er sah Wellenbewegungen auf dem Wasser, aber von unten. »Sind Sie okay?« Die Stimme wurde leiser. Was war mit ihm geschehen? Die Wahrheit. Wie bitte? Wer sprach da jetzt? Die Wahrheit? Natürlich, rief er, sagen Sie mir die Wahrheit. Die Kälte verformte seinen Körper, er begann sich aufzulösen. Ich liege auf dem Grund eines Sees und schaue hinauf, das war die Wahrheit. Die Stimme kam vom Ufer. Er sah ein weißes Kleid und eine kleine Hand, die Blumen warf. Auch einen Ring, der am Finger funkelte. »Sind Sie okay?«

Severin schoss hoch und setzte sich auf die Bettkante. Seit Nächten quälte ihn dieser Traum. Niemals in seinem Leben hatte er sich am Morgen an seine Träume erinnern können, nun quälten sie ihn. Er stand auf und trat ans Fenster. Auf der Straße lud ein Mann Zeitungen vor dem Laden der Frau Strasser ab. Die beste Nachricht für ihn war die, dass es nicht mehr regnete. In der Ferne verklang der Signalton eines Feuerwehrwagens. Die Scheibe war noch nass, auf den feuchten Straßen spiegelte sich das Licht der Laternen wider.

»Nehmen Sie noch ein Stück«, hatte Frau Strasser gesagt und ihm auch noch ein Bier eingeschenkt. Krustenbraten vom Schwein, mit Sauce und Knödel. Dabei aß er eigentlich abends nie schwere Kost.

Die Strasser hatte begonnen, ihn zu verwöhnen, seit er im Apartment wohnte. Ihrem Mann konnte sie nichts Gutes tun, der holte sich seine Bierkästen selber ran. Severin wollte sie nicht kränken, also aß er.

»Der säuft sich zu seinem Sohn hinüber«, hatte sie gesagt und resigniert die Schultern gehoben und gesenkt. »War doch auch mein Kind.«

Severin trat ans Waschbecken und kühlte sich das verschwitzte Gesicht. Warum war kein Artikel erschienen? Er hatte die Leute von der Presse mit eigenen Augen gesehen. Nichts war bisher zu lesen. In den überregionalen Blättern sowieso nicht. Er konnte die Auer doch nicht in dem Wasser liegenlassen. Ein anständiges Begräbnis stand jedem Menschen zu. Tags zuvor hatte er sich so elend gefühlt, dass er zum Arzt gegangen war. Privatpatient, versteht sich. Dabei war ihm aufgefallen, wie kalt er lügen konnte. Dr. Severin, hatte er der Dame am Computer gesagt, Doktor phil., kein Mediziner. Sie hatte gelächelt. Sein Eindruck war der Eindruck, den er in allen bisherigen Praxen gehabt hatte, sie geben sich Mühe, können aber letzten Endes doch nichts ändern. Sterbenselend nannte er seinen Zustand auf Befragen des Arztes. »Na, na«, sagte der, forderte ihn auf, sich zu entblößen, und stellte die üblichen Fragen. Alter, Gewicht, Erbkrankheiten, Rauchen, Trinken, trallala.

»Stressmagen und Reizdarm würde ich meinen«, hatte der Arzt diagnostiziert, »das ist nicht selten in unseren Zeiten. Können Sie nicht etwas kürzer treten?«

Severin glaubte ihm kein Wort.

»Ich«, und dabei hatte er wie entsetzt die Arme hochgehoben, »habe soeben eine bittere Scheidung hinter mich gebracht.«

»Na, sehen Sie«, hatte der Arzt gesagt, etwas aus der Schublade des Schreibtischs genommen und ihm gereicht. »Dreimal täglich vor den Mahlzeiten. Wenn es nicht besser wird, sollten wir mal hineinschauen. Keine Angst, Magenspiegelungen sind meine Spezialität.«

Sie hatten gemeinsam gelacht. Der Arzt ehrlich und frei, Severin laut und gezwungen. Die Dame hatte ihm die Rechnung geschrieben, die er bar bezahlte. »Ich muss für einige Zeit ins Ausland«, hatte er gesagt, damit sie die Rechnung gleich schrieb. Auf der Straße war es ihm zwar nicht besser gegangen, aber niemals würde er eine Magenspiegelung über sich ergehen lassen. Nach wenigen Metern kam ihm sein Satz in den Sinn, den er gegenüber der Dame am Computer geäußert hatte. Er musste ins Ausland. Er wollte nicht, er musste. Wie sollte das denn weitergehen? Er verschwieg, was er gesehen und gefunden hatte. Längst hätte er den Behörden Bescheid geben müssen. Was sollte er denen denn sagen? Das war zu lachhaft. Ein mysteriös ums Leben gekommener Graf, eine voyeurhaft ausgespähte Gräfin, eine Tote im See und ein angenommenes Pseudonym. Verdächtiger konnte er sich gar nicht verhalten.

»Sie können Ihre Sachen doch mit dem Roller holen«, hatte Frau Strasser gesagt, »mein Mann fährt damit sowieso nicht mehr.«

Ihm war es nur recht gewesen. Durch die Klamm kam er noch immer nicht. Die Straßen waren aber wieder frei befahrbar, und er hatte doch noch einiges an Sachen zu transportieren. Das Gerät war handlich und führerscheinfrei. Die Jacke vom Strasser spannte über der Brust, dafür passte der Helm wie angegossen. So ausgerüstet zuckelte er über die Ortsstraße zum Schlossberg hinüber, und der kleine Anhänger hüpfte fröhlich hinter ihm her. Zunächst hatte er sich über die winkenden Leute gewundert, bis ihm einfiel, dass die ihn für den Strasser hielten, also hatte er zurückgewinkt. Während der Fahrt machte es ihm immer mehr Spaß, dass sie ihn für den Strasser hielten. Das passte zu seinem Versteckspiel. Das Gefährt stellte er an einem Grenzbaum an der Bergstraße ab, bedeckte es mit Geäst und stieg den Rest des Wegs zur Hütte hinauf. Ein Hubschrauber war im Tiefflug über die Wiesen gedonnert, da war er bereits im Wald. Er wunderte sich, wie schnell er mit dem Ausräumen fertig war. Eine ganze Menge an Utensilien ließ er zurück, und doch ergab eine genaue Durchsuchung, dass nichts auf seine Person hinwies. Die Nacht blieb er in der Hütte, verschnürte sich in seinen Schlafsack und stellte fest, dass er nicht zur Ruhe kam. Seine Gedanken schwangen zwischen der Gräfin und der Auer hin und her, wie sollte er also schlafen? Am Morgen schnürte er seinen Rucksack. Die Straße zum Schlossberg lag voller Geröll und Äste. Er schob das Gefährt wieder ein Stück in den Wald, bedeckte es mit Zweigen und ging über die Straße, um in den Staatsforst zu gelangen. Kurze Zeit später hörte er schon die Wasserkaskaden. Der Teich hatte sich gefährlich aufgestaut, und Wasser schwappte über die Holzbohlen. Ringsherum gab es nur noch Schlamm und Pfützen. Das Geräusch kam von der gegenüberliegenden Seite. Gleich duckte sich Severin ab.

»Hutterer!«, rief er. »Bleib sofort stehen!«

Doch der Hutterer sprang wie ein Fohlen den Abhang hinab. Völlig verdreckt und verkommen sah der aus. Severin folgte ihm nicht, aber er wusste nun, da war ein weiterer Wissender. Sie lag da und starrte ihn aus dem Wasser an. Mit Sicherheit war Margarete Auer nicht ertrunken, das hatte er von seinem ersten Blick an nicht geglaubt. Nur der Hutterer, der passte nicht. Es donnerte, und so schnell er konnte, rettete er sich in den Wald.

Vom oberen Teich kam ein ganzer Baum über die Wassersperre geflogen und knallte mit voller Wucht in den unteren See. Eine Fontäne spritzte hoch. Was passierte dort oben am See? Severin ging mit schweren Schritten tiefer in den Wald hinein. Er fühlte sich sehr unwohl und fand keine Lösung. Sie konnte doch nicht ewig im Wasser liegenbleiben. Als er bei den Buchen angekommen war, begann es erneut zu regnen.

Er ging wieder zurück. Als er das Ufer erreichte, verspürte er in sich eine merkwürdige Ablehnung. Es war in ihm eine Änderung eingetreten. Die Welt des Verbrechens war in ihrer ganzen ordinären Normalität in sein Leben gekommen, und da war es an der Zeit, zu gehen. Der Schlossberg war nicht mehr der Wald, den er einmal betreten hatte, als es den Grafen noch gab und er zunächst mit unreinem Herzen herumgelaufen war. Er glaubte es nicht, aber fast schien ihm der Wald seit dem Tod des Grafen mit einem Fluch beladen zu sein. Severin erhob sich und stieg zum weißen Bach hinüber. Dort nahm er das Doppelglas vor die Augen und schaute den Berg hinauf. Eine Gerölllage versperrte dem Bach den Weg. Es sah aber nicht so aus, als könne sich das Wehr noch lange halten. Die Steine würden vom Wasserdruck mitgerissen und in den unteren Teich stürzen. Er hatte nun keinen Zweifel mehr, dass er handeln würde. Wenn es vorbei wäre, würde er über die Grenze in die Schweiz gehen und entschwinden. Er verließ den tobenden Bach, ging den Weg am Schloss vorbei, nicht ohne stehen zu bleiben, und folgte dem Fels hinab zur Klamm. Wie gerne war er hier unten gestanden und hatte den Steinkamin hinaufgeschaut zum Himmel. Jetzt schlug das Wasser an die Felsen und gab den Ton an. Noch einmal ging er zurück. Er lief zu seiner zweihundertjährigen Eiche, die mächtig und majestätisch, vom Zufall der Natur dort gepflanzt, mitten auf einem Weg gewachsen war. Er hatte von den Bäumen viel gelernt und holte seinen versteckten Vorschlaghammer aus einem hohlen Baum. Der Weg machte ihm Mühe. In seinem Inneren vibrierte es, weil er erneut das Gesicht der Gräfin vor sich auftauchen sah. Bei dem kleinen Teich angekommen, faszinierte ihn die Kraft der Natur, ihre Flexibilität. Das Wasser suchte sich immer den einfachen Weg. Die Schwachstellen des Dammes befanden sich an den Seiten, direkt bei der Verbindung zum Ufer. Breite Wasserläufe quollen aus dem Teich in das Waldstück. Severin stellte den Hammer ab. Er vermied den Blick hinüber zur Margarete Auer, denn sie würde bald mit dem Wasser und dem Geröll in die Tiefe stürzen. Wie sie danach aussehen könnte, wollte er sich nicht vorstellen. Seine Hoffnung war, dass man sie schnell finden und sich fieberhaft auf die Suche nach dem Täter machen würde. Oder wollte er selbst den Racheengel spielen? »Du bist schizophren«, sagte er zu sich. Das Wasser schlug nach ihm, als er mit seinen Gummistiefeln in den Bereich des gemauerten Stauwehrs trat. Es war lausig kalt, und er musste sich beeilen, wollte er nicht erstarren. Mit gezielten Hieben traf er den unteren Bereich der Holzstämme im Wehr. Er schlug zu, bis die Stämme im strömenden Wasser schwankten und unter dem Druck des angeschwemmten Gerölls zu stöhnen begannen. Der Schotter vom Berg würde so lange gegen das Wehr drücken, bis es endgültig zerbräche. Severin dachte an die Folgen. Die Mure würde die Bäume neben dem Bachbett mitreißen und alles zerfetzen, was sich ihr in den Weg stellte. Er stieg zum unteren See hinab und lauschte. Geistesabwesend bückte er sich nach etwas Glänzendem und steckte es in die Tasche seiner Regenjacke. Dann stieg er in das Wasser und hieb mit ganzer Kraft so lange gegen die zwei oberen Wehrhölzer, bis sie zerbrachen und das Wasser zu Tal strömte. Er sah, wie die Leiche in Bewegung geriet, und machte sich davon. Bevor er auf die Wiesen an der Schule traf, drehte er sich um. Noch hielten die Stauwehre. Was würde er tun, wenn zufällig jemand käme? Die Tatsache, dass die als Bauland vorgesehenen Bereiche zu einem See würden, nahm er fast freudig in Kauf. Sein Nachdenken betraf nun lediglich den Zeitpunkt, zu dem das Ereignis eintreten würde. Lange, da war er sich absolut sicher, würde das Wehr den Wasserdruck nicht mehr aushalten. Er hielt an und lief dann zum alten Schulhaus. Da stand es unverändert, als wäre die Welt stehengeblieben. Er lief um das Haus, schaute auf den brachliegenden Gemüsegarten, das Vorratshäuschen und ging wieder an die Vordertür. Severin wusste, wo der Schlüssel lag. Ein Griff unter die Regentonne, und er hielt den Schlüssel in der Hand. Severin erschrak und schaute sich nach allen Seiten um. Wenn sie im Sessel säße, würde ihn auf der Stelle der Schlag treffen. »So ein Blödsinn«, dachte er. Severin sah das protzige Kruzifix im Herrgottswinkel. Er schaute auf ein Foto von sich in einem feinen Rahmen. Es zeigte ihn am Schlossberg. Sie musste ihn regelrecht verfolgt und bespitzelt haben. Die Fotos von sich wollte er finden und an sich nehmen. Dann stieg er auf eine Leiter zum Kruzifix, und dort konnte er sich nur noch mehr wundern und staunen. Von dort oben aus entdeckte er weitere Kameras.

Eine Kamera, klein wie ein Kugelschreiber, fing den ganzen Raum ein. Das war überraschend für ihn, zumal er das Aufzeichnungsgerät zwischen den Büchern bei einem früheren Besuch nicht gesehen hatte. Dorthin zielte eine zweite Kamera. Severin trat an den

Schreibtisch. Alle Schubladen waren dilettantisch aufgebrochen worden. Sogar die abgebrochene Klinge
des Brieföffners lag noch am Boden. Es war jemand im
Haus gewesen. Hinter der Bücherleiste sah er Spuren
im Regal. Deutlich sichtbar war, wegen der verwischten
Staubspuren, dass man Aktenordner herausgenommen,
aber nicht wieder zurückgestellt hatte. Er stieß mit dem
Fuß gegen die linke Schranktür, die sofort aufschwang.
Mindestens sechs Fotoapparate lagen dort. Die hatten
der oder die Eindringlinge liegengelassen. Hinter ihrem
Bett im Schlafzimmer befand sich eine weitere Kamera
und ein kleines TV-Gerät. Severin bückte sich und betätigte einen Knopf daran. Die Aufzeichnung wurde
abgespielt. Er hörte jemanden schwer atmen. Gebannt
blieb er am Bett stehen, sah und lauschte. Es war ein
Mann, das hörte er. Ein Telefon wurde betätigt, dann
wieder unterbrochen. Sehr deutlich hörte er auch, wie
ein Fenster geöffnet wurde. »Marie!« Die Stimme brüllte laut. Severin erkannte sofort die Stimme des Bürgermeisters. Die Bildqualität war mäßig, er konnte auf dem
kleinen Monitor kaum etwas erkennen. Marie, das war
die Frau des Bürgermeisters. Am Fenster fand er die
Kamera, die direkt auf das Haus des Bürgermeisters gerichtet war, und dann noch im Dachgeschoss eine kleine Richtantenne, die auf das Büro des Bürgermeisters
zielte.

Margarete Auer, was haben Sie für ein Spiel gespielt?
Ganz offensichtlich hatte sie das Büro des Bürgermeisters abgehört. Die Abhöranlage, die vielen Fotoapparate
und die Überwachungskameras: Das hatte die Dimension
eines Profis. Und dem, der es entdeckt hatte, war das
ziemlich auf die Nerven gegangen. Der Hutterer würde
keine Akten stehlen, das glaubte er wirklich nicht. Se-

verin stieg wieder hinab und ging in das große Zimmer. Berührt hatte er nichts. Aus einer spontanen Eingebung heraus zog er schnell seine Motorradhandschuhe über, drückte auf die Playtaste und schaute auf den winzigen Monitor. Die Person im Bild nahm die Akten, ohne lange zu überlegen. Severin erschrak. Er kannte diese Person nur zu gut. Er hatte das Gefühl, laut schreien zu müssen. Severin steckte die Aufzeichnungen der Kameras unter seine Jacke. Wie lange würde die Auer noch im Wasser liegen, und wer wusste davon? War der Dieb ein Mörder? Severin ging schnell hinüber zum Mofa. Niemand war zu sehen. Der Regen hatte sämtliche Gräben mit Wasser angefüllt. Die Straße hinter dem Dorf war unpassierbar. An der Waldschneise wendete er kurz entschlossen und stieg in den Felsen ein. Über die Dinge, die geschehen waren, galt es nachzudenken. Irgendwo lag der Schlüssel zu dieser Geschichte, und er wollte ihn finden. An der Felsennase blieb er stehen, nahm seinen wärmenden Sitz aus dem Rucksack und nahm sich einen Platz unter dem Überhang. Dort hatte er es trocken. Freundlich sah die Welt nicht aus von hier oben, aber es war ein guter Platz zum Nachdenken. Der Staatsforst lag direkt unter ihm. Seitlich über die Felsen strömte der weiße Bach ins Tal. Sein Blick lag aber auf dem Schloss. Das war es, was ihm durch den Kopf ging. Waren denn alle in diesem Tal verrückt geworden? Es verschwanden Menschen, und niemanden kümmerte das. Er hatte nichts davon gehört oder gelesen, dass der fremde Mann im Schloss irgendwo vermisst wurde, auch nach der Auer hatte sich niemand erkundigt. Würde es bei ihm selbst auch so sein? Verschwunden und abgehakt? Er sah das Gesicht vom Monitor bei der Auer vor sich und sagte laut: »Das lasse ich dir nicht durchgehen.« Jetzt war es an der Zeit zu handeln.

Mit zornigen Gefühlen ging er hinunter ins Dorf. Aus halber Höhe sah er ein Auto auf der Wiese liegen. Leute standen dort und ein Abschleppwagen. Erneut fuhr er zurück und tuckerte auf dem Mofa zum Rathaus.

Ein Rettungswagen mit Blaulicht überholte ihn. Er sah den Arzt über einen Patienten gebeugt, der nicht näher zu erkennen war. Eigentlich blieb ihm nichts anderes übrig, als die Lage zu sondieren. Der Bürgermeister überquerte die Straße. Severin trat an seine Seite und hielt an.

»Auf ein Wort, Herr Bürgermeister.«

»Sie sind das«, sagte der verblüfft, weil er Severin in der Montur nicht gleich erkannt hatte.

»Man hat der Gräfin schriftlich mitgeteilt, die Hütte sei kein Wohnplatz.«

Der Bürgermeister sah ihn ablehnend an.

»Was auch völlig korrekt ist.«

Sie blieben eine kurze Zeit wortlos und hörten beide den fernen Donner. Ein Blick zum Himmel überzeugte sie davon, dass kein Gewitter heranzog. »Steinschlag«, sagte der Bürgermeister und bekam einen hochroten Kopf. »Die Felsen sind aus Kalk und lösen sich durch den vielen Regen. Hoffentlich ist niemand im Berg. Das fehlte mir noch. Manche Kletterer sind uneinsichtig bis zum bitteren Ende.«

Severin nickte.

»Haben Sie den Jungen gesehen?«

»Wie meinen?« Er wusste nicht gleich, wen der Bürgermeister meinte.

»Hutterer. Den kennen Sie doch.«

»Ja. Nein. Gesehen habe ich ihn nicht.« Er log und wusste nicht einmal, warum. Vielleicht wollte er nur nicht sagen, wo er ihn zuletzt gesehen hatte.

»Der Junge ist ein dauerndes Problem«, sagte der Bürgermeister. »Dann der elende Regen. Jetzt noch der Orkan und überall das viele Wasser. Da gab es drüben auch noch einen schweren Autounfall, obwohl die Straße ins Tal für den Verkehr gesperrt war. Ich bin nicht mehr der Jüngste. Mir wird es langsam zu viel.«

Severin durchschaute den dicken Mann nicht.

»Wissen Sie«, sagte der Bürgermeister, »eine Jagdgesellschaft reist an, und ich bin mir nicht mehr sicher, ob das alles im Sinne des Tales ist, was da so in diversen Köpfen herumschwirrt.«

Severin wurde neugierig.

»Eine Jagdgesellschaft? Zu dieser Zeit? Mein lieber Mann, das Wild hat damit zu tun, nicht zu ertrinken.«

Der Bürgermeister winkte ab.

»Regen Sie sich nicht auf. Das ist Tarnung. Die Menschen aus der Stadt glauben, wenn sie grüne Mäntel anhaben, dann erkennen die Bauern ihre Absichten nicht mehr. Investoren rücken an. Sie wollen das Gelände inspizieren. Mir ist plötzlich nicht mehr wohl dabei. Es geht nur ums Geld.«

Log er? Wollte er ihn aushorchen? Der Bürgermeister war ein Schlitzohr. Was sollte er sagen? Gar nichts? Er schüttelte den Kopf.

»Es geht immer ums Geld, Herr Bürgermeister.«

»Nehmen Sie das nicht persönlich«, antwortete der Bürgermeister, »aber die meisten Städter benehmen sich wie die Idioten. Vor allem dieser Dr. Hubauf, das ist ein elender Schwätzer.«

Am Berg rumorte es. Dann war es plötzlich absolut still.

»Da läuft er ja. Wo warst du denn den ganzen Tag, verdammter Kerl?«

»Mich striegeln und putzen«, antwortete der Hutterer.

»Xaver, herkommen! Saukerl«, sagte der Bürgermeister und nahm ihn in den Arm.

Solche Gefühle hatte Severin bei ihm noch nie gesehen. Er sah dem Bürgermeister ins Gesicht.

Der Hutterer schaute ihn an, und Severin hatte den Eindruck, der wusste mehr, als ihm guttat.

Dann geschah es. Erst war ein leichtes Erdbeben zu spüren, danach schlug das Wasser zu. Deutlich war das Rauschen zu hören, und gleichzeitig krachte Holz. Ein Klang wie ein schweres Sommergewitter. Er hatte später keine Erinnerung, wie lange es letztlich gedauert hatte. Noch Tage später klang ihm dieses bedrohliche Grollen im Ohr.

Der Bürgermeister wurde immer blasser.

»Eine Mure«, brüllte er.

Severin und der Hutterer gestikulierten hilflos. Dann brüllten sie gemeinsam.

»Eine Mure geht ab!«

Endlich hatten es die Menschen beim Unfallauto gehört und sprangen auf den Kranwagen, der sich in hohem Tempo in Richtung Bergdorf entfernte.

»Wenn mich nicht alles täuscht, wird das ein Murenabgang größeren Ausmaßes«, sagte der Bürgermeister. »Kommen Sie, ich brauche jetzt jede Hand.«

Dann saßen sie wie zwei bäuerliche Brüder auf dem Traktor und fuhren die knapp vier Kilometer bis zum Hang am weißen Bach. Während der Fahrt telefonierte der Bürgermeister, und wenige Minuten später waren die Sirenen der Feuerwehren zu hören. Sie fuhren nicht bis an die Katastrophe heran. Das, was sie sahen, genügte.

»Da kann immer noch etwas nachrutschen, also passen Sie auf.«

Severin nickte. Als er das Ausmaß der Katastrophe sah, schämte er sich. Auf den Wiesen brachte es der Bach auf eine Breite von gut hundert Metern. Unterhalb des Staatsforstes, bei der Straße, waren sämtliche Bäume umgeworfen und lagen kreuz und quer über die Fahrbahn. Darüber wölbten sich Felsbrocken und Schlamm. Auch die Wiesen waren verschlammt und voller abgebrochener Äste, Zweige und Baumteile.

Der Bürgermeister ging ein Stück in die Wiese.

»Ich muss dem Landrat Bescheid geben.«

Sein Telefon funktionierte direkt unter dem Berg nicht. Severin schaute sich vorsichtig um und sah nicht das, wonach er Ausschau hielt. Wenn er ehrlich war, machte ihn das ein wenig ruhiger. Kurze Zeit später standen die Burschen von der Feuerwehr herum und machten große Augen.

»Da brauchen wir schweres Gerät«, sagte der Bürgermeister.

Severin winkte drei Burschen zu sich und wollte mit ihnen die Bergstraße hinauf, aber daran war gar nicht zu denken. Den unteren Teil der Straße gab es nicht mehr, und den oberen Teil konnten sie nicht einsehen. Erstaunlich fand er allerdings, dass vom Schlossberg nur wenige Bäume betroffen waren, als hätte die Mure ihn verschonen wollen.

Die Burschen an der Straße begannen die ersten Bäume zu zersägen. Die Landstraße musste freigemacht werden, natürlich. Der Bürgermeister winkte ihn zu sich.

»Gehen wir.«

Severin lief brav mit.

»Ich muss die Sache von meinem Büro aus koordinieren. Hier kann ich nichts tun. Lassen wir das THW machen, die sind dafür ausgebildet.«

Während der Rückfahrt sagte der Bürgermeister kein Wort. Ahnte er den Sabotageakt? Severin schwieg lieber. Er dachte, jeder müsste ihm die Tat ansehen. Er war eben kein Profi in Attentaten. Du hast der Auer einen letzten Dienst erweisen wollen, sagte er sich, aber das tröstete ihn nicht richtig. Zu groß war der Schaden, den er angerichtet hatte. Auf dem Hof reichte er dem Bürgermeister die Hand, knöpfte seine Jacke zu und setzte den Helm auf.

»Ich wünsche Ihnen, dass es nicht so schlimm ist, wie es aussieht.«

Der Bürgermeister lächelte.

»Ach wissen Sie, nichts in der Welt geschieht, bei dem nicht auch etwas Positives dabei sein kann.«

Diese Antwort erstaunte Severin.

Im gleichen Moment fuhr ein riesiges Wohnmobil auf den Hof, und ein fröhlicher Dr. Merck in Freizeitkleidung sprang aus dem Führerhaus. Die Überraschung war groß für Severin, so groß, dass er versuchte, sich klein zu machen, um unerkannt zu bleiben. Gott sei Dank trug er den Motorradhelm.

Dr. Merck, das war die *Plex AG*. Man kannte sich von Geschäften, ohne sich zu kennen. Doch immerhin so gut, dass Severin die schlanke Dame, die nun auch im Hof stand, nicht als Ehefrau des Generaldirektors identifizierte. Sie sah, wenn man ihn nach seiner ehrlichen Meinung gefragt hätte, etwas nuttig aus. Auf jeden Fall war sie zu jung, viel zu jung für den Herrn Doktor Merck.

Der Bürgermeister knurrte schon ungehalten.

»Was denkt der, wo er ist? In Marbella?«

Das dachte Severin nicht. Der gehörte zu den potenten Geldgebern, da war er sich sicher. Wie klein die Welt doch ist, wenn es um viel Geld geht. Dr. Hubauf hatte der Bürgermeister bereits erwähnt, nun als nächster also Dr. Merck.

»Sagen Sie«, sprach er den Bürgermeister an, »Staatssekretär Holzendorf ist noch nicht da?«

Dabei sah er sich um, als hätte der sich samt Dienstlimousine hinter dem Misthaufen versteckt.

»Der war mit dem Hubschrauber da«, antwortete der Bürgermeister.

»Wo ist denn nun das Lagerfeuer?«, quietschte die kleine Freundin. »Ich dachte, es gibt ein Barbecue?«

Der Bürgermeister drehte sich zu Severin um, doch der war wie vom Erdboden verschwunden. Severin ließ den Motor erst hinter der Tankstelle anspringen. Auf der Landstraße sah er ein Auto auf sich zukommen, das er gut kannte. Noch vor nicht allzu langer Zeit hatte er auf dem Beifahrersitz gesessen. Der Fahrer war sein Rechtsanwalt. Er konnte das Gesicht beim Vorbeifahren ganz genau erkennen. »Auch du, mein Sohn Brutus«, dachte er.

Ein anderer Gedanke beschäftigte ihn wieder intensiver. Er dachte an die Gräfin und diesen Kerl im Schloss. Eine halbe Stunde später saß er bei Frau Strasser in der Küche.

»Sagen Sie«, fragte er die Strasser, »wissen Sie etwas von Wilderern in der Gegend? Mir war, als hätte ich einen Schuss gehört. Aber da war auch ein Hubschrauber in der Luft.«

Frau Strasser stellte die Kaffeekanne auf den Untersatz und schaute ihren Mann an.

»Weißt du was?«

»Wie?«

»Ist schon recht«, hatte Severin gesagt und war mit seinem Kaffee entschwunden. Der Strasser wartete nur darauf, dass sie ihm folgte, damit er endlich seinen Weinbrand in den Kaffee kippen konnte.

»Ich werde demnächst in die Schweiz reisen«, sagte Severin. »Die Geschäfte, Sie verstehen.«

Sie nickte wie wissend und machte sich an seinen Handtüchern zu schaffen.

»Sie müssen nicht jeden Tag für mich waschen, Frau Strasser. Das ist doch zu viel Arbeit für Sie. Geld wollen Sie auch nicht nehmen.«

»Lassen Sie nur, mir macht das nichts aus.«

Damit verschwand sie wieder aus dem Apartment. Er legte sich auf das Bett und grübelte mit geschlossenen Augen.

Sing ein Lied, kleiner Mann. Sing es für deine Dully. Severin gönnte sich diese kleine Reise in seine frühe Kindheit.

Stille, Stille, das ist Gottes Wille. Lärm, Lärm, das hat der Teufel gern.

Da lag er nun im Bett und hatte den frischen mütterlichen Duft der Dully in der Nase. Was mochte aus ihr geworden sein? Sie war die Kinderfrau im Haus, und er war das Kind gewesen. Der Vater hatte keine Zeit, und die Mutter hatte Termine. Dann war es auch schon mal umgekehrt. »Warst du brav? Hast du fein gegessen? Mach dich nicht schmutzig.« Das ganze Haus roch nach den Zigarren, die der Vater in großem Stil vertrieb. Wie alt mochte die Dully damals gewesen sein? Eigentlich hieß sie Theodora, aber den Namen konnte er als Kind nicht aussprechen. Die Gedanken an sie hatten etwas Tröstendes.

Die Idylle war dahin. Immer wieder in seinem Leben war plötzlich die Idylle dahin, bis er sie gar nicht mehr wollte. Nun war auch diese Idylle am Schlossberg am Ende, und er hasste es. Wie oft in seinem Leben würde er das noch erleben müssen? Obwohl es ihm an Geld nicht mangeln würde, kaufen konnte er ein freies Leben nicht. Gab es etwas Schöneres als sich vorzustellen, in der Hütte unterhalb des Schlosses alt zu werden? Kaum hatte seine kranke Seele Frieden gefunden, da lag der Graf tot unter dem Baum. Das war der Anfang vom Ende. Und nun? Die Auer war tot im Teich und hatte Menschen ausspioniert, wahrscheinlich mit dem Argument, sich den Machenschaften der Baumafia widersetzen zu wollen. Die Gräfin hielt einen Mann gefangen, der wahrscheinlich den ganzen Wald abholzen wollte und die Auer ermordet hatte. Der Strasser soff sich langsam zu Tode. Was war dagegen zu sagen? Der hatte seinen Sohn im ewigen Eis des Himalaya verloren und deshalb aufgegeben. Jeder hatte Gründe für das, was er tat. Severin wollte die Dinge durchaus laufen lassen, aber sie sollte ihn endlich in Frieden lassen, diese schreckliche Welt.

Gott zum Gruße, tue Buße. Was hatte die Dully nur für seltsame Sprüche gehabt. Aber genau aus diesem Grund ließ er sich vom alten Bacher mit dem Taxi über die Grenze in die Schweiz fahren. Tue Buße. Von einem Café aus rief er nacheinander die sechs Rechtsanwälte am Ort an und machte einen Termin mit der Anwältin, die ihm am sympathischsten zu sein schien. Eine Entscheidung aus dem Bauch heraus. Als sie hinüberfuhren, die Kanzlei lag außerhalb des Stadtzentrums, sprach ihn der alte Bacher an.

»Wie können Sie wissen, ob die was taugt?«

Severin lachte.

»Wenn ich mir einen Arzt wähle, weiß ich dann vorher, ob er mich heilt oder ob er mich umbringen wird?«

»Sie haben ja schöne Vergleiche«, lachte Bacher.

Die Dame war jung und nicht zu schick. Severin hielt sie für eine jener Frauen, die ihre Verwirklichung in ihrem Beruf suchen, ohne abgebrüht zu sein.

»Das kann ich nicht machen«, sagte die Anwältin, »es sei denn, Sie wollen in München einen weiteren Anwalt einsetzen. Darüber könnten wir reden. Ich darf im Ausland nicht tätig werden.«

Sie sprach diesen entzückenden Schweizer Dialekt.

»Ich gebe Ihnen die nötigen Vollmachten. Zunächst entziehen wir meinem bisherigen Anwalt das Mandat. Dann möchte ich, dass sämtliche Korrespondenz über Ihre Kanzlei läuft. Ich melde mich alle vierzehn Tage bei Ihnen. Hier ist eine Tasche, die ich bei Ihnen deponieren möchte.«

Severin setzte sich in Position.

Die Anwältin nickte wie ein Pokerspieler. Dann ließ er sich zurückfahren.

Er saß bei Frau Strasser in der Küche, als ihm die Schlagzeile ins Gesicht sprang. Nach Tagen hatte man die Auer endlich gefunden. Nun lag sie in der Gerichtsmedizin zur Obduktion. Severin wollte Abstand gewinnen, ging in das Apartment, kleidete sich um und marschierte in die Berge. Er nahm den Weg durch den Wald Richtung Klamm. Seine Vorfreude hatte etwas von einer fast naiven Kindlichkeit, mit der er die Felsen und das tobende Wasser betrachten würde. Er wünschte sich, wieder auf die Schlossbergseite zu kommen. In ihm war die Hoffnung, die Gräfin noch einmal zu sehen. Nur einen Blick, nicht mal ein Wort ersehnte er, danach wollte er endgültig über die Grenze gehen. Es sollte anders kommen.

Ein Falke rüttelte über einem Wiesenstück. Der Boden roch schwer und dumpf. Es hatte endlich aufgehört zu regnen. Vielleicht würde er durch die Klamm steigen können?

8

In der Kapelle war es feucht und kalt. Die Gräfin lag der Länge nach am Boden, wie bei einer Priesterweihe, und wartete auf eine Entscheidung. Sie fror, und ihre Erkältung, die sie sich im Turm zugezogen hatte, wurde und wurde nicht besser. Medikamente nahm sie aus Prinzip nicht zu sich. Sie trank ihre Teeaufgüsse und versuchte sich warm zu halten, das war alles. Es war nicht recht von ihr, an das zu denken, an was sie nun schon seit einigen Tagen, und das immer heftiger, denken musste. Sie wollte dort unten sein, neben ihm. Unter ihr, da lag der Graf, bedeckt mit Erde von seinem Berg und beschützt durch Marmorfliesen aus Carrara. Das war ihr Geheimnis. Offiziell begraben wurde der Graf in der Familiengruft, aber sie hatte ihn zu sich geholt, keine vierundzwanzig Stunden nach der Beerdigung. Mit dem Gespann war sie ins Tal gefahren, und sie hatte einen braven Helfer gehabt, den Xaver Hutterer, dem der Graf häufig zur Seite gestanden hatte, wenn die Dörfler ihn mal wieder mit ihren Kränkungen getroffen hatten.

»Geh auf den Berg«, hatte der Graf zu ihm gesagt, »schau nach den Tieren, die wissen einen anständigen Kerl zu erkennen.«

Die Gräfin richtete sich auf, glättete ihre Kleidung, indem sie mehrfach darüberstrich, mehr brauchte es nicht bei der Garderobe. Aus einer Decke hatte sie sich einen Poncho gemacht, indem sie einfach einen Schlitz hineinschnitt, durch den sie ihren Kopf stecken konnte. Eitel ist die Welt den Eitlen. Zwischen der Geburt und dem Tod gilt den Gottlosen und Einfältigen die Beschäftigung mit dem Tinnef und dem Geschwätz als fröhliches Leben. Sie verschwenden ihre Zeit mit ihrem geistlosen Tun, statt für jede Sekunde ihres Seins dem Herrn zu danken. »Wer sich selbst erhöht, der soll erniedrigt werden, und wer sich selbst erniedrigt, der soll erhöht werden«, sagte die Gräfin. Sie musste nicht lange auf eine Reaktion warten.

Aus der Ferne hörte sie ein einfältiges Grunzen. Er hatte also verstanden.

Vor einigen Tagen, längst hatte sie aufgehört, irgendwelche Tage oder Nächte zu zählen, war sie um das Schloss gegangen. Der Regen fiel nur noch leicht, selten noch kräftiger, aber die Wege waren schwer zu begehen wegen der vielen herumliegenden Äste und wegen des Schlamms. Sie wollte ihre Hindin in die Freiheit entlassen, aber die ging nicht. Wie immer lief sie in einigem Abstand hinter ihr her. Bis zur Hütte war sie vorgedrungen und hatte festgestellt, dass der Mann sie verlassen hatte. »Gut so«, hatte sie gedacht, und sich nicht weiter an ihn erinnert. Wenn die Gräfin schweigend auf den nächtlichen Himmel schaute, dann saß sie am Ligurischen Meer an der Küste bei Antibes und lauschte dem Mistral. Der Sturm öffnete der Natur die Türen, und die Menschen klebten wie Fliegendreck an der Mutter Erde. Nein, damals hatte sie nicht so gedacht, vielmehr darauf gewartet, dass die Segel aufgezogen wurden und sie ein schicker junger Mann auf einen Törn einlud, was regelmäßig geschah, allerdings unter den wachsamen Blicken ihrer Mutter. Schöne Schiffe waren darunter, und niemand dachte an jene Männer, die das Holz geschlagen und verarbeitet hatten. Sie kamen in den Köpfen der jungen Menschen nicht vor. Aber es gab sie. Menschen, die arbeiteten, um essen, wohnen und sich kleiden zu können. Der Vater schenkte ihr in Nizza ein Kollier für einen Ball des königlichen Segelklubs. In Monaco kaufte der Geldplebs, dorthin fuhr man nicht. Tagelang stritt sie mit ihrer Mutter um den Bikini, den sie nie tragen durfte. Sie sah Viktor Ferdinand Maria von Brabant auf dem Großsegler seines Vaters stehen und ihr heftigst zuwinken. Ihrer Mutter hätte die Verbindung gefallen, aber es blieb ihre Idee. Das war ihre Welt gewesen. Der Himmel zur Nacht gab ihr ein Licht, das hieß, ihr sollt nicht Schätze sammeln auf Erden. Wie alt war sie damals, sechzehn?

Die Gräfin dachte an den Mann in der Bibliothek, der nichts zu sich nahm. Was wäre, wenn er verhungerte? Liebet eure Feinde? Mit wachsendem Groll hatte sie in ihrem Turmzimmer die Unterlagen durchgesehen, die sie neben dem Ohnmächtigen gefunden hatte. Besonders zornig machte sie die Seite mit der Überschrift »ENTKERNEN«. Der Mann wollte Hand anlegen an die Steine, die noch den Atem und die Stimme des Grafen kannten. Sie hatte sehr wohl zur Kenntnis genommen, dass sie selbst gar nicht mehr vorkam in diesen Plänen. Statt ihrer Tiere sollten schwere Limousinen in den Ställen und Remisen untergebracht werden. Das war ein großes Unrecht, was dieser Mann plante. Aber sie wollte nicht, dass er starb, deshalb hatte sie begonnen, auf ungewöhnliche Art mit ihm zu kommunizieren. Da gab es in der Kapelle eine Belüftung, die sich innerhalb der Mauern des Schlosses so verzweigte, dass man an bestimmten Stellen das Gesprochene in den Räumen hören konnte. Auch in der Bibliothek des Grafen funktionierte es, denn die Wörter schwebten dort durch den Kamin. Nicht so im Rittersaal oder in ihrem Raum. So lebte der Mann in der Bibliothek und hörte ihr zu. Manchmal sprach er auch, dann zumeist ordinär laut, aber nicht mehr unflätig und unkultiviert wie zu Beginn seiner Anwesenheit.

»Habt nicht lieb die Welt noch was in der Welt ist, denn alles, was in der Welt ist, das ist des Fleisches Lust und der Augen Lust und hoffärtiges Leben.«

Erneut hörte sie die Grunzgeräusche, also hatte er ihre Stimme vernommen.

»1. Johannes 2, 15«, führte die Gräfin noch an, bevor sie den Augustinus zuschlug, der in den letzten Tagen zu ihrer Lieblingslektüre geworden war. *De vera religione*, stand auf dem Einband. Vera, die Wahre, diesen Vornamen hätte sie sich für sich selbst gewünscht. Sie blies die Kerzen aus und öffnete vorsichtig die Tür, schlüpfte in den Gang hinaus, lief einige Schritte zur Turmtür und stieg hinauf in ihre Klause, trotzte Feuchtigkeit, Wind und Kälte.

Schlienz schüttelte sich. Sein Kopf war leer. Die Stimme war verklungen, und er hatte wieder nicht zugehört. Müde war er, so unendlich müde. Trotz dieser nicht endenden Müdigkeit fühlte er sich wohl. Nie waren ihm derart schöne Bilder durch den Kopf gelaufen wie in den letzten Tagen oder Nächten. Nichts interessierte ihn so sehr wie diese Bilder. Süchtig wartete er, dass seine Augen sich schlossen, damit die Geschichte endlich wieder begann und sich fortsetzen konnte. Er lehnte direkt neben dem Kamin, an der Wand mit den schweren alten Folianten. Das Gewehr hielt er fest in der Hand. Falls seine Erinnerung ihn nicht trog, und sie trog ihn immer häufiger, besaß er noch zwei Schuss Munition. Da allerdings gab es keinen Zweifel, für wen er sie aufbewahrte.

»Ich habe nicht auf einem samtenen Kissen gelegen und wurde nicht in einem seidenen Kleid zur Taufe getragen, Gräfin. Für ein Kind ist es sehr schwer einzusehen, wenn es nichts bekommt und sich nichts wünschen kann, weil das eine nicht möglich und das andere sinnlos ist. Wenn man Hunger hat, beißt man fest in das gereichte Fleisch und lässt es nicht mehr los. Da wird jeder andere zum Feind. Wir sind es, die Menschen, Gräfin, Wölfe unter Wölfen. Wie kann jemand das christliche Gebot zu fasten ernst nehmen, wenn er dauernd hungern muss? Wie soll jemand seine Habe teilen, wenn er nichts besitzt? Es ist uns im Blut. Wir sind nicht die Gerechten, wir stehlen im Rahmen unserer Gesetze.«

»Quod deus bene vertat! Was Gott zum Guten wende«, hatte die Gräfin geantwortet, und das hatte ihn wütend gemacht, so wütend, dass er auf einen vorüberfliegenden Hubschrauber schoss. Wie konnte sie in ihrer religiösen Verbohrtheit so überheblich sein? Begriff sie nicht, dass er sich nie würde wenden lassen, weil die Welt da draußen anders funktionierte? Sie hatte ein Schloss. Wenn er es verkaufen würde, wäre er reich und sie auch, so funktionierte das. Immer vorausgesetzt, es gäbe einen Käufer. Würde sie es nicht tun, bekäme er nichts. Der Kasten würde verfallen, weil sie kein Geld hatte. Wem nutzte das? »Jeder Idiot sieht das ein«, hatte er in den Kamin gebrüllt. »Jedes Arschloch versteht einfache Mathematik«, hatte er gewütet. Nein, jetzt nicht mehr. Heute nicht und morgen nicht. Er hatte schnell gelernt, dass der Hunger etwas Schönes war. Der Hunger machte das Gehirn satt. Wozu brauchte er diesen Körper, der stank, urinierte und schiss, ständig andere Probleme machte? War es nicht sein Körper, der Esther begehrte bis in den Schmerz? Esther! Vergangen, vergessen, dem Himmel sei Dank. Noch eine Kugel für sie und eine für sich selbst. Es war ihm angenehm, wenn die Gräfin zu ihm sprach, aber sie war uneinsichtig, das mochte er nicht. Sie wollte, er solle begreifen, büßen. Bekennen, er sei schlecht. »Läutere dich, geißle dich, reinige dich, dann gehe hinaus durch das Tor und verkünde!« Hatte sie das zu ihm gesagt, oder bildete er sich die Worte auch schon ein? War nicht auch das inzwischen gleichgültig? Sie las ihm aus der Bibel vor, das war zu Beginn ihrer Kommunikation.

»Ich will die Menschen, die ich geschaffen habe, vertilgen von der Erde, denn es reut mich, dass ich sie gemacht habe, verkündete der Herr«, sprach die Gräfin zu ihm durch den Kamin.

»Wo ist Gott?« Sie antwortete nicht. Da war sie wieder, die Überheblichkeit der Religiösen, die Gegenargumente einfach ignorierten. Immer schon hatte er das gehasst. Schon bei seiner Mutter hatte er das gehasst. Aber der Mutter verzieh er, sie las in der Bibel, aber sie verstand sie nicht. Die Gräfin hatte ihm gefälligst zu antworten.

»Sie schweigen, Gräfin, aber die Erde dreht sich dennoch weiter!«

Es regnete sehr stark, und es rauschte im Kamin, als sie antwortete.

»Ihr werdet sein wie Gott und wissen, was gut und böse ist. 1. Mose 3, 5.«

Die Stimme noch im Ohr, sprang er schon hoch und

griff nach der Bibel, um zu prüfen, ob es dort tatsächlich und wahrhaftig zu lesen stand.

»Ha!«, rief er, »es stimmt, es stimmt. Werden wir jemals die Frucht vom Baume der Erkenntnis essen, Gräfin? Glauben Sie daran? Oder bleibt es uns für immer verwehrt?«

Stille. Er fühlte, dass sie ihn nicht gehört hatte. Die Kälte in den Räumen setzte ihm zu. Immer häufiger bekam er regelrechte Schüttelfrostschübe. Dann musste er etwas Sinnvolles tun. Seine Hand griff in der Regel nach dem Gewehr, und er reinigte es, zählte die Patronen nach. Kaum war die Arbeit getan, wartete er wieder auf ein Wort der Gräfin. Antwortete sie ihm nicht, rollte er sich auf dem Parkettboden zusammen, häufte Decken, Mäntel, Jacken und sonstige wärmende Dinge über sich und las. Wenn die Buchstaben zu tanzen begannen, schloss er die Augen und erwartete die Bilder aus der anderen Welt.

»Mein schönes Fräulein, darf ich wagen, meinen Arm und Geleit Ihr anzutragen?«

Das musste wiederholt werden. Schlienz bekam einen Hustenanfall und Krämpfe in der Brust. Sie hatte ihm eine Karaffe mit Wasser hingestellt. Er musste trinken, aber er wollte nichts trinken. Jetzt konnte er sich unmöglich vom Kamin entfernen. Noch einmal wiederholte er den Satz, noch einmal und noch einmal. Dann kam aus der Ferne der Galaxie ein Stimmchen heran.

»Bin weder Fräulein, weder schön, kann ungeleitet nach Hause gehn.«

Schlienz drängte es, weiter zu lesen.

»Beim Himmel, dieses Kind ist schön! So etwas hab ich nie gesehn. Sie ist so sitt- und tugendreich und etwas schnippisch doch zugleich.«

Die Nacht drängte sich vor und verschob seine Sinne. Dunkel wurde es um ihn, wenigstens fror er nicht mehr. An der Wand erschien ein Schatten. Er sah einen Kopf, den ein Tuch schmückte. Oder war es ein Mann mit kragenlangem Haar? Die Person blieb als Schatten an der Wand, auch als das Licht plötzlich aufflammte, dass es ihn im Schädel schmerzte. »Es ist besser dunkel, ich sehe die Farben dann schöner«, dachte er, aber er wusste, er durfte nicht sprechen, nichts sagen, sich nicht einmal räuspern, sonst waren die Bilder fort. Schlienz trug sich selbst durch enge dunkle Gassen. Aus einem der oberen Fenster der finsteren Häuser waren die flüsternden Stimmen von Frauen zu hören. Er folgte der einsetzenden Geigenmusik, die ihm ein melancholisches Lied schenkte. Vor ihm, mitten auf der Straße, lief der Geigenmann, versteckt in einem bodenlangen Umhang und einem breitkrempigen schwarzen Hut. Immer wenn er den Geigenbogen mit Schwung bediente, hüpfte er wenige Zentimeter hoch über das Pflaster. Die Gasse mündete in einen Boulevard. Ein Laternenanzünder stellte Gaslampen auf und zündete sie an, bis die breite Straße in hellem Licht erstrahlte. Vor einem Restaurant bildete sich eine Menschenschlange, die in das Lokal drängte. Schlienz drückte seine Nase an die Scheibe. Niemand war zu sehen. Die kleinen Tische standen leer, niemand war zum Bedienen angetreten. Es gab nichts zu essen. Im Spiegelbild der Scheibe sah er den Geigenspieler über den Boulevard hüpfen. Er sprang auf ein Orchester zu, das mitten auf der Straße musizierte. Er erkannte die Melodie. War er in Paris? Der Dirigent bedeutete ihm, sich hinzusetzen, und machte eine Geste, die ihm sagte, er möge einen Vorschlag für das Orchester machen. Schweigend sagte er, so dass es jeder hörte, es möge

»O Haupt aus Blut und Wunden« intoniert werden, was zu spielen das Orchester verweigerte. Ein weißes durchsichtiges Tuch schwebte vor dem Fenster, durch das die Frauenstimmen kamen. Nun war nur noch die eine Stimme zu hören, die ein kleines zartes Kinderlied sang. Er dachte an seinen Jähzorn und an seine Wutanfälle aus seinem früheren Leben. Der Gesang machte ihn weich und schwach, aber er genoss ihn. Ist er in Paris? Was spielte das für eine Rolle? Jemand kam aus einer Kellertür und fragte: »Haben Sie Frau und Kinder?« »Halten Sie doch den Mund«, reagierte er böse. Die Person entfernte sich. Der Schatten an der Wand wurde üppiger. Er sah, wie sich der Mund formte, um den Gesang fortzusetzen. »Sitze im Dunkeln auf dem Pflaster und lausche«, sagte er sich und tat es. Die Stimme verzückte, verzauberte, verwirrte ihn. Er folgte dem Schatten zum Boulevard. Dort sammelte der Laternenanzünder die Lampen wieder ein und nahm auch gleich die Häuser mit, den ganzen Boulevard. Nun war er im Wald, und der Schatten war ein Vogel im Baum. »Du bist nackt«, sagte die Stimme, aber er schämte sich nicht. Es sollte nur weitergehen. Die Stimme durfte nicht aufhören zu singen. »Im Frühling lachen die Zwerge und die Feen stillen die Knospen«, sang die Stimme. »Schlafe, damit es klingen kann, es singt die Sonne, die Erde musiziert, also schlafe, schlaf ein.«

Schlienz lag ohnmächtig am Boden. Die Gräfin stand vor dem schlafenden Mann und schaute ihm ins Gesicht. Warum weinte er im Schlaf? Tränen liefen über seine Wangen zum Kinn. Sie nahm den roten Filzstift aus der Tasche. »Media in vita in morte sumus«, schrieb sie ihm auf den nackten Arm.

Mitten im Leben sind wir im Tod.

Das Kirchenlied kam ihr immer häufiger in den Sinn, und sie summte es, sang es, wusste nicht einmal, wer es ihr beigebracht hatte. Die Gräfin öffnete alle Türen, auch jene zum Schlossgraben. Sie saß im Rittersaal und versteckte das Schlachtermesser unter ihrem Umhang.

Sie sah die fremde Frau am Waldrand erst, als die sich bemerkbar machte. Sie winkte ihr zu. Die Gräfin schaute zu der Stelle, wo der Weg aus der Klamm und der von der Hütte sich trafen. Tatsächlich, sie hatte sich nicht getäuscht, eine Frau machte auf sich aufmerksam. Sie war städtisch gekleidet, trug einen Hosenanzug und halbhohe Stiefel. Auf ihrer Stirn klebte ein Pflaster. Sie bewegte sich und kam langsam auf sie zu. Die Gräfin wollte auf keinen Fall, dass die Frau das Schloss betrat, und ging ihr deshalb entgegen.

Wo war er? Schwamm drüber. Stimmen hörte er, doch nicht mehr den geliebten Gesang. Schlienz wachte auf. Er brauchte Zeit, um sich zu orientieren. Schwankte noch, als er endlich stand, und wankte unsicher herum. In irgendetwas war er getreten, das am Boden lag. Egal. Die Stimmen waren zu laut, das konnte er nicht ertragen. Warum hatten sie ihm den Gesang genommen? Es waren Frauenstimmen zu hören, und er erklomm seinen Hochsitz auf dem Tisch vor dem Fenster. Er schaute, und die grelle Helligkeit des Tages ließ ihn einen Moment erblinden. Dann sah er sie am Waldrand stehen. Zwei Frauen, die sich stritten. Die eine Stimme klang grell und gemein. Die kleine zarte, feenhaft umwölkte, das war die Gräfin mit erhobenen Händen. Die andere, die kannte er auch. Er riss die Augen auf. Esther! Ihre Stimme hatte ihn geweckt. Bei der Gräfin stand Esther. Das durfte nicht sein. Sie soll die Gräfin und das Schloss in Frieden lassen. Es war an der Zeit, den Weg ein Stück weiterzugehen.

Schlienz holte das Gewehr unter dem Stapel Decken und Kleidung hervor, kletterte erneut an das offene Fenster und legte an. Er krümmte den Finger und zog durch. Als es laut knallte, musste er kichern. Schwamm drüber.

9

In was war er da hineingeraten? Noch einmal Ruhe finden. Das Gesehene verarbeiten. Nein, das würde nicht gehen, so funktionierte er nicht. Aber er musste es innerlich verarbeiten, damit er nicht die Nerven verlor.

Am späten Vormittag, ein ausgiebiger Spaziergang durch den Ort hatte seine Entscheidung gefestigt, betrat er die Wohnung der Strasser und fand sie in der Küche, während der Ehemann geputzt und gestriegelt im Wohnzimmer saß.

»Oh, ich störe, Sie sind im Aufbruch begriffen«, hatte er gesagt.

Sie schwieg. Etwas Besonderes musste vorgefallen sein, denn sie schwieg sonst nie.

Strasser winkte ihm zu, also trat er in das Wohnzimmer. Er atmete schwer. »Heute ist der Tag, Sie wissen schon.«

Er wusste nicht. Dann allerdings sah er im Herrgottswinkel des Zimmers das Bild des Sohnes und die brennende Kerze, also nickte er.

»Wir haben für heute eine Messe für unseren Sohn bestellt«, sagte Strasser.

Severin sah, wie er mit den Tränen zu kämpfen hatte, und wollte sich still wieder zurückziehen.

»Wollen Sie nachher mit uns essen?«, fragte sie aus der Küche. »Ich glaube, ich habe zu viel gekocht.«

Severin hatte anderes vor und wollte ablehnen.

»Danke für die Einladung«, sagte er stattdessen.

»Ach, da freuen wir uns«, sagte sie, und er glaubte es ihr.

Strasser ging derweil im Wohnzimmer auf und ab wie ein Tiger im Zoo. Er lockerte den Schlips und öffnete den obersten Knopf des Hemdes. Mit einem Taschentuch wischte er sich über das Gesicht.

»Ich kann heute nicht fahren«, rief er, »mir zittern die Knie.«

»Wann müssen Sie denn los?«

»Mit dem Auto sind es fünf Minuten«, sagte sie.

»In zehn Minuten«, ergänzte Strasser und setzte sich.

»Gut, ich fahre Sie.«

»Wollen Sie das wirklich tun?«

»Hat er doch gesagt«, meckerte Strasser seine Frau an.

Frau Strasser stellte den Herd ab und wickelte sich aus der Kittelschürze. Hut, Mantel, Kostüm, Strümpfe, Schuhe. Komplett in Schwarz war sie gekleidet, während Strasser einen grauen Straßenanzug trug.

Auf dem Hof hielt Severin ihr die rückwärtige Tür auf wie ein Chauffeur, so dass sie sich gar nicht einzusteigen traute. Strasser wollte nach vorne, aber Severin gab ihm ein Zeichen, er möge sich neben seine Frau setzen. Dann fuhr er los.

»Fahren Sie nicht oft?«, fragte er nach hinten.

»Selten«, sagte sie, »der hat doch keinen Führerschein mehr. Aber die im Ort hier sagen nichts.«

Strasser schwieg zu dem Thema. Je näher sie zur

Kirche vom Heiligen Quirin kamen, desto stiller wurde das Ehepaar.

»Bitte«, sagte Severin und hielt ihr die Hand hin.

Da standen sie dann beide wie zwei kleine Schulkinder vor der Kirche.

Als er die Kirchenglocken hörte, fiel ihm ein, dass sie ihm gar nichts über die Dauer der Messe gesagt hatte. »Nun gut«, dachte er, »dann geht's halt nach meiner Zeit.« Aber Severin hatte die Rechnung ohne Herrn Strasser gemacht, denn der wollte schluchzend nicht in die Kirche gehen. Also ging sie allein hinein, und er blieb mit Severin am Vorplatz stehen.

10

Die Wolken hingen noch immer schwer in den Bergen, und das Wasser war längst noch nicht abgeflossen. Winkler wartete und dachte über seinen Sohn nach. Ob er spürte, wenn er am Bett saß und ihm vorlas? Das wünschte er sich so sehr.

Renata kam aus dem Behandlungszimmer mit einer verbundenen Hand und winkte.

»So blöd muss man sein, dass man auf einem Krankenhausflur ausrutscht und sich ein Fingergelenk auskugelt.« Sie lachte schon wieder.

Winkler lächelte etwas gequält zurück, denn er hatte ihren Sturz nicht abfangen können.

Sie stiegen in den Fahrstuhl.

»Wohin geht die Reise?«, fragte er, weil sie tief in den Keller fuhren.

»Leichenschau«, sagte sie. »Im Talkessel beim alten

Schloss ist eine Mure abgegangen, und man hat unter dem Geröll eine Leiche gefunden.«

»Keine Leichenschau am Fundort? Ist das bei euch so üblich?«

Renata schüttelte den Kopf.

»Die Einsatzkräfte haben nicht mit einer Leiche gerechnet und sie einfach abtransportieren lassen.«

Was sollte er sagen?

Der Pathologe war ein junger Rothaariger, den Winkler für einen Leichenwäscher gehalten hätte.

»Doktor Aigner«, sagte der und lächelte nicht.

»Kriminalpolizei«, sagte Renata.

Die Räumlichkeit hatte den Charme der Vorhölle. Winkler blieb im Hintergrund und betrachtete den zerschmetterten Körper der korpulenten Frau aus der Distanz.

»Sie heißt Margarete Auer. Jedenfalls hat mir das der Bürgermeister des Dorfes telefonisch bestätigt. Er war am Fundort.«

Renata schrieb es auf und sah zu Winkler hinüber. Ihr Gesicht sagte ihm: »Wir gehen gleich.«

»Moment«, sagte Aigner. »Nicht so eilig. Ich fürchte, ich habe da eine ungeklärte Todesursache für Sie.«

Winkler trat einen Schritt vor, und Renata blieb nichts anderes übrig, als noch einmal an den Leichentisch zu treten.

»Ertrunken ist sie nicht«, sagte der Arzt. »Sie könnte also von der Steinlawine erschlagen worden sein. Ist sie aber nicht. Ihre Haut sagt, dass sie bereits länger im Wasser lag. Das ist aber nicht alles. Die Frau hat schwere Einwirkungen gegen ihr Zungenbein erdulden müssen. Danach, wahrscheinlich nach eingetretener Bewusstlosigkeit, hat man sie zu Tode gebracht.«

»Mord?«

»Das weiß ich nicht«, sagte Doktor Aigner. »Wir bringen sie nach München.«

Damit fiel ihr gemeinsames Abendessen ins Wasser. Winkler hob die Augenbrauen, und Renata winkte resigniert ab.

»Fährst du mich ins Büro? Sei so lieb.«

Sie hob ihre verbundene Hand, und er nickte kurz.

»Wo ist das passiert?«, fragte er.

Sie stieg zu ihm ins Auto, und er fuhr los.

»Das ist im Talkessel beim weißen Bach geschehen. Gleich neben dem Schlossberg. In dessen Rücken befindet sich die Klamm, du weißt schon.«

Winkler schwieg. Und wie er das wusste. Der Platz, an dem sein Sohn fast gestorben war.

»Wie geht es deinem Sohn?«

»Irgendwann muss ich in die Klamm«, sagte er.

Sie wollte ihn nicht allein zurücklassen und nahm ihn mit in ihr Büro.

Köhler, ihr Chef, wartete schon.

»Wo warst du denn?«, sagte er nicht unfreundlich und gab Winkler die Hand.

»Herr Kollege, Servus.«

Renata zeigte Köhler die Fotos der Leiche, die Doktor Aigner gemacht hatte.

»Das ist ja grauslich«, sagte Köhler und warf die Bilder auf den Schreibtisch.

»Ich bekam einen Anruf von ganz oben. Da soll einer vom Schloss aus auf den Hubschrauber vom Wirtschaftsstaatssekretär Holzendorf geschossen haben. Nichts Genaues weiß man aber nicht. Der Holzendorf hat nichts bemerkt, aber der Pilot meinte, er habe ein Mündungsfeuer erkannt.«

»Das Schloss liegt gleich neben dem Murenabgang«, sagte Renata.

»Na wunderbar«, antwortete Köhler. »Dann fährst du hinüber in das Tal und schlägst zwei Fliegen mit einer Klappe. Vernehmung der Männer, die die Leiche gefunden haben, und danach die Angelegenheit im Schloss. Tu mir den Gefallen, meine Schöne, die aus München rösten mich sonst.«

Winkler betrachtete Köhler, der einen außergewöhnlich billigen Anzug trug und abgemagert schien, als leide er unter Anorexie.

Renata blieb vor seinem Wagen stehen, und Winkler rechnete damit, dass es keine Erholung für ihn geben würde. Sie konnte ja nicht fahren.

Winkler legte den Gang ein und fragte sich, wann sie ihm sagen würde, wohin er fahren solle.

»Ich wäre froh, wenn es nur ein Zufall ist, dass im Tal Unruhe herrscht«, sagte sie.

Winkler fuhr nicht an und wartete.

»Wann willst du wieder zu deinem Sohn?«, fragte sie.

»Gleich morgen früh.«

»Ich hätte gerne einen Vater wie dich für meine Kinder«, sagte sie.

Er schluckte kurz.

»Du hast aber keine Kinder.«

»Ich hätte auch keinen Vater für sie«, antwortete Renata.

Sie zeigte mit dem Finger auf ein Schild, und er fuhr los.

Während Winkler den Verkehr beobachtete, schwieg Renata. Er spürte, dass sie etwas sagen wollte.

»Sag es einfach.«

Sie lachte etwas zu künstlich und sagte es dann.

»Köhler geht in Pension, und sein Posten wird ausgeschrieben. Warum bewirbst du dich nicht? Dann wärst du ganz nah bei deinem Sohn.«

Winkler fuhr auf die Landstraße und wollte sich korrekt verhalten.

»Das ist ein Angebot«, sagte er.

Renata legte ihre Hände ineinander. Das war mehr als plump, aber offenbar hatte er nicht bemerkt, was sie ihm in Wahrheit damit sagen wollte.

»Das ist es nicht. Ich arbeite gerne mit dir zusammen, und wir haben die gleiche Wellenlänge.« Sie machte eine Pause. »Na schön, ich werde bald vierzig, und ich habe keine Lust mehr, mich wie eine Sechzehnjährige begutachten zu lassen.«

Was sollte er dazu sagen? Er war ein Mann und er schwieg lieber.

11

Am Tag der Gedenkmesse war Severin frühmorgens, fast noch zur Schlafenszeit, in den Berg gestiegen, hatte sich auf einen Fels am Wasser gesetzt und traurig auf die Stelle geblickt, an der sich vor dem großen Regen der Steg befunden hatte. Der war fortgeschwemmt worden. Er nahm sich diesen frühen Spaziergang übel, weil seine angebliche seelische Erfrischung in Wahrheit nur ein Ziel hatte. Er wollte verdrängen, dass er seit Nächten von der Gräfin träumte. Wie ein Teenager sehnsüchtelte er auf seinem Kissen herum. Warum konnte er nicht mehr von ihr lassen? Das machte ihn verrückt. Severin schnäuzte sich in ein Papiertaschentuch. »Du musst ehrlich sein«, dachte er, »wenigstens zu dir selbst. Verklärungen sind ebenso von Übel wie zu radikale Selbstkritik. Beides führt nicht zur Erkenntnis der eigenen Person. Öffentlich ist man immer nur ein Teil seiner selbst, da ist viel inszeniert, die alltägliche Schauspielerei, man kennt das. Wenigstens vor sich selbst sollte man ehrlich sein.«

Während er vom Ort in den Berg kletterte, war ein Summen wie von Bienen in der Luft, dabei war es Spätherbst. Es war in seinem Kopf. Irgendwie ahnte er, dass es mit seiner inneren Ruhe nun bald vorbei sein würde, falls er sie überhaupt je gekannt hatte. Doch, oder nur vielleicht, bis zum Tod des Grafen. Das war seine schönste Zeit am Schlossberg gewesen. Severin hasste sentimentale Erinnerungen. Auch deshalb, weil er im Falle des Grafen ein schlechtes Gewissen hatte. Aber der Graf störte sich nicht daran und kam aus der Erinnerung sehr lebendig und präsent in seinen Kopf.

»Kennen Sie das trunkene Schiff?«, hatte der Graf bei einem Spaziergang gefragt.

Er wusste nicht, was der Graf meinte, und wollte es überhören. Das mochte er nicht, auf eine Frage keine Antwort zu wissen.

»Kennen Sie das trunkene Schiff?«, fragte der Graf wieder, als sei es ihm als Frage soeben eingefallen.

Einige Bäume am Weg trugen Netze einer bestimmten Spinnenart, deren Namen sich Severin auch nicht merken konnte. Der Himmel über den Bergen war von hellerem Blau als im Tal. Manchmal hatte er sich gewünscht, Trompete spielen zu können. Er war froh, als der Graf seine Frage nicht wiederholte, sondern sie selbst beantwortete.

»Es gibt bei Rimbaud eine Zeile, die lautet: ›Es haben uns die Mütter viel zu klein in dieses Leben hinausgeboren.‹ Soll ich Ihnen etwas sagen? Ich habe diese Zeile aus der Übersetzung von Paul Zech im Original nie gefunden, aber es ist meine Lieblingszeile. So ist die Welt.«

Severin schaute in den Himmel, wartete, bis der Graf allein weiterging, denn er hatte nichts von dem begriffen, was der Graf ihm damit offenbar sagen wollte.

»Vitam impendere vero«, rief der Graf in den Wald hinein. »Das Leben einsetzen für die Wahrheit. Ich werde der Gräfin davon erzählen. Es gibt auch eine Übersetzung, die heißt ›Das besoffene Schiff‹, aber das ist mir zu banal, ›Das trunkene Schiff‹ klingt süffiger, origineller, nein, nicht originell, falsches Wort, lebensbereiter, das ist es.«

Severin hatte nur die Worte über das Leben und die Wahrheit vernommen, er fragte nach. »Vitam impendere vero?«

»Juvenal«, sagte der Graf. »Die Satiren, wenn ich nicht irre. Sie können das Buch käuflich erwerben, ich verleihe keine Bücher.«

Es waren Worte, die ihm nahegingen. »Setze dein Leben ein für die Wahrheit.« Hatte er das jemals getan? Für die Gewinne der Bank, die Börsenkurse, sein Fortkommen, aber speziell für die Wahrheit hatte er sein Leben nie eingesetzt. War es ein Scherz? Der Graf scherzte eigentlich nicht. Dass der Graf keine Bücher verlieh, davon war er sowieso ausgegangen. So etwas kann der wahre Büchermensch nicht.

»Lesen«, sagte der Graf, »ist eine andere Art, durch die Natur zu gehen. Es gibt den Schnee im Winter, das Blühen im Frühjahr, das Wärmende des Sommers, die

Herzlichkeit des Herbstes und die Schweigsamkeit der folgenden dunklen Jahreszeit. Allerdings ist der Schweigende nicht grundsätzlich ein Philosoph, während der Schwätzer selbstverständlich niemals ein solcher werden kann. Wo würden Sie sich einreihen?«

Das schien ein perfides Spiel des Grafen zu sein. Auf diese Weise erwischte er ihn wortlos, antwortlos, sprachlos. Dabei wartete er nicht einmal auf eine Antwort, schien nur erreichen zu wollen, dass Severin nachdachte, was ihm auch gelang.

»Ist man nicht ständig auf der Suche nach sich selbst?«, antwortete er mit einer Frage.

»Sie sagen da etwas ziemlich Banales«, hatte der Graf geantwortet, und das hatte ihn wiederum geärgert.

Dieses Gespräch, wenn es denn überhaupt ein solches gewesen war, hatte wenige Tage vor dem Tod des Grafen stattgefunden. Wohl deshalb war es ihm noch so nahe.

Er erhob sich langsam und ging tiefer in die Klamm hinein. In welcher Weise war das, was er auf dem Video gesehen hatte, ein Beweis für die Gewalteinwirkung mit Todesfolge bei der Auer? Das Wort Mord vermied er. Severin versuchte durchzuatmen. Wenn jemand unbefugt, aber ohne einzubrechen, in eine fremde Wohnung eindringt, weil er außerhalb der Wohnung den Schlüssel gefunden hat, was ist das? Hausfriedensbruch? Die von ihm gesehene und erkannte Person hatte aber gestohlen. Deutlich hatte er sehen können, wie die Person Aktenmaterial an sich nahm. Die Person, die er auf dem Video erkannte, hatte auch einen Namen, aber der kam ihm nicht über die Lippen. Er verstand einfach noch nicht, weshalb die Auer hatte sterben müssen? Wegen ihrer Gegnerschaft zu den Bauprojekten und ihrer unappetitlichen Spioniererei? Genügt das, jemanden töten zu wollen, es wirklich zu tun? »Menschen sind schon wegen weniger umgebracht worden«, dachte er. Immerhin ging es bei den Bauprojekten um Millionen. Er wusste aus seiner Vergangenheit, wie ihn selbst die Einsprüche von Bürgerinitiativen genervt hatten. Bei dem Großflughafen waren die Kreditzinsen geradezu explodiert, aber das hatte die dämliche Bürgerinitiative nicht gestört. Auch an die Podiumsdiskussion erinnerte er sich noch, als er den Sprecher dieser Leute am liebsten geohrfeigt hätte, weil ihn dessen Ignoranz zur Weißglut gebracht hatte. Tötete man deshalb? Aus Jähzorn und Wut, das war ihm verständlich, aber dort oben am Teich? Hatte man der Auer aufgelauert? Eine günstige Gelegenheit gesucht und gefunden? Immerhin wäre sie wohl nicht entdeckt worden, hätte er nicht nachgeholfen. Was sollte er tun? Die Person auf dem Video würde den Diebstahl zugeben, aber die Tat am Teich? Nein, das würde man ihr beweisen müssen. Wie nur sollte es ihm gelingen, mit diesem Gesicht und der Tat normal weiterzumachen? Er sah auch das Gesicht der Auer, wie sie ihn mit toten Augen aus dem Wasser angestarrt hatte. Hatte sie nicht ein Recht auf ein Urteil gegen den Täter? Severin war hin- und hergerissen. Er lief weiter und setzte sich dann auf einen umgestürzten Baum. Es war so merkwürdig still. Kein Wind. Die Form der Wolken erklärte das nicht. An die Bergkämme ketteten sich dunkle Wolken. Die dicken Wolkenkoggen mit viel Wasser im Bauch schafften es nicht mehr über die Berge. Sollte es schon wieder regnen? Er musste sich dringend örtlich und geistig neu orientieren. Also eilte er zunächst einmal Richtung Dorf zurück.

Bei der zerfallenen Kapelle am unteren Berg lief er über den kleinen Friedhof der Mönche. Hatte er die

Pflicht, sein Wissen den Behörden preiszugeben? Er wusste, dass er das nicht tun würde. Die Dinge würden auf seine Art gelöst, so wie er es immer gehalten hatte. Ihm war es schwindelig.

»Würden Sie bitte einen Schritt zurücktreten, Sie stehen auf dem Grab des letzten Abtes des Klosters Altberg.«

Severin hatte sich umgedreht und in die ernsten Augen des Priesters geschaut. Häufig hatte er ihn im Dorf gesehen, aber nie an seinen Gottesdiensten teilgenommen.

»Wo liegt das Kloster?«, fragte er und trat auf den Weg zurück.

»Oh, das ist aufgelöst worden. Es gab keinen Nachwuchs.«

»Schade«, sagte Severin spontan, »es müsste wieder mehr Orte zur inneren Einkehr geben.«

Der Priester schaute ihn erstaunt an. Dann faltete er die Hände und ließ seinen Blick über die Berge wandern.

»Da haben Sie wohl recht«, antwortete er. »Ich selbst bin gerade auf dem Weg zu einem solchen Ort. Mir liegt die abgeschlossene Klösterlichkeit mehr als das Leben in einer Pfarrei.«

»Manchmal, Sie werden es mir vielleicht nicht glauben, ist mir auch nach einem solchen Ort. Schade, dass es für Laien diese Möglichkeit nicht gibt«, sagte Severin.

Der Priester legte sein verrutschtes Kreuz gerade auf die Brust.

»Das will ich nicht sagen. An meinem neuen Platz ist das sehr wohl möglich. Allerdings verbindet sich die Klösterlichkeit mit einem Schweigegelübde. Daran scheitern die meisten Novizen.«

»Eine Frage des Willens. Daran würde ich nicht scheitern.«

Der Priester lächelte nachsichtig und verschwand mit einem kurzen Gruß. Severin kannte dieses Lächeln.

Der Strasser saß noch immer auf der Bank, auf der er ihn zurückgelassen hatte. Seine Frau war offensichtlich nach der Messe zu Fuß nach Hause gegangen. Wie konnte es sein, dass der Strasser sich in der kurzen Zeit dermaßen besoff? Er war kaum zu halten, als er ihn in das Auto schob, obwohl der Strasser wirklich nicht schwergewichtig zu nennen war.

»Schauen Sie sich diesen Menschen an«, rief Frau Strasser unglücklich.

Severin griff sich den halb Bewusstlosen und setzte ihn auf das Sofa. Die Frau blieb erstarrt und blickte danach irritiert umher. Ganz offensichtlich war ihr das mehr als peinlich. Severin hielt eine leere und eine halbleere Weinbrandflasche in den Händen, die dem Strasser aus dem Mantel gerutscht waren.

»Was ist mit Ihnen? Ist Ihnen nicht gut?«

Severin schloss die Tür und ging zu ihr hinüber. Ihr Mantel saß etwas zu eng auf den breiten Hüften. Entweder war sie zu dick, oder der Mantel war zu klein gekauft worden. Ihm war schon häufiger aufgefallen, dass dickere Menschen dazu neigten, sich in viel zu enge Kleidungsstücke zu zwängen. Was geht dir nur wieder durch den Kopf, dachte er, als sie den Mund aufmachte. Er stand nun direkt vor ihr, und sie roch nach Parfüm, Weihrauch und Surhaxe.

»Ich habe Post für Sie«, sagte Frau Strasser.

»Wollen Sie sich nicht lieber um Ihren Mann kümmern?«

»Ach der«, sagte sie.

Severin ging darauf gar nicht ein, öffnete seine Reisetasche und reichte ihr einige Geldscheine, während sie ihm einen braunen Umschlag gab.

»Nehmen Sie das«, sagte er, »und richten Sie Ihrem Sohn einen Gedenkstein ein.«

Weinend lief sie hinaus. Severin schaute auf den Umschlag, in dem eine Kladde lag mit der Aufschrift »Omnia ad maiorem Dei gloriam«.

»Alles zur größeren Ehre Gottes«, das war der Wahlspruch der Societas Jesu. In dem Umschlag lag eine Visitenkarte. Der Brief kam von Margarete Auer. Woher kannte sie seine neue Anschrift? Er dachte noch immer so, als würde sie noch leben.

Er lieh sich den Wagen der Strassers und verließ mit hoher Geschwindigkeit den Ort, fuhr über die Grenze und parkte vor dem Haus seiner neuen Rechtsanwältin. Erst dort öffnete er den Brief der Auer und las. Das Schreiben trug ein Datum von vor drei Monaten.

»Es könnte ja sein, dass Ihr Bedürfnis nach Einkehr so stark wird, sich einen neuen Platz zu suchen. Einen entsprechenden Namen haben Sie sich bereits zugelegt.« Was wollte sie? Das war der reine Hohn. Oder nur eine gewisse Empörung darüber, dass er sich einen Heiligennamen angeeignet hatte? Sie teilte ihm ihre Gefühle mit, und er wusste, das genau wollte er nicht wissen. Zum Schluss erklärte sie, weshalb ihre Spionage notwendig war, und er las auch seinen wirklichen Namen. Das also hatte sie auch herausgefunden. Während er las, war ein Foto aus dem Umschlag gefallen. Er hob es auf und erstarrte. Das Foto zeigte ihn mit Frau, Tochter und Sohn sowie den Männern und Frauen seines damaligen Umgangs auf der Rennbahn. Einmal im Jahr setzte seine Bank ein Preisgeld aus, und das war der Anlass seiner

Anwesenheit gewesen. Wie um alles in der Welt war die Auer an das Bild gekommen? Wenn er es recht betrachtete, handelte es sich nicht um ein Pressefoto. Wollte sie ihn erpressen? »Quatsch«, dachte er, »sie ist tot.«

Severin fuhr zur Kanzlei. Seine Rechtsanwältin war nicht da. Severin übergab der Sekretärin den Umschlag und ließ sich die Übergabe schriftlich bestätigen.

»Ich werde der Frau Doktor mitteilen, was damit geschehen soll«, sagte er, bevor er das Haus verließ und zurückfuhr. Er stellte das Auto im Hof der Strassers ab.

Die Klamm roch nach Katharsis. Hinter der Wegbiegung stand der Priester am Wasser. Der Kirchenmann schaute zu den Bergspitzen hinauf. Severin glaubte nicht an Fügung.

»Gott zum Gruße.«

»Das sieht mir ganz nach einem weiteren Unwetter aus«, antwortete der Pfarrer. »Sie fragten mich heute früh nach einem Ort der inneren Einkehr. Mir kam da eine Idee. Das Kloster liegt in der Schweiz«, sagte er zu Severin, der die Visitenkarte mit der Adresse schnell einsteckte. »Wäre das nach Ihrem Gusto?«

Wieso wurde er den Eindruck nicht los, dass der Priester ihn nicht sonderlich ernst nahm? Wie sollte ein Kloster seinem Geschmack entsprechen?

»Ich bin ein großer Spaziergänger, müssen Sie wissen«, sagte Severin, um vom Thema abzulenken.

Der Abschied fiel karg aus. Der Priester stieg in den Klammweg hinab, und man winkte sich noch einmal zu. Von den Bergen fiel ein Sturm über das Tal, danach setzte erneut Regen ein. Die Glocken von St. Quirin läuteten im Dorf. Severin schaute sich das Wasser genau an und fand eine Stelle, an der er hinüberkam. Er stieg den Berg hinauf und blieb zur Tarnung im dichten

Koniferenwald, bevor er zum Turm hinüberschaute. Der Fels vor dem Schloss war von Polizisten besetzt. Eine dunkelhaarige Frau blickte aus einem kleinen Fenster im Hauptgebäude.

»Wir haben hier noch eine Leiche«, rief sie.

Selbstverständlich, er hatte sich verhört. Etwas missverstanden, in seiner Verwirrung das Gerufene verdreht. Severin hatte ihre Schuhe erkannt. Man hatte die Gräfin mit einer schwarzen Plane abgedeckt, aber Severin kannte die Schuhe. Sie lag zwischen der Weggabelung und dem Waldrand am Boden. Die Gräfin lebte, sie musste leben. Sie hatte sich den Mörder ins Schloss geholt, und er hätte es wissen müssen. Nun glaubte er, dass die Gräfin tot war, ermordet, weil er es nicht verhindert hatte. Völlig verwirrt betrat Severin auf dem Rückweg die Klamm, fiel fast in das Wasser und wäre sicherlich im tosenden Wasser ertrunken.

Winkler schaute in diesem Moment in den vor Wasser überlaufenden Abfluss des Burggrabens.

Die Schussverletzung am Kopf der Gräfin kam ihm bekannt vor. Seine Magensäure meldete ihm, dass er mit seiner Vermutung recht hatte.

»Das hier oben musst du dir ansehen«, rief Renata aus der kleinen Fensteröffnung. »Es ist unglaublich.«

TEIL III

1

Esther hockte an einem kleinen Tisch im Bauwagen und besah sich die Pläne des Schlosses. Die Gräfin war tot. Requiescat in pace! Welch glückliche Fügung. Würde sie das Schloss bekommen, könnte sie es als Spielball benutzen. Im Tal würden die reichen Prinzen wohnen, im Schloss aber würde der König der Berge residieren. Wenn sie es geschickt anstellte, könnte sie die Herren gegeneinander ausspielen und noch etwas mehr verdienen. Sie würde Felix zwei Millionen an Provision bieten.

Sie warf die Zeitung mit dem Bild von Schlienz in den Müll. Wenn jemand sie angriff, gab es eine Riposte.

Gewundert hatte sie sich allerdings darüber, dass der Schlienz überhaupt geschossen hatte. Diese gelackte Ratte. Ein Engländer wäre der gerne gewesen, welche Anmaßung. Kleider machen eben noch lange keine Leute. »Ein Armleuchter macht kein Licht«, hatte der tote Großvater gesagt. Der Schlienz hatte seine billige Herkunft niemals verwischen können, dieser Idiot.

»Ja, ja, ja«, sie schrie es fast, »Felix hatte recht.« Die Toten waren nicht gut für die Sache. Zu viel Gerede. Manche Anleger zögerten bereits. Es musste alles besser funktionieren. Wenn sie nur endlich ein Telefon hätte. Alles war kaputtgegangen bei ihrem Crash. Sie rannte hinaus.

Die Straße beim alten Friedhof war links und rechts zugeparkt. Wer hatte einen solchen Zulauf bei seiner Bestattung? »Der Glaube kann aus einem Besenstiel ein Geschöpf Gottes machen«, hatte ihr Großvater immer gesagt. Es musste die verhungerte Gräfin sein, die man ins Grab legte. Wahrscheinlich latschte ein halbes Dutzend Priester hinter dem Sarg her. Es gefiel ihr nicht, dass sie eine Beerdigung sah. Bei gewissen Dingen war sie abergläubisch. Ein wenig Schizophrenie schadete nicht. Sentimentalitätenfrage. Sie stieg in den Porsche und fuhr viel zu schnell. Ohne das regelmäßige Fahrtraining unter Rennbedingungen hätte sie den Unfall nicht überlebt. Der Wagen hatte sich heftig überschlagen, dank ihrer Fahrkunst aber richtig. Felix schwitzte Blut und Wasser, wenn er neben ihr saß. Esther blieb stehen. Sie betrachtete die Grabpilger aus der Distanz, dann schloss sie die Augen.

Ruhe bewahren! Da war das Licht vom Meer reflektierend im Haus. Ein Duft lag schwer über dem Garten. Sie hatte nie erfahren, welche Blüten das waren. Damals, in der Villa des Großvaters, die bereits völlig leergeräumt war, als sie ankam, da gab es diesen Duft. Sie war nur die Enkelin, hatte nichts zu bestimmen. Allein stand sie auf der Terrasse und wollte weinen. Der Großvater kam vom Schwimmbecken herauf, niemals sagte er Pool, und winkte ab. »Ruhe bewahren, Esther, immer die Ruhe bewahren.« Das waren seine Worte. Sie hatte gelernt, ihre Gefühle zu kontrollieren. Am besten hatte man gar keine Gefühle, aber das ging wohl nicht. Ihre Schritte hallten auf den Keramikfliesen durch das Haus. Im Billardzimmer lehnte ein zerschlissener Geigenkasten an der Wand, einsam und verlassen. Sie öffnete ihn und fand eine richtige Geige. Geschwind lief sie hinaus auf den Rasen, wollte den Großvater fragen, ob er Geige gespielt hatte, aber der Großvater war nicht mehr da. Nie erfuhr sie, ob der Großvater auf der Geige gespielt hatte. Es hätte sie maßlos erstaunt. Um ihre Sentimentalität beherrschen zu lernen, stellte sie die Geige wieder an die Wand, nahm sie nicht an sich. Auf der Rückfahrt wollte sie deshalb zweimal umkehren, heulte in Genf am See wie ein Kind und hasste sich dafür. Eine halbe Flasche Rotwein und ein altes Glas, das hatte sie mitgenommen. Wegen des schnellen Verkaufs des Hauses bei Nizza zeigte sie der Familie ihre ganze Verachtung. Sie hatte den Großvater geliebt. Er hatte sie tief beeindruckt mit seiner Souveränität und seinen Ansichten. Er hatte ihr viel bedeutet. Was hatte das zu sagen, dass sie ihn im Garten gesehen hatte, obwohl er doch gar nicht da gewesen sein konnte? Sie ließ das Autofenster runter und roch den Wald. Es will mit aller Macht Winter werden. Davor mussten die letzten Hühner in den Stall. Es war an der Zeit, Kasse zu machen. Die Wolken hingen so tief, dass man die Berge nicht sehen konnte. Sie ahnte den Schlossbergwald nur noch, über dem der Nebel hing. »Nebel ist gut«, dachte sie. Das hatte sie während ihres Überlebenstrainings in Kanada gelernt. Der Nebel tarnte nicht nur den Berg.

Esther hatte etwas entdeckt. Am Waldrand, gegenüber vom alten Friedhof, hockte dieser Kretin und starrte auf das Begräbnis. An einer trockenen Stelle parkte sie und stieg aus. Das Auto ließ sie stehen. Ein Blick und sie stellte fest, die Schuhe passten nicht zu ihrem Vorhaben. Noch hatte sie Zeit. Man musste den Sarg von der Straße über den kleinen Weg zum Friedhof tragen.

Sie schätzte, dass die ganze Zeremonie noch gut eine Stunde dauern würde.

Danach konnte sie diesen Hohlkopf endlich zur Rede stellen. Der Polizei hatte sie im Krankenhaus gesagt, der Stein sei aus den Felsen direkt in ihren Wagen geflogen. Als sie zufällig von einer Passantin hörte, dass man den alten Priester vom Oberdorf zu Grabe trug, kehrte sie zum Auto zurück. Es ging ihr nicht gut. Sie hatte die Gräfin fallen sehen und war gerannt. Der Arzt im Krankenhaus hatte sie nicht gehen lassen wollen. Ihr Kopf dröhnte. Sie wollte sich an nichts mehr erinnern, und genau das gelang ihr nicht. Nur noch an das Geschäft denken, sagte sie sich, öffnete schnell die Autotür und erbrach sich. Sie wusste nicht mehr, weshalb sie eigentlich zum Schloss hinaufgegangen war. Die Gräfin war zehn Meter entfernt gestanden, als die Kugel sie getroffen hatte. Dann hatte sie ein anderes Bild im Kopf. Sie lag im Sanka und öffnete die Augen, weil der Notarzt so eine feine Stimme hatte, wie ein Sänger aus Apulien. Später dann, im Krankenhaus, da fühlte sie sich schnell wieder perfekt.

Esther griff sich ihre neue Handtasche und fand das, was sie suchte. Sie hatte im Krankenbett einen Brief geschrieben.

»Lieber, lieber Felix, Du bist meine Liebe, mein Leben!

Mir ist so bang die ganze Zeit, weil ich nichts von Dir höre. Gestern dachte ich an unser Essen in Dubai, als Du auf die Frage des Sparkassendirektors Senft nach dem Namen des Menüs antwortetest, es hieße arabisch: Die Wesire des Sultans tragen fünf Kamele auf den Schultern. Ich glaube, es war Monate her, dass ich so lachen musste. Aber ich lache nicht richtig, nicht so wie in den zwei Wochen zwischen New York und Boston im Wohnmobil. Warum können wir nicht wieder einmal irgendwo auf der Welt gemeinsam die Sonne anbeten? Oder im Mondlicht uns etwas wünschen, gemeinsam, Deine liebe Hand in der meinen? Was ist nur mit uns?

Ich schaue aus dem Fenster, und der Himmel und die Wolken und das Licht, alles hängt wie in Streifen geschnitten herab. Dann kommt der Regen und schwemmt mir die Wörter aus dem Kopf. Mir fällt nicht mehr ein, wie die Welt heißt, die Bäume, das Laub. Der Herbst hat für mich so schwere Beine. Ich sitze im Schrank und fürchte mich vor dem schwarzen Mann. Gestern aß ich nichts, vorgestern auch nicht.

Ich möchte ein Bote sein, der in Deinen Gedanken ist und sie mir schnell, schnell hierher bringt, damit ich zählen kann, wie oft Du an mich denkst. Ja, ja, ich weiß. Mir sind die Türen verschlossen. Ich sitze da wie die drei indischen Affen und verschließe mir den Mund, die Augen und die Ohren. Nichts sagen, nichts sehen, nichts hören. Wenn Du wüsstest, wie schwer das ist. Niemand da, keine Wörter purzeln herum wie Kinder im Sand, nur Leere, endlos leere Gedanken. Felix, ach, Felix! Will nichts sagen, will nichts klagen, will nur bei Dir sein, für Dich ganz allein. Am Abend, wenn das Zwielicht kommt, rede ich mit Dir. Du bist in meinem Zimmer und ruckelst an der Stuhllehne, wie Du es immer machst. Wir, zwei Liebende auf der Bettkante, suchen die Erbse, die gleich explodiert. Ich bin Deine arme Prinzessin Esther. »

Sie hatte den Kugelschreiber zur Seite gelegt und sich angezogen.

»Du sagtest, wer sich nicht freiwillig unterwirft, der wird gekauft.«

Sie sprach diesen Satz und sah sich im Spiegel.

»Jetzt, weil ohne dich, bin ich versiegt, ohne Ideen

und kraftlos. Das muss sich ändern. Sie dachte an den Traum nach dem Unfall. Gefesselt stand sie an einem einsamen Baum auf freiem Feld. Im Gras am Wegrand lag er und schlief. Ein großer, schwarzer Vogel stieß durch die Wolken, und ihre Haut löste sich ab wie die Blätter, die im Herbst von den Bäumen fallen.«

Esther drehte sich wieder zum Spiegel und kniff die Augen zusammen.

»Du hast mir etwas versprochen, vergiss das nie. Ahnst du nicht, wie ich auch sein kann, Felix?«

Sie musste sich wieder um ihre Firma kümmern. Das Telefon klingelte. Sie griff nach dem Hörer.

»Mach dir keine Sorgen, Mutter. Es läuft bisher zu meiner Zufriedenheit. Alles halb so wild.«

Ihre Mutter sagte etwas, aber sie hörte nicht hin.

»Mein Erbe steht schließlich auch noch an, Mutter. Die Anwälte sind sehr zuversichtlich. Ich habe der Kanzlei gesagt, dass ich das Geld dringend brauche. Ein bis zwei Millionen werden es sein. Du musst meinen Erzeuger für tot erklären lassen.«

Aber die Mutter hörte nicht mehr zu.

Sie will wieder heiraten. Esther war das einerlei. Sie dachte an die sündteure Villa in Florida, die sie mit ihm beziehen wollte, wenn das Geschäft gelaufen war.

»Mein lieber lieber Felix, meine Liebe, mein Leben! Jetzt muss ich Dir noch etwas Trauriges sagen. Mir hat es das Herz sehr schwer gemacht, und es ist niemand da, der mich trösten könnte. Der Arzt hat es mir erklärt. Wie soll ich es nur meinem lieben, dummen, einfältigen, egoistischen, über alles geliebten Felix sagen? Die Tage unserer Liebe werden noch lang sein, das weiß ich, aber die dunkle düstere gemeine Nacht war schon da. Ich werde das niemals vergessen, vor allem nicht den, der daran die Schuld trägt. Die große Qual dieser Nacht. Endlich muss ich es Dir sagen, was ich Dir bisher verschwiegen hatte. In mir wuchs ein kleiner Mensch heran, ein Baby, unser Kind, gezeugt im Sommer in der Bretagne. Die Mühle hinter dem Meer, der Sand und der Wein, Dein Gesang und Deine Geduld mit mir waren gute Boten des Gottes, der mir ein Baby geben wollte. Nun ist es tot. Ich habe es verloren.«

Sie zog den Lippenstift nach und schaute aus dem Fenster. Der Mörder ihres Kindes soll auch nicht mehr leben dürfen.

Die Stationsschwester bekam große Augen, als sie Esther über den Flur kommen sah.

»Ich entlasse mich selbst«, sagte Esther. »Geben Sie mir das passende Schriftstück zur Unterschrift.«

2

»Sie möchten nicht, dass ich ausfallend werde? Na schön, dann sagen Sie selbst, was Sie sind. Und Ihr Parteifreund bin ich schon lange nicht, verehrter Herr!«

Der Bürgermeister ging mit hochrotem, aber durchaus erhobenem Haupt aus dem Ring. Das heißt, er stieg vor seinem Haus aus dem Auto.

Holzendorf gab sich keine Mühe, an sich zu halten.

»Sie glauben doch nicht wirklich, hier noch einmal Bürgermeister zu werden, wenn Sie wegen ein paar Lappalien den Schwanz einziehen? Wo gibt es denn so etwas?«

Der Bürgermeister drehte sich mitten auf der Straße um und brüllte:

»Lappalien? Was sind Sie denn für einer? Zwei tote Frauen, ein Murenabgang, schon wieder Gefahr durch den Regen, das nennen Sie Lappalien? Man müsste den Begriff ›Arschloch‹ durch ›Staatssekretär‹ ersetzen. Sie Staatssekretär, Sie elender! Leiden Sie an Sadismus oder an Masochismus? Verschwinde aus meinem Dorf, sonst knalle ich dir eine Ladung Schrot in deine Visage.«

»Das hat ein Nachspiel«, sagte Holzendorf kalt und gab Gas.

Der Bürgermeister griff nach der Türklinke, und plötzlich stand Severin neben ihm. Er hatte die ganze Zeit in einer Baumgruppe gewartet und sich das Schauspiel angesehen.

»Sie glauben wirklich, Sie sind solchen Leuten gewachsen?«

»Nein«, antwortete der Bürgermeister. »Solche Leute kämpfen nicht, solche Leute lassen dich von hinten umbringen, das machen die nicht selbst.«

»Wenn ich recht gehört habe, haben Sie ihn bedroht, und zwar massiv, und das mitten in der Öffentlichkeit«, sagte Severin.

»Das war Absicht. Es wird zu einem Ende kommen, so oder so. Oder glauben Sie, ich schaue mir an, wie hier alles im wahrsten Sinne des Wortes den Bach runtergeht? Das ist meine Heimat.«

Sie gingen in das Bürgermeisterzimmer, und der Bürgermeister zeigte wortlos mit dem Zeigefinger auf den Tisch, bevor er sich setzte und eine Zigarre anzündete.

Severin schaute auf die Pläne und Zeichnungen.

»Was soll das sein?«

»Tja, da staunen Sie, was?« Der Bürgermeister sog an der Zigarre und spuckte aus dem geöffneten Fenster. »Das ist das Projekt. Kein Hotel für Touristen am weißen

Bach, ein Haus nur für Millionäre, so sieht es aus. Jede Suite für eins Komma fünf Millionen. Der Golfplatz, die Tennisanlage, Pferdeställe mit Ausritt, dazu eine exklusive Seilbahn auf den Gletscher. Aber dazu benötigt man nicht nur eine ausgebaute Straße durch den Berg, o nein, dazu braucht man auch mein Tal.«

Severin spitzte die Ohren.

»Aber nur über den Besitz des Schlosses kommt man vom Tal auf den Gletscher«, sagte er, »denn den Staatsforst bekommen sie dafür nicht. Man braucht also dringend das Schlossgelände.«

Severin musste sich erst einmal setzen. Hatte die Gräfin deshalb sterben müssen? Er war geschlagen und musste sich zusammenreißen. Seine Gefühle aussprechen, das konnte er nicht. Im Stillen hoffte er, der Bürgermeister würde dieses Thema nicht mehr berühren.

»Was kann ich tun?«, fragte der Bürgermeister. »Sie haben sicher nicht ohne Grund angerufen.«

Er trommelte mit den Fingern auf den Schreibtisch.

»Erst verunglückt die Auer, eine entschiedene Gegnerin des Projektes im Tal, dann stirbt die Gräfin, einzige Besitzerin des Schlossbergs. Ist das nicht merkwürdig?«, fragte Severin.

Der Bürgermeister schüttelte sich.

»Und kaum habe ich den Mund aufgetan, bekomme ich massive Drohungen. Den Bürgermeister können sie sich irgendwo hinschieben, die feinen Herren, aber die Banken mahnen meine Kredite an. Sie wissen, ich baue. Auch meine Landwirtschaft brauchte Geld. Also kommen Sie mir nicht mit irgendwelchen Verschwörungstheorien.«

Er schaute aus dem Fenster, als würde ein weiteres Unwetter nahen.

»Was kann ich tun?« Severin wunderte sich.

»Sie?«, fragte der Bürgermeister. »Die komplette Jagdgesellschaft ist angereist und haust auf der Wiese von der Auer. Lauter Luxuswohnwagen. Behalten Sie die Leute im Auge. Ich schaffe das alleine nicht.«

Er winkte ihn zu sich. Vor ihm auf dem Schreibtisch lagen drei großformatige Fotos. Severin zuckte innerlich zusammen. Die meisten Leute auf den Fotos kannte er. Er selbst war auch zu sehen. Allerdings ohne Bart und lange Haare, in der typischen Kostümierung höherer Bankchargen.

»Das sind die schlimmsten Diebe aus der Stadt«, sagte er.

»Woher wissen Sie das?«, fragte der Bürgermeister.

»Ich lese viel Zeitung. Alles Banker, Versicherungen, Investment, Politik. Die ganze Mafia auf einem Haufen.«

»Na, na«, sagte der Bürgermeister, »vor vierzehn Tagen hätte ich Sie wegen solcher Äußerungen noch hinausgeworfen.«

Sie lachten, aber es war kein echtes Lachen. Mehr eine schnaufende Verzweiflung.

»Sie haben mich«, sagte Severin, »ich werde die Leute beobachten. Aber wo komme ich unter? Hier im Dorf kann ich schlecht wohnen.«

Der Bürgermeister verzog keine Miene.

»Der Steg in der Klamm ist erneuert worden. Wir haben ihn etwas weiter hinten angelegt, da tobt das Wasser nicht so arg. Ich dachte, Sie machen wieder den wandernden Grenzgänger. Von Österreich drüben sind Sie weniger verdächtig.«

Severin sprang auf.

»Geben Sie dem Xaver Nachricht, der ist immer in Ihrer Nähe. Kommen Sie nicht mehr in mein Büro.«

Severin war ungehalten. Man hatte also seine regelmäßigen Touren am Berg und durch die Klamm gekannt. Was hatte man noch alles beobachtet?

»Was interessiert Sie denn besonders?«, fragte er schnell.

Der Bürgermeister goss zwei Schnapsgläser voll.

»Ich habe immer noch die Hoffnung, dass alles platzt. Kommen Sie, ich begleite Sie ein Stück. So bitter es ist, aber vielleicht hilft uns der Tod der Gräfin dabei.«

»Wer hat sie gefunden?« Severin musste sich abwenden.

»Die Kriminaler waren auf dem Weg. Es war wohl mehr ein Zufall«, antwortete der Bürgermeister. »Als sie die Tote abholten, hat die Meute das schon erschreckt. Einige haben fluchtartig das Tal verlassen. Nun sind sie leider wieder da«, nahm der Bürgermeister seinen Faden wieder auf. »Der Täter, und das ist eben die Schieflage dabei, war selbst Makler, hatte aber sein Geschäft an eine Partnerin verloren, die ihn offenbar übers Ohr gehauen hatte. Genaueres wussten die Kriminaler auch nicht. Der Mann hat sich selbst gerichtet. Man hat ihn im Büchersaal des Schlosses gefunden. Völlig nackt und ohne Kopf.«

Severin trank aus. Jetzt musste er kräftig durchatmen.

»Die Auer wurde auch erschossen, hörte ich.«

Er tat so, als sei er völlig uninformiert.

»Ertrunken ist sie jedenfalls nicht. Aber gefundene Unterlagen beweisen, dass sie mir und der Projektleiterin Pläne gestohlen hatte. Der Tote spekulierte mit dem Verkauf des Schlosses. Natürlich ohne Auftrag der Gräfin. Schlienz hieß der Mann. Die Leute erzählen, er hätte vor der Gräfin nackt und mit einem Helm auf dem Kopf tanzen müssen.«

Der Bürgermeister hustete. Schnell trank er noch einen Schnaps. »Können Sie sich vorstellen, wie der in das Schloss gekommen ist? Die Gräfin hat doch niemandem den Zutritt erlaubt.«

»Und die Auer?«

»Jemand hat sie ersäuft. Vielleicht wusste sie zu viel«, sagte der Bürgermeister. »Kommen Sie, ich begleite Sie ein Stück in den Berg.« Sie standen am Berg, und dort war es noch kälter als im Wald. Sie konnten das Rauschen der Klamm hören. Der Himmel blieb hellgrau und trist.

»Sagen Sie mir, weshalb Sie so rennen?«

Severin verlangsamte seinen Gang und putzte sich umständlich die Nase.

Der Bürgermeister blieb stehen. Auch Severin sah die Polizisten an der Straße zum Schloss.

»Lassen Sie mich einen Moment der Gräfin gedenken«, sagte Severin. »Sie mochte mich zwar nicht, aber die Toten soll man ehren, vor allem, wenn sie gewaltsam sterben mussten.«

Er blieb stehen, faltete die Hände über dem Bauch und senkte den Kopf mit geschlossenen Augen. Da stand sie vor ihm, in ihrem langen weißen Kleid, den Überwurf offen und die Kapuze über den Kopf gezogen. Die Haare vom Wind zerzaust, das weiße schmale Gesicht noch schmaler als gewohnt, die kleine Nase gerötet und die Augen so groß.

»Adieu, Gräfin, adieu«, sagte Severin.

Der Bürgermeister war bereits vorausgegangen.

»Sehen Sie, der Regen lässt nach. Es ist das reinste Aprilwetter. Nur die Böden machen mir Sorgen. Die Schicht über dem blanken Felsen wird immer dünner. Ich habe die Stauwehre der Teiche wieder aufbauen lassen. Dabei haben wir festgestellt, dass viel Schlamm und Geröll den Berg herabgekommen ist, und zwar bereits vor dem großen Regen. Erosion am Berg. Die Fachleute haben seitlich Wehre eingebaut, die man bei Wasserüberdruck öffnen kann. Hören Sie mir zu?«

»Ja, ja«, sagte Severin, aber er nahm es nicht richtig zur Kenntnis.

»Daraufhin habe ich ein neues Gutachten vom Wasserwirtschaftsamt verlangt.«

»Und?«

»Abgelehnt. Kein Geld, keine Leute. Die machen es sich einfach, die Herrschaften. Sehen Sie, dort drüben gibt es einen neuen Weg.«

Der Bürgermeister blieb stehen und sah Severin an.

»Der Xaver war am Teich. Der weiß, wer es getan hat. Die Teufelin hat er sie genannt, aber mehr sagte er nicht. Seitdem ist er verschwunden.«

Severin erstarrte.

»Aber Sie sagten doch vorher, er wäre in meiner Nähe gewesen?«

»War er bestimmt auch. Nur lässt er sich eben nicht blicken.«

»Das ist eine seltsam undurchsichtige Geschichte.« Severin blickte sich um.

»Hat der Kriminaler etwas gesagt?«

Der Bürgermeister schüttelte den Kopf.

»Er ist eine Sie. Renata di Nardo.«

»Aber da streift doch noch jemand herum? Ich hab gesehen, wie er in die Blockhütte ging, und bin schnell den Abstieg hinuntergelaufen.«

Der Bürgermeister nahm seine Kappe und klemmte sie sich unter den Arm.

»Das ist ein Kriminaler aus München. Winkler heißt

der. So ein drahtiger Typ mit beginnender Glatze. Keine Ahnung, was der hier zu suchen hat.«

Severin ging mit dem Bürgermeister weiter.

»Ich werde wieder in den Berg gehen. Irgendwo muss der Xaver stecken, und mir ist es wichtig, dass er mir persönlich erzählt, was er gesehen hat.«

Der Bürgermeister streckte seinen Arm aus.

»Erschrecken Sie ihn nicht. Er ist ein armer Tropf. Sie müssen einen kleinen Bogen schlagen, dann finden Sie den neuen Steg.«

Der Bürgermeister reichte ihm die Hand, und sie verabschiedeten sich.

Severin dachte nicht daran, durch die Klamm zu gehen. Er wartete, bis der Bürgermeister verschwunden war, und kehrte um.

3

Renata ging eilig an den Stallungen und der Remise vorbei, und vor ihr öffnete sich ein Weg, den man ohne Kenntnis der Schlossanlage gar nicht gesehen hätte.

Kopfschuss. Winkler, der sich an der Untersuchung nicht zu beteiligen hatte, ging spazieren. Im Schloss kam er Renata doch nur ständig in die Quere.

Inmitten eines dichten Waldstückes stand eine kleine Hütte. Der Raum, den er betrat, war ziemlich verschlammt. Ganz offensichtlich hatte hier aber jemand gelebt, denn es waren reichlich Konserven vorhanden. Das leere Feldbett stand seltsamerweise in der Mitte des Raumes. Selbst eine Waschgelegenheit gab es, allerdings nur mit kaltem Wasser, und eine Kloschüssel.

Er setzte sich auf den Campingstuhl an einen Klapptisch.

Bei der Begutachtung des Gewehres und eingedenk der Tatsache, dass die Gräfin in den Hinterkopf getroffen worden war, wurde ihm heiß und kalt. Ihn beschlich eine Ahnung, dass hier alle Fäden irgendwie zusammenliefen. Aber er wollte die Ergebnisse der Untersuchung durch Renata abwarten, bevor er sich in wilden Spekulationen verfing. Er versuchte, mit dem Krankenhaus zu telefonieren, doch eine Verbindung kam nicht zustande.

Das war nicht gut gewesen, dass sie ihn so einfach hinauskomplimentiert hatten. »Ihr Sohn hat Fieber, da müssen Sie sich gedulden, Herr Winkler«, hatte die Oberschwester gesagt. Dann hatte er sie gesehen. Sie stand am Kiosk und kaufte eine Zeitung. Auf ihrer Stirn klebte ein Pflaster, aber das Gesicht war ihm sozusagen geläufig. Das war jene Dame, wegen der er hierhergefahren war. Sie sah nicht aus, als würde sie mit einer Pistole umgehen können. Aber so etwas sieht man keinem Menschen an. Er war ihr einfach gefolgt, und als sie in einer Boutique verschwand, war er auf der anderen Straßenseite stehen geblieben.

Renata betrat die Hütte und sah sich um.

»Ist dir nicht gut? Du siehst aus wie der Tod.«

»Mein Sohn hatte Fieber, und ich bekomme keine Verbindung zur Klinik.«

Winkler dachte: »Sie ist vielleicht doch verärgert, dass ich am Morgen einfach in die Klinik verschwunden bin, ohne auf sie zu warten.« Aber in ihm brannte der Schmerz, den er immer spürte, wenn er so nahe bei seinem Sohn war, wogegen er absolut gar nichts ausrichten konnte.

Renata blieb stehen und nahm ihre Notizen zur Hand.

»Dieser Schlienz dürfte vollkommen verrückt gewesen sein. Der hatte das Gewehr auf den Boden gestellt, sich mit dem Kopf über die Mündung gebeugt und dann mit nacktem Zeh abgedrückt.«

Sie rieb sich ihre Hände und hielt ihre Notizen dabei mit dem Daumen und dem Zeigefinger fest.

»Auf dem Tisch lagen aufgeschlagen eine Bibel und Augustinus' Buch über die wahre Religion. Daraus hatte er einen Satz abgeschrieben.«

Renata hob die Notiz etwas näher vor ihre Augen und las sie etwas zu salbungsvoll vor.

»So entsteht der geistliche Mensch, der alles richtet, selbst aber von niemand gerichtet wird.«

Winkler schüttelte den Kopf.

»Der Kerl hat doch nicht ernsthaft glauben können, dass die Gräfin ihm ihr Schloss verkauft? Deshalb soll er sie erschossen haben?«

Renata sah ihn an.

»Deshalb. Aus welchem Grund lag sie sonst beim Schlossgraben?«

Winkler blieb skeptisch. »Wenn die Pläne aus seiner Mappe zeigen, dass man das Gebäude sanieren und zu einer Führungsakademie umbauen wollte, dann muss doch die erste Frage sein, verkauft die Gräfin, und wer hätte dafür das Geld bereitgestellt?«

Renata gab ihm ein Zeichen.

»Lass uns gehen, ich will die Hütte untersuchen lassen. Vielleicht hat der Schlienz sich bis zur Tat hier aufgehalten.«

Winkler trat vor die Hütte und atmete tief ein.

Was für ein herrliches Fleckchen Erde.

Sie gingen nebeneinander und sprachen nicht, bis Renatas Truppen, wie Winkler sie nannte, ins Blickfeld kamen. Einer der Männer reichte ihr eine Notiz, die sie schnell überflog.

»Köhler hat das Fundstück bezüglich der Plex AG prüfen lassen.« Renata atmete kurz durch. »Dieser Schlienz, so sagte der Direktor Merck am Telefon, hätte ihn mit dieser Schnapsidee vom Schloss bis zu einem Jagdausflug nach Polen verfolgt und ihm dort ein sehr teures Gewehr gestohlen. Hier steht auch, um welches Fabrikat es sich handelte.«

Winkler schaute ganz genau hin und verzog keine Miene.

»Fast habe ich es mir gedacht. Mit einem solchen Gewehr wurde die Kollegin Bechtl am Rastplatz erschossen. Auch in den Hinterkopf.«

Renata steckte die Notizen in ihren Mantel. Winkler blieb an einer Eiche stehen und sah am Stamm hinauf bis zur Krone.

»Bäume kommen ganz ohne uns Menschen aus«, sagte er.

Renata stand so dicht neben ihm, dass sie plötzlich rot wurde. »Er merkt nicht, was mit dir los ist«, dachte sie.

»Lass mich drei Gedanken und Fragen aussprechen«, sagte er und legte seine Stirn in Falten. »Die Dosen in der Hütte wurden in Österreich gekauft. Wie weit ist der Murenabgang vom Schloss entfernt, und wie passt unsere erste Leiche in das hiesige Raster? Und was ist mit der Person, die angeblich neben der Gräfin gestanden haben soll?«

Renata nahm ihn einfach bei der Hand und führte ihn tiefer in den Wald hinein.

»Bei der Leiche fanden wir Spuren kräftiger Bergschuhe im Boden, die eindeutig nicht von der Gräfin
stammen. Wir erleben jetzt einen langen Spaziergang
den Berg hinunter als Sedativum. Danach machen wir
uns in meinem Büro ganz viele Gedanken. Ich bin hier
oben nämlich fertig.«

Sie sah ihn nicht an, sondern achtete auf den wurzel-
durchwachsenen Weg.

»Nun zu deinen Gedanken. Die Waldarbeiter sagten,
ein geübter Berggeher könnte auf der anderen Bergseite
hinab, dann durch die Klamm gehen und wäre schon
drüben in Österreich. Bei der toten Lehrerin gibt es
noch keine weiteren Erkenntnisse.«

Sie zog Winkler dabei sanft und gleichzeitig energisch tiefer in den Wald hinein.

Für einen kleinen Moment wünschte er, dass sie eine
lange Wanderung durch die Berge antreten würden und
er den Alltag vergessen könnte. So lief er schweigend
durch den Wald und sagte darüber nichts zu Renata.
Winkler schaute in den wolkenverhangenen Himmel
und dachte an seinen Sohn. Was würde aus ihm, wenn
›es‹ passierte?

4

Severin machte sich auf den Weg. Bei der Weggabelung
wäre er am liebsten abgebogen und hätte die alte Hütte
aufgesucht, aber für die Vergangenheit war keine Zeit,
und den Polizisten wollte er auch nicht in die Arme laufen. In ihm war das Gefühl, die Gräfin stünde an einem
der Fenster und beobachtete ihn. Es war so unbegreif-

lich. Da war jemand am Leben und dann plötzlich fort, nur noch Erinnerung. Schlagartig hatte er das Gefühl, sehr alt zu sein.

Der Weg zur Klamm war glitschig und von Ästen übersät. Wahrscheinlich war außer ihm diesen Weg lange niemand gegangen. Severin ging bis zum Wasser hinab und fand den frisch gezimmerten Steg. Das war aber nicht das Ziel seines Weges. Spuren vom Hutterer hatte er keine gefunden. Mit energischen Schritten ging er zurück und kroch in die Höhle, an deren Wänden er seinen Vorrat deponiert hatte. Severin schaltete die Stablampe an. Er griff nach dem Akkubohrer und den Dietrichen, die er in einem Rucksack mit sich trug. Es überraschte ihn, wie wenig Widerstand die Tür leistete. Die Orientierung fiel ihm schwer. Wo war er? Direkt unter dem Schloss, unter dem Hof oder am Turm? Die Antwort ergab sich recht bald, denn es öffnete sich eine weitere Tür, und Severin befand sich im Turm. Ein schmaler Einlass vor der Treppe führte nach oben. Er stieg die schmale Wendeltreppe hinauf und fand eine Tür. Diesmal musste er sein Körpergewicht einsetzen, um sie aufzuwuchten. Als er sie offen hatte und den Raum betrat, fand er einen Tisch, einen Stuhl und eine Liege. Hier also hatte sich die Gräfin versteckt gehalten. Ein Glas lag am Boden. Er steckte es ein.

Wie viel Hass muss in dem Mann gewesen sein, dass er auf diese Weise töten konnte? Severin schaute durch ein winziges Fenster in den Hof. Zwei Polizisten plauderten miteinander.

Zurück im Geheimgang, musste Severin rasten. Für einen Moment glaubte er, dass er das alles hier nicht mehr aushalten konnte. Man hält sich immer für stabil, nicht für zartbesaitet, und dann, in der Konfrontation, machen die Nerven nicht mehr mit. Die Treppe im Turm war so eng, dass er seitlich gehen musste, was ihn sehr anstrengte. Ihm wurde schnell klar, dass diese Seitentreppe ein Geheimnis war, das die Polizei noch nicht entdeckt hatte. Draußen angekommen, setzte er sich auf einen Felsbrocken und lehnte sich an einen Baum. Wie gerne würde er sich auf ein Bett fallenlassen und die Augen schließen. Er roch sie. Severin konnte die Gräfin riechen. Sie benutzte einen herben Duft, eine Seife ohne Parfümierung. Severin nahm das Glas in die Hand und schnupperte daran. Erst dabei sah er einen kleinen Zettel, der am Glasboden klebte. Er nahm ihn in die Hand.

Du sollst aus meinem Mund das Wort hören und sie meinetwegen warnen, wenn ich dem Gottlosen sage, du musst des Tods sterben. Hesekiel 3, 17–18.

Das hatte sie geschrieben. Severin starrte wie gebannt auf diese Zeilen. Hatte sie ihr Schicksal ahnen können? Sie ist einem Mordanschlag zum Opfer gefallen, erzähle dir keine Legenden. Er zwang sich aufzustehen, um weiter nach dem Hutterer zu suchen. Doch dann tat er es nicht. Noch einmal stieg er in den Turm, legte sich auf ihre Liege und schaute auch unter das provisorische Lager. Dann zuckte er zusammen. Unter dem Bett lag sein schwerer Spazierstock, den er in der Hütte zurückgelassen hatte. Sie hatte etwas von ihm an sich genommen. Was hatte das zu bedeuten? Hatte das etwas zu bedeuten? Severin wurde hart. Was sollte das werden? Über dem Bett fehlte ein Ziegel in der Wand. In der Einbuchtung lagen ein Bund Schlüssel, Streichhölzer, eine Kerze und eine Kladde. Die Schlüssel nahm er an sich, die Kladde schlug er auf. Da war ihre Schrift zu lesen, ihr Tagebuch. Das Motto stand auf der ersten Seite: »Omnia ad maiorem Dei gloriam!« Alles zur größeren Ehre Gottes. Das war ihr Lebensinhalt gewesen. Durfte er die Kladde einstecken? Nein, das durfte er nicht, aber hier oben hatte die Polizei nicht gesucht, weil sie den Ort noch nicht entdeckt hatte, also steckte er das Tagebuch unter sein Hemd. Durch das kleine Fenster schaute er hinaus. Neben dem kleinen Weg sah er fast bis zur Teerstraße hinüber. Bei den Bäumen, die in Richtung der Stauwehre standen, sah er einen Mann und eine Frau den Weg zum Dorf nehmen. In diesem Augenblick griff ihre Hand nach der des Mannes. Das mussten die Kriminaler sein, von denen der Bürgermeister gesprochen hatte. Bewehrt mit seinem schweren Spazierstock, stieg er den Turm wieder hinab. Das war eine erfolgreiche Expedition, dachte er, nahm die letzten Stufen, ging durch den Tunnel zur Außentür und fand sie zugeschlagen. Es gab keinen Zweifel für ihn, das hatte ein Mensch getan. Sofort hatte er den Hutterer in Verdacht. Hatte der sich vielleicht hier versteckt? Severin stieg erneut hinauf und legte sich auf das Feldbett. Dann schlug er die erste Eintragung der Gräfin auf. Es gab keine Datierungen. Sie hatte also geschrieben, wenn ihr danach war. *Contra vim mortis non est medicamen in hortis.* Auf der ersten Innenseite stand diese Widmung, deutlich erkennbar von anderer Hand geschrieben. Er kannte die Schrift, es war die des Grafen.

Gegen die Gewalt des Todes gibt es kein Heilmittel in den Gärten.

Immer war es nur der Tod, der eine Rolle spielte. Gott zuerst, dann der Tod. Was ging ihn das an? Es war unehrenhaft, in fremden Tagebüchern zu lesen. Severin legte die Kladde aus der Hand. Was sollte er tun? Ewig konnte er nicht in dem Turm bleiben. Er stieg hinunter und schlich wieder in dem Gang herum. Der Boden im Turm war aus Holz, und an der Wand sah er einen eingelassenen Eisenring. Er zog daran, und zu seiner Überraschung ließ sich der Boden zur Hälfte öffnen. Severin stieg hinab, quetschte sich durch eine feuchte Höhlung und stand plötzlich vor einem Sarkophag. Dahinter, gleich bei der Ziegelwand, befand sich eine einen Meter hohe Holztür. Er öffnete sie, stieg ein paar Stufen hinauf und hörte Stimmen. Wieder leuchtete er mit der Stablampe die Wand ab und sah eine auf Rollen laufende Vorrichtung aus Blech, die er vorsichtig anschob. Die lief sehr geschmeidig und öffnete die Wand. Durch den Spalt spähte er durch den Kamin in ein Zimmer, das unschwer als Bibliothek zu erkennen war. An der gegenüberliegenden Wand befand sich ein großer Blutfleck. Nun wusste Severin, wo er angekommen war. Er würde warten, bis die Beamten abzogen, und sich dann erneut auf die Suche nach dem Hutterer machen.

Der war allerdings nicht einmal in der Nähe des Schlosses. Im selben Augenblick klingelte ein Funktelefon. Die Person in der Nähe der Straße war in eine schwarze Jacke, Hut und Schal gehüllt. Der Hutterer sah den telefonierenden Winkler nur von hinten. Er blieb im Wald und duckte sich noch tiefer ab. Eine leichte Daunenjacke hatte er dem Bürgermeister von dessen Garderobe genommen, weil er so gefroren hatte und nun im Wald bleiben musste. Dann griff er nach seinem schweren Knüppel und seiner Tasche. Der Hutterer stapfte über die feuchte Walderde und verschwand zwischen den Bäumen. Zu seiner Sicherheit wählte er den unwegsamsten Weg zur alten Hütte. Dort oberhalb der Klamm kannte er sich am besten aus. Außerdem wollte er nicht an den Teichen vorbei. Lieber lief er die engeren und steileren Wege hinter dem Schlossberg den Felsen hinauf. Er war davon überzeugt, dass ihm niemand dabei gleichkam.

Severin spürte die Kladde der Gräfin auf der Brust. Von Liebe hatte er keine Ahnung. Mit der Gräfin war es ihm offenbar dennoch passiert. Das genau war seine Wahrheit. Solche Gedanken waren im Moment nicht passend. Nein, das wollte er nun doch nicht denken oder sagen. Irgendwer hatte die Sauschütt bei der Hütte umgeworfen. An der Westseite der Blockhütte lagen drei umgestürzte Bäume. Einer davon hatte das Dach gestreift und beschädigt. Wenn sich niemand darum kümmerte, war die Hütte bald Vergangenheit. Er lief einen Bogen, drückte sich zwischen Sträuchern hindurch auf einen Weg, den er selbst angelegt hatte, und kam wieder zur Hütte zurück. Dort blieb er eine Weile stehen und lauschte. Mit diesem kleinen Trick, bei dem er sich quasi selbst überholt hatte, müsste sich ein Verfolger ausmachen lassen. Wieder ging er den Weg, mied nun die Sträucher und stieg weiter hinab. Auf den Wegen war nichts zu erkennen. Bei dem nassen Boden musste ein Verfolger Spuren legen, das ließ sich nicht vermeiden. Aber Severin sah nur die Rillen seiner eigenen Stiefel im Dreck. Trotz dieser Erkenntnis machte er sich vorsichtig daran, den vorher ausgewählten Aussichtspunkt anzulaufen. Mehrfach ging er kreuz und quer durch den Wald, bevor er die Leiter hinaufstieg und sich in den Ansitz hockte. Konnte es sein, dass der Hutterer unauffindbar blieb, weil er ihm im Gelände überlegen war? Er schaute durch sein Doppelglas und sah die fahrbaren Häuser auf der hinteren Wiese stehen. Seitlich davon hatte man ein riesiges Beduinenzelt aufgebaut. Es erinnerte ihn an den König Ibn Saud von Saudi-Arabien,

der seine Staatsgäste in einem solchen Prachtzelt empfangen hatte. Niemand war zu sehen. Zwei schottische
Schäferhunde balgten sich und rannten über die Wiesen
am weißen Bach. Severin lauschte. Stimmen vernahm
er, die aus dem Wohnwagendorf kamen, sonst nichts.
Auf der Dorfstraße standen die zwei Polizeiwagen, die
als letzte vom Schloss aus die Bergstraße hinabgefahren
waren. Er hatte noch eine Viertelstunde gewartet und
war dann aus seinem Versteck hervorgekommen. Im
Holzbalken über der Tür zur Bibliothek hatte jemand
einen Spruch eingeschnitzt. *Nemo ante mortem beatus
est.* Niemand ist vor seinem Tode glücklich. Die Gräfin
war durch eine Kugel gestorben. War sie jetzt glücklich?
»Das Denken führt zu nichts«, sagte er sich und schaute
auf die Bundesstraße zum Taleingang hinüber. Große
Limousinen näherten sich. Severin hob sein Doppelglas
vor die Augen. Fahrzeuge mit Kennzeichen verschie-
denster Großstädte. Da waren sie also, die Weihnachts-
männer mit ihren dicken Brieftaschen. Severin ging den
alten Weg zur Straße hinunter. Zur gleichen Zeit setzte
im Zelt Musik ein, und aus den Wohnwagen traten fest-
lich gekleidete Menschen. Oha, davon kannte er einige.
Die Banken waren da, die Versicherungen, die Baufirmen
und Architekten, und seine Frau war da, die nun seine
Ex-Frau war. Sie sah immer noch gut aus, war auch, wie
immer, elegant, aber schlichter gekleidet als die anderen
Frauen, und sie hing am Arm von diesem Menschen,
dessen Name wie Abschaum klang. Das machte ihn
wirklich wütend, wie schnell die Lady sich wieder an
einen aus der ›Branche‹ rangeschmissen hatte. »Möge es
dir bekommen, meine Liebe«, spuckte er aus.

Auf der Seite der kleinen Dorfstraße stand ein Porsche. In dem Fahrzeug saß eine Frau. Sie stieg aus und

rannte zu einem der hinteren Wohnwagen. Severin stellte das Sichtgerät schärfer ein. Die Frau trug eine Halskrause und einen Verband. Als sie sich den Hut vom Kopf riss, da erkannte er sie. Jung und schön und schon so verkommen.

Als er aus der Distanz die Prozedur der Begrüßung beobachtete, dieses Rudelverhalten der kleinen und größeren Unterwerfungen (die großen Generaldirektoren beugen nicht das Haupt, die nicken nur kurz, während die Herren der Baufirmen und die Architekten beim Kotau fast im Schlamm versanken), da wurde ihm übel, und er wusste nicht, weshalb er sich das eigentlich ansah. Warum genoss er nicht einfach den Wald, die Berge und die Luft, statt im Dreck zu baden? Für einige Sekunden spielte er mit dem Gedanken, die Schule der Auer zu kaufen. Das wäre aber fast Blasphemie. Inzwischen gab es so viele Dinge, die er nicht mehr wollte. Eigentlich wollte er auch nicht mehr aus dem Rucksack leben, als ein Wanderer im Gebirge oder als Logiergast bei den Strassers. In seinem Inneren war ihm die Welt da draußen längst abhanden gekommen. Er tat nicht mehr, was alle taten, akzeptierte die Regeln nicht. Wer schrieb eigentlich das Drehbuch für diesen Film, den die Menschen ihr Leben nannten? Er hatte den Antrieb verloren, diese Gier nach dem Immermehr und Immermehr, das war ihm so unendlich fremd geworden. Diese Menschen, die pausenlos redeten und redeten, und es wurde nicht wirklich gesprochen, die interessierten ihn nicht mehr. Das offizielle Leben hatte keine Wärme. Er erinnerte sich an einen Dialog, den er vom Nebentisch in einem Nobelrestaurant hatte mitanhören müssen, weil seine Frau, die nun seine Ex-Frau war, in den Sanitärbereich ausgewichen war, wegen seiner Bemerkung:

»Ich habe keine Lust, mich mit dir über den Kauf oder Nichtkauf von Schuhen zu unterhalten.« Die Dame und der Herr waren Ende vierzig gewesen, beide zur Fülle neigend.

Er: »Reich mir mal das Salz.«

Sie: »Du kannst doch hier nicht nachsalzen! Das ist eine Beleidigung für den Koch, der hat grade seine zweite Kochmütze bekommen. Außerdem ist es nicht gut für deinen Blutdruck, das viele Salz. Wo hast du denn die Opernkarten?«

Er: »Morgen muss ich früh raus. Der Flieger wartet nicht.«

Sie: »Lass das Salz stehen.«

Das war ein gemeinsames Leben. »Nein«, dachte Severin, »nicht für mich.«

Severin wunderte sich über seine Verbitterung. »Vielleicht mögen diese Leute ihr Leben. Zu denen hast du auch einmal gehört.« Er schaute hinaus. Das Wetter sah stabil aus. Die Wolken zogen dahin und schwiegen.

Es könnte so friedlich sein in der Welt. Noch einmal nahm er das Glas vor die Augen. Zwischen dem Zelt und den Wohnwagen entzündeten livrierte Männer mächtige Wachskerzen. Rund um das Zelt wurden bunte Scheinwerfer aufgestellt. Was sollte das werden? Jetzt wurde ihm klar, worum es da unten ging. Sie nahmen das Tal für sich in Besitz. Nichts war einfacher, als die Einfahrt zum Tal zu kontrollieren. Sie ließen sich hier nieder, und niemand würde ihre Art zu leben mehr stören können. Man blieb unter sich, von bewaffneten Wachmännern beschützt.

Was war nur falsch, was war richtig? Severin war ganz wirr im Kopf. Dass er spionierte, war das in Ordnung? Dass zwei Frauen starben, war das in Ordnung?

Er dachte an den Mörder Schlienz. Der starb nackt, mit einem Jagdgewehr in der Hand und ohne Kopf. Ein Gescheiterter. Und er selbst? Die Spuren des Murenabgangs waren zwar noch sichtbar, störten offensichtlich aber niemanden. Sein Blick fiel auf das letzte Blatt in der Kladde der Gräfin.

Die Angst ist die Möglichkeit der Freiheit, nur, diese Angst ist durch den Glauben absolut bildend, indem sie alle Endlichkeiten verzehrt, alle ihre Täuschungen aufdeckt. Kierkegaard.

Erschüttert schaute Severin auf die zierliche Handschrift. Sie stand vor ihm, in ihrem weißen Kleid, mit den großen braunen Augen, dem hellweißen Gesicht, den eingefallenen Wangen und dem schmalen Hals.

Dass sie zu Kierkegaard gegriffen hatte, wunderte ihn. Hatte der Graf doch einmal gesagt, am Oberlauf des weißen Bachs waren sie gestanden, das Luthertum sei doch in Wahrheit nicht Fisch noch Fleisch. Extra ecclesiam nulla salus.

Womit er nichts anderes sagen wollte als, eines Tages werden sie in den Schoß der Kirche zurückkehren. Was sollte es sonst bedeuten, wenn er sagte, außerhalb der Kirche gebe es kein Heil? Natürlich war das Lutheranertum für ihn keine Kirche.

Severin atmete tief, und er gab sich eine Aufgabe.

Nach ihrer gerichtlichen Freigabe, noch war sie bei der Obduktion, würde er mit dem Bürgermeister reden müssen. Irgendwie würde er das schon hinbiegen. Er war verpflichtet, der Gräfin diesen letzten Dienst zu erweisen. Am liebsten hätte er seinen Posten sofort verlassen. Jetzt fühlte er sich besser.

Erst im Atem des Tages bekam er sein Bewusstsein

wieder. Seine Lunge füllte sich mit der Luft des Waldes. Die Gräfin war seine Insel, zu der er reisen musste. Tot sind nur jene, an die niemand mehr denkt. Was kümmerte ihn die Party der Reichen? *Sie* war sein Denken. Ist die Liebe nicht letzten Endes eine Phantasie eigener Wünsche? Anders kann sie sich gar nicht erfüllen. Sie funktioniert nur über den eigenen Kopf. Die schönsten Liebesgeschichten der Weltliteratur sind jene, in denen die Verliebten es bis zur Hochzeit schaffen; die Zeit danach wird ausgeblendet. Hatte er nicht seiner Ex-Frau auf dem Flur des Gerichts sagen wollen: »Wir haben uns Mühe gegeben, aber die Vorstellungen der eigenen Phantasie stimmen niemals mit der lebbaren Realität überein.«? Sie wollte nicht reden, sie wollte vor Gericht sein Geld. Er dachte an etwas anderes. Was ist Kunst? Nichts anderes als die Kraft, das Unmögliche des Lebens zu formulieren. Gut so. Es wird also sein. Er wird die Gräfin lieben, ihr Ende ist sein Beginn. Es war an der Zeit, intensiv den Hutterer zu suchen. Als er in den Wald ging, fühlte er sich hilflos und alt.

Die Sprossen der Leiter knarrten. Jemand betrat die Leiter des Ansitzes. Er hatte vom Wald her niemanden kommen hören. Kamen die Gespenster des Waldes über ihn? Ihm lief ein kalter Schauer über den Rücken. Schnell und energisch griff er nach seinem Wanderstab, drehte ihn um, damit der Knauf die Energie des Schlages vervielfachen konnte. Severin erhob sich, so gut es in der Enge ging, und hob den Knüppel über seinen Kopf.

Als das Gesicht des Eindringlings auftauchte, ließ Severin erst einmal Luft ab.

»Gütiger Gott, du hättest tot sein können«, sagte er.

Der Hutterer sah ihn erstaunt und rätselnd an, weil der Ansitz dem Bürgermeister gehörte, den er eigentlich erwartet hatte. Der Hutterer musste sich sammeln. So schnell konnte er nicht mit dem großen Herrn sprechen. Er blieb auf der Leiter und ging in die Hocke, die Enge und sein Respekt vor Severin ließen nichts anderes zu. Der nahm seinen Knüppel zwischen die Beine und setzte sich wieder.

»Es ist«, begann der Hutterer zaudernd, »… wegen … im Schloss.«

»Bist du mir nach?«

Der Hutterer wurde ruhiger.

»Nein«, antwortete er, »ich war draußen im Wald.«

Jemand bei den Zelten schrie. Die Tür eines Wohnwagens flog auf, und jemand kreischte hysterisch und böse. Verstehen konnte man nichts. Severin nahm sein Doppelglas vor die Augen. Er erkannte die Person und schnaufte.

Wegen der plötzlichen Vibration des Bodens schaute er zum Hutterer. Der zitterte am ganzen Körper und blickte wie gebannt zur Straße und schlotterte weiter. Severin sah die junge Frau beim Porsche stehen. Bei den Wohnwagen erschienen zwei Männer im Smoking. Sie liefen alle über die nasse Wiese und riefen etwas. In der Wohnwagentür erschien eine andere Frau, die schallend laut lachte. Eine groteske Szene. Der Porsche dröhnte plötzlich auf und verschwand in der Schlossbergstraße.

»So beruhige dich doch«, sagte Severin zum Hutterer.

»Die war vor dem Schloss.« Der Hutterer flüsterte.

»Diese Frau da unten?« Severin zeigte mit dem Finger.

»Nein, die im Porsche.«

Das war eine Nachricht. Severin dachte an das Video aus dem Haus der Auer.

»Bist du ganz sicher?«

Der Hutterer nickte fest.

»Sie war beim Schloss, als die Gräfin erschossen wurde?«

Wieder nickte er.

»Du hast den Mord gesehen? Deshalb zitterst du?«

Der Hutterer holte eine Zeitung aus dem Hosenbund und wies auf ein Foto hin. Auf dem war die gesamte Heerschar der Reichen vor ihrem Wohnwagenpulk zu sehen. Er zeigte auf das Foto und das Gesicht der jungen Frau, die mit dem Porsche geflüchtet war.

»Sie hat Frau Auer geschlagen, damit die ins Wasser fiel.«

Severin schaute gebannt auf den Zeigefinger, der von einem Gesicht zum anderen führte.

»Die Teufelin«, sagte der Hutterer.

»Du willst behaupten, die junge Frau hat die Auer geschlagen?«

»Nein.«

Severin wurde ungehalten. Er wollte endlich Klarheit.

»Sie hat niemanden geschlagen?«

»Doch«, sagte der Hutterer.

»Ja, was denn nun?«

»Sie hat die Frau Lehrerin totgemacht.« Der Hutterer nickte hartnäckig.

»Das hast du gesehen? Warum hast du das niemandem erzählt?«

Er bekam auf diese Frage keine Antwort. Severin spürte, der Hutterer wollte zurück in den Wald, er fühlte sich unwohl bei ihm.

»Am besten wird es sein, wenn du in meiner Nähe bleibst, also zwischen dem Weg an der Klamm und dem

Schlosstor aufpasst. Ich muss wissen, ob sie noch einmal auftaucht.«

Der Hutterer nickte und stieg die Leiter hinab.

»Pass auf dich auf, mein Junge«, sagte Severin, und das war ehrlich gemeint.

Severin musste die Mitteilung verdauen. Der Hutterer behauptete, die junge Frau habe die Auer geschlagen und getötet. Aber konnte man seiner Aussage glauben? Er war nicht der Hellste im Dorf. Vielleicht hatte er sich getäuscht? Oder wollte er es nur nicht glauben? Wenn das, was der Hutterer gesagt hatte, stimmte, dann wäre er dem Wahnsinn nahe.

5

Winkler wollte das Tal noch nicht verlassen, und deshalb musste er die Wahrheit sagen. Er stand mitten auf einer nassen Wiese und telefonierte, als er den Porsche vorbeisausen sah. Die Oberschwester hatte versucht, ihn zu beruhigen und von einer gewissen Stabilisierung gesprochen, aber das Fieber war noch immer sehr hoch. Renata schaute zum Dorf hinüber.

»Da fährt die Dame, die ich wegen der gefundenen Pistole sprechen muss«, sagte er.

Mit verständnisloser Miene sah Renata ihn an. Zwei schwere Lastwagen mit zerschmetterten Bäumen des Murenabgangs fuhren über die Dorfstraße. Schwere dunkle Wolken zogen langsam über den Himmel.

»Ich weiß«, sagte Winkler, »das ist ein Fauxpas. Aber als ich sie aus dem Krankenhaus kommen sah, da war ich mir nicht sicher, ob sie es war, die ich suchte.«

Auf der Wiese unterhalb des Bergdorfes sahen sie das weiße Beduinenzelt leuchten. Ein roter Scheinwerfer strahlte in den Himmel.

»Deinen Fauxpas könnte man auch ein Dienstvergehen nennen. Du hast einen Haftbefehl nicht vollstreckt.«

Winkler winkte ab.

»Man hat ihr die Pistole untergeschoben, da bin ich sicher.«

Renata war sichtlich verärgert.

»Leider gibt es niemanden sonst, der diese Meinung mit dir teilt. Und nun? Die Verdächtige ist in einem Porsche entschwunden, wie schön. Hast du das Kennzeichen notiert?«

Winkler ging zurück zur Straße und wischte sich den Dreck von den Schuhen.

»Sie hat das Auto bei *Ansacar* gemietet.«

Renata stemmte die Arme in die Hüften und sagte nichts.

»Also schön«, sagte Winkler, »sie ist mir schon im Krankenhaus aufgefallen, weil sie sich mit der Oberschwester lauthals gestritten hatte. Da sie der Gesuchten ähnlich sah, bin ich ihr nachgegangen. Sie ist aus der Tür und schnurstracks über die Straße in eine Boutique gegangen.«

Renata und Winkler schwiegen danach lieber. Die Gesuchte war längst davongefahren.

Ihr Porsche parkte in einer Schneise zwischen dem unteren und oberen Teich. Sie legte sich in den Sitz, schloss die Augen und dachte nach.

Die Schwester war energischen Schritts auf sie zugekommen, und im gleichen Moment wusste sie, dass Felix den Brief niemals zu lesen bekommen würde.

Sorgfältig zerriss sie das Blatt und steckte ihr Bekenntnis in ihre Handtasche. »Wie kann man nur eine dermaßen sentimentale Kuh sein«, hatte sie gedacht. »Wenn du im Leben etwas erreichen willst, dann verlasse dich nicht auf einen Mann.« Das hatte ihre Mutter gesagt. Die besaß überhaupt kein Talent für irgendetwas. Der beste Beweis war ihre schnelle Verlobung mit diesem Freak Hubauf. Eine Verlobung in ihrem Alter, wie stilvoll! Sie würde der Einladung nicht folgen. Im Gegensatz zu ihrem Bruder, der jede Gelegenheit nutzte, ein Bakschisch für seine Schleimerei einzustreichen. Noch nie im Leben hatte der Geld aus eigenem Antrieb verdient.

Die Oberschwester legte ihr ein Papier vor und wollte etwas sagen.

»Das ist mein Körper, und über den entscheide ich noch immer alleine. Geben Sie her, ich unterschreibe das.«

»Dr. Mielent will Sie noch einmal darauf hinweisen, dass er nicht einverstanden ist mit ihrer Entscheidung. Sie haben ein Kind verloren und müssen mit Blutungen rechnen.«

Esther sah, wie der Kerl am Flurfenster seinen Kopf zu ihr drehte.

»Schreien Sie es doch gleich über den Marktplatz«, keifte sie die Oberschwester an, die daraufhin zu flüstern begann.

»Vor allem dürfen Sie nicht Auto fahren, wegen der Medikamente.«

»Das habe ich heute früh schon gehört.« Esther unterschrieb die Erklärung und ging. Sie rannte fast durch die Krankenhauspforte und wollte hinüber zum Rondell, wo die Taxis standen. Sie spürte den Schwindel.

»Du musst hart bleiben«, sagte sie sich, »hart und unnachgiebig. Sie werden dich aus dem Geschäft kippen, sich über dich amüsieren, wenn du schlappmachst.« Sie schleppte sich in eine Boutique auf der anderen Straßenseite und stürzte fast auf einen Stuhl. Jetzt erst fiel ihr auf, dass ihre Bekleidung völlig ruiniert war. Sie brauchte unbedingt etwas zum Anziehen. »Diesmal wird es keine Frustkäufe geben, die ich gleich wieder bereue«, sagte sie sich.

Die korpulente Verkäuferin brachte ihr einen Kaffee, der sie wieder in Schwung brachte. Esther besaß ein Auge für Kleider, die ihr standen. In kurzer Zeit hatte sie zwei Hosenanzüge und drei Blusen gekauft.

In der Umkleidekabine bemerkte sie, dass wieder Blutungen einsetzten. Sie kramte in ihrer Handtasche, fand die Tampons und legte sich noch zwei Papiertaschentücher in den Slip. Esther nahm ihre goldene Karte und reichte sie der Verkäuferin.

»Wie komme ich von hier zu *Ansacar*?«, hatte sie gefragt.

Die Verkäuferin hatte ihr mit geschultem Lächeln zugenickt.

»Ich lasse Sie hinten hinaus, dann stehen Sie schon auf dem Parkplatz.« Genau so war es. Sie brauchte ein Fahrzeug. Mit einem außerordentlich höflichen Brief hatte sie sich bei der Gräfin avisiert.

Zwei Männer am Computer. Desinteressiert und den persönlich auftauchenden Kunden als lästige Fliege betrachtend. Esther legte ihre Handtasche auf die Theke und nahm ihre Brieftasche zur Hand, aus der sie die VIP-Kundenkarte des Hauses zog. Keiner der beiden erhob sich. Sie trugen billige Anzüge und farblich dazu nicht passende Schuhe. Wahrscheinlich würden sie am liebsten in Jogginganzug und Badelatschen ins Büro gehen.

»Sagen Sie mir Ihre Kundennummer«, sagte der Typ mit der Glatze.

Esther las sie langsam vor, damit der debile Kerl sich nicht vertippte.

»Ich will einen Maserati, neue Baureihe, Farbe ist mir egal, aber pronto.«

»Entschuldigung«, sagte der Glatzköpfige, »ich habe nicht gesehen, dass Sie eine VIP-Karte haben.«

Der Mann stand vom Schreibtisch auf und trat vor. Er tippte zügig ihre Daten in den Computer am Kundenschalter.

»O Wunder, Sie können aufstehen und gehen«, sagte sie. »Du kleiner, verkommener Scheißkerl«, dachte sie.

»Bitte, was kann ich noch für Sie tun?« Er machte eine Pause. »Verzeihung«, sagte er, und kleine Schweißperlen traten auf seine Stirn. »Wie eklig«, dachte sie und drehte sich zur Seite.

»Tut mir leid, einen Maserati haben wir im Moment nicht. Draußen steht ein nagelneuer Porsche.«

Sie akzeptierte.

Es war an der Zeit, dass sie sich bei der Hand nahm und ruhiger wurde. Sachlich und realistisch, das war die Maxime der nächsten Stunden.

Die Waldluft tat ihr gut. Sie hörte den Schrei eines Vogels. An das Schloss wollte sie nicht denken. Nicht an die Situation, als der Kopf der Gräfin platzte. Dieser elende Schlienz. Sie wusste ja nicht, dass er die für ihn Falsche getroffen hatte und sich deshalb erschoss.

Das Wasser rauschte, aber den Teich wollte sie nicht sehen. Sie musste Felix gegenübertreten, und mit ihrer Laune wären sie nach wenigen Minuten in bitterem

Streit. Was würde sie bei ihm damit erreichen? Die Antwort konnte sie sich sparen. Sie musste an etwas anderes denken. Aber nicht an die Hochzeit ihrer Mutter. Sie hatte keine Lust, sich auch nur annähernd vorzustellen, wie Dr. Hubauf und ihre Mutter es machten. Das war mehr als würdelos. Ihre Mutter hatte so gar keinen Stil. Sie machte alles nach, was die Frauen ihrer Umgebung taten, nur von allem etwas weniger und weniger auffällig. Eigentlich war sie eine schrecklich langweilige Frau. Nein, das war kein Thema zur Entspannung. Geschäfte! Sie müsste im Büro anrufen, dass sie wieder ›draußen‹ war. Das konnte noch warten.

Filmwechsel. Südfrankreich im Licht der Meeresspiegelung. Heller Salzgeschmack auf der Zunge und die freien Phantasien im Kopf. Wer hatte sie eigentlich in das Internat geschickt? Der Großvater? Sie dachte an ihren Großvater und fand sein Gesicht nicht mehr. Es war aus ihrem Kopf verschwunden. Wie lange war er tot? Vergessen. Ein riesiger Mann trieb auf seinem Schiff über das Meer. Willkommen auf dem Segler PROVIDENCE. Von Nizza aus in die Welt segeln. Immer lagen nackte Frauen auf dem Schiff herum. Die Familie fand das empörend, der Großvater nahm es humorvoll. Wenn sie sich ihr Erbe nicht versauen wollten, sollte die Familie die Klappe halten, war sein Standardsatz. Esther hieß Esther, weil der Großvater es so gewollt hatte.

»Esther bedeutet Stern, ist das nicht schön?«, hatte der Großvater ihr in einem Hotel in Nizza gesagt, als sie, aus dem Internat kommend, den Großvater besuchte. Wie gerne war sie in Südfrankreich geblieben. Nicht wegen des Internats, natürlich nicht, sondern wegen des Lichts und der Unbeschwertheit der Natur. Wie hatte der Großvater ausgesehen? Verschollen vor der Küste

Sardiniens. Warum war er allein gesegelt? Sie war noch immer fest davon überzeugt, dass der Großvater noch lebte und nicht mit seinem Schiff untergegangen war. »Wenn man einigermaßen etwas im Kopf hat, ist man niemals im Leben allein«, hatte er zu ihr gesagt. »Alleinsein ist der Zustand bester geistiger Kreativität. Nur der Pöbel muss immer in der Masse sein, denen fehlt die Phantasie.« Er hatte sie damals lange betrachtet.

»Du musst mehr lesen, Esther. Geh ins Theater, höre Musik, lass dich nicht einlullen von Komplimenten für deinen Körper, deine Visage. Das ist nicht dein Verdienst. Du bist hübsch. Hübsch blöd brauchst du dich bei mir aber nicht blicken zu lassen. Mach Geld, sei unabhängig. Lass dir nichts gefallen, von niemandem.«

Fuhr sie später von Grenoble hinunter durch den Nebel der Alpen, steckte sie zu jeder Jahres-, Tages- oder Nachtzeit einen Fuß in die Rhone, um sich zurückzumelden, bis sie die Kälte anfing zu schmerzen. Ein stummes Ritual, ihr Zeichen der Zuneigung für den Fluss, das Land. Bog sie nach der letzten Serpentine ein in die Senke Richtung Nizza, sah sie das Meer, sah die Segel der PROVIDENCE aus der Vergangenheit aufleuchten.

»Hör auf zu heulen, du Zicke«, hörte sie dann immer die Stimme des Großvaters. Niemals fuhr sie die Strecke von Grenoble nach Nizza in Begleitung. Das war etwas, das sie ganz in Erinnerung an den Großvater tat, nur für sich.

Der Schmerz kam völlig überraschend. Er zerrte und stach ihr in den Unterleib. Gleich würde es unerträglich werden. Sie riss die Augen auf. Wo war sie? Keine Alpen, kein Nizza, keine PROVIDENCE. Sie saß im Porsche. Was sollte sie tun, wenn es doch stärker blutete?

Fragen sind keine Tatsachen. Das konnte sie entscheiden, wenn es eintrat. Der Schmerz ließ schnell wieder nach. Sie hatte das dringende Gefühl, etwas erledigen zu müssen. Ein kleines Spiel zu ihrer eigenen Erheiterung. Sie dachte an diesen Kretin, der ihr den Stein durch die Scheibe geworfen hatte.

Draußen auf der Straße hatte sie kichernd die Tüten geöffnet. Das mintfarbene Kleid passte wunderbar zu ihrem Haar, aber es hatte ein Dekolleté. Das mochte sie nicht. Frauen, die ihre Titten zeigten, um die Böcke hüpfen zu lassen, verachtete sie. Nein, das nicht, hatte sie der Verkäuferin gesagt und es am Ende doch gekauft. Es fiel ihr nie leicht zu lächeln. Ein paar Straßen weiter hatte sie einen Laden gesehen, der Armeekleidung verkaufte. Sofort war sie hineingegangen. Anschließend sah sie aus wie eine amerikanische Soldatin. Warum nicht? Die Schnürschuhe drückten wegen der dicken Socken, aber sonst stimmte alles. Es war an der Zeit zu fahren. Niemand durfte sie ungestraft angreifen.

Sie war zur Apotheke gelaufen, hatte ein leichtes Schmerzmittel und Binden besorgt. Zufrieden war sie abgefahren und hatte darüber nachgedacht, wie sie Felix begegnen würde. Felix. Was sollte sie ihm sagen? Wie war der Stand der Dinge? Sie hatte einen Erfolg zu verbuchen. Die Verwandten der vertrockneten alten Spinatwachtel hatten ihr die Wiese sofort verkauft. Nicht einmal einen Tag hatte sie dafür gebraucht, das war doch etwas. »Unsere Tante war allein, sie hatte es schwer als Lehrerin«, hatte die Bagage gejammert und das Geld genommen. Wen interessierte das? Bargeld, das wirkte deutlich besser als ein Scheck. Den Rest würde der Notar erledigen. Sie war gut, nein, in ihrem Job war sie Klasse. Alle trugen schwarz, diese Heuchler, dabei lief ihnen die Geldgier als Sabber aus den Mäulern. Sie hatte nicht zu viel bezahlt für das Stück saure Wiese. Inzwischen war die Auer begraben und vergessen. Esther bog und streckte sich. Sie merkte gerade noch, dass ihr schlecht wurde, bevor sie ins Schleudern geriet. Sie musste sich setzen und atmete durch. Sie war nicht in Form, noch nicht. Um keinen Preis der Welt dürfte sie jetzt schlappmachen. Eisern gegen sich und andere sein, das war ihr Motto, nein, das war ihr Credo. Sie schloss für fünf Minuten die Augen. Es wurde eine Viertelstunde daraus. Als es ihr wieder besser ging, sie brauchte sich nicht zu übergeben, dachte sie an das Kind. Clair de lune. Du, mein kleines Mondlicht, bist tot.

Ich bin nicht wirklich schön, dachte sie. Alles ist etwas zu lang oder zu kurz, zu breit oder zu flach. Die Waden stimmen nicht, die Oberschenkel, der Bauch wölbt sich, der Thorax ist zu flach, der Busen mittelmäßig. Eine schöne Fresse hast du, sagte sie zu ihrem Spiegelbild. Sie schminkte sich nach, so viel Zeit musste sein. Auch Felix war letztlich nur ein Mann. Sie würde wieder mehr trainieren gehen, beschloss sie, wenn das Geschäft im Tal gelaufen war. Sofort war die innere Anspannung wieder da. Jetzt war sie nicht mehr aufzuhalten. Wenn sie gleich in das Tal einfuhr, das wusste sie, würden die Bilder der letzten Wochen wieder auftauchen. Sie musste sich zusammenreißen. Nur keine Nerven zeigen. Fehler machen ist unverzeihlich.

Esther war den Schlossberg hinaufgerast und hatte die empörte Gräfin über die Brücke auf sich zukommen sehen. Dieses Hutscherl, diese Frömmlerin, dieses verhungerte Gestell, wen sollte die an irgendetwas hindern können? Noch bevor sie auch nur ein paar Worte gewechselt hatten, war der Schuss gefallen.

Der Wald war wirklich schön. Das Wasser klang nach Reinheit, und die Wolken trugen Wünsche fort. Sie stieg aus dem Porsche aus und kleidete sich mitten auf der Straße um. Camouflage war das Stichwort. An die schweren Bergschuhe musste sie sich erst wieder gewöhnen.

6

Winkler ging zum Wagen und öffnete Renata die Tür.

»Ich hatte sie aus den Augen verloren. Konnte ich ahnen, dass sie von der Boutique direkt auf den Autohof gehen konnte?«

»Und wenn sie das Mädchen erschossen hat?« Renata ließ sich mit ihrem Büro verbinden.

»Sie ist eine Immobilienfrau und wird etwas mit den Bauplänen im Tal zu tun haben, weshalb sollte sie sonst hier herumfahren? Also werde ich an der Straße wachen und das Vögelchen bei nächster Gelegenheit fangen.«

Winkler starrte durch die Windschutzscheibe. Er hatte Mist gebaut, und das nahm er sich übel.

Renata beendete ihr Telefongespräch, schloss ihren Notizblock und steckte den Kugelschreiber ein.

»Dieser Schlienz war pleite. Er muss seit Monaten in seinem Auto oder sonst wo gelebt haben, denn an seiner letzten Adresse hatten sie ihm gekündigt und ihn zwangsgeräumt.«

»Ich dachte, der hatte eine Immobilienfirma?«

Renata lachte.

»Wegen der Visitenkarten, die wir gefunden haben?

Alles Luftschlösser. Es gibt da allerdings etwas, das die Sache absolut zuspitzt.«

Sie machte eine Pause und ließ Winkler zappeln.

»Nun sag schon.«

Renata öffnete ihre Notizen.

»Der Schlienz muss, als er noch in der Branche arbeitete, einige wichtige Türen aufgemacht haben. So hat er den Staatssekretär Holzendorf aufgetan und seiner damaligen Chefin vorgestellt. Und jetzt rate mal, wer damals seine Chefin war?«

Sie hielt ihm das Foto vor die Nase, und Winkler war betroffen.

»Kruzifix«, entfuhr es ihm, »die kannte den Mörder.«

»Offenbar hatte sie Schlienz auch schön reingelegt. Die Frage ist übrigens, wer den Stein durch ihre Windschutzscheibe geschleudert hat. Man hat den Felsbruch auf dem Beifahrersitz gefunden. Sie behauptete, es sei Steinschlag gewesen. Das sieht wie ein Mordversuch aus. Es wird Zeit, dass wir ein wenig mit der Dame plaudern«, antwortete Renata, als sich Winklers Telefon bemerkbar machte. Danach war es ganz still.

»Er stirbt«, sagte er sehr leise. »Ich muss sofort in die Klinik.«

7

Das Land der Berge, das Land der Seen, das Land der Märchen und der Feen. Über allen Wipfeln ist Ruh', sagte Goethe. Was er wohl damit gemeint hatte? Der Wind war doch fast immer da, die Vögel sowieso. Im

Wald war es still. Das Herbstlicht stieg vorsichtig die imaginäre Treppe zu den Bergen hinauf und machte auf den Gipfeln ein Feuer, gleich darauf war der Nebel fort. Im Wald war es nicht still, man hörte die Bäche rauschen.

Severin pfiff leise vor sich hin. Brachte der Wind erneut Regen? Es war an der Zeit, ins Schloss zu kommen. Wer wusste schon, wie viel Zeit ihm noch blieb? Er versuchte, den Bürgermeister zu erspähen, aber der ließ sich nicht blicken. Oder war er unter den Trauergästen am Friedhof? Er selbst hatte sich nicht hinüber getraut. Severin blieb in seinem Hochsitz und spähte mit dem Doppelglas auf den Trauerzug. Der stand mitten auf dem Feldweg und rührte sich nicht. Deshalb schwenkte er kurz über den Waldrand und erkannte dort einen Mann, der sich an einer Frau zu schaffen machte. Das Gesicht dieses Herrn war ihm durchaus bekannt. Inzwischen war der Holzendorf zum Staatssekretär aufgestiegen. Severin hatte ihn schon immer für einen üblen Charakter gehalten, der nur an seinen Vorteil dachte. Einmal hatte er ihm sogar ins Gesicht gesagt, dass er ihn für eine männliche Hure hielt, was Holzendorf mit einem schallenden Gelächter beantwortet hatte. Das war während seiner Bankzeit gewesen, als Holzendorf ein Referat gehalten hatte und dafür ein sehr ansprechendes Honorar erhielt. Severin wusste, dass das Bestechung war, denn der Vortrag war völlig wertlos gewesen. Das Bild, das dieser Holzendorf und die Frau boten, ekelte ihn an. Severin steckte die Stöpsel eines alten Walkman in seine Ohren und hörte Musik von Duke Ellington. Das beruhigte ihn, und in ihm reifte die endgültige Entscheidung, das Tal zu verlassen. Er sah sich als Verlierer, und er konnte nichts mehr tun.

Die Würfel waren gefallen und hatten bisher das Leben von drei Menschen gekostet, wenn er den Grafen mitzählte. Vom Bürgermeister wollte er sich verabschieden, weil er zu ihm in letzter Zeit ein gewisses Vertrauen entwickelt hatte, auch wenn er dessen Tun nicht richtig durchschaute.

»Na endlich«, sagte Severin. »Ich dachte schon, ich erlebe Sie nicht mehr.«

»Moment«, sagte der Bürgermeister, »ich muss mir etwas überwerfen. Was ist?«

»Wo waren Sie denn?«, fragte Severin.

Der Bürgermeister hatte die Tür geöffnet.

»Im Bett. Erst war ich auf der Beerdigung.«

»Aha«, sagte Severin.

Der Bürgermeister trug einen zerschlissenen Bademantel, der seinen Bauch nur mäßig tarnte.

»Nix aha«, antwortete der Bürgermeister. »Die Immobilienfirma aus der Stadt hat dem Bauern Oberl ein Kaufangebot gemacht.«

Severin schnaufte.

»Was denn, auf dem Friedhof?«

»Unsinn. Vor ein paar Wochen schon. Viel Geld wird erwartet.«

»Das ist mir nicht plausibel. Der Hof liegt doch fast im Berg, am Ende des Tals. Was wollen die denn mit dem Hof anfangen?«, fragte Severin.

Der Bürgermeister hustete.

Severin war und blieb eben ein Städter, und wenn er sich noch so toll als Waldmensch verkleidete.

»Die Söhne vom Oberl sollen den Hof biologisch bewirtschaften. Nur für die Millionäre vom Hotel, Sie verstehen? Ware frisch vom eigenen Hof. Autonom und gesund. Dazu muss der gesamte Hof umstrukturiert werden, und das kostet. Später sind sie dann angestellt auf ihrem eigenen Hof.«

»Machen die Oberl das?«, fragte Severin.

»Verübeln könnte ich es denen nicht«, sagte der Bürgermeister. »Die sind als Bauern am Ende.«

»Wer sagt denn, dass der Verkauf ihnen ihren Hof sichert?«

Der Bürgermeister nickte zustimmend.

»Die Bauern wollen Geld verdienen. Sie denken, das Hotel garantiert Touristen, und Touristen garantieren Umsatz.«

»Was wollen Sie tun? Die Wahrheit sagen?«

»Welche Wahrheit? Was kann ich tun?« Der Bürgermeister schniefte. »Übrigens, Sie sollten den Xaver nicht nach privaten Sachen fragen.«

»Wie meinen Sie das?«, fragte Severin, er erinnerte sich an keine solchen Fragen.

»Wegen der Auer. Das regt den Xaver nur unnötig auf. Die hat ihm einiges beigebracht und ihn anständig behandelt, das ist alles.« Severin fand den Ton des Bürgermeisters unpassend, schwieg aber dazu. Wozu Unfrieden, schließlich hatte er noch ein Anliegen. Er sprach es aus. Der Bürgermeister war hörbar fassungslos.

»Der Graf kann nicht im Schloss ruhen«, rief er, »das ist unmöglich. Das ist weder gestattet noch durchführbar. Ich habe den Sarg gesehen, am Friedhof gesehen.« Er machte eine Pause. »Die hat ihn wieder ausgegraben?«

»Sie denken an die Gräfin?«, fragte Severin.

»Was ist letztlich schon unmöglich zwischen Himmel und Erde?«, antwortete der Bürgermeister.

Severin wartete ab.

»Der Graf lag damals im Schloss im offenen Sarg«, rief der Bürgermeister. »Ende.«

»Ende?«, fragte Severin.

»Ich will das nicht wissen«, sagte der Bürgermeister. »Wenn ich es wüsste, dann müsste ich handeln. Wir verstehen uns?«

»Die Gräfin muss den Grafen aus dem Sarg genommen und ihn in die vorbereitete Gruft geschafft haben.«

»Habe ich mich nicht deutlich ausgedrückt? Ich will das nicht hören«, rief der Bürgermeister.

Severin verstand und verabschiedete sich für immer, dann stieg er noch einmal den Schlossberg hinauf. Hätte er den Hutterer nicht doch intensiver befragen sollen?

Unterdessen hatte er den Mischwald verlassen und lief an den Tannen vorbei in Richtung der unteren Waldgrenze. Der Boden roch noch immer feucht und auch ein wenig faulig. In einer Lache schwamm eine tote Maus. Als er zwischen den Bäumen hervortrat, begann es erneut zu regnen. Er setzte über zu dem Weg, der zunächst tiefer in den Wald, dann aber steil hinauf zum Schloss führte. Severin blieb neben zwei Buchen stehen. Ein Käuzchen rief, und das Käuzchen hieß Hutterer. Es war, außer ihnen beiden, noch ein Fremder im Wald. Das Käuzchen rief, noch einmal. Dann folgte eine Wiederholung. Das hörte sich nach Verdruss an. Besonders deshalb, weil der Hutterer dieses Signal mit der Auer vereinbart hatte, sie hatte es ihm erzählt, und die konnte er nicht mehr meinen. War er in Schwierigkeiten? Oder galt der Ruf ihm, der vor einem Fremden gewarnt werden sollte? Severin lauschte, aber es blieb still. Voll Ungeduld umging er weiträumig das Schloss und nahm den Weg zur Klamm. Sollte er tatsächlich beobachtet werden, bot dieser Weg bessere Tarnung und

Schutz. Die Kriminaler konnten es nicht sein, die hatte er vorher beim Dorf in ein Auto steigen sehen. Die Frau hatte sich hinter das Steuer gesetzt, während der Mann sich in ein Taschentuch geschnäuzt hatte.

Nach den Sträuchern kam ein Stück Wald, dann die ersten nackten Felsen, und schon fiel der Weg steil ab. Bevor er den Pfad nahm, klatschte er dreimal laut in die Hände. Das Käuzchen antwortete einmal. Der Hutterer musste sich also über dem Weg bei der Klamm befinden. Severin eilte einen gefährlichen Weg hinab und fing sich gerade noch, bevor er stürzte. Geschwind schlüpfte er in die Höhle zur unterirdischen Geheimtür.

Wer auch immer ihm gefolgt sein könnte, nun hatte er ihn abgeschüttelt.

Severin stieg in den Turm, dessen Ausblick ihm aber nichts offenbaren konnte. Ein möglicher Verfolger hatte jede Gelegenheit, sich gut zwischen den Bäumen zu verbergen. Im Turmzimmer der Gräfin schaute er trotzdem aus dem Fenster. Er konnte nichts Ungewöhnliches entdecken. Gab es einen Plan des Schlosses? Wenn ja, dann befand der sich wahrscheinlich in der Bibliothek des Grafen und nicht hier oben. Unter dem einzigen Stuhl im Raum stapelten sich schwere Atlanten. Severin zog sie hervor und fand zwischen ihnen einige Zeichnungen. Es waren Umbaupläne für das Schloss. Ihm war sofort klar, dass die Gräfin sie dem Schlienz abgenommen hatte.

Mühsam zwängte er sich an den Wänden die Treppen hinab. Dann kam ihm bei seiner Grabsuche der Zufall zu Hilfe. Er hörte über sich in den Räumen des Schlosses Schritte. Vorsichtig tastete er sich vor in den Bereich unter die Säle. Hinter der Geheimtür des Kamins hörte er die Schritte deutlicher, allerdings nun zu seinem Schrecken direkt vor sich. Er löschte die Lampe, wartete, lauschte. Wer konnte das sein? Hatte die Person, angenommen, sie war im Schloss fündig geworden, einen Weg nach ganz unten gefunden? An der Turmtür, im Turmzimmer oder in diesem Bereich gab es keinerlei Anzeichen auf einen Eindringling. An eine andere Möglichkeit, als durch die Geheimtür im Kamin nach unten zu steigen, glaubte er nicht. Es sei denn, der Weg vom Klammsteig in die Höhle war entdeckt worden? Doch auch dort hatte er keinerlei sichtbare Zeichen von fremder Hand entdeckt. Er hatte einige leere Büchsen so aufgebaut, dass ein Fremder sie hätte umstoßen müssen. So lautlos, wie es ihm möglich war, tastete er sich blind zurück. Die Schritte hörten nicht auf. Die Entdeckung der kleinen Kapelle im Turmfundament gab ihm die Erklärung. Durch einen Luftschacht hörte er die Schritte im Schloss überdeutlich. Severin ließ seine Stablampe aufleuchten und tat einen Schritt zurück. Er stand mitten auf der Grabplatte des Grafen.

»Gott zum Gruße, Herr Graf.«

Das musste er tun. Ein Gebet würde ihm nicht gelingen, aber einen solchen Satz hatte er pflichtgemäß in seinem Repertoire. »Gott zum Gruße.«

Über ihm hörten die Schritte auf. Genau in der Sekunde, als er den Satz sehr leise aussprach, brachen die Schritte ab. Hatte man ihn dort oben hören können? Unmöglich, dachte er. Unmöglich? Wenn er die Schritte so deutlich hörte, warum sollte sein Flüstern nicht auch in der Etage über ihm zu hören sein? Ganz ruhig blieb er stehen und wartete. Das konnte er. Der Wald und das Wild hatten ihn gelehrt, ganz still zu stehen und den Atem zu verhalten. Angst spürte er nicht, auch keine

Furcht. Wer auch immer da oben herumspazierte, war im Nachteil. Plötzlich schlug die große Tür zur Eingangshalle zu. Niemand konnte sie leise schließen. Severin überlegte. Die Person musste sich schlicht und ergreifend ihrer Schuhe entledigt haben und auf Socken zur Tür geschlichen sein. Anders waren die ausbleibenden Geräusche nicht zu erklären. Es sei denn, er wollte den Schlossgeist dafür verantwortlich machen. Aber Severin war ganz und gar nicht nach Witzen. Der Eindringling musste das Polizeisiegel zerstört haben. Das würde ihm beweisen, dass er sich nicht geirrt hatte. Er selbst hatte das Schloss durch die Tür der Vorratskammer verlassen und dabei das Siegel an der großen Eingangstür gesehen. Severin schaute auf die Marienfigur am Altar, die zwei Betstühle und das Grab. Er stieg wieder hinauf und öffnete vorsichtig die Geheimtür zur Bibliothek. Er rechnete durchaus mit einer Finte des Eindringlings. Wer mit so lautem Türschlagen hinausging, der konnte auch sehr still wieder hereinkommen. Auf leisen Sohlen erreichte er den Rittersaal. Sämtliche Schränke waren durchwühlt, der Sekretär und der Schreibtisch aufgebrochen worden. Severin ging an den Sekretär und fand eine Schublade mit einem schmalen Einlass am hinteren Teil, der Platz für klein gefaltete Dokumente bot. Dann begriff Severin, dass er einen Fehler gemacht hatte. Einen Moment hatte er nicht konzentriert genug gehandelt. Durch den Spalt am oberen Luftschacht hätte er in den Raum spähen und den Eindringling sehen können. Noch war aber nicht aller Tage Abend. Er lief, so schnell er konnte, hinunter, eilte durch die Höhle in den Hohlweg und nahm den Weg in Richtung Klamm. Der Eindringling musste vom Schloss durch den Hohlweg zum Berg, wollte er nicht von der Straße aus sichtbar sein. Der Weg durch die Klamm war durch das Wasser versperrt, also gab es keine andere Möglichkeit.

Was war das für ein gemeiner Mensch, der in das Haus einer Toten eindrang, um sie zu bestehlen? Das machte ihn wütend. Aber der Fremde hatte eines nicht bedacht. Severin musste unbedingt den Hutterer finden, denn das Käuzchen hatte ganz offensichtlich den Eindringling entdeckt und sich deshalb bemerkbar gemacht.

Der Hutterer hatte vor lauter Aufregung seine Lampe verloren. Kaum hatte er die Person entdeckt und das Käuzchensignal abgesetzt, war er davongerannt, um sich in Sicherheit zu bringen. Bei den Felsen hatte er sich in einer kleinen Höhle eingerichtet, die ihm Schutz bieten sollte. Während er sich furchtbar ängstigte, war der Herr Severin wie ein Städter durch den Wald spaziert. Bei den Buchen hatte er ihn stehen sehen, der Teufel war äußerlich verändert. Trotzdem hatte der Hutterer ihn sofort erkannt, als er zwischen den Bäumen hervortrat und sich wie ein Mann aussehen ließ. Dann sah er die Augen, und der Blick brannte ihm auf der Haut seiner Wangen. Schon am weißen Bach hatte er gewusst, dass der Teufel ihn verfolgte. Ein Reh stand mit aufgerissenen Augen auf der Lichtung, da wusste er Bescheid. Hinter den Eichen hatte er sich zwischen den Tannen versteckt und gesehen, wie der Teufel im Schloss verschwand. Jetzt kam er sich ganz alleingelassen vor. Er stieg von der kleinen Höhle den Hang hinab und kletterte auf der anderen Seite den Berg hinauf. Vor ihm spaltete sich der Berg zur Klamm hinunter, hinter ihm lag der Felsen beim Schloss und weiter unten sah er den Wald. Der Hutterer drehte um und setzte sich auf einen Felssporn. Er konnte den Turm des Schlosses sehen, vor ihm lag blanker Fels, und unter ihm tobte der Bach in der Klamm. Natürlich wusste er, dass ihn vom Wald aus jeder sehen konnte. Das war ihm nun einerlei, weil dem Teufel niemand entgehen konnte, gleichgültig, wo man sich versteckte. Nun ging es eben nicht mehr weiter. Genau in diesem Moment begann der Hutterer leise ein Lied zu singen. Er tat es aus Furcht, nicht weil er gerne sang. Manchmal, wenn er bis an die Schneegrenze stieg, setzte er sich in das Moosgeflecht und sang ein Lied.

»Der Moser Sepp, der ist ein Depp.« Das hatte ihm der Oberl Toni beigebracht und ihm mit einem Auge zugezwinkert. »Musst das in der Kirche singen«, hatte der Toni gesagt. Aber das hatte er nicht gewagt, denn Joseph Moser war der Pfarrer. So blöd war er nicht. Der Hutterer erschrak. Er nahm zwei Holzknüppel zur Hand und bildete mit ihnen ein Kreuz. So wollte er den Teufel abwehren. In seiner Nähe, gleich unter sich zwischen den Büschen, hörte er jemanden atmen. Hinter den Sträuchern hockte das Böse. Er ging ein paar Schritte zurück, rutschte aus, fing sich wieder und trat einiges an Geröll los, das hinter ihm in die Klamm fiel. Könnte der Teufel nach oben entweichen? Hinter mir ist die Klamm, dachte der Hutterer voller Angst. Rechts von der Felsenspitze lagen einige Gesteinsbrocken. Damit könnte er nach dem Teufel werfen. Auf Händen und Knien kroch er dorthin. Der Hutterer hörte das Geräusch in seinem Rücken und wusste, dass der Teufel ihn ansah. Er schloss die Augen und erhob sich langsam. Er stieß einen moosbewachsenen Stein mit dem Fuß an, so dass der in das dröhnende Wasser der Klamm hinunterfiel. Nichts in seinem Leben war bisher schön gewesen, außer wenn er im Wald oder in den Bergen gewesen war.

Jetzt also war das alles vorbei, und der Teufel wollte ihn holen. Der Hutterer kreuzte seine beiden Holzprügel zur Abwehr gegen den Teufel vor der Brust und begann zu zittern. Noch einen Schritt weiter und er würde in die Klamm hinabstürzen. Er versuchte, seinen Mund zu öffnen. Ein klägliches Geräusch kam heraus und ähnelte nur entfernt einem verängstigten Käuzchen, das nach seiner Mutter rief. Als er die Augen aufriss, sah er, wie der Teufel ganz langsam auf ihn zukam.

Severin blieb stehen. Er konnte sich nicht getäuscht haben. Das Käuzchen hatte gerufen, wenn auch sehr kläglich und kurz. Der Hutterer musste ganz in seiner Nähe sein. Keuchend rannte er den Weg weiter durch den Wald hinauf, denn er wusste, dass er dahinter freies Gelände erreichen würde, von wo aus er die Gegend bestens überblicken konnte. »Ich bin viel zu alt für diese Hetzerei«, dachte er. »In meinem Alter sollte ich mich an den Bergen und Felswänden erfreuen, dem donnernden Wasser der Klamm und dem vielfältigen Spiel des Lichts, anstatt mich derart abzuhetzen.« Von seinem Wunsch, die Weisheit der Natur zu erfahren, war nicht viel in Erfüllung gegangen. Er trat zwischen den Bäumen hervor und sah den Hutterer in ungefähr dreißig Metern Entfernung zwischen zwei Felsspitzen stehen. Severin wollte ihm zurufen, dass er nicht weiter zurückgehen durfte, aber er sah an der Körperhaltung und den gekreuzten Knüppeln vor der Brust, dass es da oben um ganz etwas anderes ging. Er folgte dem starren Blick des Hutterer, und nun sah er, wie eine Person zwischen den Felsen hockte und den Hutterer fixierte.

»Du hast mein Kind getötet«, sagte die Stimme zornig, und ehe sich Severin einmischen konnte, hatte die Person den Hutterer erreicht, drehte sich mit einem kräftigen Schwung durch die Luft und traf mit der Fußspitze den Kiefer. Bevor Severin reagieren konnte, war der Hutterer von der Felsenspitze verschwunden. Erstarrt stand Severin zwischen den Bäumen und brachte kein Wort hervor. Wie ein Alptraum kam ihm das grausige Schauspiel vor. Der Hutterer hatte kurz geschrien und war danach stumm in die Schlucht gestürzt. »Mama«, hatte er gerufen und verschwand hinter dem Felsen. Regen fiel, die Wolken zogen weiter über den Himmel, das Licht beschien die Erde, und die Bäume wankten weiter leicht im Wind. Hatte er die Tat wirklich gesehen? War das tatsächlich geschehen? Er nahm seinen schweren Stock fester, packte das untere Ende mit seiner großen Hand und schritt energisch auf den Täter zu. Ein Schlag mit dem Knauf und das Spiel wäre für den Mörder zu Ende. Severin spürte in sich genug Kraft, den Täter den Mord bereuen zu lassen. Ein paar Meter vor der beabsichtigten Konfrontation blieben die Kontrahenten in Kampfstellung stehen. Severin sah das Gesicht unter dem hochgestellten Kragen. Es war das Gesicht einer Frau. Die Frau sah den Mann starr an, der in seiner braunen mönchsähnlichen Kutte, den schulterlangen Haaren und dem silbergrauen Bart aussah, wie man sich als Kind einen Waldgeist vorstellte. Sie hatte von ihm gehört. Das also war Severin, der Eremit, der zum feindlichen Lager gehörte. Sie brauchte nicht lange, dann hatte sie seine Tarnung durchschaut. Böse wurde ihr Blick, zornig ihre Haltung.

»Mein Gott, Esther, was hast du getan«, sagte Severin hilflos.

»Severin, dass ich nicht lache!« Sie rief die Worte laut, und sie hallten von den Bergen zurück. »Der nächste Verrückte in den Bergen. Das Geheimnis ist keines mehr, Herr Alexander Vinsleitner, Bankdirektor a. D.! Sie sind entlarvt.«

Severin spürte eine so tiefe Traurigkeit in sich, dass er am liebsten zu Boden gesunken und für immer unter den Felsen verschwunden wäre. Er sah in das von Hass entstellte Gesicht seiner Tochter.

»Esther, wie kannst du lachen? Du hast soeben einen Menschen getötet. Einen Menschen, der harmloser war als eine Fliege.«

Esther straffte sich, als wollte sie Severin ebenfalls mit einem Fußtritt den Kehlkopf zertrümmern.

»Was weißt du denn? Niemand ist harmlos. Und niemand versucht mich zu verletzen, ohne eine Strafe zu riskieren. Er hat mein Kind getötet.«

Severin war alles egal. Er wusste nicht, wie er sich verhalten sollte. In seinem Rücken spürte er einen Baum, an den er sich lehnen konnte.

»Gehen Sie mir aus dem Weg, Herr Vinsleitner«, sagte Esther verächtlich.

Mit diesen Worten verschwand sie zwischen den Bäumen, und nach einiger Zeit hörte er die Geräusche eines Motors. Wie narkotisiert machte er sich auf den Weg. Severin sah sich in der Pflicht, den Bürgermeister zu den notwendigen Maßnahmen zu veranlassen, auch wenn er nicht glaubte, dass der Hutterer diesen Sturz hatte überleben können. Als er den Weg zum Rathaus fast erreicht hatte, gab er sich die Schuld am Verhalten seiner Tochter. Nicht nur deshalb, weil er ihr die Kurse in der Kampfsportschule bezahlt hatte, wo man ihr diesen tödlichen Tritt beigebracht hatte. Sie war die verwöhnte Prinzessin geworden, weil er sie dazu gemacht hatte. »Du bist schuld, weil du als Vater versagt hast.«

Das große Fenster im Büro des Bürgermeisters stand gekippt in der Schräge, und für Severin war es quasi unvermeidbar, sich das Gespräch anzuhören.

Der Oberl Toni machte ein Gesicht. Er hatte einen sehr runden Kopf, gerötet von der Arbeit im Freien, eine dicke Nase und bereits fette Hängewangen, obwohl er erst zweiunddreißig Jahre alt war. Er trug einen blauen Overall, einen grünen Hut und grüne Stiefel, stank nach Schwein, Zwiebeln und Bier.

»Wie schnell der seine Verlogenheit verlor«, wunderte sich der Bürgermeister, rümpfte die Nase und bot ihm keinen Schnaps an. Sie sahen sich an und schwiegen. »Vierundneunzigtausend im Jahr ist halt etwas Schönes«, sagte der Oberl Toni.

Der Bürgermeister schaute auf seine Akten.

»Viel gearbeitet haben wir immer. Wir mussten das Wasser abpumpen. Wo bloß der viele Regen herkommt?«

Der Oberl Toni steckte sich eine Zigarette an.

»Vom Himmel, wie immer«, sagte der Bürgermeister.

»Und der Frau? Geht's ihr gut?« fragte der Oberl Toni paffend.

»Danke der Nachfrage.«

Das war's. Da saßen sie sich gegenüber und schwiegen wieder. Der Bürgermeister versuchte weiterzuarbeiten, und der Oberl Toni schaute sich im Büro um, als habe er das Rathaus noch nie von innen gesehen. Es dauerte nicht lange, und dem Bürgermeister wurde das Spiel zu dumm.

»Hat dein Alter dir den Hof überschrieben?«

»Sowieso.« Der Oberl Toni drückte die Zigarette aus.

»Ohne Frau? Oder hast du was in Aussicht?« Der

Bürgermeister kannte sich aus. Ohne die Möglichkeit der Weitergabe des Erbes bekam im Tal kein Sohn den Hof.

»Bin verlobt.«

»Ach, da gratulier ich. Wer ist denn die Glückliche?«

»Die Thalheim Sofie.«

»Das ist doch deine Cousine.«

»Na und?« Er steckte sich eine neue Zigarette an, und der Bürgermeister machte Augen.

»Was willst du?«, fragte er barsch und drohte ihm mit der Faust. Der Versuch der Einschüchterung funktionierte nicht. Nicht beim Oberl Toni, der war stur, ein richtiger Stierschädel.

»Es heißt, du machst den Bürgermeister nicht mehr.«

Der Bürgermeister wurde hellhörig.

»Heißt es so? Wer sagt das?«

Der Oberl Toni war schnell gereizt und neigte zur Gewalt.

»Was sagen denn deine Brüder, dass du den Hof bekommen hast?« Der Bürgermeister versuchte, abzulenken. Es gelang ihm nicht. Der Oberl Toni hatte sich festgebissen.

»Die zahle ich aus«, sagte er. »Du musst gehen, und ich werde der neue Bürgermeister.«

»Ach ja.« Der Bürgermeister lächelte nachsichtig. »Ich mache das seit dreißig Jahren, Toni. Das Tal hat darunter nicht gelitten.«

»Ich mache das besser.«

»Wer will das?«, fragte der Bürgermeister.

»Der Vorstand. Alle. Du stehst auf der Bremse. Das Tal braucht Fördergelder.«

Am liebsten hätte der Bürgermeister gesagt: »Das

hast du aber schön auswendig gelernt«, aber er wollte sein Gegenüber nicht unnötig reizen.

»Das heißt also, ich soll nicht mehr kandidieren?«

»Genau«, sagte der Oberl Toni, »das sollst du nicht.«

Der Bürgermeister wischte sich den Schweiß von der Stirn. Er hatte den Staatssekretär Holzendorf nicht ernst genug genommen. Es war immer ein Fehler, wenn man jemanden nicht ernst nahm, besonders in der eigenen Partei. Sie würden ihn aus der Partei werfen, wenn er noch einmal antrat.

Er stand auf und wandte sich um.

»Du legst das Amt nieder. Aus Gesundheitsgründen«, sagte der Oberl Toni.

Das hatten sie sich aber fein ausgedacht, die Herren. Die Familie Oberl wurden die Geldempfänger der Städter, ihre Lakaien, und mit ihm würde der letzte Widerspenstige aus dem Tal verschwinden. Als normalen Bauern könnten sie ihn leichter fertigmachen. Sie würden ihm den Geldhahn endgültig zudrehen. Seinen Neubau hatte er sowieso nicht wiederaufgenommen. »Sofort?«

»Ja.« Der Oberl Toni ging zur Tür. »Sofort.«

»Das geht so einfach nicht. Da wäre noch etwas.«

Der Oberl Toni schnellte herum und nahm eine drohende Haltung ein. »Ich weiß, was jetzt kommt.«

»Umso besser«, sagte der Bürgermeister. »Wir können das nicht einfach zur Seite schieben. Grade deine Leute haben das gewollt. Ein Schwur ist ein Schwur.«

Der Bürgermeister blieb ruhig sitzen, damit der Oberl Toni seine innere Anspannung nicht spürte.

»Schon so lange her. Schnee von gestern.«

Der Bürgermeister antwortete nachsichtig, sprach wie zu einem kleinen Jungen.

»Als Bürgermeister macht man sich Feinde, das bringt das Amt mit sich. Feinde kann sich der Oberl Toni nicht leisten. Verstehst du das nicht?«

Nun kam der an den Schreibtisch zurück und stellte sich in Positur.

»Wer will was gegen mich sagen? Das soll sich einer trauen.« Er drohte mit der Faust.

»Toni«, sagte der Bürgermeister ruhig, »du kannst nicht allen im Tal den guten Gott machen. Irgendwer wird dir irgendwas übelnehmen. Besonders diplomatisch warst du auch noch nie.«

Der Oberl Toni schaute böse.

»Was meinst du damit?«

»Denk nur an den Schmidtner. Du hast ihm einen Maßkrug aufgesetzt.«

Der Oberl Toni erinnerte sich an die Szene im Gasthaus.

»Der hatte was gegen mich gesagt.«

»Der hatte gar nichts gesagt, Toni. Dein Bruder hatte ihn Schweinedepp gerufen.«

»Aber gelacht hatte der über mich«, rief der Oberl Toni erregt.

»Toni, Toni, du hast dich nicht einmal entschuldigt. Meinst du, der Schmidtner hat dir die Narbe in seinem Gesicht verziehen?«

Der Bürgermeister versuchte noch einmal verbindlich zu sein.

»Der Schmidtner tut mir nix«, sagte der Oberl Toni, »der will auch Geld verdienen.«

»Du hast den Baum umgeschlagen, der auf den Grafen Wolkenstein gefallen ist. Der Baum war falsch gekennzeichnet. Das Zeichen hatte dein Bruder hingemalt.« Der Bürgermeister wollte das Gespräch beenden. »Wir haben damals gesagt, es war ein Unfall. Werden das in Zukunft auch noch alle sagen?«

»Der Hutterer hat die Axt weggeschafft, und du hast bezeugt, dass ich bei dir am Hof war, Bürgermeister.«

»Ich bin ein alter Mann, Toni. Du bist zweiunddreißig.«

»Und du hast diese blöde Auer und diesen Severin in unser Tal gelassen. Die hatten hier nix zu suchen. Das ist unser Tal.«

Der Oberl Toni bekam einen Wutanfall, weil er keinen Weg aus seinem Dilemma wusste.

»Schluss«, schrie er. »Die wollen, ich soll den Bürgermeister machen, und dann mache ich das. Das andere ist vergessen.«

»Wenn du das glaubst«, antwortete der Bürgermeister.

Jetzt platzte dem Oberl Toni endgültig der Kragen, und er schleuderte einen Stuhl an die Wand.

»Du hast die junge Hutterer vergewaltigt, und der Xaver ist dein Sohn, Bürgermeister. Du bist die Drecksau im Dorf, nicht ich.«

Den letzten Satz hatte Severin fast überhört. Er rannte bereits von der Dorfstraße aus in den Wald, als der Oberl Toni mit seinem Motorrad vorbeiraste. Der Oberl Toni gehört zu denen, die ständig das Gefühl haben, man will ihnen an den Kragen, dachte Severin, und genau das wird ihm das Genick brechen. Ihm wurde bewusst, nicht der Oberl Toni würde Bürgermeister im Tal sein, der Bürgermeister würde in Wahrheit Holzendorf heißen. Der würde den Oberl Toni ans Messer liefern, wenn der nicht spuren würde. In was für ein Schlangennest war er hier nur geraten. Severin zwang sich, nicht an seine Tochter zu denken. Der Weg sollte ihn durch den Berg zur Klamm führen, und dort wollte er, trotz des Hochwassers, auf die andere Seite wechseln. Irgendwie würde er das schon schaffen. Und wenn nicht, dann eben nicht. Er hatte sowieso kein Gefühl mehr für ein eigenes Leben. Er lief durch die Finsternis der Tannen. Dort stand kalte Luft. Sichtbarer Atem, und winzige Nebelnester schwebten über den Boden. Die Natur lag wie gleichgültig vor ihm. In ihm selbst war die innere Zerrissenheit, nicht in der Natur. Gäbe er seinem Gefühl nach, müsste er im Wald bleiben. Beachtete er sein Gehirn, so sagte er sich, konnte er nur noch verlieren. Wieso waren keine Vögel zu hören? Nichts war zu hören. Ein Zweig fiel zu Boden, Blätter auch. Bei den Buchen am Hang wurde es heller, sonst blieb die Stille. Er musste sich ziemlich anstrengen, um vorwärts zu kommen. Der weiche Boden und sein Kopf machten ihm den Weg schwer. Aber was wusste ein Mensch wirklich darüber, wie die Seele funktionierte und welche Wahrheiten es gab? Auch der Bürgermeister hatte den Grafen auf dem Gewissen, und dass er der Vater des Xaver war, machte es Severin unmöglich, ihm von dessen Unglück zu berichten. Er fragte sich, ob er von der Anwesenheit Esthers erzählt hätte, und verdrängte den Gedanken schnell, da er die Antwort kannte. Er hörte Männerstimmen rufen. Sie klangen nach Verzweiflung. Verstehen konnte er sie nicht. Aus seinen Gedanken herausgerissen, nahm er den Weg energisch wieder auf. Jemand brüllte einen Namen. Der Weg war glitschig und voller kleiner gemeiner Fallen. Farne, Moose, das viele Bruchholz machten ihm zu schaffen. Er schwankte ein wenig nach rechts und links, als wäre er betrunken. Severin hielt sich an einer Birke fest, die sich wie ein Kuckuckskind zwischen die anderen Bäume geschmuggelt hatte. Langsam, geduckt, das baumbedingte Zwielicht nutzend, kam er voran.

Alles sehen, aber nicht gesehen werden, das war der Sinn der Übung. Stopp! Zu viele Gedanken. Neue Konzentration. Der Abhang unter dem Wald wurde steiler. Nach wenigen Metern würde die Schlucht erreicht sein. Er blieb an einen Baum gelehnt stehen, und sie liefen unter ihm vorbei. Da trat er auf den Weg zur Klamm. Es war nur notwendig, sich der gegebenen Situation gegenüber richtig zu verhalten. Ich werde jetzt einfach an denen vorbeigehen und mich nicht weiter rühren. Ein ganzer Trupp Feuerwehrleute lief am tobenden Bach entlang. An der hinteren Wegbiegung entdeckte er einige Polizisten.

Severin rutschte an einem Baumstamm entlang und blieb auf dem Boden sitzen. Für was wurde er so hart bestraft? Der blonde Lockenkopf im Sand am Strand. Der blonde Bubikopf auf der Schaukel im Garten. Sein halbes Leben war doch Esther, nichts als Esther gewesen. Warum tat sie ihm das an? Er fühlte sich wie ein Mensch mit zwei Rucksäcken auf dem Buckel, die seine Kinder waren. Die Beine begannen zu schmerzen. Erschöpft blieb er stehen und versuchte ruhig zu atmen. Von der Bergstraße auf der anderen Seite heulten Sirenen auf. Wer war denn so unverfroren und raste mit dem Auto bis zur Klamm? Manchmal war es unerträglich, ein Mensch zu sein.

Severin erhob sich langsam. Die Tat war seine Schuld. Seine Kinder waren missraten, und es war seine Verantwortung. Damals lebte er nur für seine Bank, und die Familie wurde mit Geld ruhiggestellt. Daraus waren diese Monsterkinder geworden, und nun, nach dem Mord, war er vollends am Ende. Was auch weiter passieren sollte, er würde nie mehr hinabgehen in das Tal, das wusste er. Der Severin vom Schlossberg war vor wenigen Minuten verstorben. Langsam ging er hinüber zum Wasser, nahm noch einen langen Blick mit auf den Weg und stand an dem überschwemmten Steg. Er musste unter allen Umständen auf die andere Seite des Baches, oder er würde in der Klamm ersaufen. Seine Tochter hatte gemordet, weil sie immer recht haben wollte und niemals gelernt hatte, zu verzichten.

Es dauerte keine Minute, und zwei Feuerwehrleute warfen ihm ein Seil zu. Nass bis an die Knie erreichte er die andere Seite. Sein Haupthaar steckte im Hut, die Augen verdeckte eine Sonnenbrille und vor dem Kinn lag ein dicker Schal. Alexander Vinsleitner bedankte sich und marschierte zu seinem Apartment. Er wusste nun, er durfte das seiner Tochter nicht durchgehen lassen.

8

»Renata di Nardo.«

Winkler wunderte sich darüber, dass sie sich am Telefon immer mit ihrem vollständigen Namen meldete. Er schaute etwas angestrengt um sich und entdeckte auf ihrer rechten Wade ein großes Hämatom. Das ging ihn nichts an. Er blickte durch die Windschutzscheibe und tippte dann doch noch einmal die Telefonnummer der Intensivstation ein. Er nannte seinen Namen, und schon gab es Aufregung am anderen Ende der Leitung.

»Herr Winkler, es hilft niemandem, wenn Sie alle fünf Minuten anrufen. Der Oberarzt hat jeden Besuch untersagt. Bitte haben Sie doch Verständnis.«

Wütend kläffte Winkler zurück.

»Sie sind kein Krankenhaus, Sie sind ein Internierungslager.«

Renata machte ihm ein Zeichen, damit er aufhörte zu schreien.

»Ich verstehe kein Wort«, sagte sie.

Ein Motorrad überholte sie in hohem Tempo. Die Straße unterhalb des Schlossberges war nass und voller herbstlicher Blätter. »Es wird keine schönen Tage mehr geben«, dachte Winkler. »Es wird von nun an immer Herbst bleiben. Wenn er stirbt, erlischt auch die Sonne.«

»Ich möchte in die Klamm«, sagte er.

Renata fuhr an den Straßenrand und hielt an. Sie nahm einen Block aus dem Handschuhfach und machte sich Notizen. Dann sah sie ihn ganz ruhig an.

»Margarete Auer war bereits tot, als sie in das Wasser fiel. Leider waren ihre Verletzungen aus dem Murenabgang so gravierend, dass man keine genaue Todesursache mehr feststellen kann. Ein Fremdverschulden ist aber nicht auszuschließen. Auch der Herr Schlienz bleibt ein Thema. Die Recherchen ergaben nämlich, dass er und die von dir gesuchte Dame sich gut kannten. Belastend kommt hinzu, dass die von Schlienz erschossene Kollegin Bechtl einem Wirtschaftsvergehen auf der Spur war, an dem ein gewisser Staatssekretär Holzendorf beteiligt sein soll, und der, höre gut zu, hat ein Verhältnis mit deiner Schusswaffenbesitzerin. Man sagt, der Schlienz sei deiner Dame hörig gewesen. Was schließen wir daraus?«

Winkler hatte nur mit halbem Ohr zugehört. Was ging ihn das alles noch an? Sein Sohn lag fiebernd im Sterben, das allein war ihm genug an Wahrheit. Was sollte er tun? Er war hilflos, vollkommen hilflos.

»Ich will in die Klamm«, wiederholte er. »Ich will sehen, wo es passiert ist, vielleicht habe ich morgen keinen Mut mehr dazu.«

Renata fuhr wortlos an und bog an der nächsten Straße in Richtung der Klamm ab. Sie wurde langsam übellaunig. Nicht seinetwegen, sondern weil sie sich lenken ließ, statt ihren Beruf auszuüben.

»Ich bin aus der Bahn geworfen«, sagte Winkler, »mein täglicher Rhythmus ist völlig durcheinander.«

Renata antwortete ihm nicht. Sie fuhr auf den Parkplatz, band sich ein Kopftuch um und marschierte in die Richtung, die ihr von den Schildern gewiesen wurde. Wer sie so laufen sah, hätte denken können, sie liefe vor ihm davon, was etwa ihrer Stimmung entsprach. Der Weg führte an einer kleinen Kapelle mit einem feuerrot gestrichenen Dach und einem aus Birkenstämmen geschnittenen Holzkreuz vorbei. In der Nähe der Klamm blieb sie stehen. Eine schriftliche Warnung teilte mit, dass wegen des Hochwassers ein Betreten der Klamm lebensgefährlich und deshalb verboten sei. Winkler störte sich nicht daran. Er ging stur und mit einem aschfahlen Gesicht einfach weiter. Renata folgte ihm. Sie betraten einen schmalen Weg beim tobenden Wasser, gingen dann unter einem Felsenüberhang durch und betraten eine neue Brücke, die nicht mehr aus Holz, sondern aus Eisen gefertigt worden war. Renata wunderte sich nicht, dass das Wasser in der Enge der Klamm immer höher zu steigen schien und in der Mitte des Wassers ein mächtiger Baumstamm hüpfte wie eine kleine Plastikente in der Badewanne. Ihr wurde es langsam beklemmend, weiterzugehen, doch Winkler zeigte absolut keine Reaktionen. Das Wasser schwappte bis auf den Weg, und sie nahm ihre Sicherheit lediglich aus der Tatsache, dass der Weg von einem schulterhohen Eisengitter gesichert wurde. Nach der nächsten Biegung gab es kein Weiterkommen mehr. Das Wasser rumorte und gurgelte, tobte wild und gischtig im Kreis und konnte offenbar keinen Abfluss finden. Winkler blieb stehen, lehnte sich an den Felsen und stierte wie betäubt auf das brausende Wasser. Renata versuchte etwas zu sagen, aber man verstand sein eigenes Wort nicht. Sie blickte nach oben und schätzte eine Höhe von mindestens sechzig bis siebzig Metern. Würde das Wasser tatsächlich am Ausgang der Klamm gestaut, dann gäbe es bald keinen Weg mehr zurück.

Sie rüttelte ihn an der Schulter, doch er reagierte weiterhin nicht auf sie.

Renata war direkt vor seinem Gesicht stehen geblieben und schaute ihm bissig in die Augen. Mit einem Ruck blickten sie beide die Steilwand hinauf, weil vom Berg Geröll klatschend in das Wasser stürzte. Was dann geschah, das bekam seine ganz eigene Dynamik. Danach hatten sie beide nur noch funktioniert. Polizei und Feuerwehr wurden von ihnen gerufen, und nach einer Stunde verschwand Winkler aus der Klamm. Er hielt es nicht mehr aus.

9

Winkler stand von dem Stuhl auf und reichte seinem Gegenüber die Hand.

»Wir lassen Ihren Sohn nicht gehen«, sagte der Oberarzt mit Schmelz in der Stimme.

Winkler nickte und lief über die Flure des Krankenhauses zum Vorplatz. Dort blieb er stehen. Er hatte Renata allein gelassen. Die musste sich die Predigt ihres Chefs anhören, und er hatte gekniffen.

Köhler hatte sich wieder beruhigt und legte Renata eine Akte auf den Tisch.

»Mir schien, als würde sich der Steilhang bewegen«, sagte Renata, »doch es war ein Mensch, der wenige Meter vor uns in den tobenden Bach fiel. Winkler hat es genauso gesehen, Chef.«

Köhler nieste und putzte sich die Nase.

»Die Frage bleibt, ob der Winkler noch zurechnungsfähig ist. Wo steckt der überhaupt?«

Renata blieb weiter unbeeindruckt.

»Wir schauten beide nach oben, als wir auf der Felsspitze eine Person nach unten schauen sahen.«

Köhler schlug seine Aufzeichnungen auf.

»Der Bürgermeister hat uns die Beschreibung einer Person gegeben, die sich Severin nannte und die sich in diesem Bereich bewegt haben soll. Ein Polizist, der den Mann kannte, hat ihn mir am Telefon beschrieben. Fast zwei Meter groß, breitschultrig, wallender Bart und schulterlange Haare. So eine Art Waldschrat soll das sein. Der Vermisste heißt Xaver Hutterer und ist das Mündel des Bürgermeisters. Vielleicht hat der Waldschrat den Hutterer in die Klamm gestürzt?«

Renata schüttelte energisch den Kopf.

»Das passt nicht. Den wir stürzen sahen, der war ziemlich klein. Hier ist ein Foto von dem Hutterer. Großer Kopf, gedrungener Körper. Winkler meinte, dass danach eine Frau in die Klamm hinuntergeschaut hätte. Und diese Person war ziemlich schmal, eher grazil, als dass sie wie ein Baumstamm aussah.«

Köhler zog sich einen Stuhl heran und setzte sich.

»Für die Aufklärung des Mordes an der Kollegin Bechtl gibt es eine Belobigung. Damit ist dein Ausritt in die Klamm aber nicht aufgerechnet, meine Liebe. Außerdem bleibt der Winkler endgültig aus dem Spiel. Die Sache mit seinem Sohn nimmt ihn zu sehr mit. Er muss zurück nach München. Was den Schlienz betrifft, ist die Sache klar. Die Gräfin war sein Opfer, und den Freitod haben wir bestätigt bekommen. Was mich an der Angelegenheit stört, ist die Tatsache, dass wir in Kenntnis gesetzt wurden, dass diese Esther Vinsleitner eine Verhaftung wegen Kokains hinter sich hat.«

Köhler nahm die Akte zur Hand.

»Das Verfahren wurde eingestellt wegen Mangels an Beweisen, und ihre Entlastungszeugen hießen damals Schlienz und Holzendorf. Das erschossene Mädchen war eine Kleindealerin. Die Tatwaffe lag am Stellplatz der Vinsleitner. Summieren wir also, Frau Kollegin.«

»Vinsleitner und Holzendorf. Die Namen kommen mir bekannt vor«, sagte Renata.

Köhler schüttelte den Kopf. »Dein Winkler hat ziemlichen Mist gebaut. Die Vinsleitner nicht wegen der Pistole zu befragen, das ist schon starker Tobak.«

Renata verkniff sich eine Antwort.

»Renata di Nardo«, meldete sie sich am Telefon. »Wir haben eine Personenbefragung. Die Dame heißt Esther Vinsleitner und dürfte sich bei den Festzelten im Tal am Schlossberg aufhalten. Ein Schutzpolizist hat sie dort gesehen. Bringt sie mir. Nein, einen Haftbefehl haben wir noch nicht.«

10

Esther kleidete sich im Auto um und versteckte ihre Tarnkleidung unter einem riesigen Haufen Müll vom Murenabgang. Dann sog sie die Abendluft ein und schüttelte das Geschehene von sich ab wie ein Hund, der aus dem Wasser gestiegen ist. Es war an der Zeit, ans Geschäft zu denken. Also lief sie zurück und sah Felix.

Aus dem Zelt klang Musik. Eine arabische Kapelle hatte sie nicht bekommen, eine libanesische musste genügen. Livrierte Kellner liefen umher und kümmerten sich. Sie roch die Lämmer, die gebraten wurden. Als Felix sie sah, verschwand er in einem der großen Wohnwagen. Sie ging ihm nach und riss die Tür auf, lief in einen Vorraum und stand schnell im Wohnbereich. Ein Schrei, dann noch ein Schrei und die Frau hielt ihre Hände vor die nackten Brüste. Da stand sie und wurde rot wie eine hässliche Pute.

»Ihnen fehlt eine dritte Hand, Madame, um Ihr Gedöns festhalten zu können«, sagte Esther verächtlich.

Die Frau drehte sich um und zeigte ihren breiten Hintern. Esther lachte laut.

»Sie hatten Ihre Abendrobe anprobieren wollen, und das nackt? Wie ungewöhnlich. Busen, Bauch und Hintern vor Gebrauch gut schütteln«, sagte Esther.

»Mach, dass du hinauskommst«, sagte Holzendorf.

»Schick diese Frau weg, Felix!«

»Mich schickt man nicht einfach weg, Verehrteste«, antwortete Esther.

Esther schaute auf Felix. »Du hast gesagt, du kommst allein.«

»Ich bin Frau Staatssekretär Holzendorf.«

»Du hältst jetzt besser den Schnabel«, sagte Esther kalt. Sie wusste sofort, dass ihr Auftritt ein Fehler war.

»Komm, Felix, die ist ja unerträglich.«

Lässig folgte Felix Holzendorf Esther in den Vorraum, schloss deutlich hörbar die Tür hinter sich und schaute Esther scharf an.

»Du schreibst mir nichts vor«, sagte er. »Der Abend ist mit Dameneinladung, das steht auf der Offerte. So wie du aussiehst, willst du doch nicht in das Zelt? Halsmanschette, sonst noch was? Du hast dir einiges geleistet, Esther. Vielleicht ist es besser, wenn du dich nicht blicken lässt.«

Sie stand einen Augenblick da und knurrte nur.

»Ach ja? So ist das also. Wer hat denn das alles organisiert, das orientalische Zelt, den ganzen Mist da draußen?« Sie hielt ihm den Vertrag vor die Nase. »Hier, die Wiese gehört meiner Firma. Wenn es mir passt, schmeiß ich euch alle raus.«

»Plustere dich doch nicht so auf«, sagte Holzendorf. »Die ganze Sache steht auf der Kippe. Oder glaubst du etwa, die Partner wissen nicht, dass du und der Schlienz euch kanntet? Der erschießt die Gräfin, und dann stellt sich auch noch heraus, mit dem Gewehr eines unserer Klienten, das er ihm gestohlen hat. Fein, fein, fein.«

»Unser Klient? Seit wann hast du Klienten, Felix?« Sie verzog spöttisch die Lippen. »Wenn ich im Ministerium anrufe, kennst du mich nicht, hat man mir ausrichten lassen. Außerdem war ich mit dem Schlienz nicht zusammen. Ich hatte ihn mir gekauft.«

»Einen Mörder?« Holzendorf lachte gemein.

»Hast du wenigstens in Erfahrung gebracht, wer das

Schloss erbt?« Esther wollte ihre Ruhe wiederfinden. Die Frage war berechtigt, er hatte es ihr versprochen.

»Das sage ich noch nicht. Erst muss der Abend vorüber sein.«

»Du traust mir nicht?« Sie versuchte ihre Enttäuschung zu verbergen.

»Mir gehört von der ganzen Chose hier nichts, das ist Fakt. Ein falscher Rülpser und ich bin in der Gülle.«

»Dann sei mal schön brav«, sagte Esther.

Esther stand direkt vor ihm. Wut war da, blanke Wut.

»Jetzt ist aber Schluss mit der Vorstellung. Schleich dich, Esther.« Die letzten Wörter zischte er. Dann machte er den Fehler und fasste Esther an, um sie aus dem Wohnwagen zu schieben. Das hätte er nicht machen sollen. Esther schnellte herum und schlug ihm mit der flachen Hand ins Gesicht. Mit schmerzverzerrtem Gesicht brach er zusammen.

Esther sah ihre Mutter und Dr. Hubauf vor dem Zelt stehen.

»Was ist denn da los?«, fragte Hubauf.

»Ihr Verlobten habt mir noch gefehlt«, zürnte Esther und lief über die Wiese.

Felix rappelte sich hoch und folgte ihr. Hinter der ersten Biegung griff sie in ihre Handtasche und warf die Papierfetzen des Liebesbriefes in den weißen Bach. »Das war's. Bist du endlich zufrieden, du blöde Gans?«, beschimpfte sie sich selbst. »Du hast gewusst, dass es die Frau Holzendorf gibt, und auch, dass er ein Waschlappen ist, das hast du doch längst schon gewusst. In wen warst du verliebt? Das war eine männliche Fata Morgana.« Aber eines war auch klar. So leicht würde sie sich nicht aus dem Geschäft drängen lassen. Sie lief in den Bauwagen und wartete. Esther saß an ihrem kleinen Tisch, als es klopfte und Holzendorf eintrat. Felix Holzendorf kam und umarmte sie fest.

»Beruhige dich. Was hattest du erwartet? Ich bin nicht frei. Lass uns das Geschäft machen und dann die Dinge regeln.«

Er nahm ihr Gesicht und wollte sie küssen. Esther hob nur ihre Augenbrauen an. Holzendorf trat zurück.

»Du rast über die Felder, als der Bürgermeister sich auf den Weg zum Schlossberg macht, um nach dem Kretin zu suchen. Der wird nicht in jedes Fettnäpfchen treten, das du ihm hinstellst. Wie lange willst du abstreiten, dass du seine Papiere unterschlagen hast?«

»Was niemand öffentlich behauptet, ist auch nicht zu kommentieren.« Esther hatte genug.

Er schaute sich um.

»Irgendwann wird es auch dem Dümmsten auffallen.«

»Sprichst du von deiner Frau?«, fragte sie bitter.

Holzendorf war mit seinen Gedanken noch nicht zu Ende.

»Weniger deine Drohung macht mir Sorgen als vielmehr deine Art, mit der du den Oberl Toni angestachelt hast. Das hat ihm nicht geschmeichelt und den Bauch gekitzelt, dass du ihn einen Vollidioten gerufen hast. Wir brauchen Verbündete im Tal.«

»Da gibt es auch kaum einen Unterschied zu dir«, antwortete sie. »Zunächst haben wir den Oberl Toni vom Hals, da sind wir uns doch einig. Den entscheidenden Fehler muss der Feind machen, damit man siegen kann. Die Lehre heißt, alles im Kopf ausschalten, was dem eigenen Erfolg im Weg steht. Spanne die Muskulatur so an, wie es die Situation erfordert, ohne dich zu verkrampfen. Wenn die Umgebung dein Freund wird, ist sie automatisch der Feind deines Feindes.«

Holzendorf steckte seine Hände in die Hose.

»Aha. Und was lehrt uns das? Befinden wir uns im Krieg?«

»Ja«, rief Esther.

Sie warf ihm vergilbte Papiere auf den Tisch. Er nahm sie an sich und las.

Theresa Ottilie von Hohenabt-Wolkenstein.

»Das ist die Erbin des Schlosses und der Wälder«, sagte Esther stolz. »Ich brauche dich nicht, wenn ich etwas wissen will.«

Holzendorf kniff die Augen zusammen.

»Du bist in das Schloss eingebrochen.«

»Was spielt das für eine Rolle? Erfolg ist das Zeichen vom Willen zur Macht über andere. Für manche ist es besser, sie sind tot. Niemand brauchte sie, niemand vermisst sie. Sie atmeten ohne Sinn und Zweck. Das Ziel ist der Weg. Dieses Ziel ist definiert. Erfolg ist auch eine Frage der Dosierung von Emotionen. Niederlagen kommen erst gar nicht in den Kopf, Mitleid ist ein Zeichen von innerer Schwäche. Erwarte kein Mitleid für dich selbst, dann hast du kein Mitleid. Zeigst du es, wird man das gnadenlos ausnutzen.«

»Lass mich mit deiner perversen Philosophie in Frieden«, antwortete Holzendorf.

Esther begann mit einem Kugelschreiber zu spielen.

»Was würdest du sagen, wenn ich die Lady in Zürich bereits angerufen hätte? Verkaufe mir dein Herz, und ich setze dir einen Stein in deine Brust.«

Holzendorf wurde neugierig.

»Du hast sie angerufen? Und, was sagte sie?«

Esther massierte sich den geschwollenen Knöchel.

»Es dürfte sich um eine ältere Dame handeln, deren Einkünfte sicher nicht ausreichen, um die finanziellen Belastungen, die auf dem Schloss liegen, ausgleichen zu können. Sie will das Erbe ausschlagen, zumal es sonst aus der Familie niemanden mehr gibt.«

Holzendorf stöhnte.

»Merde. Wenn sie nicht liquide ist, wird es schwierig.«

Esther schrieb sehr langsam eine Summe auf einen Zettel und hielt ihn ihm unter die Augen.

»Mehr will sie nicht?«, rief Holzendorf entzückt.

»Ich habe ihr gesagt, dass auf dem gesamten Areal acht Millionen Euro an Belastungen liegen, von den Steuerschulden gar nicht zu reden.«

Holzendorf grinste.

»Du hast die alte Dame angelogen.«

»Selbstverständlich. Du kannst beruhigt nach Zürich fahren. Sie wird das nicht überprüfen, wollte nur wissen, wie viel das in Schweizer Franken ist.«

Holzendorf dachte nach. Er war seit einigen Tagen ein Staatssekretär a. D., und daran hatte er sich noch nicht gewöhnt. Auf keinen Fall wollte er etwas falsch machen. Mit unguten Gefühlen schaute er auf zwei ziemlich lädierte Aktenordner.

»Was ist mit den Eingaben gegen das Projekt?«, fragte er. »Diese Frau, die man im Schlamm gefunden hat, hatte die nicht Unterschriften gesammelt und mehrere Gutachten erstellen lassen?«

Holzendorf wusste genau, wie die Frau hieß, aber er wollte sich an die Geschichte dieser Toten nicht erinnern.

»Die Unterlagen sind nie im Landratsamt angekommen. Der Bürgermeister weiß davon nichts. Also ist dieser Fall erledigt«, sagte Esther.

»Du hast die Unterlagen?« Holzendorf wollte darüber nicht nachdenken, und er wollte nicht nach Zürich. Ihm war es unangenehm, so direkt tätig zu werden, lieber zog er aus dem Hintergrund die Fäden. Esther kannte ihn zu gut, um ihren Pseudohelden nicht zu durchschauen.

»Es war nicht einfach, ein Konto für dich in Zürich einzurichten. Ich habe es dennoch geschafft. Einige Herren waren mir dabei mit ihren Firmen und Auslandskontakten behilflich. Aus dem bisherigen Investitionstopf haben wir für dich eins Komma fünf Millionen Euro bereitgelegt. Vorausgesetzt, du reist nach Zürich, und die alte Lady verkauft dir das Schloss.«

Da stand er wie ein Schüler vor ihr und knirschte mit den Zähnen. Sie sah ihn an und wusste, er würde die von ihr ersehnten Worte nie zu ihr sagen. Es gab für sie nur eine Möglichkeit, ihn zu bekommen, sie musste ihn sich kaufen.

»Außerdem könntest du dir bei dieser Gelegenheit ein kleines Nebenkonto einrichten«, sagte sie. »Der Dieb, der lächelt, der stiehlt nicht mit eigenen Fingern, der Dieb, der lächelt, nimmt die Schecks entgegen.«

Sie grinste ihn unverschämt an. Holzendorf gefror sein Verlegenheitslächeln im Gesicht.

»Du bist krank«, antwortete er.

»Krank? Wann hast du zuletzt in den Spiegel geschaut? Was willst du in diesem Tal? Wie diese Idioten und Kretins Gras fressen und es mit den Schafen treiben? Siehst du, ich habe sie gefunden.« Sie zeigte ihm weitere Unterlagen. »Schlienz hatte sie im Schloss versteckt, aber ich habe sie gefunden. Sie gehören mir.

Heute Abend werde ich Vorverträge unterschreiben lassen, und dann wird das Tal in neuem Glanz leuchten.«

Holzendorf wollte gehen.

»Der Oberl Toni sagte, du hast das Bauernhaus aus dem 17. Jahrhundert abreißen lassen und das ohne Genehmigung.«

»Hau ab!« Esther war wütend. Sie schloss die Tür hinter ihm ab und zog sich aus.

Das Geschehene brauchte eine zweite Seite. Die schwarze Seite war der Sturz dieses Affenmenschen in die Tiefe. Sie konnte nicht einschätzen, wie sich ihr Vater verhalten würde. Würde er sie verraten? Einmal Notwehr bei der Auer, das würde gehen, aber zweimal? Sie sah das so. Notwehr, denn die Alte hatte zuerst nach ihr geschlagen, das tat niemand ungestraft bei ihr. Und der Affenmensch, hatte der nicht sogar zwei Knüppel in den Händen gehalten? Das musste er doch gesehen haben, dieser Vater, der ihr Vater einmal war in der Vergangenheit. Sie durfte nicht mit ihm rechnen. Oder doch? Würde er für sie aussagen? Und wenn der Affenmensch überlebte? Ausgeschlossen. Sie nahm die Halskrause ab, zog sich das flaschengrüne Kleid und die passenden Schuhe an und schlich sich an das Zelt heran. Vor dem Zelt standen Kellner. Offenbar war das große Fressen bereits im Gange. Sie lief seitlich am Zelt vorbei und trat ungeniert in das Küchenzelt. Die beiden Chefinnen der Catering-Firma, Inga und Nana, winkten ihr vertraut freundlich zu, widmeten sich dann wieder ihrer Arbeit. Der Nachtisch wurde vorbereitet, also hatte das Festmahl länger als geplant gedauert. Sie winkte sich Nana heran und trat mit ihr durch den Durchgang in das Festzelt. So belanglos ihre Fragen auch waren, sie taten bei einigen Personen im Zelt ihre Wirkung. Sie fragte nach Reaktionen einzelner Gäste, dem Champagnerkonsum, kleinen Tellern und kubanischen Zigarren. Sie täuschte sich nicht, wenn sie davon ausging, dass die Leute im Zelt glaubten, sie sei die Organisatorin des Spektakels. Mit einem Wink befahl sie einem halben Dutzend Bauchtänzerinnen den Auftritt. Esther war mit sich zufrieden, aber noch nicht völlig mit dem Ergebnis. Stolz und provozierend lief sie quer durch das Zelt zum Ausgang, hielt an, schnippte mit dem Finger, wie man es bei keinem Dienstboten mehr wagte, und sah in das entsetzte Gesicht des von ihr gemeinten Felix. Ihn zu desavouieren war ihre Absicht gewesen. Die Gäste feixten sich zu. Man wusste von ihrem Verhältnis mit Holzendorf. Vor dem Zelt schnauzte sie die qualmenden Kellner an: »Ich bezahle Sie nicht für Ihre Pausen, meine Herren.«

Der gute Felix erschien brav an der Tür und war wütend über die demütigende Geste.

»Hast du einen Vogel, mich vor allen Leuten dermaßen zu brüskieren? Was treibst du hier?«

»Es ist mein Event, mein Lieber, schon vergessen?«, sagte sie. »Ich dachte, du bist ein Freund.« Sie sah ihn drohend an. »Ich war auf meinem Platz, und was hast du erreicht?«

»Gemach, gemach, du klingst so nachtragend. Immerhin hast du mir eine blutige Nase verpasst. Ich erwarte eigentlich eine Entschuldigung.«

Das war wie ein Signal. Esther begann lauthals zu lachen. Sie hatte genau auf diesen Satz gewartet, der kam, als hätte sie das Drehbuch geschrieben.

»Eine Entschuldigung?« Sie lachte ihr ganz bestimmtes Lachen, dem er nicht widerstehen konnte, das wusste sie von ihren Reisen, und wenn er noch so wütend auf sie gewesen war, lachte er mit. Es steckte ihn einfach an.

»In den Speisekarten stecken die Vorverträge«, sagte Esther kühl, »kümmere dich darum.«

Frau Holzendorf kam, und wie von Esther beabsichtigt, gab sie ihren Auftritt. Esther spürte einen ungebändigten Hass in sich.

»Darf ich fragen, was du hier tust, Felix?«

Sie stand da wie eine Idiotin.

»Er scherzt mit seiner Geliebten, was dachten Sie denn?«, sagte Esther.

Esther hatte diese Worte längst vorher geschliffen wie eine giftige Pfeilspitze. Felix war sprachlos und verdrückte sich zu den Toilettenwagen.

»Was haben Sie da gesagt?« Frau Holzendorf bekam ein rotes Gesicht.

Esther sah ihr an, dass sie nicht auf den Champagner verzichtet hatte. Ihre Zunge stieß an die Zähne, ein dämliches Lispeln war das Ergebnis.

»Ich habe mir Ihren Felix in mein Bettchen geholt, Frau Staatssekretärin a. D., und zwar immer dann, wenn mir danach war. Compris, Madame?«

Esther hatte die Sache im Griff. Aus der Distanz sahen die Leute im Zelt einen Disput, aber sie hörten nicht, worum es dabei ging. Sie sah, wie ihre Mutter die Ohren spitzte. Viele Augen waren auf sie gerichtet. Manche im Zelt hatten Auslandsreisen mitgemacht, mit Felix und Esther. Natürlich nicht mit den Damen, die jetzt neben ihnen saßen. Auf Esther konnte man sich verlassen, Esther war verschwiegen.

Esther steckte ihre Liebe in eine Plastiktüte und ließ sie langsam ersticken. Dafür musste jemand bezahlen.

»Felix hat so ein entzückendes Muttermal. Sie wissen schon, wo«, sagte sie.

Die Holzendorf warf sich in Positur, aber an ihrem wogenden Busen war ihre innere Wut deutlich zu erkennen. Esther musste nur noch ein wenig TNT in das Feuer werfen, und der Vulkan würde explodieren. Die Holzendorf wusste längst von der Affäre, da war sich Esther sicher, aber sie wollte es nicht wahrhaben. Das war typisch für diese Art Frau. Sie kannte das von ihrer Mutter. »Schweig, Esther, das geht uns nichts an. Der Vater hat viel zu tun, schweig, schweig, schweig.«

»Wollen wir uns aussprechen«, sagte Esther, triefend vor Falschheit und unverschämt jovial.

»Aussprechen!«, schrie die Holzendorf und war bereits geschlagen. Das reichte Esther nicht. Esther wollte diese Frau demütigen. Sie sollte dafür bezahlen, was Felix an ihr verbrochen hatte und dass sie ihm völlig gleichgültig war. Der Holzendorf war die Affäre ihres Mannes nicht egal, sie war eine Frau.

»Sie leiden an Hämorrhoiden. Das ist lästig. Ich hoffe, Sie hatten genug Kissen.« Esther flüsterte. »Felix sprach darüber, wie Sie leiden.«

Die Frau wankte wie eine Volltrunkene, und jeder im Zelt sah es.

»Felix«, schrie die Holzendorf, dann folgte ein Brüllen: »Felix!«

Sie verlor jede Contenance. Tränen liefen ihr über das Gesicht. Vor Zorn hatte sie ihren Lippenstift verschmiert und sah aus wie ein billiger Zirkusclown. Jetzt war es an der Zeit, ihr den Rest zu geben.

»Wie heißen Sie eigentlich mit Vornamen? Felix nannte Sie immer nur Stinkie, wegen Ihres Malheurs am After.« Esther lachte laut.

Das war der berühmte Tropfen, der das Fass zum Überlaufen bringt. Esther rechnete mit dieser Reaktion, also bewegte sie sich langsam zur Seite, um der Holzendorf die Gelegenheit zu geben, die Handtasche zu schwingen. Jeder im Zelt konnte den Angriffsversuch sehen. Wie zur Abwehr hob Esther beide Hände und krallte sich dann im Dekolleté der Holzendorf fest. Esther schien zu fallen, um dem Schlag zu entgehen. Der Stoff zerriss und die Brüste lagen frei. Die Frauen im Zelt kreischten und die Männer lachten, manche applaudierten sogar. Esther kniff die Lippen zusammen. Sie tat wie die Unschuld vom Lande. Jeder hatte gesehen, dass die Holzendorf sie attackieren wollte. Sie drehte sich um und ging.

Felix kam zurück und half seiner Frau auf, die der Länge nach zu Boden gestürzt war. Sein Blick hätte Esther deutlich gesagt, dass sie die Partie um ihn verloren hatte. Tatsächlich sollten sich die beiden nie mehr wiedersehen.

»Die Gäste möchten ihren Nachtisch nehmen«, sagte Esther am Kellnerzelt und stieg in ihren Bauwagen.

Das gebotene Spektakel würde nachhaltig wirken. Esther wollte darauf vertrauen, dass die Zeugen sich erinnern würden, dass die Auseinandersetzung kurz vor dem Servieren des Nachtisches passiert war. Da sollte ihr Vater doch bezeugen, was er wollte. Sie könnte den Affenmenschen nicht in die Klamm gestoßen haben, wenn Zeugen bestätigten, sie immer wieder im Zelt gesehen zu haben. Schnell schlüpfte sie in einen schwarzen Hosenanzug und eilte hinaus. In dieser Kleidung unterschied sie sich kaum von den Bedienungen. Esther lief erhobenen Hauptes herum und wieder zu ihrem kleinen Bürowagen zurück.

Ahs und Ohs folgten ihr aus dem Zelt nach. Der flambierte Nachtisch wurde gereicht. Sie hatte ein prächtiges Tischfeuerwerk bestellt. Die Gäste gingen zur Tagesordnung über. Recht so. Wer interessierte sich noch für Felix Holzendorf? Der war ein Auslaufmodell. Esther atmete durch. Nebel kam aus den Wäldern und machte ihr ungewohnt zu schaffen. Nach dem Attentat auf sie bekam sie schlecht Luft, wenn das Wetter feuchter wurde. Was würde sie tun, wenn Felix am Wohnwagen auf sie warten würde?

»Bilde dir keine Schwachheiten ein, Felix. Ich bin an dir nicht interessiert. So spannend bist du nicht. Es geht um das Geschäft. Jetzt lässt du mich einsteigen, ich bin müde.« Würde sie das sagen? »Lass den Arm unten, Felix. Bevor du zuschlägst, habe ich dir deinen entzückenden Kiefer gebrochen. Das wäre doch schade um das schöne fotogene Gesicht des Herrn Staatssekretärs a. D. Adieu, gehab dich wohl und Servus.« Ihn zu schlagen, das war es, wozu sie Lust hatte. Sie sah die beiden Frauen in der Dunkelheit erst, als sie direkt auf sie zu kamen.

»Kriminalpolizei.«

Esther erstarrte. Sie wollte keine Reaktion zeigen und hatte sich schnell wieder im Griff.

»Worum geht es?« Sie blieb stehen und schloss die Tür des Wohnwagens nicht auf. Sie hatte den Fehler gemacht, die Unterlagen drinnen liegen zu lassen.

»Wir möchten Sie bitten, uns zur Klärung eines Sachverhaltes zu begleiten.«

Esther sah die Frau an. Sie hatte sehr kurz geschnittenes Haar, das überhaupt nicht zu ihrem Gesicht passte.

»Die Bauarbeiter haben das alte Bauernhaus abgerissen, das war mein Fehler. Ich wusste nicht, dass es unter Denkmalschutz stand«, sagte Esther.

Sie wollte Zeit gewinnen.

»Darum geht es nicht«, sagte die kleinere Frau, die eine kindische Spange im Haar stecken hatte und eine Hose trug, die vorne und hinten nicht passte.

Esther hatte noch nie verstehen können, dass so viele Frauen sich so entsetzlich schlecht anzogen.

»Man hat bei Ihrem Tiefgaragenplatz in München eine Pistole gefunden.«

Jetzt war Esther wirklich überrascht.

»Unmöglich«, sagte sie, »ich hasse Waffen.«

Die Beamtinnen sahen sich an, und man hätte an ihrer Mimik erkennen können, dass sie Esther glaubten.

»Ich sehe aus wie eine meiner Kellnerinnen. Darf ich mich umziehen?«

Die Frauen waren einverstanden. Esther zog ein sehr teures Kleid an, nahm einen Mantel über den Arm, steckte die wichtigsten Unterlagen in einen Lederkoffer und legte die Akten der Auer direkt vor den Heizstrahler, den sie auf die höchste Stufe stellte. Niemand könnte es ihr verübeln, dass sie in ihrer Situation vergaß, die Heizung abzustellen. Sie glaubte keine Sekunde, dass man sie in der Nacht zu einer kleinen Plauderei bei der Polizei abholte. Irgendwie musste sie es schaffen, den Aktenkoffer in den Porsche zu bekommen.

11

Er ahnte, dass in dem Leichenwagen, der von einem Polizeiauto eskortiert wurde, der Hutterer lag. Sie hatten ihn also endlich gefunden. Winkler war auf dem Weg zum Büro von Renata, weil er eine Aussage zu den Ereignissen in der Klamm machen und sie unterschreiben sollte. Jedenfalls dachte er, dass sie ihn deshalb angerufen hatte. Winkler hatte sich noch nicht daran gewöhnt, in der nun langsam herabsinkenden Dunkelheit den Tod zu sehen. Er war hier am Fuße der Alpen, entgegen seinem Naturell, durch die Gegend gelaufen. Er bewegte sich wie ferngelenkt. Die kalte Luft half seinem erhitzten Kopf. Dann besuchte er seinen Sohn. Er durfte ihn lediglich durch die Scheibe ansehen und hatte den Eindruck, alles sei so wie immer. Als der Arzt ihm erzählte, seine Frau, die nun seine Exfrau war, habe angerufen und abgesagt, weil sie krank sei, da hatte er einfach geschwiegen und war den Flur entlanggelaufen. Er war noch nicht in sich zurückgekehrt, und er wusste, dass sein Berufsleben gefährdet war. Es war ihm einerlei.

Renata stand am Fenster und schaute auf Winkler, der unruhig auf seinem Stuhl herumrutschte und auf den Bildschirm starrte. Sie setzte sich langsam an ihren Schreibtisch und blätterte in einer Akte. Winkler schaute hoch und sah sie an. Er zeigte mit dem Finger auf die Zwischentür zum Nebenraum.

»Ist sie da drin?«

»Nein«, antwortete Renata. »Sie ist plötzlich zusammengebrochen. Inzwischen weiß ich, dass sie einen Abgang gehabt hatte. Das Blut lief nur so aus ihr heraus. Es war dieser ominöse Unfall im Tal. Sie hatte das Krankenhaus auf eigene Verantwortung verlassen. Jetzt ist sie wieder dort. Eine Etage unter deinem Sohn«, wollte sie noch sagen, verkniff sich den Satz aber lieber. Winkler schüttelte den Kopf.

»Woher habt ihr das?« Er zeigte auf den Tisch.

Renata hob einen braunen Umschlag hoch.

»Anonym. Alles fein säuberlich abgewischt, also keinerlei Ergebnisse für die Spurensicherung.«

Winkler schaute sich die Bilder im Fernseher an, legte die Fernbedienung auf den Schreibtisch und unterschrieb schnell seine schriftliche Aussage, die er gegenüber einem Kollegen abgegeben hatte.

»Sie ist also bei der Margarete Auer eingebrochen und hat Papiere gestohlen. Das macht Sinn. Die Auer war offenbar beseelt von dem Kampf gegen das Bauprojekt im Tal. Eine ziemlich aggressive Aktivistin, die erheblichen Wirbel verursachte. Die Frage ist, wer dir das Bildmaterial aus der Überwachungskamera zugespielt hat und warum?«

Renata spielte mit einem Bleistift und tippte damit an ihre Stirn.

»Warum hast du in deiner Aussage nicht erwähnt, dass du sie an der Felsenspitze gesehen hast?«

»Weil ich mir da absolut nicht sicher bin«, antwortete er.

»Aber sie könnte es gewesen sein.«

Winkler stand von dem Stuhl auf und zog seinen Mantel an.

»Der Schlienz erschoss die Gräfin, weil sie ihm das Schloss nicht verkaufen wollte. Der Tod der Auer ist bisher ungeklärt, und der Hutterer ist auch nicht freiwillig über die Klippe gesprungen. Und wenn ich richtig informiert bin, steht der Großbaustelle im Tal nichts mehr im Weg.«

»Da bist du richtig informiert«, sagte Renata.

Winkler wollte zur Tür gehen.

»Gibst du mir den Schlüssel? Ich muss mich hinlegen. Wenn du möchtest, richte ich dir eine Avocado mit Schafskäse her. Wie lange willst du noch hier sitzen?«

Renata sprang plötzlich auf, öffnete die Tür zum Verhörraum, lief zur Flurtür und spähte hinaus.

»Köhler ist mit dem Staatsanwalt beim Richter. Ich darf mit dir nicht mehr über den Fall sprechen.« Sie reichte Winkler einen dünnen Hefter.

Winkler deutete mit einem Finger auf ein Foto.

»Den Jaguar kenne ich. Damit muss der Schlienz von München aus in das Tal gefahren sein.«

Renata flüsterte.

»Die Vinsleitner hat ausgesagt, der Schlienz hätte ihr den Wagen gestohlen. Inzwischen ist er untersucht worden. Neben der Tatsache, dass das Gewehr im Kofferraum gelegen hat, haben die Kollegen minimale Spuren von Kokain gefunden. Vorhin kam die Mitteilung, dass ihr Bruder in einer Anstalt sitzt, weil ihm der Koks das Gehirn aufgeweicht hat.«

Winkler wischte sich einige Schweißperlen von der Stirn.

»Da haben wir also die ermordete Koksdealerin nebst Schusswaffe, und wir haben eine erschossene Kollegin, die dem Geliebten der Vinsleitner auf der Spur war. Wie viele Motive brauchen wir noch? Die junge Dame scheint mir ein ziemlich schlimmer Finger zu sein.«

»Du bist raus«, sagte Renata, nahm ihm den Hefter ab und reichte ihm ihre Hausschlüssel über den Schreibtisch. »Außerdem gibt es dutzende Zeugen dafür, dass die Vinsleitner bei ihrer Verkaufsveranstaltung war.«

Winkler ging wortlos zur Tür.

»Wir haben den Hutterer gefunden«, sagte Renata. »Bis zum unteren Wehr hatte ihn die Strömung mitgerissen.«

Er lief traurig über den Flur und stieg die Treppen hinab. »Was für ein elendes Dasein«, dachte er. Winkler hatte schnell einen Blick in einen Ordner geworfen und gesehen, dass die Vinsleitner fünfzehn Prozent für das

Projekt bekommen sollte. Das mussten zwischen sechs und acht Millionen Euro sein. Inzwischen waren im Tal vier Menschen gestorben. Er verstand die Welt nicht mehr. Wir zwingen uns in den Alltag, vermeiden die kleinen Freuden, den milden Glanz der Freiheit, passen uns willfährig an, obwohl das Leben herrlich sein könnte. Statt zum Haus von Renata zu gehen, marschierte er schnurstracks zum Ristorante von Renatas Vater, bestellte sich einen großen Grappa und sah sich vor einer Portion Spaghetti Vongole sitzen.

»Ich hätte dir gerne etwas zubereitet«, sagte er zur abwesenden Renata.

Ihr Vater kam mit einer Flasche Rotwein an den Tisch.

»Wieso heißt du Winkler?«, fragte er. »Hast du keinen Vornamen?«

Winkler zuckte die Achseln.

Im Büro wurde es lebhaft. Köhler kam vom Staatsanwalt und hielt sich den übersäuerten Magen. »Die Geschichte mit der Pistole und dem Kind in München hat mit dem Schlienz zu tun. Sie haben Anhaftungen von der Kleidung der Toten mit der DNA von dem Verrückten verglichen. Die Vinsleitner hatte absolut kein Motiv. Bei der erschossenen Kollegin sehe ich das ähnlich. Anders sieht es bei der Auer und beim Xaver Hutterer aus.«

Renata trank einen Schluck Wasser.

»Am Schlossberg ist einfach zu viel Geld im Spiel«, sagte Köhler.

Renata reagierte nicht.

»Über vierzig Millionen Euro sollen im Tal investiert werden.«

Köhler schnalzte mit der Zunge.

Renata schaute auf die Fotos.

»Was denken Sie über die Vinsleitner?«

Köhler verkniff sich einen Rülpser und stellte sich neben die Tür.

»Entweder sie ist gefühlskalt und abgebrüht, oder sie hat mit all dem tatsächlich nichts zu tun.«

»Und der Einbruch?«

»Den hatte sie sofort eingeräumt. Allerdings sagte sie, im Dorf stünden immer alle Türen offen und die Auer hätte ihr Unterlagen gestohlen.«

Renata griff nach dem Ordner.

»Und wo sind diese Unterlagen?«

Köhler nahm noch eine Magentablette, schnupperte an einer Zigarre, die er danach wieder in ein Etui steckte.

»Der Holzendorf hat sich gemeldet und ist bereit, die Situation zu erläutern. Nach seinen Angaben beim Staatsanwalt hatte die Vinsleitner die Auer ausschalten wollen, damit es keinen Widerstand mehr gegen das Projekt im Tal gab.« Köhler grinste und setzte sich. »Ich habe die Vinsleitner davon in Kenntnis gesetzt.«

Renata schaute staunend auf ihren Chef.

»Na und? Wie hat die feine Lady reagiert?«

»Sie verlangte ihren Anwalt, und sie begann zu bluten.«

Renata legte ihren Stift auf den Tisch.

»Dieser Holzendorf hat seinen Posten in der Regierung verlassen, und die Kollegen vom Wirtschaftsdezernat haben die Situation sofort genutzt. Nach seiner Aussage kommt das große Geld von Investoren aus dem Umkreis des Vaters der Vinsleitner. Nebenbei bemerkt, der alte Vinsleitner ist spurlos verschwunden.«

Köhler sah die Kollegin an.

»Gut. Nehmen wir den Fall Margarete Auer wieder auf. Feierabend. Für heute ist Schluss. Hau endlich ab, es ist schon spät.«

Nacht. Die Welt drehte sich, und Renata hätte sich gerne darüber gefreut. Sie lief zum Krankenhaus, weil sie ihn dort vermutete. Nach drei Stunden saßen sie immer noch in dem unangenehm riechenden Flur, wo auf den Tischen zerfledderte Illustrierte lagen und wo sie daran dachte, dass hier Menschen darauf warten mussten, zu erfahren, dass ihr Angehöriger soeben verstorben war.

»Lass uns abhauen«, sagte Winkler zu ihr. »Wenn wir jetzt nicht gehen, verpassen wir noch den Sonnenaufgang.«

Renata wusste, dass sie sich Winkler als Vater ihrer Kinder gewünscht hätte. Dafür war es zu spät. Alle fünf Minuten stand er auf und spähte durch die Scheibe auf das ausdruckslose Gesicht seines Sohnes. Sie saß im Krankenhausflur auf einer Bank, und manchmal schlief sie ein. Doch sie dachte immer wieder, dass sie eine solche Nacht noch nie erlebt hatte und sie eigentlich genoss, auch wenn sie hundemüde war. Er sagte, er wolle gehen, aber er blieb. Also blieb sie auch.

Als Renata aufwachte, war Winkler verschwunden. Der war zum Zimmer von Esther gelaufen. Er wollte sich ein persönliches Bild von dieser Frau machen und stand deshalb in ihrem Krankenzimmer. Zu seiner völligen Überraschung lag sie ruhend in einem Fernsehsessel, schaute sich einen Film an und trank dazu ein Glas Champagner, und das am frühen Morgen. Die lag in keinem Krankenzimmer, sondern in einem Wohnraum eines Sternehotels, dachte Winkler. Sie hielt seinem Blick stand. Dann nippte sie am Glas und bediente den Schwesternruf. Winkler zog sich zurück und hörte noch, wie der vor ihrer Tür schlafende Polizist von der Krankenschwester angeschnauzt wurde.

Am nächsten Tag musste er endgültig seine Sachen packen und nach München zurückfahren. Köhler hatte ihm noch die Beschwerde des Professors gezeigt.

»Das war Hausfriedensbruch«, sagte er.

»Ich wollte das Gesicht identifizieren, aber es hat nicht geklappt«, entschuldigte Winkler sich.

Winkler versuchte, bei seinem Chef in München ein paar Urlaubstage zu bekommen, um bei seinem Sohn bleiben zu können. Natürlich bestand der Kriminaldirektor auf einem Rapport, und er musste erleben, dass man ihn bei seiner Rückkehr nicht mehr in die Klinik ließ.

»Besuchst du ihn für mich?«, fragte er Renata.

Sie stellte den Kragen ihres Mantels hoch und sah ihn an.

»Warum machst du solche Sachen?«

Winkler versuchte ruhig zu antworten.

»Weil ich begriffen habe, dass diese Dame nichts zugeben wird, was du ihr nicht beweisen wirst. Sie wird eine Brigade Rechtsanwälte haben und Gutachter, so weit dein Auge sehen kann.«

»Wir haben die Aussage von Holzendorf.«

Winkler stieg in sein Auto und ließ den Motor an.

»Dann pass gut auf ihn auf. Nicht, dass der dir auch noch von der Klippe fällt.«

In diesen Momenten schaute Renata in das Gesicht eines alt gewordenen und verbitterten Mannes.

Eine Stunde später erklärte ihr Köhler, dass eine Verlegung der Vinsleitner in die Haftanstalt abgelehnt worden war. Zwei Professoren hatten sich dagegen ausgesprochen. Nach dem Krankenhausaufenthalt sollte ihr Weg in eine Nervenklinik führen, um sie wegen des Unfalls und des Verlusts ihres ungeborenen Kindes zu behandeln. Sie war enttäuscht.

Renata di Nardo schrieb das auf. Den Zettel schob sie in einen Umschlag und schrieb »Winkler« drauf. Sie wollte ihm den Stand der Dinge kommentarlos übergeben. Sie wusste nun, er würde in dieser Sache recht behalten.

12

Winkler schlief. Über den Wäldern, gegen den dunklen Berghang, kreiste ein Adler. In der Nähe zwang ein Lastkraftwagen einen PKW auf die rechte Spur. Ein Hupkonzert holte Winkler aus dem Schlaf. Auf der Fahrt von München ins Allgäu hatte er eine Pause einlegen müssen.

»Was soll ich dir denn erzählen?« Winkler erschrak. Er musste erst zu sich kommen. Dann erst bemerkte er, dass er auf einem Parkplatz neben der Autobahn stand und nicht bei seinem Sohn war. Würde sein Sohn aufwachen können, wenn er Geld hätte und sich Spezialisten leisten könnte? Diese Frage durfte er nicht zulassen. Es ging ihm auch so schon nicht besonders. Er nutzte das Telefon.

»Renata di Nardo.«

»Entschuldige, ich habe mich gestern blöd benommen. Kannst du reden?«

Sie antwortete nicht.

»Esther Vinsleitner wird weder der Mord an dem

Mädchen noch das Attentat auf unsere Kollegin zu beweisen sein. Konzentrier dich auf die Auer und den Hutterer. Wo bist du?« Winkler stutzte, weil im Hintergrund bei Renata ein Hahn krähte.

»Wir haben uns das Schulhaus und die Sachen der Auer noch einmal vorgenommen. Beim Hutterer war nichts zu finden. Sein Schädel ist völlig zertrümmert. Die Vinsleitner hat ausgesagt, sie wäre den Tag über und vor allem am Abend in ihrem Wohnwagen und im Festzelt gewesen und einen Xaver Hutterer würde sie überhaupt nicht kennen. Wir können ihr das Gegenteil momentan nicht beweisen.«

Winkler wurde zornig.

»Die lügt doch.«

»Das ist anzunehmen. Beschuldigte dürfen zu ihrer Verteidigung auch lügen.«

Renata machte eine Pause. »Der Hutterer hat ihr den Stein in die Windschutzscheibe geworfen. Er muss sich an dem Material verletzt haben. Die Blutanhaftung ist eindeutig zugeordnet.«

»Aha«, entfuhr es Winkler, »wenn das kein Motiv ist. Sie überschlägt sich und verliert dabei ihr Kind.«

Renata hüstelte. »Könnte ich sogar verstehen.«

»Wie bitte?« Winkler schrie es fast.

»Unabhängig von meinen Ansichten. Sie wird vor Gericht dafür Verständnis finden. Sie hat den Attentäter Hutterer gesehen und ist durchgedreht. Aber das ist sowieso einerlei.«

Winkler konnte die letzten Worte nicht interpretieren.

»Einerlei? Wieso ist das denn einerlei?«

Renata holte tief Luft.

»Weil ein Professor Haage ihre Verteidigung übernommen hat, und der gab an, sie würde die Auseinandersetzung mit Todesfolge gegen die Auer einräumen, wenn die Sache damit erledigt wäre.«

Winkler reagierte perplex.

»Sie würde es einräumen? Ist dieser Haage die Berühmtheit aus Frankfurt?«

»Ja«, antwortete Renata.

»Und was machst du dann noch bei der Auer?«

»Es geht noch darum, ob es Mord aus niedrigen Beweggründen war, Totschlag oder Notwehr.« Renata hustete.

»Notwehr?«, brüllte Winkler. »Das haben die sich ja fein ausgedacht.«

»Ich darf mit dir darüber nicht reden«, sagte Renata.

»Das weiß ich doch«, antwortete Winkler.

»Wann treffen wir uns?«

»Es gibt ein Geschäft mit der Staatsanwaltschaft, stimmt's?«, fragte Winkler.

Renata atmete tief aus.

»Ja.«

13

Der Mann kam aus der Cafeteria und quälte sich über den Fußweg, als hätte er einen Herzanfall zu befürchten. In seiner Rechten trug er eine schmale Reisetasche, und unter seinem linken Arm steckte ein Paket aus Tageszeitungen. Er trug einen eleganten Mantel französischen Zuschnitts, einen hellbeigen Seidenschal und Schuhe aus Florenz. Der Mann setzte sich auf eine leere Bank und wollte telefonieren. Die Nummer war gespeichert.

»Es ist gleich Mittag«, sagte er.

Ein vorübergehender Passant schaute beunruhigt auf seine Uhr und starrte den telefonierenden Mann an. Es war soeben sieben Minuten nach zehn Uhr.

»Ich warte.«

Alexander Vinsleitner hatte seine Haare zu einem Pferdeschwanz gebunden und trug einen Hut. Den Bart hatte er sich abrasiert. Inzwischen war er regelrecht abgemagert, aß sehr wenig und hielt sich mit dem Wunsch aufrecht, dass seiner Tochter möglichst nichts passieren sollte. Die ganze Angelegenheit war ihm sprichwörtlich auf den Magen geschlagen. Er legte seine Utensilien neben sich auf die Bank, stützte sich mit beiden Händen auf den schweren Knauf seines Stockes und starrte hinüber zum Eingang der Bank. Seinen schweren Stock hatte er als einzige Erinnerung an den Schlossberg behalten. Wenn er in den Spiegel sah, konnte er sich nicht mehr als Severin erkennen. Alexander Vinsleitner stierte auf die automatische Tür des Geldinstitutes, durch die sich die Menschen in die Bank stürzten. Sie machten alle auf ihn den Eindruck, als hätten sie keine Zeit. Er wartete auf das Gesicht, das ihm vorhin in der Masse aufgefallen war. Immer wieder sah er auf die Armbanduhr, obwohl er jetzt schon zum dritten Mal um die gleiche Zeit auf dieser Bank saß und auf dieses Gesicht wartete.

Er musste knapp zwanzig Minuten warten, bis das Gesicht wieder aus dem Bankgebäude auftauchte. Felix Holzendorf lief einige Meter auf dem Gehweg, bog dann in eine schmale Seitengasse ein und kam nach kurzer Zeit mit einem schweren Wagen wieder heraus. Alexander Vinsleitner nahm die Sonnenbrille ab und blickte vor sich hin. Dann schaute er auf den Mann, der sich mit einer Hand über das kurz geschorene Haar strich und auf ihn zukam. Er nickte.

»Es ist gleich Mittag«, sagte der Mann.

»Ariadne sucht den Faden«, antwortete Vinsleitner mit dem vereinbarten Satz, und der Mann überreichte ihm einen größeren Umschlag.

»Sie werden in Ihrer Heimat inzwischen mit Haftbefehl gesucht.«

Nach diesen Worten ging er sofort weiter.

Vinsleitner winkte einem Taxi, setzte sich in den Fond und öffnete den Umschlag. Er überflog die erste Seite. Seine Frau, die längst seine Exfrau war, hatte ihn de facto beim Finanzamt angeschwärzt, und die hatten tatsächlich einige seiner privaten Transaktionen aufgedeckt. »Sei's drum«, dachte er und las den Prozessbericht. Esther stand vor Gericht, und der Prozess neigte sich dem Ende entgegen. Was er da las, erfüllte ihn nicht mit großer Zuversicht. Esther benahm sich sehr unklug, und noch immer schwebte die Mordanklage wie ein Damoklesschwert über ihrem Kopf. Das Gericht hatte die Auer tatsächlich exhumieren lassen, und es wurde festgestellt, dass der gebrochene Kehlkopf ursächlich für ihren Tod gewesen war. Alexander Vinsleitner packte die Unterlagen in seine Aktentasche. Über Umwege hatte er eine Million Franken nach Frankfurt geschafft und den berühmtesten Anwalt des Landes für die Verteidigung seiner Tochter engagiert. Doch die zeigte sich auf der Anklagebank verstockt, hatte die Auer des Diebstahls von Geschäftspapieren bezichtigt und gesagt, dass sie ihr eine Abreibung verpassen wollte. Vor wenigen Tagen erst musste er lesen, dass sie ein Kind verloren hatte, und der Hutterer sollte daran die Schuld tragen.

Der Kindsvater hieß Holzendorf. Er hatte sich die

Visage lange in der Zeitung angesehen. Diese Kanaille war es, die Esther vor Gericht besonders schwer belastet hatte.

Vinsleitner ließ sich wieder zurückfahren und betrat nun selbst die Bank.

Er hatte einen Teil seines Geldes in kleinen Firmen angelegt, sich an Immobilien beteiligt und eine Einmannfirma in Locarno gegründet, die mit Wertpapieren handelte. Das alles innerhalb der letzten sechs Monate, und er hatte sich dabei überhaupt nicht wohl gefühlt, weil er doch prinzipiell nicht mehr in dieses Gewerbe zurück wollte. Er tat das alles nur für Esther. Es war an der Zeit, dass er seine Schuld an seinem Kind abtrug. Längst war klar, dass man die Sache mit dem Hutterer nicht verhandeln konnte. Es gab, trotz einiger Verdachtsmomente, zu viele Personen, die sich an Esthers Anwesenheit während der orientalischen Nacht erinnerten. Vinsleitner wollte daran nichts ändern. Seine heimliche Post an die Polizei hatte den Prozess erst möglich gemacht. Das war sein Beitrag zu Esthers Resozialisierung, obwohl er inzwischen an seinem Vorhaben zweifelte. Er dachte an etwas anderes. Sie würde eines Tages entlassen werden und mit nichts auf der Straße stehen. Das wollte und durfte er nicht zulassen. In Zürich hatte er seine Anwältin beauftragt, über die Kanzlei in Frankfurt Einfluss zu nehmen. In der Bank empfing man ihn freundlich distanziert wie immer. Dr. Askon ging mit ihm zum Schließfach, in das Vinsleitner seine Unterlagen legte. Auf der Treppe blieb er stehen.

»Sagen Sie, täusche ich mich oder habe ich tatsächlich Staatssekretär Holzendorf vorher aus Ihrem Institut kommen sehen? Wir sind uns früher einmal bei einigen Vorträgen begegnet.«

Dr. Askon zögerte. »Nun ja«, antwortete er, »Ihnen kann ich es ja sagen. Herr Holzendorf hatte einigen Ärger und ist aus dem Amt geschieden. Er vertritt in Zürich ein Konsortium.«

»Was hat er denn angestellt?«, fragte Vinsleitner scheinheilig. »Ich habe einiges Geld meiner Firma in einem Bauprojekt von ihm.«

»Ach, eine kleine Unpässlichkeit mit dem Finanzamt, sozusagen. Ich glaube, er musste um die zweihundertfünfzigtausend Euro zahlen, damit die Angelegenheit aus der Welt war.«

»Na, wenn es sonst nichts ist«, sagte Vinsleitner.

Dr. Askon hob den Zeigefinger.

»Herr Holzendorf lässt gerade ein altes Schloss, das er günstig erwerben konnte, zu einem Fünf-Sterne-Hotel umbauen. Eine wirklich lohnende Investition. Man wird dort einen der besten Köche Europas beschäftigen. Ottilie von Hohenabt-Wolkenstein, eine Kundin unseres Institutes, hat das Schloss verkauft. Für alle sehr vorteilhaft.«

»Natürlich«, antwortete Vinsleitner und eilte aus der Bank.

Wie unappetitlich. Er umrundete das Gebäude und blieb in der schmalen Gasse stehen. Er sah einige Lastwagen, deren Ladungen in ein Kaufhaus geschafft wurden, und er sah wenige parkende Autos. Dort musste der Holzendorf seines abgestellt haben. Ihm war übel. Nicht nur, dass der Holzendorf Esther des Mordes beschuldigt hatte und der Vater ihres toten Kindes war, nun hatte er auch noch das Andenken des Grafen geschändet und das Renommee der Gräfin besudelt. Und es ging ihm prächtig, diesem Halunken. Vinsleitner ließ sich zur Kanzlei fahren.

»In meinem Land liegt nichts gegen Sie vor«, sagte die Anwältin.

Vinsleitner sah sie an. Sie hatte ein asiatisches Gesicht, trug ihre schwarzen Haare streng in einem Knoten und bevorzugte einen feuerroten Lippenstift. Sie war jung und sie war gut. Er wechselte das Sitzmöbel.

»Was ist die Anklage wert?«

Die Rechtsanwältin raschelte mit Papieren.

»Wollen Sie nicht selbst hineinschauen?«

»Nein.«

»Die behauptete Steuerhinterziehung spricht von drei Millionen Euro.«

»Fünf Millionen.«

»Wie bitte?« Die Rechtsanwältin reagierte erschreckt.

»Es sind fünf Millionen, die ich in die Schweiz gebracht habe. Ein kleines Spiel. Was ich kassier, das gehört mir.«

»Ich möchte dieses Gespräch nicht weiterführen«, sagte sie. »Ich denke, ich habe nichts gehört. Was haben Sie vor?«

»Ihr Honorar kommt über Salzburg nach Zürich. Ich melde mich wieder.«

»Das ist eine ernste Sache«, sagte sie.

»Das ist das Leben an sich«, sagte Vinsleitner und lief hinaus.

Er ließ sich von einem Taxi an den See fahren und lief ziellos umher. Er hatte noch Zeit. Den Weg zum Bahnhof musste er erfragen.

Vinsleitner stieg in den Zug von Zürich nach Bern. Ohne zu zögern, lief er direkt zum Speisewagen. Der junge Mann saß einsam im Restaurantwagen und schaute aus dem Fenster. Vor ihm lag eine Ausgabe von Kafkas *Schloss*. Das war das vereinbarte Zeichen.

»Nennen Sie mich Severin, den anderen Namen lassen wir beiseite. Am besten, Sie nennen meinen Namen gar nicht. Wie heißen Sie?«

Der Mann nahm die Brille ab und schaute Vinsleitner erstaunt an.

»Das habe ich vergessen.«

Vinsleitner winkte ab.

»Ich werde Sie Urs nennen. Wer hat die anonyme Anzeige beim Finanzamt abgesetzt?«

Urs setzte seine Brille wieder auf und zupfte an seiner Krawatte.

»Der Mann heißt Hubauf. Aber für mich war Ihr Sohn die treibende Kraft. Er will unbedingt in diesem Sanatorium am Chiemsee bleiben, und das kostet Geld.«

»Wo ist da die Logik?«

»Rache«, sagte Urs. »Er hat seiner Mutter gesagt, dass Sie ihm sein Erbe gestohlen hätten.«

Vinsleitner schloss die Augen und schwieg. Er musste sich sammeln. Auf keinen Fall wollte er sich Notizen machen. Er würde gerne über Esther sprechen.

»Haben Sie das gelesen?«

»Was?« Urs sah ihn an.

»Haben Sie Kafka gelesen?«

Urs zog gekränkt die Mundwinkel herab.

»Ich habe eine Anlage, mit der ich in alle Rechner komme, für die Sie sich interessieren. Mehr müssen Sie über mich nicht wissen.«

Vinsleitner blieb gelassen. »Für fünfzigtausend Franken können Sie sich Kafka in Leder gebunden leisten.«

Urs wurde ärgerlich.

»Warum sagen Sie das? Sie haben mein Honorar selbst vorgeschlagen, und ich habe lediglich genickt.«

Vinsleitner lehnte sich zurück.

»Beruhigen Sie sich. Wo steigen Sie aus? In Zug?«

»Nein, in Winterthur.«

»Das ist doch die andere Richtung.«

Vinsleitner wollte sein Misstrauen etwas zügeln, er kam so nicht weiter. Hinter jedem Gesicht vermutete er inzwischen einen Verräter. Das ganze verdammte Leben machte ihn depressiv. Wie einfach die Menschen zu täuschen sind. Er sah sein Gesicht in der Scheibe als Spiegelbild. Der Bart fehlte ihm. Er war schmalgesichtig geworden und ging nun etwas vorgebeugt. Was sollte noch werden aus diesem Kerl, der einmal Mehlsäcke stemmen konnte und sich nun auf einen schweren Stock stützte? Jetzt sah er wieder aus wie die Eunuchen aus dem Bankenviertel.

»Wissen Sie, ich mag diese Fahrt am Zürichsee vorbei, den Blick über dieses Wasser. Es erinnert mich an die heimatlichen Gewässer. Besonders aber reizte mich immer der Blick bei Kilchberg hinüber zum Haus der Familie Mann. Obwohl, ich kann nicht einmal sagen, ob man es bei der Zugfahrt überhaupt sehen kann. Lesen Sie Thomas Mann?«

»Wir fahren«, sagte Urs, »es bleibt nicht mehr viel Zeit.«

Vinsleitner schaute in die ernsten Augen und die wirren Haare. Irgendwann waren südländische Gene auf die Vorfahren von Urs getroffen.

Urs erwartete eine Reaktion, und die kam nicht.

»Esther Vinsleitner hat über ihren zweiten Anwalt Hubauf Antrag auf Entmündigung gegen Sie stellen lassen. Darin versichert sie an Eides statt, Sie seien als Waldmensch Severin bekannt gewesen, hätten der Gräfin Wolkenstein nachgestellt, und sie habe an dem bewussten Tag mit Ihnen an der Bergstraße gesprochen, sei aber von Ihrer Verwirrung so betroffen gewesen, dass sie sofort wieder umgekehrt sei. Später wäre dann der Xaver Hutterer, so habe sie gehört, am Berg zu Tode gekommen.« Urs nahm seine winzigen Notizzettel und sagte dazu nichts weiter. Vinsleitner hatte es die Sprache verschlagen. Mit dieser Aussage machte ihn Esther verdächtig.

»Sie sind als verschollen gemeldet, und die Kriminalpolizei sucht nach Ihnen. Ihre Tochter will einen Totenschein.«

»Was denn noch alles«, knurrte Vinsleitner böse. Dann begann er zu lachen. »Sie will mich tot haben.«

»Ja«, sagte Urs kühl.

Vinsleitner schwieg.

»Man hatte in ihrer Tiefgarage eine Pistole gefunden, mit der vor einiger Zeit eine junge Drogensüchtige erschossen wurde. Es gab einen Anfangsverdacht, da Ihre Tochter für Ihren Sohn regelmäßig Stoff besorgt haben soll. Inzwischen ist davon keine Rede mehr.«

Da erzählte ihm Urs nichts Neues. Vinsleitner legte seinen Kopf in die Hände und starrte vor sich hin.

»Was geschieht nun weiter?«

Vinsleitner wunderte sich, dass es so einfach war, in fremden Computern herumzustöbern. Urs nahm ein Blatt aus der Brieftasche.

»Man hat sich einiges einfallen lassen. Ihre ehemalige Bank hat Sie wegen Untreue angezeigt. Die Zeitungen in München sind morgen voll davon.«

Der Zug legte sich in eine Kurve, und die Scheiben

vibrierten. Papier ist geduldig. Vinsleitner wurde müde. Was sollte das?

»Ich habe ein Gespräch zwischen Ihrem Nachfolger und diesem Hubauf abgehört«, sagte Urs. »Sie haben sich verabredet. Niemand wird Ihnen jemals wieder etwas glauben. Nach deren Verständnis haben Sie ihre Kaste verraten. Sie sind ein Paria. Vergessen Sie nicht den Effekt. Ein verschwundener Millionär – mit diesen Anschuldigungen – macht sich gut in der Presse. Dazu als Garnierung die Tochter als Mörderin.«

»Es ist genug«, sagte Vinsleitner scharf.

Urs reichte ihm die Unterlagen.

»Ich werde meine Tochter nicht verraten, das bin ich ihr schuldig. Was ist das?«

»Der Staatsanwalt telefoniert gerne vom Auto aus«, sagte Urs. »Mord wird es nicht werden. Offenbar gibt es eine Vereinbarung mit dem Anwalt Haage. Man wird auf acht bis neun Jahre Haft wegen Totschlags plädieren. Ohne die Aussage von Holzendorf wären es zwei bis fünf Jahre geworden.«

Vinsleitner schob einen Umschlag mit Geld über den Tisch. Urs nahm den Briefumschlag an sich. Vinsleitner lächelte nachsichtig.

»Passen Sie auf sich auf, Urs. Ihr Beruf birgt ein großes Risiko in sich.«

Damit war der Abschied perfekt, und Urs verließ den Speisewagen.

Alexander Vinsleitner stieg in Luzern aus und buchte mit der Karte seiner Firma *all-zürcommerz* ein Auto, mit dem er nach Lugano fuhr.

Der Kellner kam ihm mit wehender Speisekarte entgegen.

»Schön, Sie wieder einmal zu sehen«, rief er.

»Danke«, sagte Vinsleitner. »Bringen Sie mir die Jakobsmuscheln und einen kleinen Salat. Dazu eine kleine Flasche Schweizer Rotweines, so er denn gut ist.«

Er scherzte mit dem Kellner, der ein ernstes Gesicht machte und das Spiel mitspielte. Natürlich servierte er den gewünschten Barolo aus dem Tessin.

Später gab er das Auto ab und holte seinen Wagen aus einem Parkhaus, mit dem er dann über Locarno in die Berge zu seinem Domizil fuhr, das einsam an einem Berghang thronte und von wo aus er tief in das Tal des Maggia schauen konnte. Er war durchaus zufrieden mit sich, wenn er auch mit Esther anderes vorgehabt hatte. Die Anwälte hätten ihre Untersuchungshaft kurz halten können, weil er die Gutachter gestellt hatte. Doch sie wollte einfach nicht lernen. Mag sein, dass sie ahnte, wer das Geld an den Herrn Professor und seine Anwälte gab, obwohl die ihr gesagt hatten, erst käme der Prozess und dann die Rechnung.

Hinter der Welt beginnt das Sein, die dunkle Seite des Mondes und die Feuer der Sonne. Die Berge sind eine Erfindung der Tourismusbranche. Die Liebe fördert nicht die Menschen, nur den Umsatz der Filmindustrie. Vinsleitner blieb auf der Terrasse seines Hauses stehen. Was machte er hier, außer sich zu langweilen? Dummen Gedanken hing er nach, statt sich seinem wirklichen Ziel zu nähern. Wie lange war es her, dass er, zugegebenermaßen von sich selbst angewidert, diesen Entschluss zur Solitüde gefasst hatte? Da war er gerade am Ende der Welt angekommen, durchaus zu seinem Plaisir, hatte den Schnee auf der Erde liegen sehen wie eine schützende Haut, die Berge angeschaut als mächtigen Wall gegen die Eindringlinge aus der anderen Welt. Die Luft war klar gewesen, als hätte in ihr kein falsches

Wort Platz. Das war die Welt, in der er hatte sein wollen. Er wollte sein Gehirn nicht mehr von diesem Zivilisationsmüll bedrängen lassen, diesen gebetsmühlenhaften Wiederholungen der immer gleichen ›Wahrheiten‹, die es doch gar nicht gab. Genug von einer Welt, die nicht unterscheiden konnte zwischen Lehrformeln und Leerformeln. »Entleere dein Gehirn und sei«, hatte er in den Berg gerufen. Oben im Eis gab es genug Stellen, an denen man gemütlich erfrieren konnte. Dort war das Leben schön.

Staatssekretär Felix Holzendorf. Der Wurm krümmt sich und wird doch nie ein Schmetterling. Alexander Vinsleitner setzte sich auf einen Stuhl, behielt Hut und Mantel an und sah die Gräfin als sein Gegenüber.

Sie blieb still. »Diese Schmeißfliege hat das Schloss gestohlen«, sagte er laut.

Bevor er verrückt wurde, es schien ihm nicht mehr fern zu sein, wollte er handeln. Aber erst eine Woche später fuhr Alexander Vinsleitner nach Locarno hinab. Er ging in ein Café und griff sich die Zeitung aus seiner alten Stadt München. Das Wort ›Mord‹ hätte ihn fast am Lesen gehindert. Das wollte er mit Bezug auf Esther nicht lesen. Eine kleine Notiz meldete die Eheschließung seiner Frau, die längst seine Exfrau war, mit diesem Hubauf. Wie stillos, während die Tochter im Kerker schmorte. Sie hatten es geschafft. Ohne Holzendorf waren das Tal und die Projekte dort kein Pressethema mehr, und die Bautätigkeit im Tal konnte beginnen. Etwas anderes war auch ein Thema, sein angeblicher Freitod nämlich.

Locarno bereitete sich auf den Winter vor. Inzwischen traf er dort regelmäßig einen älteren Herrn, deutlich älter als er. Ein Geldanleger aus einem der Länder im Norden. Aus Langeweile spazierten sie herum oder trafen sich im Café. Der Mann lachte mit ihm, und das machte Vergnügen. »Locarno ist ein Kurort für Diebe, wie wir es sind«, hatte der Mann gesagt und sich darüber köstlich amüsiert. Der Mann gefiel ihm. Natürlich waren sie alle Diebe, was denn sonst? Der ältere Herr stand an der Theke und schlug eine Zeitung auf. Esther war verurteilt worden. Er wusste ja nicht, dass sie seine Tochter war. Den Namen Vinsleitner hatte er noch nie gehört.

»Wenn ich mich in meiner Heimat blicken lasse, machen die mich fertig.«

Vinsleitner verzog sein Gesicht und bestellte sich einen irischen Whiskey. Der ältere Herr ließ die Zeitung sinken.

»Na dann Prost«, sagte er.

Man schrieb von einer Verurteilung wegen Totschlags. Vinsleitner bog seinen Hals, um Weiteres lesen zu können. Das war es dann. Fünf Jahre und neun Monate. Er musste die Tränen unterdrücken und trank den Whiskey in einem Zug leer, damit er nicht auffiel.

Er griff sich die Zeitung, als der ältere Herr die Toilette aufsuchte. Die Staatsanwaltschaft hatte noch einen Brief des Hutterer an einen Arzt mit Namen Dr. Gehrcke aus dem Hut gezaubert, der den Kampf der beiden Frauen gut beschrieb und deutlich machte, dass die Auer von Esther tödlich getroffen worden war. Das Strafmaß, konnte er am Schluss des Artikels lesen, hatte Esther auf Anraten ihrer Anwälte akzeptiert. Vinsleitner ließ die Zeitung sinken, weil der ältere Herr zurückkam.

»Warum tragen Sie ein goldenes Herz um den Hals?«, fragte er.

»Ein Geschenk meiner Tochter.«

Vinsleitner hatte keinen Appetit mehr. Er verabschiedete sich kurz angebunden und ging in ein kleines Kino, um sich abzulenken. Er versuchte, sich auf den Film zu konzentrieren.

Ein Schmetterling schwebte auf den Rand des Schützengrabens. Die Hand eines Soldaten tastete sich auf ihn zu. Schon hatte die Hand den Schmetterling erreicht, da erschien der behelmte Kopf des Soldaten im Bild. Ein Schuss und der Soldat war tot. Der feindliche Scharfschütze auf der anderen Seite hatte die Situation genutzt. Besser konnte man die Sache nicht erklären. Es ging darum, die Situation zu nutzen und den Feind zu überraschen. Vinsleitner verließ die Vorstellung des Films *Im Westen nichts Neues*.

Am Ufer des Sees traf er den älteren Herrn zufällig wieder.

»Es ist immer von Vorteil, wenn man nicht zu viele Koffer hat«, sagte der. »Wenn Sie Interesse haben, dann kaufen Sie doch meine charmante Wohnung in Rom. Nicht groß, aber elegant und gleich in der Nähe des Vatikans.«

Er reichte ihm die Visitenkarte eines in Locarno ansässigen Maklers. Vinsleitner fühlte sich ein wenig ertappt, dachte aber sofort an Esther, die nach ihrer Haft eine anonyme Esther würde sein wollen.

»Fein«, sagte er.

Tags darauf fuhr er mit dem Zug von Locarno nach Zürich. Er wollte diese unangenehme Angelegenheit nun auf seine Weise endgültig beenden und einen Schlussstrich ziehen. Der Zug setzte sich in Bewegung. Ein älteres Ehepaar nahm sich einen Tisch neben ihm.

»Der Train fährt nicht durch den Großglockner«, sagte der Mann.

»Das habe ich auch nicht gesagt«, antwortete die Frau.

»Was denn dann?«, zischte der Mann.

»Durch den Gotthard fährt er.«

»Ich will keinen Kaffee. Kaffee reizt meinen Magen«, antwortete der Mann.

Vinsleitner wollte sich keine Gespräche fremder Menschen anhören und zog sich in sein Abteil zurück. Am Gotthard schaute er durch die Scheibe und suchte das Kloster, in das er nach seinem Besuch in Zürich für ein halbes Jahr einkehren würde. Das heißt, zunächst musste er noch einmal nach Locarno, zu diesem Makler, bevor er sich im Kloster auf die Suche nach sich selbst machen durfte. Die Brüder hatten gelächelt, als er angekommen war und sie gebeten hatte, ihn Severin zu nennen. Sein Geld würde helfen, die geschädigten Dächer des Klosters neu einzudecken. Er blieb unruhig. Alles konnte schiefgehen. In Zürich stieg er müde aus dem Zug.

Er lief völlig abwesend stundenlang durch die Straßen, bevor er die Kanzlei betrat.

»Nonsens«, sagte er. Vinsleitner musste nachdenken. Zwei Möglichkeiten hatte ihm die Anwältin vorgegeben. Merkwürdigerweise war sein Brief an Esther spurlos verschwunden. Oder sie reagierte nicht, weil ihr Anwalt ihn gleich eingesteckt hatte?

»Ich muss Ihnen etwas offenbaren.« Sie klang missmutig. »Ihre Familie ist schwer ins Gerede geraten. Ihre Exfrau ist bereits in die USA entschwunden, und Ihr Sohn hat sich nach Australien abgesetzt. Leider muss ich Ihnen sagen, dass er seine Schwester bestohlen hat.«

Vinsleitner schaute die Anwältin entgeistert an.

»Die lassen mein Mädchen im Stich? Foltern Sie mich

nicht, Verehrteste. Lassen Sie es gut sein. Ich muss nachdenken. Kommen Sie in zwei Tagen nach Locarno.«

»Was ist mit den beiden anderen Möglichkeiten?«, fragte sie ihn.

»Ich werde auf keinen Fall nach München zurückgehen«, antwortete er, »auch wenn ich dann näher bei meiner Tochter wäre. Und ein Gespräch mit den Herren meiner ehemaligen Bank kann ich mir absolut nicht ergiebig vorstellen. Was hat dieser Kerl meiner Tochter gestohlen?«

Vinsleitner klemmte seinen Pferdeschwanz unter den Hut.

»Nach meinen Informationen hatte er sowohl einen Schlüssel für ihr Apartment in München als auch einen für das Haus bei Miesbach. Den Rest können Sie sich denken.« Die Anwältin nahm einen Schluck aus ihrer Kaffeetasse.

»Die Häuser sind leer?«

»So ist es.«

Er war schuld. Vinsleitner rannte aus dem Haus. Er war schuld an dieser Entwicklung. Da war dieser Kerl, der sein Sohn war und der die eigene Schwester bestahl. Und da war Esther, die sich als sehr böses Mädchen entpuppte, weil die Gier nach Geld die niedrigsten Instinkte im Menschen weckte. Er war schuld, denn er hatte es den Kindern vorgelebt.

Vinsleitner bewegte sich nicht gerne in der Masse, weil er sich da wie einer der Lemminge vorkam. Er lebte lieber für sich. Mühsam saugte er die Luft in seine Lunge und lief zum Park, von dort aus wollte er telefonieren. Inzwischen kam ihm diese Geheimnistuerei albern vor, aber sie gehörte zu seiner Strategie. Der Bote von Professor Haage benötigte fast eine Stunde.

»Wir haben Sie erst nächste Woche erwartet«, sagte er, gab den Umschlag ab und verschwand wieder.

Vinsleitner beobachtete eine silberfarbene Taube, die sich vom Atem des Himmels tragen ließ. Hätte er jetzt die Kraft, aufzustehen und zu dem Laubbaum hinüberzugehen, würde er ein grauhaariger Mann sein, der an einem Baum lehnend weinte. Er wusste, er befand sich in einer gefährlichen Verwirrtheit. Hier aber war die tagtägliche Abgestumpftheit und Gewissenskälte gefragt. Mit ruhiger Hand öffnete er den Umschlag und las den Abschlussbericht des Professors aus Frankfurt. Dabei musste er sich plagen, denn er hatte seine Lesebrille vergessen. So war das also. Esther wurde der Unfall und der Verlust des Kindes zugutegehalten, was sie vor der Höchststrafe bewahrt hatte. Sie würde, so schrieb der Professor, wenn sie sich einer Therapie gegen ihre latente Aggression unterzog, bei guter Führung nach drei Jahren entlassen. Inzwischen war sie in das Frauengefängnis Aichach verlegt worden. Während der Lektüre der letzten Zeilen krampfte sich sein Herz zusammen. Nicht nur deshalb, weil der Holzendorf bei seiner Aussage vor Gericht die Vaterschaft geleugnet hatte. Sondern auch wegen der Tatsache, dass der Lump, zusammen mit den Banken, die Finanzierung des Projektes im Tal gestoppt hatte und Esther damit finanziell ruiniert war. Durch den Konkurs hatte sie alles verloren. Vielleicht hätte er dabei noch eine gewisse Genugtuung empfunden, sozusagen im Gedächtnis an die Gräfin. Esthers Geldgier konnte aber nicht den wahren Täter übertünchen. Holzendorf hatte sich nicht nur das Schloss angeeignet, sondern er hatte mit dieser ominösen Züricher Firma den Baugrund im Tal bei der Zwangsversteigerung erworben. Das nannte man Geschäftssinn. Vinsleitner dachte an sein kleines Mädchen, das nun verurteilt und betrogen in seiner Zelle hocken musste.

»Es ging nicht anders«, sagte er sich. »Sie muss begreifen, dass sie sich nicht über die Menschen erheben und hinwegsetzen darf.« Er bereute es daher nicht, dass er die Überwachungsbänder aus dem Haus der Auer an die Polizei gegeben und Esther so als Einbrecherin entlarvt hatte.

Vinsleitner ließ sich durch die Straßen treiben, und er war froh, dass ihm sein schwerer Stock dabei als Stütze diente. Er fürchtete nämlich einen Schwächeanfall und einen daraus folgenden Sturz. Den ganzen Tag hatte er so gut wie nichts gegessen. Kurz vor Toresschluss betrat er das Bankhaus und entnahm dem Schließfach sämtliche Papiere. Mit gefüllter Aktentasche lief er über die leuchtenden Marmorplatten am Boden des Geldpalastes und stockte, als er das Rattengesicht aus einem Büro kommen sah. Mit fröhlicher Miene rief Holzendorf dem Banker zu, dass er am nächsten Tag um fünfzehn Uhr noch einmal erscheinen würde.

Eine letzte Nacht. Danach würde er seine Spuren endgültig verwischen. In ihm rumorten unausgegorene Gedanken, fremd und feindlich erschienen sie ihm, bis er für eine Stunde in einem türkischen Bad verschwand und an gar nichts dachte. Er war eingeschlafen und hatte von jungen Frauen geträumt. Von Katrin, seiner Freundin zur Schulzeit, und von Edelgard von Irbsen-Steele, die eine Prostituierte war, die einzige in seinem Leben, die er besucht hatte und die ihm ihren Pass zeigte, weil er das mit ihrem Namen nicht glauben wollte. Dafür war sie teuer wie die Sünde gewesen. Er träumte sich hinaus aus seinem jetzigen Leben. Schuld, das war der falsche Begriff. Aber sein väterliches Gewissen pochte, und Esther war seine Tochter. Alle ließen sie im Stich. Hubauf wird nicht erlauben, dass diese Frau, die jetzt seine Exfrau war, ihrer Tochter Geld gab. Er schrieb der Züricher Anwältin einen Brief und gab ihr die Vollmacht, monatlich eine Summe von seinem Konto an den Professor nach Frankfurt zu überweisen, damit Esther im Gefängnis mit den notwendigen Dingen versorgt wurde. Vinsleitner lief zur Kanzlei der Anwältin und warf dort den Brief persönlich ein. Auf dem Rückweg kam er durch eine Nebenstraße und sah einen türkischen Händler, der seinen Stand gerade abräumte. Er kaufte ihm eine Wassermelone ab. Im vorderen Teil des Parks, den er nach einigen Umwegen wiederfand, kontrollierte die Polizei mutmaßliche Junkies. Er nutzte die tarnende Abenddämmerung, lief bis zu einer weit von der Straße entfernten Parkbank und legte die Melone dort ab. Seine Aktentasche stellte er auf den Boden. Vinsleitner drehte seinen schweren Stock so, dass der eiserne Griff nach unten zeigte. Dann dachte er an den Holzendorf, holte mit einem kräftigen Schwung aus und zerschlug die Melone, die wie ein gespaltener Schädel zu Boden fiel.

Gegen Mitternacht verließ er das Restaurant, in dem er sich nach dieser kleinen Eskapade im Park aufgehalten und ziemlich mies gegessen hatte. Es glich nicht gerade einer Charmeoffensive, wie er die Rechnung beglich und dazu hörbar rülpste, weil ihm der Wein den Magen übersäuert hatte.

Vinsleitner schaute auf seine Armbanduhr und ließ sich von einem Taxi in einen Jazzclub fahren. Elend sah der aus, den er da im Spiegel sah, um Jahre gealtert. Mit traurigen Augen schaute er sich an. Er blieb eine ganze Weile in der Toilette, putzte den Knauf seines Stockes und massierte sich mit kaltem Wasser die Schläfen. Die Musik tat ihm gut. Es klang nach Art Blakey und manchmal nach Fats Waller.

Den nächsten Morgen erwartete er in einer Piano-Bar, von denen es leider viel zu wenige gab. Er erinnerte sich an eine solche Bar in München, in die er immer gerne gegangen war. Wie hatte sie geheißen? Dänisches Bier gab es dort, das wusste er noch. Beinahe zwei Stunden später lief er hinüber zum See und ging der Sonne entgegen, die sich leider äußerst bescheiden zeigte. Er fror ein wenig. Merkwürdigerweise fühlte er sich trotzdem wohl.

Den Vormittag verbrachte er erneut in dem türkischen Bad, trank dann gegen Mittag einen Milchkaffee und setzte sich auf die Parkbank, genau dem Bankgebäude gegenüber. Er sah ein Foto seiner Tochter an und konnte sich kaum mehr fassen. Das war damals, als er sie vom Internat abgeholt hatte, um ihr ein Pony zu schenken. Er steckte das Bild in seine Brieftasche zurück. Er quälte sich. Immer hatte es Entscheidungen durch ihn gegeben. Sogar einen Minister hatte er einmal gekippt. Jetzt waren die Abläufe andere. Sein Einfluss war quasi erloschen. Wenn er nicht etwas unternahm, würde seine Psyche das alles nicht mehr lange ertragen. Er wollte sich konzentrieren. Als seine Entscheidung fiel, stand er seinem Ich hilflos gegenüber, das mit blankem Entsetzen reagierte. Vinsleitner betrat das Kaufhaus und erwarb dort einen Regenüberzug mit Kapuze. Danach fuhr er bis in das letzte Untergeschoss, merkte sich die Wege und verließ das Haus an der Einfahrt für die Lastwagen. Er befand sich in der ihm bekannten Seitenstraße. Kurz vor der Hauptstraße parkten zwei schwarze Limousinen. Vinsleitner ging die Straße zur anderen Seite hinüber, wendete dort und blieb dann in einer Türnische auf der Rückseite des Bankgebäudes stehen. Dort zog er die Pelerine über den Mantel und wartete. Zwanzig Minuten nach drei setzte er sich langsam in Bewegung. Er nahm die Uhr vom Handgelenk und steckte sie in die Hosentasche. An der Seite vor den beiden Limousinen parkte ein Lastwagen, der die Sicht zur großen Straße und der gegenüberliegenden Seite verstellte. Vinsleitner war das nur recht so. Als er die Hauptstraße fast erreicht hatte, bog der Mann in die Seitenstraße ein und hielt seine Autoschlüssel in der Hand. Vinsleitner kehrte auf dem Absatz um, wendete seinen Stock, holte weit aus und traf den unvorbereiteten Mann mit voller Wucht ins Genick. Merkwürdig leicht fiel der Mann zu Boden. Zwei weitere Schläge trafen die Schläfe. Es war vollbracht. Vinsleitner zog die bespritzte Pelerine aus und warf sie unter den Lastwagen. Holzendorf lief das Gehirnwasser aus, es floss über den Gehweg auf die Straße. Sein rechter Fuß zuckte und dann nicht mehr.

Beim Überqueren der Straße zog Vinsleitner seine Handschuhe aus und wischte den Knauf mit einem Papiertuch sauber, das er in einem Gully entsorgte. Er entdeckte Blutspritzer auf seinen Schuhen, aber damit konnte er sich jetzt nicht aufhalten. Wieder betrat er die Lastwageneinfahrt des Kaufhauses, zog wegen der vielen Kameras den Hut tiefer in sein Gesicht und verschwand hinter einer Eisentür. Im Getümmel des Kaufhauses erreichte er den Ausgang, lief erneut in den Park und setzte sich auf eine Bank, bis er die ersten Polizeisirenen hörte. In diesem Moment legte er seinen Hut auf die Bank und ging weiter in der Überzeugung, dass ein Mann aus der Gruppe der Obdachlosen vom Parkeingang den Hut sehen und sich aneignen würde. Kurz darauf kurvte ein Hubschrauber über die Straßen, und Vinsleitner betrat ein Geschäft für Jagd- und Bergkleidung.

Hier musste er sich einige Zeit aufhalten, darum wollte er den äußerst unentschlossenen Kunden spielen. Die Katze fängt die Maus, weil die Maus aus Panik davonrennt. Also war die Lehre daraus, sich absolut ruhig zu verhalten, um der Katze den Fang nicht zu ermöglichen. Die Herren des Verkaufs wandten sich ab, als wäre er ein unerwünschter Kunde. Im Spiegel sah er seinen Kopf, der bis auf die Schultern vom wallenden Grauhaar bedeckt war, und sein unrasiertes Kinn. Seine kostspielige Kleidung schien die Herren zu irritieren, denn sie hielten ihn offensichtlich in ihrem Geschäft für nicht zumutbar. Eine ältere Dame nahm sich schließlich seiner an. Nach mehr als einer Stunde der Orientierung brachte sie Vinsleitner einen Mokka und ein Glas Wasser. Mit beiden Armen voller Hosen verschwand er in der Umkleidekabine. Er entschied sich, behielt die Hose gleich an, trug die anderen brav zurück und hängte sie ordentlich auf. Dass unter diesen Hosen auch seine Getragene hing, sollte man nicht so bald bemerken. Jedenfalls hoffte er darauf. Mit der Geste eines Eroberers zeigte er auf einen Jagdlodenmantel »Hubertus« klassisch, eine Strickjacke aus Wolle mit Hirschhornknöpfen und halbhohe braune Schnürstiefel. An der Kasse ließ er sich auch noch einen Lambswoolshawl »Cornwall« umlegen, denn er hatte sich vollständig umgekleidet und sich auch dabei viel Zeit gelassen. Er konnte sich den Herren gegenüber die kleine Affektiertheit nicht verkneifen, mit seiner Goldkarte herumzuwedeln und laut zu verkünden, man könne sich über seine Bonität gerne bei der Bank rückversichern. Seine alte Kleidung packte er eigenhändig in eine Plastiktüte, damit die fehlende Hose nicht bemerkt wurde. Neu kostümiert betrat er das Trottoir. In der einen Hand seine Aktentasche, in der anderen die alte Kleidung. Er besah sich in einer Fensterscheibe und war sicher, dass er dem Mann auf dem Material der Überwachungskameras des Kaufhauses absolut nicht mehr glich. Im Bahnhof zog er den Stock unter seinem Mantel hervor, weil der ihn beim Gehen behinderte. Vinsleitner stieg in einen Zug nach Mailand, stellte das belastende Paar Schuhe unter eine Sitzbank und ging über den Perron zur anderen Seite, um dort auf den Zug nach Locarno zu warten. Er wollte unbedingt noch die Jacke und den Mantel loswerden, wagte es aber nicht, die Kleidungsstücke am Bahnhof zu entsorgen. Auf einer Bank sitzend sah er zu, wie der Zug nach Mailand mit seinen Schuhen langsam aus dem Bahnhof rollte.

Rattenflöhe übertragen die Pest. Mehr Gedanken an Holzendorf würde er sich nicht erlauben. Ein wenig angetrunken verließ er in Locarno die Bahn und suchte den Makler auf. Dessen Büro war eigentlich kein Büro, es war ein Salon. Prächtige Möbel verschiedener Epochen waren zu einem Ensemble zusammengestellt worden. Er ahnte, was der gute Altafini an Courtage verlangen würde. Der saß hinter seinem Schreibtisch und zeigte seine manikürten Hände. Der Mann war eine gepflegte Erscheinung. Man hätte ihn, nicht nur wegen seiner Bräune, für einen Segler halten können.

»Ich denke an eine kleine Wohnung in Rom«, sagte Vinsleitner.

Altafini stand auf und schloss das Fenster. Auch am Lago Maggiore zog der Spätherbst ein.

»Sie wollen in Rom überwintern, ich verstehe.«

Vinsleitner lächelte. Was sollte er sonst tun?

»Einmal kommt man nach Hause und weiß, man ist nicht angekommen, wird nie mehr ankommen, weil es kein Zuhause gibt. In Wahrheit sind wir alle nicht zu Hause. Wo soll dieses Zuhause sein? Ist man auf dem Friedhof zu Hause? Rom ist unser aller Zuhause. Die ewige Stadt. Das ist die einzige gültige Antwort.«

Vinsleitner machte ein erstauntes Gesicht. Was war das? Altafini stand wie ein Tenor auf den schweren Teppichen und dozierte gegen die Stuckdecke.

Schnell setzte er sich wieder auf seinen Stuhl und zeigte seine vorherige Miene.

»Ich habe etwas für Sie. Ein hiesiger Klient von mir rief mich an. Er will seine römische Wohnung verkaufen.«

Altafini betätigte mittels einer Fernbedienung die Jalousien und zeigte ihm Bilder der Wohnung in einem kurzen Film. Eine stilvoll und zeitlos eingerichtete Wohnung mit einer sehr kleinen Küche und einem üppig ausgestatteten Bad. Der Preis war allerdings exorbitant. Vinsleitner zögerte, doch was blieb ihm übrig?

»Nun gut«, sagte er, »wenn Sie mein Jagdhaus verkaufen, dann unterschreibe ich den Vertrag. Sie können es sich gerne ansehen.«

Altafini telefonierte und sprach dabei italienisch. Kurz danach ging es in das Maggiatal. Altafini fuhr. Es war ein Herbstabend wie aus dem Bilderbuch.

Die Serpentinen machten Vinsleitner zu schaffen. Er war schon lange nicht mehr so rasant gefahren. An den Straßenrändern gab es Fluchtbuchten, falls ein Fahrzeug zu heiße Bremsen bekam. Er war froh, als Altafini endlich abbog und vor seinem Jagdhaus anhielt. Der Rest war schnell erledigt. Er gab Altafini die Adresse der Züricher Anwältin, damit sie die notwendigen Eintragungen und notariellen Dinge erledigen konnte.

Vinsleitner stand in der Dunkelheit allein auf der Terrasse. Das war nicht das Leben, das er hatte führen wollen. Das war auch nicht die Örtlichkeit, die er für angemessen hielt. Er öffnete die Fenster und legte Musik auf. Das Orchesterlied *Meinem Kinde* von Richard Strauss erklang und füllte das Tal aus, bis das Telefon klingelte. Er verließ die Terrasse.

»Hallo.«

Seine Anwältin meldete sich, sie sei bereits in Locarno. Sie gab sich merklich kühl und musste ihn unbedingt sprechen. Vinsleitner blieb ruhig. Geschickt inszenierte er ein dezentes Chaos im Wohnraum, trank ein Glas Wein halb leer und stellte es neben das auf den Tisch, aus dem er bisher getrunken hatte. Bald schon hörte er den starken Motor eines Geländewagens heraufkommen.

»Grüezi«, sagte er, als sie ausstieg.

»Sie waren in Zürich«, antwortete sie und reichte ihm eine Zeitung. Er spürte ihre Abwehrhaltung. Er schaute auf ein Foto von Holzendorf. Der Rattenfloh war tot.

»Gut so«, sagte er und gab ihr die Zeitung zurück. Eine andere Reaktion hätte sie ihm nicht abgenommen. Vinsleitner führte sie in die Wohnhalle und legte ein Buchenscheit in den Kamin. Sie trug einen schwarzen Anzug, ein Herrenoberhemd und eine Krawatte, was ihm überhaupt nicht gefiel. Sie sah sich um. Er war mit sich zufrieden.

»Der Makler Altafini aus Locarno war bei mir.« Demonstrativ trug er die beiden Weingläser in die offene Küche. »Ich habe das Jagdhaus wieder verkauft«, sagte er.

Die Verträge lagen noch auf dem Schreibtisch, also reichte er sie ihr und sah sie lange an.

»Ich war in Zürich, aber ja, für einige Einkäufe.

Die nächste Zeit werde ich im Gebirge verbringen, und dazu muss man richtig gekleidet sein. Es war ein aufregender Tag«, setzte er hinzu und lächelte unverschämt.

»Schauen Sie sich das an«, sagte sie. »Wissen Sie, was die verlangen?«

»Hören Sie, es ist eine Investition für meine Tochter, nicht für mich. Sie wird ein neues Zuhause brauchen.«

»Warum tun Sie das? Esther hasst Sie und will Sie vernichten.«

»Sie werden für mich nach Rom fahren«, sagte er.

Die Anwältin schüttelte den Kopf.

»Bevor Sie mir die falsche Antwort geben und diesen Job riskieren, hören Sie mir zu. Ich übertrage Ihnen die Verwaltung meines Vermögens in der Schweiz. Dafür bekommen Sie eine Jahrespauschale. Sie gründen eine neue Firma und kaufen Wohnungen. Das Geld für die Wohnung in Rom nehmen Sie von meinem Konto.«

»Das ist nicht mein Fachgebiet«, antwortete sie. »Außerdem müssten Sie dafür die Vollmachten erneuern.«

»Dann stellen Sie jemanden ein, der das Gebiet beherrscht«, sagte er hart.

»Leider kooperiert Esther nicht. Sie geht davon aus, dass Holzendorf sich scheiden lassen wird. Sie wird die Wohnung ablehnen.«

Vinsleitner stand auf und ließ den Stuhl zu Boden fallen. Die Anwältin erschrak.

»Sie haben recht. Aber sie ist meine Tochter und sie braucht Hilfe. Mehr kann ich dazu nicht sagen. Halten Sie mich für einen senilen Trottel, das ist mir egal. Setzen Sie sich hin und arbeiten Sie die Verträge aus. Ich mache etwas zu essen. Sie ist kein Engel, bei Gott nicht«, sagte Vinsleitner leise. »Wenn sie wieder in Freiheit ist, wird sie anders über mich denken, denn dieser Kerl ist ja ganz offensichtlich verstorben.«

Die Anwältin ordnete ihre Formulare und setzte ihre Brille wieder auf. Er spürte, wie es in ihr arbeitete. Sie wusste absolut nicht, was sie von der Lage halten sollte. Aber sie war klug, also musste er sich vorsehen.

»Selbstverständlich können Sie hier nächtigen«, sagte er, »das bin ich Ihnen schuldig.«

»Ich habe mir an der Via alla Riva ein Hotelzimmer genommen.«

Vinsleitner war froh darüber, dass sie nicht bleiben wollte. Immer wieder spähte er von der Küche über seine Schulter zu ihr hinüber. Sie stand auf der anderen Seite, das wurde ihm mit einem Mal klar. Vielleicht spähte sie ihn aus, und unten in den Serpentinen wartete die Polizei. Er hatte noch den schweren Stock im Haus, und seine alte Bekleidung lag in den Tüten aus Zürich in seinem Schlafzimmer.

»Was hatte das zu bedeuten?« Vinsleitner sprang wie elektrisiert von der Küche in den Wohnraum.

Sie sah ihn an. »Wie bitte? Was haben Sie denn? Ich habe nichts gesagt. Die Verträge sind in Ordnung, und den für mich müssen Sie nur noch unterschreiben.«

Fast rannte er zum Tisch und unterschrieb, ohne weiter hinzusehen.

»Sie glauben doch nicht, dass man Hausdurchsuchungen bei mir macht?«, fragte er plötzlich. »Oder?«

Vinsleitner nahm einen Stuhl, rückte ihn an den Kamin und setzte sich.

Die Anwältin sah hoch und machte Klarschiff, auch auf die Gefahr hin, den gut dotierten Vertrag zu verlieren.

»Ich habe Ihnen die Zeitung gezeigt, weil Sie ein Motiv haben und in Zürich waren. Es ist nur eine kurze Notiz unter dem Foto, weil die Ausgabe für den Abend heraus musste. Sollten Sie etwas damit zu tun haben, müssen Sie sich stellen. Dann reden wir über eine Strategie für Ihre Verteidigung. Wenn nicht, dann vergessen Sie meine Worte.« Sie machte eine kleine Pause.

»Esther bekämpft Sie, den Vater, weil sie Holzendorf will, und sie wird Sie noch heftiger bekämpfen, wenn sie von seinem Tod erfährt. Holzendorf war Sprecher des Vorstandes der Glogo-Interpares in Zürich. Mit Verbindungen nach Hongkong, Seoul, Emirate, London, New York.«

Vinsleitner schüttelte den Kopf.

»Das sind Waffenschieber. Wollen Sie mir Angst machen?«

Kurz bevor die Standuhr an der Eingangstür die volle Stunde schlug, fuhr die Anwältin zurück nach Locarno. Vinsleitner war nervös. Er blieb so lange auf der Terrasse, bis das Motorengeräusch verklungen war. Er konnte dieser Frau nicht mehr trauen, aber er war auf sie angewiesen. Am liebsten hätte er sich irgendwo in Locarno versteckt, aber sein Auto stand dort noch am Bahnhof, also kam er in der Nacht nicht hinunter. Er griff nach seinem großen Rucksack. Zu seiner Freude entdeckte er, dass sein Reisepass noch acht Jahre gültig war. In zwei Kartons packte er wichtige private Dokumente und Utensilien. Eine Haarsträhne von Esther steckte er in ein kleines Etui und schob es in seine Hemdtasche. Wie alt war sie damals? Vielleicht zehn Jahre. Dann legte er sich angezogen auf sein Bett. Schlafen konnte er nicht. Von allen Seiten drohte dem Haus Gefahr.

Der Kriminalbeamte kam aus der Waldsenke, stieg den Weg hoch, weil er einen Schrei gehört hatte. »Er wird tot sein«, sagte er. Vinsleitner sprang aus dem Bett. Es war niemand da, er hatte geträumt.

So früh es eben ging, bestellte er sich aus Locarno ein Taxi zum Haus. Er ließ den Fahrer die Kartons einladen, und sie fuhren hinab zum Bahnhof. Sofort stieg er in sein Auto und brauste los. Die Berge waren von Bäumen überfüllt. Der Himmel stand still und sah friedlich aus. Er setzte seine englische Mütze auf, die er tief in die Stirn zog, und seine Sonnenbrille. Wenige Kilometer später trug der Himmel Schneewolken an den Berg. Es war, als ob mit dem Schnee und der bald folgenden Dunkelheit die schlafende Erde einen neuen Menschen gebar.

Vinsleitner schaute dauernd in den Rückspiegel. Er durfte sich jetzt keinen Fehler erlauben, denn er fühlte sich verfolgt und beobachtet. Er musste sich immens beherrschen, um nicht ständig zu schnell zu fahren. Jetzt wusste er, dass ihn dieses Gefühl, verfolgt zu werden, nie wieder verlassen würde.

Im Dämmerlicht schien ihm eine große Kerze auf halber Berghöhe zu stehen. Bekam er Zustände?

Es war schwierig, durch den fallenden Schnee zu fahren. Vinsleitner ließ das Auto stehen und stapfte durch den Schnee. Er keuchte und rang nach Atem, gab aber sein Tempo nicht auf. In dem erleuchteten Eck am Berg erkannte er die graue Mauer. Ein silbernes Licht schien den Felsen stetig zu illuminieren und zu verändern. Weit und breit gab es kein Dorf, kein Haus, keine Menschenseele. Er atmete die feuchte Luft wie nährende Milch der Mutter Erde. Mit einem Lächeln stand der Neugeborene an der Pforte, seine Hände zeigten zum Himmel, und er fühlte sich wie hochgehoben, schwebend, dem alten Leben entrückt. Die neue Kraft wird ihn aller schlimmen

Gedanken entheben. Manchmal war das gemeine Leben wie eine schwere Krankheit, die es zu überwinden galt. Er könnte die schmale Straße verlassen und die letzten Meter über einen nicht erkennbaren Weg gehen. Einfach und direkt ging er auf die Pforte zu. Der Schnee unter ihm beugte sich seinem Gewicht, so dass er fast bis ans Knie einsank. Ein letzter Blick zurück. Das Tal hinter ihm blieb schneeweiß in der Dunkelheit. Drüben im Irgendwo war der Gotthard. Der Schnee regelte die Zeit. Ringsherum schwarze Berge. Er klopfte an und wartete. Alles das, was er als Erstes sagen wollte, hatte er vergessen. Er klopfte wieder. Man ließ ihn warten. Er klopfte erneut. Er war endlich angekommen. Die Pforte öffnete sich ruhig und friedlich, wie von unsichtbarer Hand bewegt.

»Hier ist Bruder Severin«, rief er in das Kloster hinein.

Vinslcitner hatte seine Tochter sitzenlassen und Karriere gemacht. Er trug die Schuld daran, dass sie lebte und wie sie aufgewachsen war. Mehr war dazu nicht zu sagen. Aber er war ein Vater und er liebte sie. Er wusste, er würde sie nie mehr sehen können.

Vinsleitner war sich sicher, dass die Polizei das Kloster längst umstellt hatte. Er saß in der Falle. Oder doch nicht?

»Hier ist Bruder Severin«, rief er laut.

Hinter ihm schloss sich bedächtig und still das Tor.

Gisa Klönne

Der Wald ist Schweigen

Kriminalroman

ISBN 978-3-548-26334-2
www.ullstein-buchverlage.de

Ein Mädchen verschwindet. Eine entstellte Leiche wird gefunden. Eine Försterin fühlt sich bedroht. Eine große Liebe geht zu Ende. Und eine Kommissarin bekommt ihre letzte Chance.

Gisa Klönne hat einen außergewöhnlichen Kriminalroman geschrieben und drei starke, eindringliche Frauenfiguren geschaffen, die in ihrer Komplexität den Leser tief berühren.

»Großartig geschrieben, ein Debüt mit Paukenschlag.« *Celebrity*

»Ein Thriller, der Sie noch lange berühren wird.« *Welt am Sonntag*

»Bitte mehr von dieser Autorin.« *Für Sie*

ullstein

UB359

Inge Löhnig

In weißer Stille

Kriminalroman
Originalausgabe

ISBN 978-3-548-26865-1
www.ullstein-buchverlage.de

Ein stürmischer Oktoberabend: In seinem Wochenend-
haus am Starnberger See wird ein pensionierter Kinder-
arzt tot aufgefunden. An eine Heizung gefesselt, ist er
langsam verdurstet – ein qualvoller Tod. War es Rache
oder doch nur ein Raubmord? Kommissar Konstantin
Dühnfort enthüllt nach und nach den dunklen Charakter
des Toten und stößt auf ein Drama, das seine längst er-
wachsenen Kinder bis heute verfolgt.

Psychologische Spannung, meisterhaft erzählt: Dühn-
forts neuer Fall

UB526